【北京青年文艺评论丛书】

以文学为媒介
——当代中国的文化经验

张慧瑜 著
北京市文学艺术界联合会 编

团结出版社

图书在版编目（CIP）数据

以文学为媒介：当代中国的文化经验 / 张慧瑜著. -- 北京：团结出版社，2021.10
ISBN 978-7-5126-8631-1

Ⅰ．①以… Ⅱ．①张… Ⅲ．①中国文学－当代文学－文学评论 Ⅳ．①I206.7

中国版本图书馆CIP数据核字(2021)第038732号

出　　版：	团结出版社
	（北京市东城区东皇城根南街84号　邮编：100006）
电　　话：	（010）65228880　65244790
网　　址：	http://www.tjpress.com
E-mail：	zb65244790@vip.163.com
经　　销：	全国新华书店
印　　装：	三河市东方印刷有限公司
开　　本：	160mm×230mm　　16开
印　　张：	22
字　　数：	276千字
版　　次：	2021年10月　第1版
印　　次：	2021年10月　第1次印刷
书　　号：	978-7-5126-8631-1
定　　价：	72.00元

（版权所属，盗版必究）

编委会

编委会主任：陈　宁
主　　　编：王一川
副　主　编：杜德久　赖洪波
编委会副主任：田　鹏
编委会委员：（以姓氏笔画为序）
　　于　洋　　刘晓江　　许　锐　　孙　郁　　张清华
　　陈　远　　邵燕君　　岳永逸　　周海宏　　赵　晖
　　胡智锋　　徐　秋　　高　音　　唐东平　　陶庆梅
　　曹庆晖　　蒋慧明　　赖洪波　　虞晓勇

丛书序

通向文艺评论家之路

王一川

在社会各界对文艺评论（或文艺批评）提出更多要求和更高期待的当前，怎样做文艺评论，才能发挥其在当前公共文化艺术生活中的特定作用，显然已经成为一个广受关注的话题。北京市文联和北京文艺评论家协会组织出版"北京青年文艺评论丛书"，是一件及时的好事，便于青年文艺评论家将其新著集束起来与社会公众分享，也可展现北京青年文艺评论力量的旺盛生长势头。在此约略汇集我所了解的中国文艺评论家（或批评家）及其评论文字的范例作用，结合需要做的评论工作，感觉在通向文艺评论家的道路上，有些东西可以提出来相互交流和讨论。

从事文艺评论，无论是在当前还是在过去，最基本的或起码的一点要求在于，它应当是对文艺作品或相关文艺现象的一种艺术发现。文艺评论必须面对文艺作品或相关文艺现象而发言，不能在空缺这个基本的"史实"或"事实"依据时单纯按照某种居高临下的观念发议论，那样就不能叫作文艺评论了。没有文艺作品的文艺评论，无异于言之无物或无的放矢之论。丧失文艺作品或相关文艺现象这个"物"或"的",也就几乎等于丧失文艺评论本身了。更重要的是,文艺评论在面对文艺作品或相关文艺现象时,应当体现出评论者的艺术发现。文艺评论家的艺术发现,意味着从文艺家创作的作品艺术语言系统和艺术形象系统中挖掘和阐发出蕴藏于其中的新颖的人生真理蕴藉,从而是对文艺作品的创造性的一种新的二度创造。这种艺术发现固然可能属于依托艺术家的艺术发现而进行的一种二度创造,但同样也可能意味着文艺评论家自己的一种独立新发现。因为,正如"形象大于思想"所表述的那样,文艺作品的艺术语言和艺术形象系统中诚然可能蕴含着意义,但这种意义常常并不直接以理性方式呈现,而是融化于艺术语言和艺术形象系统中,等待或召唤来自观众或评论家的知音般发现和击赏;或者并不一定被文艺家本人理性地觉察到而又确实存在于他创造的意味深长的艺术语言和艺术形象系统中,或者被他有意识地掩映在作品艺术形象系统中,都有待于观众和评论家去唤醒。这就需要文艺评论家发挥自己的艺术发现能力去加以透视。清代叶燮在《原诗》中有关杜甫诗句"碧瓦初寒外"(《冬日洛城北谒玄元皇帝庙》)的语词与意义间关系的解释,就体现出细致而深刻的艺术发现:一旦联系诗人的生活"境会"或"情景"细想,就能"默会想象"到它的独特而深厚的意义。可以说,文艺评论家的所有思想表达或诗歌理论建树,假如不是建立在这种对于作品意义的艺术发现基础上而只是空发议论,那就缺乏充足的依据,也就不会是真正有见识的文艺评论了。

进一步说,文艺评论家的这种艺术发现,还应当具有独具只眼的特点或水平。独具只眼,是说文艺评论家应当具备独到的眼光和独特见地,从作品中撷取出独特的人生真理的光芒。这是要求文艺评论家的艺术发现有着独一无二的真理洞察力。也就是说,这种独一无二的艺术发现会把文艺作品中蕴藏的人生真理有力地阐释出来,唤起社会公众的共同关注。叶燮对杜甫的"千古诗人"地位的评论,以及对苏轼诗歌在诗境上"皆开辟古今之所未有，天地万物，嬉笑怒骂，无不鼓舞于笔端，而适如其意之所欲出。此韩愈后之一大变也，盛极矣"①的阐发，至今也仍然具有独特价值。宋代罗大经关于杜甫《登高》中"万里悲秋常作客，百年多病独登台"这联诗句的"八意"之说，到今天看来也仍然具有其精准性和深刻性，为人们揭示该联诗句的兴味蕴藉提供了重要的思路。

真正有力的文艺评论还应该传达出文化关怀，也就是评论者通过文艺作品而对社会人生意义系统表达自己的独特思虑、评价或期待等态度。孔子评论《诗经》的《关雎》为"乐而不淫，哀而不伤"，还提出"兴于《诗》，立于礼，成于乐"，"《诗》可以兴，可以观，可以群，可以怨"等诗学阐发，借助这些《诗经》评论而传达出他的以"克己复礼"为核心的恢复周代礼仪制度的意义深远的文化规划或文化关怀。这样的文化关怀早已成为儒家诗学或评论的传承久远而富于影响力的传统。宋代朱熹就据此而推衍出自己的以"涵泳"和"兴"等为代表的诗学理论及文学评论，其重心在于让读者领悟其中寄寓的文化关怀意味。当代文艺评论家更应当在评论中倾注自己的当代文化关怀。

不仅如此，文艺评论还应该借助于文艺作品评论而表达出时代的社会正义呼声，也就是特定时代有关社会公平、公正、正义等的良知。司马迁通过对左丘明、屈原等名人及其名著的个体发生的研究而提出"愤而著书"之说，韩愈倡导"不平则鸣"，柳宗元标举"文以明道"，苏东坡倡导"有为而作"，李贽主张"童心"等，这些古代史学家和文学家都在自己的文艺评论中寄寓深切的社会正义呼声。可以说，把社会正义呼声通过文艺作品评论而婉转地传达出来，早已成为文艺评论家的一种传统。

---

① （清）叶燮：《原诗》，《原诗 一瓢诗话 说诗晬语》，北京，人民文学出版社1979年版，第9页。

如果要问文艺评论的文章或著作中最要紧的是表达什么，无疑应当是批评个性。批评个性是评论者的独特人格风范在其评论文字中的独具魅力的闪光。李健吾指出："批评的成就是自我的发现和价值的决定"，要求从评论文字中见出拥有独特个性的"自我"的价值。李长之则强调文艺评论家的批评个性要更多地体现为独特的"批评精神"："我觉得文艺批评最要紧的是在'批评精神'"。而"批评精神"的要义就在于"不盲从"，也就是绝不盲目相信或跟从非理性、非科学的观念或时尚流，务必坚守正确的或正义的信念。"伟大的批评家的精神，在不盲从。他何以不盲从？这是学识帮助他，勇气支持他，并且那为真理，为理性，为正义的种种责任主宰他，逼迫他。"[①] 批评个性堪称评论家或批评家的独立人格在其批评文字中的结晶体及其闪光，文艺评论要紧的就是以独立批评个性的姿态而传达出与众不同的人生真理洞见。

文艺评论者之所以会如此投入地追求如上几方面，目的并不在于自说自话、标新立异或顾影自怜，而在于把文艺作品中可能潜藏的人生真理蕴藉或可能包孕的人生真理萌芽，敏锐地阐发出来，与社会观众分享；进而再缝合到已有文化传统的链条之中，使之成为其中的新生成分而传递给当代人及后人。由此可以说，文艺评论者应当自觉地成为艺术世界通向观众和文化传统之间的公正使者或桥梁。这也正是文艺评论所承担的社会责任或社会义务之所在。文艺评论者要充当这样的使者，就当代而言，特别需要具备一颗艺术公心。他可能有时难免有所偏爱或偏心，因为文化关怀、社会正义及批评个性等使然，但毕竟不能简单地走向偏颇或偏废，而是需要始终保持一种当前艺术公共领域应有的社会公平、公正、正直、良善、

---

① 李长之：《批评精神》，《李长之文集》第 3 卷，石家庄，河北教育出版社 2006 年版，第 3、23 页。

友爱之心灵。鲁迅指出："我们曾经在文艺批评史上见过没有一定圈子的批评家吗？都有的，或者是美的圈，或者是真实的圈，或者是前进的圈。没有一定的圈子的批评家，那才是怪汉子呢。"① 鲁迅明确倡导批评家置身于以真善美为代表的艺术公正之"圈"。照此要求和期待，当代文艺评论者需要熔铸成以自觉的真善美追求为代表的艺术公心，如此才可能与被评论对象即艺术品或其"饭圈"保持必要的距离，发出公正持平的评价，从而有可能在文艺家与观众之间、在不同观众群或相互对峙的"饭圈"之间以及在当前文艺作品与文化传统之间，架设起一座相互平等对话和沟通的公正桥梁。文艺评论者有时诚然可能会遭遇一度被误解的命运，但历史老人终归会还他以应有的艺术史公正地位。

我所理解和期待的文艺评论，应当像上面所说的那样（不限于此），在对艺术品的独具只眼的艺术发现中传递时代赋予的文化关怀和社会正义等使命，表达批评个性，自觉地成为艺术世界通向观众和传统的公正使者。这些意思，说起来似不难，做起来实不易，不过事在人为，如果都能自觉向其靠拢，或许就会形成新的文艺评论合力。值此新一辑"北京青年文艺评论丛书"付梓之际，写下上面这些话，期待向年轻有为的同行朋友们学习，与他们共勉。

（王一川：北京师范大学文艺学研究中心暨文学院教授，北京文艺评论家协会主席）

---

① 鲁迅：《批评家的批评家》，《鲁迅全集》第5卷，北京，人民文学出版社2005年版，第449页。

序

重新思考20世纪中国的文化经验

李云雷

我跟慧瑜相识已近20年,在北大读书时是同学,在中国艺术研究院工作时是同事,可以说是志同道合的同志和朋友。不过我的关注点主要集中于文学评论与创作,慧瑜的光谱则要更加宽广,在读书时期他就对理论、电影、文化研究等感兴趣,文学只是他关注的领域之一,现在他调到北京大学新闻与传播学院任教,更加侧重从传媒的角度研究文化问题与文化现象。比如他创办了"南门读报会",带领学生从1946年创刊号开始阅读晋冀鲁豫《人民日报》;比如他关注国际友人与20世纪中国革命,编撰了《不远万里:国际友人与20世纪中国经验》一书;比如他关注"非虚构"与新闻写作,与学生一起进行非虚构写作的实践,等等。《以文学为媒介:20世纪中国的文化经验》这部书,仅仅从题目来看,就可以看到慧瑜研究重心的转移,即他更关注文学作为"媒介"所产生的传播效果,这可以说既与他对"纯文学"的反思有关,也与他回到北大之后新的自我意识与研究重心的转移相关。

这部书有着鲜明的问题意识、宏大的历史视野和扎实的理论功底。慧瑜谈到,"如果说从五四到文革,文学与政治处于密切的互动中,那么从上世纪80年代改革开放以来,文学逐渐失去了政治维度,也失去了想象社会和政治的能力,这也导致文学处于边缘位置,重建一种文学的政治性与寻找政治的主体有着密切的关系。"这段话可以看作他文学研究的主要提纲,具体又可以分为几个部分,一是从五四到文革文学史脉络的梳理,二是对上世纪80年代以来"纯文学"的反思与批判,三是对当前文学现状的分析引导以及重建新的历史与文学主体的努力,这三个部分相辅相成,既有历史的纵深,也有理论的高度,从总体上呈现了张慧瑜的文学观及其新的实践面向。

在导论《20世纪中国的文化坐标》中,张慧瑜对构成当代中国人思维框架的传统与现代(时间)、中国与世界(空间)、乡村与城市(社会)三组文化坐标做出了反省与反思,他指出,"与这种截然二分的文化、社会图景不同,在20世纪中国革命的实践中,产生了一种克服这种二元对立的文化、政治逻辑",社会主义文化的实践"改变了传统与现代的二元想像,变成一种在批判传统中继承传统、在批判现代中追求现代的文化逻辑","经过一百多年的现代化之旅,中国从有着几千年农耕文明的帝国变成现代化的国家。在根本性的社会、政治、经济制度上已经实现了现代化,甚至比西方原发现代国家还要更先进、更彻底。但是,中国毕竟经历了与西方欧美国家不同的现代化道路,中国有自己的文化和历史经验。"

在这里,张慧瑜超越了20世纪80年代"启蒙"与"救亡"的思维框架,也超越了20世纪90年代"新左派"与"自由主义"的二元对立模式,而从一种新的视角重新审视丰富复杂的20世纪中国经验，其独特之处在于：他并不将中国人的主体意识和现代的文化逻辑视作是相互矛盾的，而是既肯定中国人的主体意识，又肯定现代的文化逻辑，即"在批判传统中继承传统、在批判现代中追求现代"，从而在实践中生成一种既"现代"又"中国"的现代中国文化，正是在这个意义上，他更加认同20世纪启蒙、革命与社会主义文化的实践，并将之作为思考历史与当下文化现象的核心立场贯穿全书，做出了富于历史感与学术性的精彩分析。

在对文学故乡与乡土写作的分析中，张慧瑜分析了鲁迅、路遥、刘震云、王祥夫等人的乡土写作、非虚构写作与后工业时代的文化乡愁，将不同时代的"故乡"及其表现方式呈现出来，在历史化、问题化的同时探索当代文化的出路。在对《故乡》的分析中，他不仅指出了鲁迅对故乡态度的"分裂"与"同一"，而且指出"这样两重故乡的想象表面上是一种现代知识分子内在流放的产物，但是对于身处'现代'之外的第三世界知识分子来说，这份乡愁却充满了裂隙和矛盾"。在对路遥等作家与"返乡写作"的分析中，他将他们笔下的乡村，与20世纪80年代到21世纪初中国乡村的进程结合在一起，勾勒出了乡土想像在不同时代的变迁。更进一步，《舌尖上的中国》等记录影像也纳入了分析的范畴，这既拓展了"故乡"的想像，也让我们看到了后工业时代"乡愁"的变异。他也不仅止于分析与反思，还与友人倡导"爱故乡"非虚构写作，试图突破消费主义的窠臼，让更多的人能够将对"故乡"的丰富体验表达出来，这既是文学批评的延伸，也是21世纪群众写作的一种文化实践。

新工人文学的实践与可能性，是张慧瑜关注的一个核心问题。在此书中，他不仅梳理新工人文学的来龙去脉，探讨工人诗歌与现代性、工业经验的关系，而且对众多新工人写作者的作品做出了分析，他指出："以范雨素、许立志为代表的新工人文学，重新以文学为媒介书写自己的故事，让不可见的工业劳动变得可见，让不可触及的社会经验变成公共文化。"在这里，文学作为一种媒介，重新建立起了个体心灵与社会、世界的有机联系。他不仅以文学批评的方式探索新工人文学的可能性，而且将所思所想进行认真的实践。从2014年秋天开始，北京五环外有一群喜欢文学的打工者组成了"新工人文学小组"，他们利用周末时间，与城里来的文化志愿者一起切磋、讨论文学，涌现出了范雨素、李若、小海等新工人写作者。张慧瑜是这个"文学小组"的志愿者和主讲老师，他谈道：在讲课的过程中，发现有两个环节受到大家欢迎，"一是轮流朗读作品。这种朗读的方式不只是让大家熟悉作品，更重要的是让每个工友主动地参与到学习中"；第二环节是点评工友的作品，"不管是批评，还是表扬，写作者都感受到是一种鼓励，工友意识到自己不只是学生，也是一位可以创造文学作品的'作者'，与此同时，从其他工友的评论中，大家也能获得一种集体的交流和认同。"从这种讲授方式中，我们可以看到这是一个唤起新工人写作者"主体性"的过程。而新工人写作者"发出我们的声音"的努力，也正是新的历史主体生成的过程。

现代主体与文化困境，正好是张慧瑜关注的另一个核心问题。此书沿着时代发展的脉络，重点分析了20世纪中国启蒙主体、革命主体的困境与复杂性，而伴随着新启蒙话语的破产，在新世纪新时代，谁在讲故事、在讲谁的故事、在以什么样的方式讲故事？新的历史或政治主体在哪里，是否正在历史中生成？这些问题既是叙述学意义上的问题，也是文化研究意义上的问题，构成了他最为关注的问题，也可以说是他从事文学批评与实践的动力，无论是对非虚构写作的倡导，还是新工人文学小组的实践，以及对"纯文学"的反思等，都是他寻找或呼唤新的历史主体的努力，也正是在这里，显示出了张慧瑜文学批评的敏感性与实践品格。

作为最切近我们的历史，20世纪虽然已经远去，但与我们的时代却有着千丝万缕的联系。20世纪中国文学的文化经验是丰富复杂的，在"打开理解20世纪中国的文化空间"一章中，张慧瑜提出，对于这个时代的文学研究者来说，中国现当代文学及其研究的"经典化"与"古典化"，或许正是我们所面临的重要问题，问题的核心在于在这样的视野下，文学正在重归某种既定的秩序，从而逐渐丧失了激情、疼痛感以及与时代生活血肉般的联系，而后者正是20世纪中国文学所留给我们的最可宝贵的精神遗产。张慧瑜的文学研究、批评与实践，正是对当代文学"古典化"倾向的反叛，也是对20世纪中国文学精神的继承。在"后记"的最后，他说希望以后"在研究上多做一些调研，把经验带入学术思考中，希望自己的思考和研究能够与当下的时代命题保持一定的呼应和互动关系"，这正是一个新世纪新青年所应有的追求，"雄关漫道真如铁，而今迈步从头越"，与慧瑜共勉。

是为序。

2021年早春

（李云雷，北京大学中文系博士，《小说选刊》副主编）

目录
Contents

导论　20世纪中国的文化坐标　▶　001

第一部分　文学故乡与乡土书写

第一章　故乡的他者化　▶　008
　　第一节　从"铁屋子"到"故乡"叙事　▶　009
　　第二节　作为"精神家园"的"故乡"想像　▶　012
　　第三节　"双重故乡"的同一与分裂　▶　017
　　第四节　"少年故乡"的文化位置　▶　022

第二章　文学乡村与手艺人的世界　▶　026
　　第一节　"平凡的世界"何以可能？　▶　027
　　第二节　双重空间：手艺人的文学乡土　▶　031
　　第三节　乡土写作的传统与历史局限　▶　034
　　第四节　"反"乡愁的返乡书写　▶　039

第三章　后工业时代的文化乡愁　▶　046
　　第一节　"美食家"的文化政治　▶　047
　　第二节　生态主义、后工业文化与他者想象　▶　051
　　第三节　现实主义叙事的回归与未来性　▶　057
　　第四节　特殊的乡村叙述与知识分子的位置　▶　063

第二部分　现代主体与文化困境

第四章　启蒙者与看客的辩证法 ▶ 068
　　第一节　"被看"的"看（客）" ▶ 069
　　第二节　启蒙者与看客的权力翻转 ▶ 082
　　第三节　"永远是戏剧的看客" ▶ 088
　　第四节　被砍头者与观看的欲望 ▶ 092

第五章　现代主体的病理化 ▶ 097
　　第一节　男性主体与国族认同的形成 ▶ 098
　　第二节　被凝视的主体与主动的看客 ▶ 106
　　第三节　"谁"在"医院"中：启蒙者的主体困境 ▶ 111
　　第四节　启蒙主体与混杂的医院空间 ▶ 115

第六章　悬疑背后：中产阶层的内在焦虑 ▶ 125
　　第一节　"悬疑故事的另一种讲述版本" ▶ 127
　　第二节　谁穿着"隐身衣"，谁在"隐身"？ ▶ 145
　　第三节　新写实的"态度" ▶ 153
　　第四节　新启蒙话语的破产 ▶ 162

第三部分　以文学为媒介

第七章　从打工文学到新工人文学 ▶ 168
　　第一节　"民工潮"的浮现 ▶ 168
　　第二节　打工文学与流浪之歌 ▶ 176

第三节　另一种文化书写：新工人文学的意义 ▶ 184

　　第四节　底层书写与公共文化建设 ▶ 189

第八章　现代性、工业经验与工人诗歌 ▶ 196

　　第一节　工人诗歌的"当代性"与三种工业经验 ▶ 197

　　第二节　留守女人、性别身份与新的受苦人 ▶ 209

　　第三节　现代性视野下的工业经验 ▶ 220

　　第四节　工人诗歌的文化意义 ▶ 223

第九章　以文学为媒介与新工人社区重建 ▶ 227

　　第一节　在"别人的森林"里创造新工人文化 ▶ 228

　　第二节　新工人文化社区的重建 ▶ 232

　　第三节　以文学为媒介 ▶ 236

　　第四节　借现代文学"发出我们自己的声音" ▶ 243

第四部分　文学政治与文化转型

第十章　"纯文学"的反思与"政治的回归" ▶ 254

　　第一节　"纯文学"的争论 ▶ 255

　　第二节　并非"多余"的话："政治/文学"的发明 ▶ 259

　　第三节　"活的现实"与文学的失效 ▶ 263

　　第四节　病人的隐喻 ▶ 265

第十一章　文学想象与文化转型 ▶ 269

　　第一节　作家、时代与社会变迁 ▶ 270

　　第二节　文艺评论的现代功能 ▶ 277

　　第三节　文艺评论的形态演变 ▶ 279

第四节 当代文化的三重转型 ▶ 287

第十二章 打开理解 20 世纪中国的文化空间 ▶ 293

第一节 现当代文学研究的经典化与历史和解 ▶ 294

第二节 非虚构写作与 20 世纪中国文化经验 ▶ 300

第三节 国际友人视角下的 20 世纪中国经验 ▶ 306

第四节 文学的功能与未来想象 ▶ 311

后记 ▶ 316

参考书目 ▶ 324

导论　20世纪中国的文化坐标

近代以来，中国遭遇西方的挑战，始终处于传统与现代（时间）、中国与世界（空间）、乡村与城市（社会）三组文化坐标中。在相当长的历史时期，中国的自我指认是传统、非西方和乡村，追求现代化、变成西方和实现城市化成为中国文化与社会的内在焦虑。随着21世纪中国经济崛起，这三组文化坐标也发生了位移，不再是乡土中国和传统中国，而是现代中国、城市中国成为讲述中国故事的主体和底色。在这种背景下，曾经被作为文化"包袱"的传统文化获得重新评价，变成新的文化身份；中国的世界景观也不只是美国、欧洲等发达国家，还出现了非洲、中东等第三世界；乡村也不是愚昧、落后之所，而是"舌尖上"的诗意田园。与这种截然二分的文化、社会图景不同，在20世纪中国革命的实践中，产生了一种克服这种二元对立的文化、政治逻辑，如"古为今用，洋为中用"的辩证法，以及工（业）农（业）联盟基础上的工业城市、工业乡村的想像等。可以说，一百多年来中国现代化过程中浮现了三种主体状态和文化结构。

一是，传统中国与乡土中国的自我指认。经过鸦片战争、洋务运动、戊戌变法、辛亥革命、五四新文化运动等一系列历史事件，中国在西方殖民主义的威胁下或被动或主动地走向追求现代化的艰难历程。在传统与现代的框架下，中国被认为是未完成现代化的传统中国，因此，启蒙、向西方学习成为五四时期形成的基本问题意识。这种问题意识在国共内战、抗日战争、解放战争和上世纪50年代到70年代的社会主义建设中曾经受到左翼文化和革命文化的批判和反思，直到上世纪70年代末期另一场"思想解放运动"开启，这种中国传统、西方现代的五四意识再次成为上世纪80年代以来的文化共识。这就造成两种文化情感结构，第一种是强烈的文化不自信，也就是文化自卑感，认为传统是阻碍中国现代化的"罪魁祸首"，如五四时期形成激烈地批判传统的思潮；第二种是现代焦虑症，就是对现代的强烈崇拜和追求，渴望获得西方的认同，把西方的文化和社会逻辑内在化，如现代、科学、技术、理性等词汇在中国人的文化观念中都具有正面价值，不像西方人文思想中有着强烈的反思现代主义、反思科学主义的传统。就像1984年的电影《黄土地》，是这种文化意识的典型反映。这部电影通过重新改写革命历史故事，把八路军从外来的拯救者变成无能为力的主体，而"黄土地"是一种压抑人的、没有希望的、从来不会被改变的陆地文明，即便穷苦女子翠巧爱上八路军，也依然无法改变自己的宿命。这种对革命历史故事的反思服务于上世纪80年代重新启蒙的现代化叙事。

这种文化自卑感和现代焦虑症是互为表里的，从而形成了一种定型化的认知结构，中国的就是民族化的、民俗化的、传统的，而西方的就是现代的、科学的、理性的，现代中国是一个无法被表达、被叙述的主体状态。这种传统与现代的线性时间逻辑与中国是传统、西方是现代的空间想象结合起来，形成了上世纪80年代的世界想象。在冷战时代，中国、苏联、东欧属于社会主义阵营，美国、欧洲、日本等属于资本主义阵营，这两种阵营在政治、经济、文化上代表了两种不同的制度和逻辑，当时中国的世界想像是与亚非拉等发展中国家联系,反对美国与苏联所代表的霸权结构。到改革开放时期,这种国际空间想像发生了巨大转变,中国开始学习欧美的先进经验,把自我书写为"黄土地",把欧美国家变成发达的"海洋文明"和"蔚蓝色文明"的代表。这种传统/现代、中国/西方的文化想像,在社会空间的意义上,又被转化为中国是乡土的、非城市的中国,这也造成近代以来乡土中国及其所代表的农业文明就成为中国的典型形象和自我指认。可以说,从五四到上世纪80年代,这种传统中国和乡土中国就成为两种最常见的中国形象,这是在启蒙主义和现代化的逻辑下形成的中国认同,代表着一种负面的、需要被现代化所抛弃的价值观,也形成了20世纪历史中深入人心的文化偏见,就是激烈地自我否认和文化批判,斩断传统中国与现代的关系,渴望把一系列现代价值观从外部内置到中国文化内部,这也是一种自我他者化、自我现代化、自我殖民化的过程。

二是,现代中国和城市中国的浮现。这种传统中国和乡土中国的主体位置,近些年随着中国经济崛起以及成为全球第二大经济体而发生了逆转。通过对内改革和对外开放,中国经济实现了高速起飞,也基本完成了近代以来梦寐以求的现代化目标,传统中国蜕变为高度现代化的中国。上世纪80年代以来在启蒙话语中,有两种讲述中国故事的主体状态,一是前现代的主体,是落后的、愚昧的中国,二是把中国故事放置在西方人的视角之下,比如上世纪90年代冯小宁执导的《红河谷》(1996)、《黄河绝恋》(1999)和叶大鹰执导的《红色恋人》(1999)就是如此。新世纪以来,这样两种中国故事开始发生转变,一种现代中国的新主体开始浮现,使得现代与中国的内在张力被克服,中国也能够占据现代的、西方的主体状态。

三是,被放逐的革命中国和当代中国。传统中国与现代中国的文化逻辑背后都隐含着一种以现代为核心的价值观,不管是批判传统的包袱,还是重新把传统作为正面遗产,都是把现代作为参照系,这是五四时代、上世纪80年代以及中国经济崛起之后支配性的文化意识。这其实压抑、忽视了上世纪50到70年代革命中国、当代中国的历史和另类尝试。在这种社会主义文化的实践中,改变了传统与现代的二元想像,变成一种在批判传统中继承传统、在批判现代中追求现代的文化逻辑。这体现为三种不同的文化精神,一是以工业、生产为核心的城市文化;二是农村在地现代化的路径,三是相对平等的亚非拉想像。

第一,城市在上世纪50到70年代的文化逻辑中具有一种暧昧性,城市文化被作为资产阶级文化的典型代表,尤其是城市里的消费主义空间如咖啡馆、歌舞厅、高楼大厦等是资产阶级腐朽堕落、社会罪恶的象征。这种对城市文明的反思既是工业社会、城市化以来西方现代性的自我批判,又是冷战时代社会主义文化对资本主义文化的批判。在负面化资本主义文化的同时,社会主义文化也创造了一种与资本主义文化针锋相对的现代文化,这就是把消费性的城市改造为生产性的城市,把灯红酒绿的夜幕变成阳光明媚的建设工地。于是,在上世纪50到70年代的中国电影中,出现了两种城市形象:"资本主义黑夜"和"社会主义白天",前者是在旧中国、旧社会的"霓虹灯"下展现身体的诱惑与人性的沦落,后者则在新中国、新社会的"艳阳天"里表现热火朝天的生产性和工业化场景。

第二,与西方现代以来通过"羊吃人"、圈地运动等强制方式消灭农村、把农民转化为城市无产阶级不同,作为有着悠久农业文明的中国,被迫走上了一条"农村包围城市"、土地革命的方式来完成国家独立和社会改造,这也为新中国开启现代化、工业化提供了社会基础。相比五四时期启蒙视角下的"恶乡村"和浪漫主义视角下的诗意乡愁,新中国所形成的是一种以乡村为主体、从乡村出发的现代化叙事,在那些如《三里湾》

(1955)、《创业史》(1960)等乡土、农村题材的社会主义现实主义作品中，乡村不再是城市的他者，而是现代化的主体，是以乡村空间为主角，展现农村社会的集体化、合作化的历史，这里的乡村不再是城市之外的他者，而是从城里来的年轻人与村里的人们一起追求现代化、建设工业化乡村的地方，这种乡村主体的视角是"农村包围城市"的中国革命以及以农村为主体的合作化道路的产物。这种乡村在地现代化的经验，不是把农民赶到城市里，而是通过组织化、发动农民实现本土的现代化，人们不是背井离乡去城里寻找现代化的生活，而是在本土本乡实现现代化，农村不是城市的外部，现代化的生活建立在农村生活的基础之上。这种不同于城市视角下的乡村故事得以成立的前提是工农联盟的政治经济制度和人民公社体制。可以说，中国近代以来之所以能够抵抗来自西方的挑战以及日本的侵略，很大程度上依靠广泛的农村动员。农村不是等着去救赎、去怜悯抑或恐惧的他者之地，当然，也不是鸟语花香的、浪漫化的诗意空间，而是充满生命力、有主体感的地方。

第三，在上世纪50到70年代的国际主义和阶级政治影响下，亚非拉和第三世界成为中国打破冷战结构的突破口，中国建立了一种与第三世界国家相对平等的兄弟想像。近些年，因为中国经济开始与亚非拉地区建立广泛的经贸联系，曾经在上世纪80年代被排除到世界之外的第三世界又重新回到中国的文化视野之中，2017年上映了电影《战狼2》以及2018年央视春节联欢晚会上表演了中非友谊的小品《同喜同乐》，只是在这些文化呈现中，中国被表现为现代、非洲表现为落后，这与上世纪50到70年代关于中非友好的招贴画里中非是一种合作、互助的形象非常不同，那种彼此承认、相对平等的中非想像对中国崛起时代重新建立一种新的国际视野具有重要的启示意义。

经过一百多年的现代化之旅,中国从有着几千年农耕文明的帝国变成现代化的国家。在根本性的社会、政治、经济制度上已经实现了现代化,甚至比西方原发现代国家还要更先进、更彻底。但是,中国毕竟经历了与西方欧美国家不同的现代化道路,中国有自己的文化和历史经验。简单地说,当下的中国保留两种大的文化遗产,一种是上千年农耕、封建的历史实践,当下的中国能够比较辩证地对待这段漫长的历史,有些是值得发扬、继承的传统,有些是与现代价值不匹配的糟粕;第二种是百余年中国挣扎、蜕变的现代历史,对于这段彼此矛盾、自我否定的历史,还存在争议,甚至在大众文化中存在着一种跨越现代、让当下中国与传统中国无缝对接的"穿越术",这也充分说明现代中国的历史需要进一步历史化、对象化。只有这样,中国经验、中国道路才具有真正的普世性和启示意义。

第一部分　文学故乡与乡土书写

一百年前，五四新文化运动创造了中国现代文学，也形塑了用文学来参与20世纪中国政治与社会变革的历史传统。上世纪二三十年代，中国在文学中被书写为乡土中国，这是贫穷、落后的地方，也是需要被启蒙、被现代化的他者。这种乡土中国的文学书写在不同时代扮演着不同的文化位置，简而言之，在启蒙叙述中，乡土、农村是落后、愚昧的空间；在革命叙述中，农村、农民是革命动员的对象和社会建设的主体；在后工业的叙述中，乡村、土地又是诗意的空间和有机田园。这一部分主要以鲁迅的《故乡》、上世纪八九十年代的乡土文学以及后工业时代的故乡想像为案例，来呈现故乡叙事与社会变迁的关系。

第一章　故乡的他者化

　　鲁迅在《呐喊·自序》中讲述了"幻灯片事件"之后，又讲述了同样著名的"铁屋子"寓言。在这个密闭的无法轰毁的"铁屋子"空间中，只存在着"清醒的人"和"睡熟的人们"这样两类人。如果说"睡熟的人们"是"铁屋子"的产物，与"铁屋子"一样是落后的、封建的指称，那么"清醒人"为什么也出现在"铁屋子"里面呢？清醒者身处"铁屋子"之中，却不是"铁屋子"的产物。与此相反，"铁屋子"是清醒者眼中的产物，"铁屋子"的空间形象恰好来自于清醒者的视野。如果联系到"幻灯片事件"中，清醒者／"我"作为接受现代西方医学教育的学生／医生，是一个启蒙者／唤醒者的角色，那么"铁屋子"的寓言就是在这种现代视野中变成了密闭且"无窗"的空间。可以说，也只有清醒者才具有指认"铁屋子"为密闭空间和唤醒睡熟的人们的能力。而一旦清醒者也处在"铁屋子"里面之时，这种清醒者作为接受现代教育的启蒙者的身份以及"铁屋子"得以产生的文化机制也就被遮蔽掉了。"清醒者"与铁屋子的这种既内又外的关系，使铁屋子及唤醒睡熟的人们的故事得以产生。这种"铁屋子"的故事在鲁迅的小说创作中被转移、置换或具象化为一种特殊的关于故乡的表述（如《故乡》《祝福》）。

第一节 从"铁屋子"到"故乡"叙事

如果说故乡是"铁屋子"的话，那么清醒者／"我"就是一个可以穿行于故乡的人（显然，那些熟睡的人们没有这样的能力，除了阿Q之外）。"我"来到"故乡"，遇到了闰土、豆腐西施、祥林嫂等"熟睡的人们"，与此同时，"我"又可以离开"故乡"，这就彰显了"铁屋子"寓言中"清醒者"的暧昧和游离的主体位置。在"故乡"这个空间中，一方面，可以讲述清醒者与睡熟的人们的故事（如"我"与祥林嫂的故事），另一方面，"我"又被"故乡"放逐在外，与其说"故乡"与"我"产生了隔绝，不如说"我"在故乡变成了"异乡人"。在这个意义上，"故乡"的叙述改写了"铁屋子"寓言，把清醒者与熟睡的人们的故事改写为一个归来的故乡人与故乡的关系的故事。这种改写延续了"幻灯片事件""铁屋子"寓言的核心故事，即启蒙与唤醒的主题，但是"故乡"叙述的意义在于把"幻灯片事件"和"铁屋子"叙述之间的裂隙暴露出来，并印证出密闭空间的"铁屋子"的讲述来自于一个内在于西方视点的启蒙者的位置。"我"之所以能够回到故乡，正是因为具有这样一种外在的视点以及往返于故乡的权力。因此，故乡的叙述把"铁屋子"寓言的封闭性打开了。

如果把故乡比喻为"铁屋子"，那么以故乡为原型的乡土中国就成为"铁屋子"的所指（一般来说，鲁迅笔下的故乡、鲁镇、未庄往往被阐释为封建礼教笼罩下的"铁屋子"），而与"故乡"相对立的"异地"则是城市。在这个意义上,城市与乡土中国的区隔已经开始出现(如果中国被指认一间"铁屋子",那么城市的位置就如同"我"一样成了这间"铁屋子"的飞地、异地)。"我"与故乡的关系就变成了游离于故乡/"铁屋子"之外的异乡人,而关于故乡、乡土中国的叙述成为以"我""城市"为中心讲述的他者或他乡的故事,而乡土中国也就变成了封建、落后、农民的空间,当然也是需要被改造和放逐的空间。因此,《呐喊·故乡》呈现了一种知识分子与乡土中国的对立关系,无论是改造乡土中国(启蒙与现代化的逻辑),还是被乡土中国所改造(毛泽东式的"农村包围城市"的革命模式或者被称为反现代的现代性逻辑),都建立这种知识分子与乡土中国的分离之上。对于鲁迅这种接受现代教育,尤其是拥有海外经验的知识分子来说,"故乡"成了一种无法返回的地方,也就是说故乡变成了他乡。从这个角度来说,与其说故乡被他者化,不如说"我"被故乡所放逐。从离开家乡去"逃异地"到回到家乡来"离别",主体在完成成长的同时,也变成了异乡人。

"我"作为"启蒙者"的主体位置来自于现代教育之旅,尤其是在"幻灯片事件"中与日本同学一起学习解剖学的方法,如同《彷徨·孤独者》中的魏连殳也是"出外游学的学生",可是村里人"却更不明白他,仿佛将他当作一个外国人看待,说是'同我们都异样的'""确是一个异类"[①]。因此,故乡之旅是获得主体位置之后所进行的返乡之旅。返回家乡在中国传统文化中也有相似的表述(如衣锦还乡、卸甲归田),正如东晋诗人陶渊明的《归田赋》(归乡也成为一种归隐的方式或姿态)、唐代诗人贺知章的名诗《回乡偶书》中"少小离家老大回,乡音无改鬓毛衰",这种古代

---

① 鲁迅:《鲁迅全集》(卷二),人民文学出版社,2005年版,第88页。

文人的归乡成为田园诗歌、山水诗歌的主题或原型之一，尽管这种书写传统也在现当代知识分子中延续，但与这种"离乡—归乡"的古典模式最大的不同在于鲁迅的故乡是一个再也回不去的故乡，"回"故乡变成了"离别"故乡。正如《呐喊·故乡》中"我"清晰地说这次回故乡，是为了"永别了熟识的老屋，而且远离了熟识的故乡，搬家到我在谋食的异地去"①。有许多研究者指出，在鲁迅笔下与"故乡"有关的叙述中，作为知识分子的外来者的身份成为中国乡土文学的叙述源头②。而这个回不去的故乡似乎也为鲁迅式的都市／城市知识分子提供了乡愁的空间、"内在家园"的想像以及不满于城市这个现实生活空间的他者。因此，鲁迅成了双重意义上的异乡人，一个被故乡和作为异地的城市双重放逐的漂泊的异乡人。

在这里我并非要检讨这种外来者的视角所包含的城市与乡土的二元叙事，而在于"我"与"故乡"的这种关系，使得"我"的返乡之旅变成了一次离乡之途。正如《呐喊·故乡》的开头所述"我这次是专为了别他而来的"③，这种把故乡叙述为他乡的表述本身也是一种自我放逐的过程。如果联系到"我"离开故乡是"走异路，逃异地"，那么这种逃离之旅也是自我流放之旅。而在"我"的眼里，"我只觉得我四面有看不见的高墙，将我隔成孤身"，"故乡"是与"我"隔绝的"铁屋子"，因此，"我"必须再一次离开这个地方。如果说第一次"离开"故乡是肉身之父衰微之后

---

① 鲁迅：《鲁迅全集》（卷一），人民文学出版社，2005年版，第501页。
② 庄汉新、邵明波：《中国20世纪乡土小说论评》（修订版），学苑出版社，2001年版。
③ 唐小兵在《现代经验与内在家园：鲁迅<故乡>精读》（选自《英雄与凡人的时代：解读20世纪》，上海文艺出版社，2001年版）中指出，"决定了这次还乡经历的现代性的，也许是开篇第一句里最末一个字：去"，第49页。

的寻找精神之父的旅程（找到了现代医生/藤野先生），那么这次"回故乡"则是秉父之名（接受现代教育并寻找到精神之父的"我"）来对故乡空间的清点（买房子）、哀悼（"萧索的荒村，没有一些活气"）和埋葬（对少年闰土记忆的唤回，是为了确认这种记忆的丧失）。除了记忆中的"儿时故乡"，"我"对"故乡"没有任何留恋和认同。在这个意义上，我把鲁迅的"故乡"叙述放置到与"幻灯片事件""铁屋子"寓言密切相连的叙述之中，这些空间置换在不断地复沓一种启蒙者与庸众的故事，但在每一次空间转喻中，又发生了重要的改写和遮蔽。

第二节　作为"精神家园"的"故乡"想像

由于《呐喊·故乡》很早就被作为中学语文教材的篇目[①]，不仅流传深远，而且成为接受过中学教育的人们的基本教养，甚至鲁迅式的《故乡》也成为一种情感结构。上世纪 80 年代以来，关于《故乡》的解读和阐述主要有两种路径。一种是把《故乡》归纳为"'离去—归来—再离去'的

· ①　〔日〕藤井省三，董炳月译：《鲁迅<故乡>阅读史——近代中国的文学空间》，新世界出版社，2002 年版。据藤井省三的考察，《故乡》最早收入 1923 年 7 月上海世界书局出版的《中学国语文读本》，从此变成为国民教育的基本篇目。藤井省三按照不同时代"中华民国"、毛泽东时代、邓小平时代的教学大纲来勘定《故乡》的阅读史与作为意识形态国家机器的中学教育联系起来，"《故乡》在 20 年代是被作为表达五四时期知识分子不安与绝望心情的'情感的文学'或者是被作为描写知识阶级与农民之间'隔膜'的'事实的文学'来阅读的"。第 83 页。

模式，也称为'归乡'模式"①，认为在这种模式中隐藏着乡村与城市的二元对立，《故乡》被解读为"当年被'聚族而居'的封建宗法制度的农村社会所挤压，'我'不得不离本乡、'逃异地'，到现代都市'寻求别样'的出路。二十年过去，依然在为生活而'辛苦辗转'，却失去了精神的家园。此番归来，正是为了寻梦：那'时时记得的故乡'不过是心象世界里的幻影。因此，整篇小说所写的其实是'我'的一个心理过程"②，这种"归乡的"模式也是收入《彷徨》的《祝福》《在酒楼上》《孤独者》等经典名篇的基本叙述结构。这种阐释把"故乡"之旅看成是一种对"失去了精神的家园"的寻找，是"城市"知识分子的一次寻梦之旅。这与上世纪80年代以来把鲁迅从革命者变成启蒙者的文化想像有关，对自由、独立的"精神家园"的追求一直是上世纪80年代知识分子的理想镜像，"精神家园"也是当时知识分子借助现代主义、现代哲学（尤其是尼采、海德格尔等现代主义哲学及萨特的存在主义哲学）等文化资源所试图完成的精英主义重建的有效组成部分，"精神家园"的丧失也喻指着文革及左翼暴力对知识分子思想空间的挤压。因此，"儿时的故乡"不仅仅是"百草园的生活"，还是没有政治干预的、思想自由的"诗意的栖居"。

第二种是在上世纪90年代"再解读"的研究思路中，唐小兵把《故乡》解读为一种主体经历"内在家园"失落的现代性经验："'我'的返乡，是迁徙的延续，是一次必然的失落，是现代人的无家可归，而现代人的挣

---

① 钱理群、温儒敏、吴福辉：《中国现代文学三十年》（修订本），北京大学出版社，1998年版，第42页。

② 同上，第42页。

扎,正忠实地反映在'我'与'故乡'间的漫漫长途和叙事空间上"①,"故乡"成为一种现代人必然失落的"内在家园",因此,"故乡成为需要'永别'和'远离'的异地"②。从这个角度来说,《故乡》被阐释为一种现代人/城市人/成年人把故乡/乡村这一空间性的"他者"叙述为一个儿童的世界的过程,对于故乡的追忆、追寻与对故乡的失落是并存的,所以,"关于现代生存意义的叙事,似乎无一例外地都在讲述一个再别故乡,重新发现生存方式的故事,也就是寻找内在家园的故事。鲁迅的《故乡》所建立的正是现代中国人不得不拥有的一个使过去和未来可能妥协的想象域"③。对"内在家园"的寻找,同时也是一种对"内在家园"丧失的确认,这种研究与上世纪90年代以来在现代性的视野下修正上世纪80年代把"故乡"作为铁屋子的叙述有关,即故乡不是"铁屋子",故乡是现代主体的现代性体验,由对"现实故乡"的封建主义批判转向了对"儿时故乡"的"内在家园"的眷恋。

这种把"故乡"作为现代人获得主体位置而必然丧失的"内在家园"的论述与上世纪80年代文学史把"我"的返乡之旅解读为对精神家园的寻找具有相似的解读策略。尽管唐小兵强调现代主体的"成长"与"内在家园"的重构是现代性的基本经验,而钱理群等人的文学史更强调"精神家园"是现代或城市知识分子的超越世俗或城市/现代生活的一种想像方式,但把这种"内在家园"或"精神家园"作为主体所不可或缺的超脱空间和内在精神的追求与上世纪80年代的文化氛围密切相关。"精神家园"的修辞,是当时被人文知识分子所分享的表述方式,尤其借助海德格尔关

---

① 唐小兵:《现代经验与内在家园:鲁迅〈故乡〉精读》,选自《英雄与凡人的时代:解读20世纪》,上海文艺出版社,2001年版,第50页。
② 同上,第52页。
③ 同上,第69页。

于"诗意的栖居"的人类家园的论述,"精神"家园成为知识分子的一种自我指认,而上世纪90年代初期人文精神论争的内在动力在于"人文精神家园"在商业化(背后是92年所开启的全面市场化所造成的去政治化)中的丧失和被边缘化。因此,固守一份人文情怀或精神家园成为人文知识分子的自我期许,人文精神论争试图延续上世纪80年代人文知识分子作为社会文化核心建构者的角色(这种知识分子介入社会及其参与文化实践的能动性社会角色是在上世纪50年代到70年代以及左翼传统中被赋予的,或许没有一个历史时期,"文化"可以占据如此重要和中心的位置,上世纪80年代对于文化的想象某种程度上延续了上世纪50年代到70年代的历史遗产),反而为文化在这个以经济为中心重组的社会生态中找到了恰当的位置,就是提供精神、文化产品,或者是成为精英文化的一部分。而这种精英文化是在上世纪80年代中后期借助对尼采、海德格尔等德国哲学的阅读所形成的对于哲人(兼或诗人)的自我想象中建构出来的,这种自我想象是对上世纪50年代到70年代左翼文化所塑造的一种与工农兵相结合的知识分子角色的"反动",工农兵作为历史主体的再现／代表机制被当作左翼债务进行清算(暂且不讨论这种再现／代表机制自身的危机及阶级还原论所带来的负面教训),知识分子回归到"知识""精神"本身,尽管这种精神是以"人类""世界"等普遍主义的名义来获得合法性的(这种普遍性有效地弥补了马克思主义以来的阶级区隔的裂痕),但这种"精神贵族"的想象在上世纪90年代的语境导致政治保守主义的出现,尤其是对于那些自由主义知识分子来说,这显然与上世纪八九十年代之交的"冷战终结"有关。

这种对《故乡》的阐释是站在现代／城市的角度来把"少年故乡"的叙述指认为"内在家园"或"精神家园",对"家园"的认同本身是建立在对现代生活的批判之上，只是这种批判却是通过把过去建构为一个美丽天堂的方式来反思世俗、物质的世界，这种反现代性的视野与19世纪在德国、英国等发达工业社会中出现的浪漫式的对工业化的批判有关，但这恰好是与鲁迅的叙述存在着深刻的错位，而且这种反现代的策略无法在政治、文化上展开对封建、贵族制度的批判，因此，它往往与一种保守主义的趣味和立场联系在一起。这种"寻梦"（在时间和空间的双重意义上返回"故""乡"）与其说是拯救在"现代城市"的"异地"所丧失的"精神家园"，不如说是要呈现"我"与"萧索"故乡之间的隔膜。或者进一步说，虽然"故乡"的风景及故事都是以作为现代主体的"我"为视点来展开的，但鲁迅恰好不是站在"现代"的立场上来书写那个"美丽的少年故乡"，反而是站在"深冬、冷风、悲凉、凄凉"的"现实"故乡的位置上来回忆："这不是我二十年来时时记得的故乡？我所记得的故乡全不如此"，这个"现实"故乡就是处在"前现代"／中国的"铁屋子"。所以说，鲁迅的"故乡"尽管是一份"现代经验"，但又不完全吻合于这种经验，我想追问的是故乡如何被他乡化的以及经历了现代教育之旅的鲁迅为什么就具有了观看故乡的视野了呢？这是鲁迅"走异路""逃异地""寻求别样的人们"的结果或宿命吗？或者说，鲁迅在日本并没有成为异乡人，回到城市也没有成为异乡人，反而是回到故乡、家乡却成了异乡人（"我"不是"独在异乡为异客"而是在"故乡"变成了"异客"）。更进一步的问题是，已经获得主体位置的鲁迅为什么需要这样一种"归乡"之旅呢？对"儿时故乡"的美好记忆在故乡叙述中又占据什么样的位置呢？这种由儿时记忆组成的"乡愁"又意味着什么呢？

第三节 "双重故乡"的同一与分裂

如果说发生在日本教室中的"幻灯片事件",使得鲁迅获得国民性批判的位置以及作为启蒙主义者的身份,那么这种身份还需要重构"故乡"的方式来完成"异乡人"的认同,这或许是经历现代教育之旅的知识分子所必需消化、完成的情感记忆。鲁迅非常自觉地把自己叙述为一个自我放逐的"异乡人"。"故乡"本身是聚集了"故"/时间和"乡"/空间的耦合,是一种从现在出发的关于过去的乡愁,或者说,"故乡"是一种通过建构时间的变迁来完成的空间表述,也就是说把空间时间化。《呐喊·故乡》的叙述就是一种时间向度上展开的空间叙述,或者说在时间叙述中完成的一种空间同质性的表达。我把《呐喊·故乡》中不同的时间及对应的空间总结如下:

"过去"的"故乡"是"美丽的故乡"——"儿时的记忆"——"西瓜地上的戴银项圈的小英雄"闰土——"我的父亲还在世,家景也好"

"现在"的"故乡"是"萧索的荒村"——"没有一些活气"——老屋——"熟识的故乡"——母亲(没有父亲)——"如闰土的辛苦麻木而生活"

"城市"是"谋食的异地"——"四面有看不见的高墙"——"希望是本无所谓有,无所谓无的"

可以说,鲁迅的返乡过程是一次心灵之旅,再一次确认自己作为异乡人身份的安抚之旅。故乡本来是一个空间概念,一个乡愁之地,但是在乡愁之地上所完成或重构的恰恰是一种时间意义上的双重故乡表述,一个是唯美的、浪漫的少年闰土式的、百草园式的童年的故乡,一个是成年闰土、祥林嫂、豆腐西施的故乡。这种在时间向度上分裂的故乡,在空间上却是统一的。这种分裂恰好发生在鲁迅成长为现代知识分子的过程之中,是闰土的变化使得"我"意识到自己作为"异乡人"的身份,这来自于"我"与成年闰土的相遇:

> 我这时很兴奋,但不知道怎么说才好,只是说:
> "阿!闰土哥,——你来了?……"
> 我接着便有许多话,想要连珠一般涌出:角鸡,跳鱼儿,贝壳,猹,……但又总觉得被什么挡着似的,单在脑里面回旋,吐不出口外去。
> 他站住了,脸上现出欢喜和凄凉的神情;动着嘴唇,却没有作声。他的态度终于恭敬起来了,分明地叫道:
> "老爷!……"
> 我似乎打了一个寒噤;我就知道,我们之间已经隔了一层可悲的厚障壁了。我也说不出话。①

这层"可悲的厚障壁"不仅隔开了"我"与闰土的距离,也阻隔了"我"关于少年闰土的记忆,更重要的是,使"我""说不出话来",以至于返城的"我"感觉到.

---

① 鲁迅:《鲁迅全集》(卷一),人民文学出版社,2005年版,第507页。

老屋离我愈远了；故乡的山水也都渐渐远离了我，但我却并不感到怎样的留恋。我只觉得我四面有看不见的高墙，将我隔成孤身，使我非常气闷；那西瓜地上的银项圈的小英雄的影像，我本来十分清楚，现在却忽地模糊了，又使我非常的悲哀。[1]

在这里，起到阻隔作用的"厚障壁"已经变成了囚禁式的"看不见的高墙"，"本来清楚"的"小英雄的影像"也"模糊"起来，"我"与闰土的友谊变成了"孤身"一人的"我"。藤井省三指出"确确实实，在少年消失的故乡的风景中，存在着一个孤独的人"[2]，这个"孤独的人"，是一个"说不出话"来的人（失去表达能力的主体），正如《故乡》开头，"我所记得的故乡全不如此。我的故乡好得多了。但要我记起他的美丽，说出他的佳处来，却又没有影像，没有言辞了"[3]，有趣的是，这种"无言"并不只是面对成年的闰土，其实在鲁迅碰见闰土之前，有一段与"豆腐西施"杨二嫂的对话：

"忘了？这真是贵人眼高……"

"哪有这事……我……"我惶恐着，站起来说。

"那么，我对你说。迅哥儿，你阔了，搬动又笨重，你还要什么这些破烂木器，让我拿去吧。我们小户人家，用得着。"

"我并没有阔哩。我须卖了这些，再去……"

---

[1] 鲁迅:《鲁迅全集》(卷一)，人民文学出版社，2005年版，第510页。

[2] 〔日〕藤井省三，董炳月译:《鲁迅＜故乡＞阅读史——近代中国的文学空间》，新世界出版社，2002年版，第5页。

[3] 鲁迅:《鲁迅全集》(卷一)，人民文学出版社，2005年版，第501页。

"阿呀呀,你放了道台了还说不阔?你现在有三房姨太太;出门便是八抬的大轿,还说不阔?吓,什么都瞒不过我。"

我知道无话可说了,便闭了口,默默地站着。①

为什么回到"故乡"却又"无话可说"呢?既然"无话可说"为何又要写《故乡》呢?似乎"我"无言的理由在于与闰土、杨二嫂之间的知识、心灵、情感上的隔膜,显然,这种隔膜,在于"我"在他们眼中是"少爷"、是"道台",而不是一个现代知识分子。在"我"眼里,故乡、闰土、祥林嫂都是需要被启蒙的对象(故乡=少年闰土+成年闰土),"我"处在"乡土中国"之外,"我"与被启蒙者是分离的。更具症候性的是,这种隔绝感并非"我"经历现代教育之旅而成为一个城市知识分子之后(在豆腐西施看来,这也并非异路,而是科举当官的旧路),而在"我"与少年闰土作为童年玩伴之时就已经出现了。

阿!闰土的心里有无穷无尽的稀奇的事,都是我往常的朋友所不知道的。他们不知道一些事,闰土在海边时,他们都和我一样只看见院子里高墙上的四角的天空。②

也就是说,当"我"是少爷的时候,闰土与"我"之间已然存在着隔阂,这种隔阂在"我"经历现代教育之旅,并没有真正被消除,反而以一种现代的区隔遮蔽了少时的隔阂,尽管"现在我的母亲提起了他,我这

---

① 鲁迅:《鲁迅全集》(卷一),人民文学出版社,2005年版,第506页。

② 同上,第504页。

儿时的记忆,忽然全都闪电似的苏生过来,似乎看到了我的美丽的故乡了"①。少年闰土对于"我"来说,是打破这种"四角的天空"的"小英雄",而成年闰土对于"我"却"隔了一层可悲的'厚障壁'"②。"成年闰土"在"我"眼中变成了"石像""木偶人",这种变化被母亲归结为"多子,饥荒,苛税,兵,匪,官,绅",可无论是少年闰土,还是成年闰土,观察者都是"我"。正如许多研究者指出,在"我"与"故乡"之间存在主体与客体的关系,或者说"故乡"是在"我"的视野中展开或者说获得重构的。与《狂人日记》中的狂人处在被众人观看的处境不同,在《故乡》中,"我"获得了一种观看的权力和位置,家乡的风景和各色人物都在"我"的视野中被呈现,在这个意义上,"故乡是'我'的镜像,故乡是构成'自我'的他者"③。所以说,无论是充满浪漫化的少年闰土,还是木讷的成年闰土,都是一种客体性的位置。于是,作为异乡人的"我"与"少爷"之间就处在某种相似的位置上。这种主体位置的统一性,是建立在把闰土分裂为少年闰土和成年闰土的叙述之上,与其说是闰土在从少年变成成年,不如说是"我"的视野在变化。在这个意义上,闰土的分离恰好遮蔽了"我"从少爷变成现代知识分子的过程。

---

① 鲁迅:《鲁迅全集》(卷一),人民文学出版社,2005年版,第504页。

② 鲁迅有意写了闰土的孩子水生和侄儿宏儿之间的友谊,来突显他和闰土之间的隔膜。在这里,"孩子"作为鲁迅笔下的希望,同时也是被拯救的对象的意向已经开始出现。而"孩子"在五四时期充当了双重意识形态功能,一是作为需要被拯救的对象,如"救救孩子",二是作为未来的希望,孩子又是"一尘不染"的拯救者,因此,孩子身兼拯救者与被拯救对象的双重角色。

③ 唐小兵:《现代经验与内在家园:鲁迅<故乡>精读》,选自《英雄与凡人的时代:解读20世纪》,上海文艺出版社,2001年版,第49页。

第四节 "少年故乡"的文化位置

《故乡》叙述中关于"少年故乡"的美丽想像与成年故乡的荒漠风景,主要借助少年闰土和成年闰土的反差来完成,无论是单纯、活泼的闰土还是老成、木讷的闰土都是在"我"的视野中叙述出来的,尽管"少年故乡"是一种过去式的回溯,一种对童年岁月的美化回忆①,但是这种对于少年闰土的怀念,不能掩盖"我"与闰土之间早就存在的区隔。在《故乡》中,往往把"我"与闰土的隔膜放置在成年闰土的现时空间中(从亲密无间的玩伴到"老爷")。其实在少年故乡中,作为少爷的"我"与"项带银圈"的闰土之间已然存在着隔膜("闰土在海边时,他们都和我一样只看见院子里高墙上的四角的天空"),闰土成为把少爷/"我"从"四角的天空"中解放出来的力量。相比封闭在高墙内的"我"来说,闰土及其海边的沙地是一种拯救性的、预示着欢乐、自由的所在,但是当"我"再次返回故乡,面对成年闰土的时候,"我们"被厚厚的壁障所隔开,尽管"我"依然感受到"四面有看不见的高墙","我"还被封闭在"四角的天空",但是闰土不再具有任何希望的所在,反而是生活在"铁屋子"里的睡熟的人们。如果说这种封建秩序之间的隔膜没有被同样是少年的"我"和闰土所

---

① 回首童年的幸福,如同回忆青春(期)的残酷一样,成为现代性文化表述的典型书写方式,童年往往作为没有进入社会/象征秩序之前的无知、无辜的状态,而无论是童年叙述还是青春叙述都是一种回忆性的表述本身说明这种叙述建立在对当下、现在的一种反思和不满之上,因此,其叙述基调是怀旧、哀悼、怀念和埋葬。

感知，也就是说成年闰土那声"老爷"还没有规训少年闰土，但并不意味着这种等级秩序在少年故乡和少年闰土的空间中不存在，或者说这种被儿童化的故乡叙述恰好建立在对封建流毒的遮蔽之上。

对于"我"来说，闰土的分裂、变化承担了双重意识形态功能，一方面从少年闰土到成年闰土，是一次成熟、堕落和被毒害的过程，也是变成麻木的、熟睡的人们的过程，另一方面少年闰土所构造的"一幅神异的图画"成为"我"无限感伤、怀念、情感的空间记忆。这种记忆在叙述结构上作为对现实／现时故乡的"批判"，少年故乡被建构为一份失／逝去的时光，如同成年人感怀少年、儿童的纯洁无瑕一样（暂且不讨论童年本身是一种现代的发明），一种幸福、无辜的童年故事成为现代人失去的"内在家园"（如上面提到的唐小兵和钱理群等学者的解读）。这种少年闰土的情感记忆被放置在少年—成年的时间链和生理的"自然"秩序中，但是这种少年故乡的记忆却处在悬置和错位的位置之中。如果说成年闰土身处铁屋子，那么少年闰土又在哪里呢？在空间和时间叙述上应该也是铁屋子，但是显然少年闰土并不是睡熟的人们，反而对于这些"只看见院子里高墙上的四角的天空"的少爷们来说，闰土是一个充满了新奇和新知的地方（"闰土的心里有无穷无尽的稀奇的事，都是我往常的朋友所不知道的"）。如果说铁屋子中充满了封建秩序压榨下的窒息（闰土、祥林嫂），以至于"我"不得不离开，那么在铁屋子＝封建的序列之中，暗示着"现代"的正面价值急需来改造或提供给铁屋子以"新鲜空气"①，那么少年故乡显然

---

① 马克思在1853年为《纽约每日论坛报》撰写文章《中国革命与欧洲革命》中，把鸦片战争对中国的意义描述为"正如小心保存在密闭棺木里的木乃伊一接触新鲜空气便必然要解体一样。"选自《马克思恩格斯选集》（第二卷），人民出版社，1972年版，第3页。

很难被放置在"封建—现代"的时间秩序之中。也就是说,"少年故乡"不是"封建"的(如果是封建的,就和铁屋子无异了),当然也不是"现代"的(少年故乡恰好在成年故乡之前)。

这种对于"少年故乡"的眷顾与迷恋,很像一种关于前现代空间的田园牧歌式的书写,这种浪漫派式的畅想构成了对工业社会的内在抵抗和批判,暂且不讨论这种把前现代浪漫化的政治保守性①。表面上看,这种经历了教室、受到现代规训的"我"构造出一个美丽的乡愁,是现代人对失去的家园的重塑,与这种批判不同的是,少年故乡所批判的对象恰好不是"现代",而是没有进入或非现代的"前现代"的"铁屋子"。也就是说,黑暗的前现代与浪漫的前现代都是为了论述现代的合法性或非法性而展开的叙述。但是鲁迅的"故乡"却把这样双重的"故乡"在时间链条上来展开,并通过少年和成年的"生理"秩序而自然化,这种"自然化"所实现的效果是对成年闰土的惋惜和批判,这与站在"现代"的立场来审判、驱逐封建或中世纪的黑暗不同,"少年故乡"恰好也处在它所批判的时空秩序之中。可以说,"少年故乡"无法安置在"封建—现代"的进步或反思进步的链条之中。这种错位在于鲁迅是想通过对"少年故乡"的追溯来展开对"铁屋子"式的现在故乡的批判,用儿时的温情来参照现实的隔膜和冷漠。如果说文本的现实空间是前现代的话,那么现代就是缺席的未来,或者说前现代与现代被一种故乡与城市的空间秩序所象征。只是无论在"前现代—现代"的时间秩序,还是在"故乡—城市"的空间秩序,"少年故乡"很难被放置到这种线性的现

---

① 这种由德国 19 世纪兴起的浪漫派运动,成为现代性内部反现代的力量(对工业化的批判和对自然的亲近),而这种文化上的反现代性,在政治上却往往走向保守主义,成为一种右翼的"乡愁"。

代逻辑之中。所以鲁迅并非站在现代的立场上来怀念"前现代"的旧,也不是站在对现代的批判中来想像一个"精神家园"的乡愁。因此,"少年故乡"的错位状态使得这份"故乡"叙述变得暧昧和充满了差异。这样一种充裕的"乡愁"式的故乡表述却处在非时非地("飞地")的位置上。

进一步说,两个闰土与两个故乡是一体的,这种分裂的形象,是为了完成对"故乡"/乡土中国深受封建礼教毒害的批判,这依然是一种把外来的威胁内化为内部批判的思路。如果说成年闰土深受封建礼教的迫害(一声"老爷"把儿时玩伴隔成两重天),那么对于那份承载着美丽记忆的少年闰土及其充满了童年乐趣的百草园式的"故乡"不也同样应该受到封建礼教的侵蚀吗?为什么那时的"故乡"不是一间"铁屋子"呢?如果说因儿童、少年的"无辜"视野而保留了一个浪漫、快乐的故乡想像,那么这份想像很像没有受到现代性污染的前现代的"田园牧歌"。可是没有被现代"侵蚀"或"洗礼"的"铁屋子"故乡为什么不能也是"精神家园"呢?如果鲁迅的双重故乡都是前现代中国的指称,那么显然成年闰土作为牺牲者/睡客的"铁屋子"的内在批判就很难成立(少年故乡的美丽消解了成年故乡的落寞)。

这样两重故乡的想象表面上是一种现代知识分子内在流放的产物,但是对于身处"现代"之外的第三世界知识分子来说,这份乡愁却充满了裂隙和矛盾。在这个意义上,被掩盖在时间维度(从少年到成)上的双重故乡恰好撕裂了获得同一主体位置的现代知识分子的那个"我"。如同那个处在"幻灯片事件"中的"我"要逃离那间曾经饱含了父子情深的"教室"一样,"故乡"里的"我"也只能选择离开。如果说前者是从一个现代/西方规训的空间中放逐,那么后者则是从被前现代/中国的空间所放逐。可以说,"我"游离了"教室""铁屋子""故乡"等不同的空间,留下了不同的印痕,同时也改写或建构着自我的主体位置。

第二章　文学乡村与手艺人的世界

上世纪80年代在从革命向启蒙、现代化的转型过程中，出现了三种乡村叙述。

第一种是愚昧、落后、静止的"黄土地"（1984年陈凯歌执导第五代电影《黄土地》），是等待现代化的地方；第二种是诗意的、神性的、野性的、史诗的、抽象的、审美化的田园，这在一些寻根文学和知青文学中可以看到，把边疆、插队的地方变成"我的遥远的清平湾"，最典型的是海子的诗，海子对土地、麦田的书写完成了对乡村的史诗化和去历史化。这是两种现代性视野下常见的乡村叙述，一个是愚昧又落后的前现代空间，一个是乡愁、田园诗和精神家园。

第三种乡村叙事是"在希望的田野上"，这种工业化乡村来自于上世纪50年代到70年代，是一种以乡村为主体完成在地现代化叙事的故乡。

从这里可以看出，上世纪80年代的乡土叙述，一方面完成了乡土的去魅化、去历史化，另一方面又完成了再神化、抽象化和神秘化。这种自给自足的乡村空间又演化出两种乡土历史，一种是乡村变成了有儒家传统的、民间信仰的相对独立的乡里空间，不管是土匪、军阀、国民党、共产党，都是外来者，早晚有一天会离开，惟一不变的是固有的乡村秩序，如陈忠实的经典小说《白鹿原》就是如此；第二种是没有历史的循环史观，除非莫言的小说《红高粱》中"日本人说来就来"，乡村才进入历史，或者像刘震云的早期中篇小说《头人》所写那样，这是一个乡长变保长、保长变支书的循环往复的乡村历史。

第一节 "平凡的世界"何以可能？

2015年伊始，电视剧《平凡的世界》在多家卫视播映，引起人们对这部经典之作的怀旧之情。小说《平凡的世界》几乎耗尽了作家路遥全部的身家性命，但并没有带来《人生》一般的辉煌，因为这种现实主义写作在上世纪80年代中后期先锋文学流行的时代显得有些"落伍"。不过，上世纪90年代以来，这部1991年特殊时期获得茅盾文学奖的长篇小说却成为少有的被广泛阅读的"纯文学"作品，尤其是在广大的二四线城市拥有大量的读者。近些年，在反思上世纪80年代形成的"纯文学"的文学秩序时，路遥现象重新引起文学研究者的关注[①]。尽管这部20多年以后拍摄的同名电视剧做了一些改编，但相比其他新近创作的农村剧，这部带有上世纪80年代文学痕迹的现实主义力作依然显得有些"特殊"。

《平凡的世界》选择以黄土高原上的双水村为原型来"隐喻"1975年到1985年中国农村改革的故事，既有孙少平、孙少安等年轻一辈的人生

---

① 程光炜、杨庆祥编：《重读路遥》，北京大学出版社，2013年版。

选择，又有从县城到省城领导之间的路线斗争。这种"典型环境下的典型人物"的写作方式来自于上世纪50年代到70年代农村题材小说的"范例"，如赵树理的《三里湾》(1955)、柳青的《创业史》(1960)、浩然的《艳阳天》等。与这些表现新中国的新农民从土地改革走向农业合作化的"金光大道"不同，《平凡的世界》恰好讲述了人民公社一步步走向瓦解、农村青年到外面的世界寻找出路的过程。在这个意义上，路遥要用一种既有的文学写作惯例来处理上世纪七八十年代转折时期的新问题。

这个"新问题"在故事一开始就出现了，这也是小说的开头段落。躲在墙后的孙少平每天要面对甲、乙、丙三个等级的菜和白面馍、黄面馍、黑面馍三种颜色的主食的困窘，尽管他有文化、学习也好，但是生活水平上的差距让他抬不起头、没有个人尊严，于是，他爱上了同样贫困的女孩郝红梅，一个贫下中农的子弟与地主家庭出生的孩子"突然"没有了阶级区隔的界限，反而在贫穷的意义上他们成为"同一个起跑线上的人"。与此相参照，在农村当生产队长的孙少安做任何事情的出发点也是让孙家老小过上天天吃白面馍的富裕生活，他没有责任，也没有义务带领村民走向共同富裕，每个人、每个家庭都是自我奋斗的主体。贫穷成为对农村合作化运动最大的批评，而摆脱贫困也成为推动家庭联产承包制最大的合法性。在这里，衡量历史和社会的标准已经发生了转变，一种以阶级斗争、社会主义革命为主的历史观转变为了现代化和发展主义的历史观。正如被学生所戏称的"欧洲、亚洲、非洲"的新等级制，中国也从世界革命的中心重新"意识"到自己所处的实际位置，相比欧美发达国家的第一世界，中国"原来是"贫穷落后、欠发达的第三世界。因此，"平凡的世界"建立在这种新的世界观和世界图景之上。

与那些合作化小说把农村表现为"开天辟地"的新天地如《山乡巨

变》、《创业史》、《艳阳天》等不同，路遥清楚地把改革开放的新时代命名为平平淡淡的"平凡的世界"，每一个人只是这个"平凡的世界"里的普通人。这是一个普通人要过普通生活的世界，每个人都是原子化的个人，与社会、历史等宏大主题没有直接关系。尽管从高度组织化的革命年代转型为个人奋斗的新时代依然被路遥书写为一场轰轰烈烈的大时代，但是个人与时代、个人与社会的关系已经发生了根本性的变化。显然，这种"平凡的世界"、"最平凡的人"的想象来自于上世纪50到70年代以人民为历史主体的文学传统。在这样一个集体化、革命化的伟大事业解体之后的"平凡的世界"里，如何重新安置个人的意义，就成为路遥迫切需要回答的问题。很多人把路遥的小说解读为一种成长小说，能够起到人生励志的功能。这确实是有道理的，从《人生》、《平凡的世界》等作品里可以读出这些农村的知识青年不屈服于命运的安排，不断奋斗和抗争的故事。但是，与上世纪90年代大众文化中常见的个人奋斗或成功励志故事不同的是，路遥赋予"人生"故事以强烈的道德感和精神力量，他赞美的恰好不是一种人生的物质上的成功，而是迷恋于这种对现实和命运的不满所激发的奋斗精神。

首先，需要回答的问题是农村青年为何要离开农村，回到农村为何会成为人生的噩梦。城乡差别是现代化、工业化的必然结果，农村在上世纪50到70年代并非一个没有希望的地方，建设社会主义新农村是一种使农村完成现代化、工业化的方式，这也是通过知识青年上山下乡来缩小城乡差别、并把农村变成现代化新田园的根本动力。到了"平凡的世界"，贫穷的农村已经成为落后的象征，尤其是对于有文化、有知识的农村青年来说，离开农村到外面的世界成为惟一的选择，这就是小说《人生》的核心情节。尽管路遥在这篇小说中反复赞美劳动和土地的伟大，但是对于高加林来说从事"面朝黄土面背天"的农业劳动是一种失败的人生,而到县城从事记者这种精神劳动则是人生价值的体现。也就是说,农村不再拥有现代化、工业化的远景,只有城市才是给予现代文明的地方。因此,上世纪七八十年代之交的文艺作品完成了把农村重新变成五四时代落后、愚昧之地的任务,这为上世纪80年代的新启蒙论述和现代化话语提供了文化支撑。

其次,离开农村来到城市为何具有更好的人生价值,这是路遥作品试图回答的问题。如果说在《人生》中,路遥用脑力劳动与体力劳动的新等级、都市作为现代文明的诱惑来论述进城的合法性,那么在小说《平凡的世界》中,路遥则借知识青年孙少平的人格魅力来呈现"平凡的世界"里的"不平凡"之处,不管遇到多大的困难,孙少平都勇敢面对,并用自己的努力来化解危机。与电视剧中以孙少安为主角来讲述他作为农村能人勤劳致富的故事不同,小说《平凡的世界》中孙少平才是路遥所认同的上世纪80年代新青年的代表,因为孙少平向往外面的世界,并且愿意突破家庭和城乡的区隔,大胆地追求自己的生活,就像孙少安不敢与田润叶结婚,而孙少平却勇于追求田晓霞。相比一辈子待在农村的孙少安,从农民变成矿工的孙少平是"平凡的世界"里最"不平凡的"英雄,而在这个过程中,孙少平依靠自己的劳动和汗水,变成了一名合格的工业劳动者。在这里,劳动依然是路遥所坚持的正面价值,正如对孙玉亭等"造反派"的批评是不爱劳动和懒惰。这种对劳动的正面肯定与上世纪50到70年代以生产、劳动者为中心的价值观有着更为密切的精神渊源。

最后,需要指出的是,路遥笔下的"平凡的世界"是一个充满了道德感的精神世界。孙少安、孙少平等上世纪80年代的新青年虽然已经变成一种原子化的个人,个人寻找自己的出路是新的人生之路,但是路遥世里的人与人之间的关系并非市场化的契约关系，而是一种高度伦理化的拯救与被拯救的关系。这突出体现在路遥对于爱情的描写上，田润叶在李向前残疾之后才爱上他、田润生对郝红梅的爱也是一种怜悯，而孙少平最终选择惠英嫂也带有对师傅报恩的意识。孙少平的"进步"不在于他挣了多少钱或成为有权势的人物，而是他的正直、善良一次次打动身边的人。从这里也能看出，除了城乡二元身份带有社会的意义之外，其他的人生遭遇更多的是个体性的灾难，如李向前的残疾、田晓霞的死亡等。面对这样一次次人生的灾难，唤起孙少平的是一种个人的拯救意识和亲情互助的道德感。这种道德感与其说来自于农村的传统伦理，不如说更来自于孙少平所接受的《钢铁是怎么样炼成的》《牛虻》等革命文艺或19世纪批判现实主义作品。

在这个意义上，与上世纪80年代在现代化视野中把农村叙述为一成不变的"黄土地"不同，路遥依然采用了以农村和农民作为主角来叙述的"工农兵文艺"的传统，这种农民作为历史和社会主体的想像与"人民当家做主"的社会主义革命有关。随着上世纪80年代中后期以城市为中心的现代化改革开始，这种以农村、农民为精神主体的"平凡的世界"也随之瓦解，正如乡镇企业在上世纪80年代末期基本破产，而国有企业也在上世纪90年代遭遇转型危机。1992年路遥的意外辞世，这种来自于上世纪50到70年代的文学传统及其社会改革的想像也彻底终结了。

第二节　双重空间：手艺人的文学乡土

刘震云的文学创作所体现出来的历史叙述，不仅指一种用不同的声音、报纸、话本、戏剧等都混杂在一起的文体实验（如《温故一九四二》），还代表着上世纪90年代以来重新讲述新的中国历史和中国故事的任务。刘震云的乡村故事，是一个与当下中国、崛起的中国、现代化的中国、工业化的或后工业化的中国相平行的异度空间里的中国，是一个不发展的、循环往复的老中国。

刘震云的小说中有两个社会空间，一个是早期作品中经常出现的单位空间、集体空间、组织化的空间，如《塔铺》中的高考补习班、《新兵连》中的新兵连、《单位》《一地鸡毛》里的机关，角色都是单位化的人，彼此之间只有个人利益的钩心斗角。这些小说当时被称为新写实，也就是革命历史终结和失效之后，政治变成了个人的政治，这与近些年流行的职场小说、官场小说、宫斗小说的逻辑是相似的，没有正义与邪恶，也没有大历史、大政治，只有一地鸡毛式的琐事。第二个是乡村、乡土空间。刘震云的乡村想像与上世纪80年代的三种乡村叙事有呼应，但又不一样。在他早期一个不是很成熟的作品《土塬鼓点后：理查德·克莱德曼——为朋友而作的一次旅行日记》（1992）中，体现了他对乡土的态度。这个小说以"我"返乡的视角，讲述了两个音乐人的故事，一个是山西李堡村的吹唢呐的奎生，一个是法国的钢琴演奏家理查德·克莱德曼。两个音乐人没有任何实际的相遇，这很像上世纪80年代流行的中外比较文学的论文，一会儿讲奎生的故事，一会儿讲克莱德曼的故事。在"我"看来，法国的、世界级的演奏家也来自法国乡村，这与生活在村里的奎生是一样的。也就是说，刘震云把一种世界的与乡土的叙述并置起来，发现世界性也是本土的、在地的，这实际上就打破了上世纪80年代所建立的传统与现代、中国与西方的界限，传统的、现代的、世界的、中国的都可以像果盘一样，并列在一起。如果说这种单位的空间还带有上世纪80年代反思计划经济的影子,那么这种乡土的空间则是一种跨越古、今和中、外界限的去历史化的空间,而生活在这个空间里的人,就是像奎生和克莱德曼一样的音乐人,是具有音乐技能的手艺人。

刘震云的乡土故事有三个特点:一是,刘震云的乡土历史是循环的、没有变化的,也是自足的空间。这种乡土秩序是对革命历史叙述中的"暴风骤雨""山乡巨变"的改写和反思,但刘震云却沿用了革命历史叙述中以乡村为主体视角来展开历史叙述。如中篇小说《头人》中,一开始是祖上当村长,后来换成了宋家掌柜做保人,再后来是老孙当村支书,1966年之后是金家后人新喜当支书,再后来又换成了恩庆支书。这些一代又一代的"头人"都沿用祖上的乡村治理的方式,就是"封井"和"染头",不管是封建时代,还是民国时期,还是新中国成立后,乡村有自己恒定不变的逻辑。这也是上世纪90年代新历史主义小说中对于20世纪中国社会和中国乡村的典型叙述策略;二是,刘震云的乡村是一个手艺人的世界。在长篇小说《一句话顶一万句》中刘震云写的也是手艺人的世界,甚至小说中延津县的县长老胡不会送礼、不会送话,也不会断案,但是"喜欢上一门手艺,做木工活"。这些剃头、贩驴的、木匠、箍桶匠、教书匠、泥匠、瓦匠、铁匠、石匠、做豆腐的等,是刘震云笔下出场最多的角色,也是他创造的最重要的文学形象,可能现代文学史中很少有作家像刘震云这样如此偏爱手艺人。这些走街串巷的手艺人始终处在流动之中,四处游走又落地生根。在传统社会,这些人一般是流民,是游民或游侠。这些人物也是中国传统小说中的典型人物,与五四新文学所塑造的社会化、政治化的农民是不同的。手艺人都掌握一门特定的技艺,这种技艺使他们区别于种地的农民。而刘震云的乡土故事里恰好从来都不写种地的农民,也不会涉及到土地制度与农民的生产境遇等问题。这些处于自然经济状态的手艺人,要靠技艺生活,是小手工业者,他们处在农民与商人之间,是农民又不是农民。他们像商业社会中的个体一样,需要靠与他人的交换来生活,这是一种与现代市场经济类似的商品交换和个人主义式的生活状态。这种交换就带来了交流,带来了语言和说话的问题。比如《我不是潘金莲》中上访告状的李雪莲其实也是一个手艺人;三是,刘震云的很多小说处理的就是说话、语言和交流问题。如《口信》《手机》《一腔废话》《一句顶一万句》等,仅从小说名字就可以看出与说话的关系。像《一句顶一万句》中的说法"事不拿人话拿人呀""原来世上的事情都绕"等。还如中篇小说《口信》中所写的,老严的口信告诉贩驴的老崔,老崔再把口信传给戏班打鼓的老胡,老胡又把口信传给起鸡眼的小罗,小罗最终把口信传给老严的大儿子严白孩。这种口耳相传的传播方式,是借助走街串巷的手艺人来完成的。《口信》也形成了刘震云叙述的重要策略,就是像章回小说一样,一个人物串着一个人物,口信就是串珠。总体来看,刘震云的语言是一种中国传统说书人的语调,东拉西扯的,不是小说中有中心人物、核心人物或者把一个家族的故事组织到一段历史之中,而是一种散漫式的,就像卷轴画一样的,这也显示了刘震云从现代小说向传统小说的回归,或者说以传统小说的形式讲述一个现代故事,一个处于流动状态的个人和语言进行交换和交流的故事。

第三节　乡土写作的传统与历史局限

王祥夫是新世纪以来在短篇小说创作方面很有成绩的作家,2012年他的《归来》赢得好评。很多批评家对王祥夫的评价经常采用这样的句式：王祥夫虽然是一位底层作家，但他更是一位有艺术风格和艺术自觉的作家。这里有意思的是为何底层作家与有艺术风格会成为一种相对立的概念，似乎是说底层写作因为过于关注底层人物的命运而丧失艺术价值，这种想象本身是上世纪80年代反思现实主义革命文学的后遗症，其症状或者说流毒在于认为作品的主题与风格、内容与形式是可以分离的，或者说作品的艺术形式可以完全与其填充的内容没有关系。在评价王祥夫或其他底层作家时，经常会使用这种文化"偏见"，先用底层的标签圈定他们的身份，然后就跑开底层来探讨他们特殊的艺术风格，这种艺术风格仿佛与他们所书写的底层故事没有内在的联系。这种对底层文学的批评态度不仅涉及到底层文学的问题，也涉及是如何理解文学和艺术的关系问题。在我看来，主题、内容与艺术表现方式之间的脱节是当下文艺创作最大的症候。

王祥夫的《归来》是一部能读下去，但又让人不甚满足的小说。能读下去是因为王祥夫用一种拉家常式的语言讲述了一个打工者回家奔丧的故事，写得简洁明了，像一幅乡土风景小品，不满足在于这篇小说对于乡土的叙述和想象并没有多少新意。这部作品涉及到三个问题，一个是《归来》的乡土意识；二是这种乡土意识的历史局限；三是当下作家的自我想像。

首先，分析《归来》的乡土意识。对于王祥夫来说，确实是一位有自己"腔调"的作家，他的作品戏剧化的表现手法比较少，反而继承了很多中国古典小说的白描传统。这部作品就像一个陶罐一样，很精致，适合把玩（正好王祥夫本人也是一位收藏家）。如果把这部作品比喻为一个刚出土的陶罐的话，这应该是一百年前的陶罐，是一个与鲁迅同时期的陶罐。之所以这样说是因为这部作品很像鲁迅笔下的乡土文学。《归来》讲述一个从城里来的人,回到故乡并不是要留下来,而是为了给母亲送葬,最终又离开了故乡,这是一种典型的现代人的故乡和乡土经验。正如鲁迅在《故乡》中写到,这次"我"回故乡是为了离别故乡。因为离开土地、到城市中来,过一种原子化的、个人主义的都市生活是现代人的宿命,所以说前现代的田园、土地、母亲、乡愁在浪漫主义文学时期就成为一种书写传统,用故乡、乡愁来反思工业化、机械化对传统伦理秩序的破坏。《归来》某种程度上也通过对葬礼的仪式来建构一种充满亲情、人情味的文化想象。

有批评家提到王祥夫与《红楼梦》等古典小说、与士大夫的诗文传统之间的传承关系。我觉得这种诗文传统、古典小说的世界与一种政治经济学的事实相关,或者说得以支撑士大夫式的诗文传统的前提在于古代中国是一个以乡土、以农业为中心的社会,正如衣锦还乡、告老还乡、落叶归根只有在古代社会才能理解。对于古人来说,家乡是一个可以回去的地方,而对于现代人来说,故乡的丧失是不可挽回的乡愁,漂泊、无根、没有归属感是孤独的现代人注定的命运。相比之下现代社会则是以城市为中心,农村、乡土对于城市、现代人来说只有两种形象,一个就是野蛮、落后、需要被消灭的地方,另一个就是天真烂漫的前现代的美丽田园,拥有着传统的、温暖的价值理念。这种双重乡土想像能够成立的前提在于"城市是现代的""农村是前现代的"。因此,鲁迅的少年闰土和成年闰土恰好就是故乡的正反两副形象,但问题在于这两种彼此矛盾的乡土叙事从来不会出现在同一个空间之中,而鲁迅的悖论在于"我"回故乡的过程中,少年闰土与成年闰土正好都生活在"铁屋子"里面,这也是像中国这样的第三世界国家在遭遇现代性的过程,总是处在一种既要追寻现代、又要批判现代的暧昧状态中。

其次，谈一下《归来》中乡土意识的历史局限。《归来》中三小是儿子，故乡是一个母亲或母性的故乡，父亲是早就不在的，舅舅也已经死去，这种无父的只有母亲与儿子的空间也是鲁迅文学书写的主题，鲁迅的小说中经常出现母亲与死去的儿子，如单四嫂子、祥林嫂等。在鲁迅的作品中，故乡有两副面孔，一个是害死父亲的故乡、吃人的故乡，还有一个就是母亲的故乡，是去母亲家看社戏、遭遇少年闰土的故乡，如果说父亲的故乡是黑暗的、充满创伤的，那么母亲的故乡则是温暖的、值得留恋的。在《归来》中也呈现了一个父亲不在的母亲的故乡，小说叙述了母亲对子女的爱，当然，更多的是把这个母亲的故乡叙述为一个前现代的、带有灵性、传统伦理的地方。从这里，可以清晰地看出《归来》是一个父权衰微的、后革命的、上世纪90年代之后的乡村，或者说一个被现代化所抛弃的乡村。也正是这样一个乡村，与革命之前、五四前后鲁迅笔下的乡村很相似。如果说上世纪80年代实行的家庭联产承包责任制、人民公社的瓦解，使得政治权力逐渐从乡村撤离，那么上世纪90年代随着城市、大城市的都市化，乡村再次被市场经济所抛弃。正如乡村对于城市或市场经济的意义在于成为一个劳动力的蓄水池和老幼病残的收留所。小说中三小打工失去了一个胳膊，如果不是遇到一个好心的老板，恐怕回到农村是三小惟一的出路。可以说，《归来》所呈现的乡土叙事一方面与当下农村处在被现代化、城市化所抛弃的状态非常吻合，另一方面又非常自觉地跨越了几十年革命乡土的记忆，回到了鲁迅的时代。

这部作品的局限在于，这种乡土想象并没有超越一种现代关于乡土的固有想象，即使与鲁迅的故乡相似，但又缺乏鲁迅对于故乡的批判，在《归来》中还是把故乡作为一种精神或灵魂的拯救性力量。比如，根据三小媳妇说，三小被老板安排在厂里看大门，三小养了一只羊，还在房后开了一片菜地，对于丧失劳动能力的三小来说，通过"复原"一种农业式的自给自足的生活可以获得一种母亲般的、故乡的抚慰。再加上小说用较大的篇幅书写领牲的仪式和妯娌收拾吴婆婆箱底的细节，这是一种从历史中抽象出特定的对象将其恋物化，就像一个收藏家拂去藏品的尘埃尽情把玩。在这个意义上，这篇小说有意回避或者说遗忘了20世纪土地革命以及上世纪50到70年代农业合作化运动对中国农村造成的"暴风骤雨"般的历史，而采用一种去历史化或把历史抽象化的方式来讲述故事。正如小说用如此大的篇幅写妯娌整理母亲的房间，对于如此年长的生命来说，她的房间、她的衣箱应该是一个丰富的历史沉积物，而不应该只是一万五千块遗产。在这里，我觉得包括吴婆婆、三小在内小说的人物塑造的相对单薄，是抽空了历史的扁平化的人物，而且人物与人物之间的关系也非常单纯，就是亲疏远近。显然，他们除了是与吴婆婆有关的亲属之外，还是一个社会化的、被市场经济深深卷入的"人"。

如果说这些不足受限于短篇小说的篇幅，那么更为重要的是这种乡土想象丧失了另外一种叙述乡土的视角。2013年华西村的老支书吴仁宝去世，暂且不讨论华西村究竟是社会主义体制，还是资本主义体制，对于华西村来说，不是通过离开故乡来到城市才实现现代化，而是一种本土本乡自身完成的现代化。说到这里，不得不提上世纪80年代的中国农村正在实践着一种与上世纪90年代不同的现代化之路，这就是依靠乡镇企业来完成的农村现代化，打工也是"离土不离乡"的方式，而不是现在所看到的两亿多农民工"背井离乡"、长途奔波。就像上世纪80年代之初有一首很流行的歌曲叫作《在希望的田野上》，这首歌的意义在于，刚刚实行家庭联产承包制之后的农村也可以成为"希望的田野"，而不是老弱病残的收容所。从这里可以看出上世纪80年代和90年代对于农村来说是完全不同的现代化之路，而乡村的城市化正是当下中国进一步改革的焦点，我们应该有更多的视角来思考乡土与城市化的问题。

第三，王祥夫作为作家的自我意识。很多批评家把王祥夫比喻为一个手艺人，是一个手上功夫很精湛的老师傅。正好先锋小说家格非的小说《隐身衣》(2012)，这部小说的主人公是一个安装、收藏音响的师傅，也自称是一个手艺人，这也是作家格非的自指。还有刘震云的小说中也充满了有一技之长的手艺人，传统中国不是农业社会，而是一个手艺人的世界。为何现在的写作者、作家会把自己想象为一个手艺人，这是一个很值得讨论的问题。手艺人是一种与现代化、工业大生产相对立的手工作坊式的生产，手艺人的另一种称呼就是工匠。工匠是籍籍无名的、依附性的，艺术家、作家则是一种有自我签名权的艺术生产，这种签名权使得作品可以自由交换，他们是一群依靠创作在市场上谋生的现代文人。不仅如此，手艺人、工匠与艺术家、作家的区别还在于，经历启蒙文化、现代转型，艺术家被赋予一种有创造力的主体，甚至可以取代上帝的位置，就像浪漫主义文学中对于诗人天才的想像，而在现代化进程中，作家、艺术家成为特殊的知识分子，承担着启蒙、革命的任务，尤其是在20世纪社会主义、第三世界民族解放运动之中，很多作家就是革命者、政治家。在后革命的时代，艺术家、作家再次蜕变为一个带有怀旧气息的手艺人，正如电影《钢的琴》(2011)中工人阶级也从一种工人滑落为个人化的技术工匠。我想王祥夫也许就是以一个手艺人的身份把乡土书写为一挽现代化之外的残阳。从这种作家的自我定位以及《归来》中对乡土的书写方式可以看出我们这个时代文学、艺术想像的边界。

第四节 "反"乡愁的返乡书写

2010年以来，非虚构写作成为热门话题，一方面在文学、新闻领域出现一批从事非虚构写作的记者和作家，另一方面非虚构文章经常成为移动互联网时代的"爆款"，这也使得一些在传统媒体中从事特稿、深度调查的记者转行到新媒体平台。非虚构这种命名方式不只是在中国新出现的、来自于美国的文化现象，更具有沟通文学、新闻、社会学、人类学等不同领域的跨学科潜能。不仅如此，非虚构还打破写作的专业化、职业化壁垒，鼓励更多普通人通过写作参与到公共生活。这种非虚构写作的平民视野和书写者与被书写者的平等精神，使其拥有广阔的文化实践空间。

非虚构写作的出现有一个清晰的标识点，就是中国作家协会主管的最重要的文学期刊《人民文学》从2010年第2期开始设立"非虚构"专栏，陆续推出梁鸿的返乡书写《梁庄》、慕容雪村的传销纪实《中国，少了一味药》和打工作家萧相风的《南方：工业词典》等作品，同年《人民文学》推出"人民大地·行动者"非虚构写作计划活动，推动专业作家尝试非虚构写作项目。后来，文学博士、批评家梁鸿的系列文章以《中国在梁庄》为名出版，引发巨大轰动，极大地普及了非虚构写作的概念。这部书以梁鸿返回家乡为线索，用个人视角呈现了一个上世纪90年代城市化以来逐渐被掏空的乡村景观。2015年春节期间文学博士王磊光的返乡笔记《一位博士生的返乡笔记：近年情更怯，春节回家看什么》在微信、微博等社交媒体上爆红，也是一篇"我"眼中的乡村故事，流露出一种在外求学的人文知识分子对衰败中的乡村的无力感,在此文基础上,王磊光出版了《呼喊在风中:一个博士生的返乡笔记》。一年后,2016年春节另一位文学博士黄灯的《一个农民儿媳眼中的乡村图景》的文章再度在移动互联网平台上流行,随后某知名出版公司邀请黄灯,完成了她的"返乡笔记"《大地上的亲人》,这部书以她丈夫的家湖北省丰三村、她父亲的家湖南省凤形村、她外婆的家湖南省隘口村为例,呈现当下乡村的社会变迁和精神困境。

从梁鸿、黄灯、王磊光身上可以看到一种很特殊的中国现代知识分子的传统,一是这种知识分子具有自我批判的精神和自我反思的意识,就像梁鸿、黄灯写农村的文章充满了对自己作为知识分子的焦虑感,王磊光的说法也是面对当下的乡村问题感受到知识分子的无力感,这说明知识分子与现实生活、底层社会有一定的道德伦理责任,这种知识分子与人民的"契约"关系是20世纪中国革命传统的遗产;二是他们虽然都是高校老师,但很有实践精神,在这个时代,想实践并不容易,想好了就去做,或者没有想好、没有固定的答案,但依然坚持去做、去尝试,这种实践精神也是五四新文化运动以来中国现代知识分子的重要传统,这些传统与专业化的、职业化的知识分子是不同的主体状态。

这几部广受关注的非虚构作品有三个特点,第一,主题都是关于乡村、农村,也被命名为"返乡体"①,这些生活在城里的文学博士们借返乡之际,延续了鲁迅在《故乡》中的文化逻辑,展示了一个主流文化中不可见的、被忽视的故乡,乡村不再是"诗意的栖居",而是充满了环境破坏、

---

① 潘家恩:《城乡中国的情感结构——返乡书写的兴起、衍变与张力》,《中国现代文学研究丛刊》,2019年第7期,第170—185页。

家庭离散、"386199"部队（留守妇女、留守儿童、留守老人）等种种社会问题的"恶故乡"，是一种与文明的、法治的城市相对立的他者之地；第二是写作者带有非职业化、非专业化的特征，尽管三位作者都是文学博士，但他们之前也不是专职作家；第三，移动互联网的作用很明显，尤其是王磊光、黄灯都是最先在微信朋友圈走红，然后纸质版图书"蹭"热度，这充分说明非虚构的流行背后与移动互联网的新媒体全面取代传统媒体有关。黄灯和王磊光的返乡文章在微信上非常火，他们写的不是一般的返乡文章，而是一种反乡愁的乡愁，呈现的是当下乡村社会所遭遇的各种问题，是有压迫性的、精神贫困的乡村，这种乡村图景与那些带有浪漫色彩的乡愁叙述很不一样，这样反乡愁的乡愁能够流行本身是很值得思考的问题。

首先，这两篇文章的文体是一种笔记体，用一种散文化的语言来记述他们在农村的所见所闻，这种非理论化的文体带给人们很鲜活的现实经验，突破了一些现成的理论对现实的理解，比如从发展主义、国家主义、工业主义的角度来理解乡村问题。这些非虚构作品来自于对中国现实的深入观察，看到了被主流话语所笼罩之外的中国；其次，这种负面的乡村经验的流行与中产阶层的内在恐惧有关，人们从微信上读到这种非现代的、非理性的乡村故事，投射了一种自己在城市生活的恐惧感和对跌落到底层的担忧；第三，包括这两篇知识分子所写的返乡体文章在内，现在关于乡村的文章写的都是城里人的乡村故事，我们失去了从乡村角度来叙述乡村的能力；第四，这种城市视角的乡村已经越来越把乡村讲述为一个城市之外的异度空间的故事，比如有一些恐怖电影的背景就是乡村，还有贵州毕节四个留守儿童自杀事件、甘肃年轻母亲杨改兰杀死四个孩子后自杀等恶性新闻事件，这一方面说明城市与乡村的隔膜，城里人无法理解，也是无法触摸当下的乡村,另一方面也说明乡村变成了非人化的、僵尸化的空间,是一个非文明的地方。

对于西方现代化经验来说,在乡村被彻底消失、农民被变成城市无产阶级之后,西方关于乡村的故事都是从城市的角度展开的,而且乡村只有一副面孔就是城市的"乡愁",是自然化的、反工业化的地方,西方几乎没有从乡村视角讲述的乡村故事。而20世纪中国的经验不同,中国有两种不同的乡村故事,一是鲁迅式的《故乡》,批判乡村的愚昧和落后,把乡土中国作为中国的隐喻,梁鸿、黄灯和王磊光的文章也基本上属于鲁迅的传统,是一种站在现代的角度对乡村生活的审视,在这个意义上,中国农村仿佛还没有完全实现现代化;二是社会主义现实主义文学中的农村故事,如红色经典《三里湾》《艳阳天》《金光大道》等,一直到《平凡的世界》都在这种传统里面,是以乡村空间为主角,展现农村社会的集体化、合作化的历史,这里的乡村不再是城市之外的他者,而是从城里来的年轻人与村里的人们一起追求现代化、建设工业化乡村的地方,这种乡村主体的视角是"农村包围城市"的中国革命以及以农村为主体的合作化道路的产物。随着上世纪80年代的农村改革以及上世纪80年代中后期开始的新一轮城市化运动,农村处在被掏空和边缘化的状态,不仅劳动力外出打工、土地、资金等流向城市,而且那种乡村视角的农村故事也丧失了讲述的可能。

农村的问题不是小问题,与城市化、工业化有关,也与20世纪的中国革命有关。现在返乡书写、返乡投资好像有点热,这与城市对农村的需求有关。金融危机之后中国出现了逆城市化,也就是一些资本开始投资农村,甚至做有机农业,这和金融危机时代由于中国出口下降造成中国生产和资本过剩的困境有关,农村再次成为城市转移经济危机的地方。从上世纪 90 年代到新世纪以来，经过 20 多年的高速城市化，城市空间已经变成了高度资本化的空间，在城里可被资本所压榨的空间已经不多了，连小资、中产都很难买房了，也就是无法参与城市游戏了，这个时候，农村还是一个没有完全被资本化的空间，虽然资本的逻辑早就渗透、重组了乡村生活，但毕竟农村土地还没有实现真正的私有化，家庭联产承包责任制还没有被打破，这也是中国革命在农村最后的一点遗产，所以说乡村还会被资本所垂爱，是最后的"希望的"空间。这涉及到乡村与城市的辩证法。现代资本主义社会的发展总是需要不断地扩张，需要一个外部世界。在国内市场完成资本化之后，需要进行海外扩张，从海外殖民地获得廉价劳动力，也获得工业品的消费市场，所以资本主义内在地需要全球扩张，需要开疆扩土，这也是西部片、科幻片的基本逻辑。而资本主义遭遇经济危机时，也需要一个外部来转移、转嫁危机，也就是把内部的生产过剩危机实现软着陆，这种转移又会带来资本主义的进一步扩张，等下次危机时，又需要新的外部来帮助资本主义克服危机。根据"三农"专家温铁军的研究，中国农村就充当着这种为城市危机保驾护航的蓄水池的功能，中国的农村集体土地制度使得农民工失业之后可以返乡，但是随着资本下乡，对农村社会的蚕食也越来越厉害，农村作为蓄水池的功能也越来越弱。因此，很多乡村研究者认为，如果一旦乡村消失了，那么资本主义式的经济发展的总危机就会爆发。当然，现在的中国也有能力走向海外，去帮助非洲、拉美等地区实现现代化。

与西方通过把乡村消灭来实现工业化不同，中国是几千年的农业文明，想在很短的时间变成完全工业化的国家很不容易，至今中国也刚刚实现一半人口的城镇化。回顾 20 世纪中国历史，有两个经验是值得反思的。一是中国革命的经验，也就是"农村包围城市"，这本身不仅改变了经典马克思主义的社会主义革命的设想，也改变苏联列宁式的社会主义革命的经验，通过农村根据地和游击战，再加上把农民发动为与工人同等重要的阶级联盟，这种从农民、农村视角来理解现代资本主义、来反抗帝国主义是中国革命成功的关键所在；二是，中国社会主义现代化的经验，不是把农民赶到城市里，而是通过组织化、发动农民实现本土的、在地的现代化，人们不是背井离乡去城里寻找现代化的生活，而是在本土本乡实现现代化，农村不是城市的外部，现代化的生活建立在农村生活的基础之上。这就形成了两种不同的乡愁论述，一种乡愁是后工业时代的乡愁，也就是在发达国家所看到，西方的乡村、小镇保护的很好，也很静谧，甚至西方的城市也已经田园化了，因为工业污染都转移到中国这样的发展中国家，发达国家不需要从事大规模的工业化生产了，所以在西方就出现了既高度发达，又高度绿色的后工业田园。这种乡愁完全是一个城里人的想象，好像乡村没有人了，是一个高度自然化的空间。第二种乡愁，是工业化的乡愁，这就是中国社会主义时代所试图建立的一种"在希望的田野上"，这是一种既现代的、又是乡土的新农村，是一种改变了资本主义生产关系、以劳动者为主体的现代化道路。

　　总之，出现王磊、黄灯等反乡愁的返乡体文章，是因为我们还没有完全现代化，还无法像发达国家那样变成一个后工业社会，即便中国彻底实现像发达国家那样的工业化和后工业化，这是否意味着中国的农村将完全消失，意味着十几亿人口的城市化生活将让地球变成不能承受之重。也正是在这种背景下，我们需要思考可持续发展和生态文明建设等新的工业化路径。

第三章　后工业时代的文化乡愁

　　1983 年，作家陆文夫发表了经典小说《美食家》，这部作品无疑成为记载着上世纪七八十年代之交历史/文化转型"密码"的重要文本。也正是借助这部作品，"美食家"从"好吃懒做"的带有资产阶级情调的寄生虫变身为有文化、有品位的"吃货"。2012 年，一部呈现中国饮食文化的纪录片《舌尖上的中国》在央视综合频道《魅力纪录》栏目一经播出就在微博上引起巨大"围观"，成为这些年难得一见的制作与口碑俱佳的国产原创纪录片。据统计，该节目平均收视率为 0.48%，比同时段电视剧高出 30%。《新闻联播》专门报道这部纪录片是由相对年轻的团队在资金和时间都不充裕的情况下制作完成，并已经被翻译成各种语言，有可能成为中国纪录片行销全球的范例，这也正是推广文化软实力的题中之义。这部并非有意拍给外国观众看的"中国美食手册"，其成功之处与其说是选择有中国特色的饮食文化，不如说中国创意工作者也拥有了一种把"中国元素"风景化的讲述能力。

第一节 "美食家"的文化政治

《舌尖上的中国》确实有自己的"烹饪秘籍",恰如片头是一双筷子夹着一块/一张水墨画般的猪肉(或猪肉石),一种只可意会不可言传的"味觉"被调制为一档浓浓的视觉"大餐"。这部纪录片从全国各地(涉及22个省市区及港澳台地区)采集"自然食材",并把它们"转化"(拍摄、剪辑)为沁人心脾的视觉形象,让观众通过"眼睛"来感知这些"熟视无睹"的埋藏在心灵深处(胃部)的"味道",深得"口福/味觉"与"眼福/视觉"的辩证法。其实,在电视荧幕上从来不缺乏饮食类的节目或专题片,甚至这种"厨房里的秘密"早就被电视机这个客厅/卧室中的窗口据为己有,"美女私房菜""厨艺大比拼""地方菜大舞台"等等不一而足。

很多评论者在说到这部纪录片时都会提到1983年陆文夫的经典小说《美食家》,小说并没有以美食家的口吻来描述,而是以文革中遭受迫害曾经发表"反吃喝宣言"的餐厅经理"我"的视野来展开,讲述了"我"与"好吃成精"的资本家/美食家朱自冶从新中国成立前到改革开放之初四十年的恩怨。按照"我"的说法,"硬是有那么一个因好吃而成家的人,像怪影似的在我的身边晃荡了四十年"。朱自冶之所以是"怪影",是因为在"我"这个新中国成立前参加革命的干部眼中,靠收房租过日子的朱自冶就是一个没有一技之长的酒囊饭袋和"贪图享乐的寄生虫",是"朱门酒肉臭,路有冻死骨"的旧社会剥削制度的代理人,朱自冶代表着一种腐朽的资产阶级习气。于是,新中国成立后"翻身做了主人"的"我"想尽各种办法来改造生活糜烂的"美食家"。不过,上世纪80年代"我"复出之后,才恍然发现这种"文化改造"不仅没有改掉朱自冶"好吃"的恶习,而且新时期以来更加发扬光大,"转身"成为"美食专家"和烹饪协会的会长。

这种僵化的、保守的"老左派"与寒酸、有特殊癖好的"吃货"之间的二元对立是上世纪80年代之初保守与改革两条道路之争的漫画化书写,有趣的问题在于作者依然让"我"占据叙事主体的位置,"美食家"是"我"眼中的另类和他者,这无疑延续了上世纪50年代到70年代革命者作为历史叙述主体的位置。小说的结尾处,"我"中途逃离了朱自冶"奢靡"的家宴,心里淤积着怒火:"四十年来他是一个吃的化身,像妖魔似的缠着我,决定了我一生的道路,还在无意之中决定了我的职业。我厌恶他,反对他,想离他远点,可是反也反不掉,挥也挥不走……"在这里,不管是"怪影",还是"妖魔"都是上世纪50年代到70年代试图压抑、斩草除根的资产阶级堕落文化,而这种让"我"感到厌恶的代表着享受、享乐的"美食"却在上世纪80年代"浴火重生"。虽然"我"毅然选择去赴工人阶级之家的喜宴,"一直走到阿二家,我心中的怨气才稍稍平息",但是似乎没有谁还记得这个没有留下名字的"我",反而对那个"只会吃,不会做"的"空头"美食家流连忘返(暂且不讨论小说中"我"的失败与其说是朱自冶的复活,不如说更是上世纪60年代出现的社会主义文化内部如何处理消费与劳动的悖论)。

如果说小说中用新中国成立前朱自冶品尝过的苏州名菜与新中国成立后"我"提倡的"大众菜"作为"资产阶级味觉"与"无产阶级味觉"的对抗,那么这种"吃的政治学"在上世纪80年代被作为新的意识形态重建的修辞中,味觉与阶级没有关系。在这个意义上,这种"去阶级化"的味觉政治依然处在一种文化斗争的氛围中。而30年后播出的《舌尖上的中国》中的"美食"文化则再次抹平或遮蔽了文化的政治性，变成了一种消费主义文化、一种在旅游中展览的"菜肴"。正如许多餐馆的后厨用透明的玻璃橱窗来让食客"看见"，或者直接在食客面前展示做菜的过程（新闻直播间也让观众看到主持人背后的调控室，仿佛这新闻不是幕后制作完成的，而是带着新鲜的"现场感"）。这种让烹饪变得"可见"正是为了满足文化消费的心理，这也就是为何纪录片会如此关注食材、选料，会如此津津有味地呈现制作美食的每一个环节和细节，包括挖藕人、辛勤的劳作也可以变成一处美丽的风景。这种"风景化"有效地回避了《美食家》中所存在的劳动代表着自力更生、自食其力的阶级美德以及"不劳而获"则是吸血鬼和社会寄生虫的代名词。也正因为文化被消费化，那种在《美食家》中存在的"名贵"菜肴与便宜的"大众菜"之间的阶级/等级之别也被小心地抹除了，"美食家"所不屑一顾的"大众菜"却成了《舌尖上的中国》念兹在兹的美食。

如果有好事者把《舌尖上的中国》"穿越"到上世纪80年代放映，恐怕当时的人们很难理解，为何30年之后中国人依然背负着"传统"的"封建专制"的包袱。正如片中把"传统"与"食物的记忆"耦合起来："中国人的传统家庭观念代代相承，他们传承给下一辈的东西，下一辈也会继续传承下去。就像饺子，这就是中国人一辈子代代相传的一种记忆，一种食物的记忆。"在上世纪80年代所建构的"现代化"叙述中，城市与乡村成为了文明/愚昧、开放/封闭、自由/囚禁的二元对立的空间。问题不在于重新使用这种"现代化"的逻辑来批判这种乡土的浪漫想象的虚幻，而在于不管是对现代化的高歌，还是对乡土文化的挽歌，农村/乡土都成为了彻彻底底的他者之地。现代人不愿意承认，正是现代化/工业化/城市化的生活,不仅抹除了乡土生存的主体空间,而且把乡土沦落为城市化的补给站和垃圾填埋场。也就是说,在农村、乡土已然被卷入工业化之后,它们被一种浪漫主义的反现代性的情怀再次"征用"为一处现代性的乡愁。在这个意义上,这些对乡土诗意的符号化所实现的是对乡土生活的再次剥夺和抹平。

就在这部纪录片热播之时,一种质疑的声音也随之产生。面对近些年中国食品安全接二连三地出现重大问题(如"毒奶粉""地沟油""瘦肉精"等),这部甜腻的纪录片有"粉饰现实"之嫌,也有人写出"舌尖上的两个中国""毒舌中国"的文章。这无疑呈现了都市中产阶级的双重主体状态,一方面是无限认同、分享休闲节假之余把饮食文化作为旅行者的风景和记忆,另一方面又对经济高速发展过程出现的食品安全、环境危机保持高度敏感。这种主体仿佛"穿越"在不同的时空之中,这也是当下全球中产阶级的普遍状态。正如齐泽克在解读《阿凡达》时指出,对于观看好莱坞的观众来说,一方面去影院观看土著大败武装到牙齿的敌人(向往潘多拉星球绿色、环保、生物多样主义的理念),另一方面走出影院支持美国用高科技武器发动阿富汗、伊拉克战争(恐怕不会同情那些遭受无人飞机轰炸的恐怖分子或平民)。

在这里,如《阿凡达》《舌尖上的中国》等文本充当着一种意识形态幻象的功能。幻象不是虚幻、谎言和欺骗,更不是对当下主流意识形态(现代资本主义的生活方式)的批判和拒绝,而是一种对现代性逻辑的再次确认和精心维系,使得现代人更加坦然、自然地生活在"异化"的空间中。或者说,这是对不够安全、不够完美的现代化生活秩序的有益补充。这也正是城里人周末去农家乐、去郊区体验大自然,或者到租借的农场"亲自"种地的乐趣所在,这种旅游休闲的"乐此不疲"是为了缓解周一到周五在污染的、异化的、非自然的都市丛林中工作的压力和不快，以便"疏松筋骨"之后可以"鼓足干劲"继续回到城里过"正常"的生活。在这个意义上，《舌尖上的中国》就是一座有机的、无公害的视觉"氧吧"，让人们（尤其善于操作微博的都市白领）可以足不出户、宅在个人／私密空间中补充绿色的精神食粮。

第二节 生态主义、后工业文化与他者想象

2015年伊始，中国与法国联合制作的电影大片《狼图腾》公映。这部影片改编自2004年出版的同名畅销小说，从筹备到完成耗时七年之久，由擅长拍摄动物题材的法国导演让·雅克·阿诺执导。随着电影的票房攀升，《狼图腾》小说也再次被人们提起。这部小说自出版以来就争议不断，不仅涉及到"狼图腾"究竟是不是蒙古族等游牧民族的古老信仰，而且对作者给凶恶残忍的狼及狼性做翻案文章不满。这部讲述上世纪60年代北京知青到内蒙古草原下乡的小说为何在21世纪掀起如此之大的文化波澜。

这部电影最大的卖点是呈现了壮丽的草原风光和机智而凶残的草原狼，据说剧组花了三年时间驯养了20多匹蒙古狼，而片中的两场狼群围猎马群和狼群夜袭羊圈的"战争戏"也很少使用电脑特技，这在数码时代是不多见的现象。之所以如此强调动物实景拍摄，与影片的核心主题是相关的。这部电影讲述了人与自然的经典命题，相信看过电影的观众都会对自然充满了敬畏之心，对破坏自然、打破生态平衡的行为深恶痛绝。与原版小说对于草原狼的敬畏和崇拜相似，电影版也把生活在食物链顶端的狼作为自然（草原）秩序的有机组成部分。人们不只是对这部影片的拍摄技

术交口称赞,更重要的是惊叹于总算出现了一部故事逻辑顺畅并传递主流价值观的国产大片,尽管导演和部分编剧是"外援",但这毕竟是一部从投资到剧本、从演员到外景都原汁原味的"中国制造"。

人们一般把上世纪80年代以来的知青故事命名为知青文学,这种特殊的题材是新时期文艺创作的热点,延续至今。不管是上世纪80年代的伤痕、反思、寻根、先锋等文学潮流,还是上世纪90年代、新世纪浮现的青春革命怀旧影视剧,都带有知青文艺的底色。知青文艺因其所反映的特殊时代而成为讲述文革故事的重要场域,这些知青们的"青春祭"总不时流露出对理想主义、革命情怀的肯定,也是文革话语中少有的借青春之名获得正面讲述的文化领地。对于返城的知青作家来说,知识青年上山下乡运动既是一次历史的暴力和个人的灾难,又是一段青年时代难以忘怀的人生历练和财富。在知青文学中大量出现了对于少数民族和边疆地区的描写,这些相比革命、城市、汉族中心的边缘地带一方面被呈现为贫穷、落后和愚昧的地方,是需要被启蒙和现代化的他者之地,另一方面这些他者之地又被叙述为神秘的、自然的、没有遭受文明和革命污染的净土,甚至是自我否定的中华民族的寻根之所。在这个意义上,小说《狼图腾》清晰地带有上世纪80年代知青文学和寻根小说的烙印。

北京知青陈阵主动要求下放到内蒙古草原,在这里他接受了一次特殊的"贫下中农再教育",他成为了以蒙古族老人毕利格为代表的游牧民族精神和传统的继承人,这尤其体现在他对草原狼从相遇、相知到彻底崇拜的精神蜕变。小说不仅用大量篇幅描写草原狼围猎过程中的机智、勇敢、组织性和永不屈服的品格,而且反复借毕利格之口展现草原狼在维系草原生态平衡中不可替代的神圣位置。这种游牧民族的"狼图腾"被赋予双重象征,草原狼一方面是成吉思汗的化身,代表着勇猛善战的游牧骑兵对世界历史的征服，另一方面也是腾格里（天）的化身，替腾格里来守护草原。也就是说，草原狼具有社会和自然双重属性，这就使得《狼图腾》变成了两个彼此交织在一起的故事。一个是社会化的自然秩序，在游牧民族（狼）与农耕民族（羊）的二元对立中，讲述狼吃羊的丛林法则；第二是自然化的自然秩序，在自然（狼）与现代社会（人类）的二元对立中，呈现天人合一、万物和谐的自然生态景观，这就使得狼吃羊不仅不残忍，反而是腾格里舍小命救草原的大命。

这样两个故事嫁接在同一个文本之中看似可以互为因果、自圆其说，其实却充满了裂隙和矛盾。汉族儿子陈阵认蒙古族老人毕利格为精神之父，是为了完成对柔弱的、不思进取的以汉族为代表的农耕文明的批判。这种上世纪80年代再度启动的"国民性"文化批判与"落后就要挨打"的现代化动员有关，中华民族只有重新找到并接续以成吉思汗为代表的游牧民族的狼性精神，才能在自由市场的资本主义丛林中从"小羊"变成强大的"狼"。国家如此，生活在市场经济下的个人也是如此，这就是《狼图腾》从草原自然生态里引申出来的社会化隐喻。因此，《狼图腾》被作为企业管理和个人修养的教科书，这也是上世纪90年代大众文化兴起之后，狮子、狼、鲨鱼等作为成功者、强者文化的代表，而失败者、弱者则被比喻为应该被吃掉的羚羊、斑马或小鱼的故事。

不过，《狼图腾》在讲述狼吃羊的故事同时还讲述另外一个故事，这就是狼被贪得无厌的人类赶尽杀绝的故事，狼群在现代人面前变成了任人宰割的羔羊。这时，狼不再是社会化隐喻中的草原之王，而变成了自然生态的化身。人类对自然的开发和剥夺，打破了草原生态的自然平衡，于是，狼代表腾格里对人类进行了血腥的报复，与此同时，以牧场管理者为代表的现代人类开始了灭狼行动，从而造成草原生态更为严重的破坏，直到小说结尾处草原大面积沙化、演化出沙尘暴等环境灾难。在这个故事中，汉族、农耕民族不再是弱小的羊，反而变成了比狼还要凶残的动物——拿着枪的现代人类。这种对自然及腾格里的崇拜建立在对现代化、现代工业文明的反思之上。

从这里可以看出，这部小说充满了两种声音，一种是渴望成为狼的、高歌猛进的现代化之歌，另一种则是对武装到牙齿的、贪得无厌的现代文明的血泪批判。在前者的故事里，蒙古包外高高悬挂在长杆顶上的狼旗是后发现代国家向现代化进军的战歌，而在后者的故事里则是一曲对逝去的包括游牧民族在内的前现代文明的悲歌。以陈阵为代表的北京知青，也具有双重主体位置，一种是作为落后的、弱小的汉族农耕社会和尚未完成工业化的主体，另一种则是已经完成了现代化的文明人。进一步说，前者是上世纪80年代的启蒙故事，后者则是21世纪的后工业时代的故事。如果说在第一个故事中需要学习草原狼的野性精神，那么在第二故事中这种现代化的狼性扩张恰好需要节制。而从小说到电影的改编中主要凸显了第二个故事，电影版把上世纪80年代文化寻根和自我批判的故事转变为一种西方人所熟悉的他者故事和殖民故事。

电影版《狼图腾》让很多网友想起好莱坞经典西部片《与狼共舞》（1989），一个白人中尉来到印第安部落，发现原始部落不是愚昧、残暴的吃人族，而是充满了团结友爱、高尚品德的大家庭，相比之下，白人殖民者则是残忍嗜血的恶魔，于是，这个白人主动融入印第安部落。同样的故事从好莱坞大片《最后的武士》（2003）和《阿凡达》（2009）中也能看到，这些来自于文明世界的西方人最终"倒戈"完全站在弱势的被殖民者一边，帮助他们对抗唯利是图的、武器更先进的人类侵略者，在这个过程之中，这些文明世界的背叛者还会与酋长的女儿谈一场恋爱。不管是西部片、历史片，还是科幻片，讲述的都是典型的西方殖民故事。现代以来的历史，就是西方发现他者、殖民他者、消灭和驯化他者的过程，也是现代文明、工业文明从西欧原发现代国家向全世界传播的过程。相比早期的殖民故事或美国的西部故事中，原始部落、印第安人被叙述为蒙昧的敌人，《与狼共舞》等电影则继承了另一种典型对前现代社会的文化想象，这就是把他者、异族建构为神秘的、野性的、传统的文明形态，来反思具有扩张、剥削色彩的现代城市文明。尤其是上世纪六七十年代，西方发达国家完成从工业社会向后工业社会的转型，更推崇一种去工业化的生态主义美学。在这种观念支撑下，前现代的时间（如农耕文明、中世纪）和空间（如农村、西部荒原等）都被书写为自然和谐的伊甸园，就像《阿凡达》中潘多拉星球的纳威人过着人与自然交融的生活，完全看不到原始社会的专制、愚昧的一面。在这个意义上，电影《狼图腾》也是一部反映后工业文化想像的作品。

  电影一开始是两个结伴而行的北京知青跨过象征游牧民族与农耕民族疆界的长城，他们是来自于文明世界的城里人。对于知青来说，一望无垠的内蒙古草原是未知的、神秘的他者之地。面对自然化的草原，电影呈现了三种态度，一种是毕利格所代表的游牧民族的自然观，强调与大草原及草原上的各种生物和谐共存，包括敬畏草原上的最高神灵腾格里的意志、维系狼群与草原的良性生态圈，这是一种前现代的、把草原当作"衣食父母"的传统社会的生存理念；第二种是以牧场管理者为代表的现代社会的自然观，强调"人定胜天"、对草原的过度开发和无节制的索取，这是一种发展主义和人类中心的自然观，这种破坏生态的行为必然招致自然的报复，如影片中用饥饿的狼群袭击人类圈养的马群、羊群来印证；第三种是文明人陈阵对草原的态度，他虽然没有像《与狼共舞》中的白人中尉变成印第安战士、《最后的武士》中的西方人变成东洋武士或《阿凡达》中的美国士兵变成纳威勇士,但完全臣服于草原文化。他一方面是毕利格老人的倾听者、蒙古族历史的搜集者,另一方面也是对草原狼的研究者和驯化者。他主动收养了一只狼幼崽,在精心呵护的过程中观察草原狼的习性,也就是说他想用理性和科学的方式来认识和理解草原狼,就像《阿凡达》故事里主张与纳威人和平共处的科学家一样。陈阵驯服草原狼的实验以失败告终,他无力阻止人们对草原狼的血腥屠杀,只能在心灵上保持对他者的敬畏。

  在这种生态主义的历史叙述中,上世纪六七十年代的中国又具有了新的含义。曾经在上世纪 80 年代被作为落后、愚昧、封建的文革年代,在《狼图腾》中恢复了其作为现代文明社会的身份,正如影片结尾处陈阵最终告别草原回到都市文明。而场部主任的形象既是一个专制化的行政管理者,又是一个工业化大生产的建设者和组织者。如果说上世纪 80 年代的现代启蒙叙述中,革命之罪是对现代化的阻碍力量,那么在 21 世纪的后工业生态视野中,革命之过则是过度现代化和工业化,甚至任何生产性的劳动和现代化的行为都被认为是对自然秩序的破坏和威胁。这种对生产和工业文明的"敌视"本身建立在后工业社会的理想图景之上,就像好莱坞电影《星际穿越》(2014)的结尾,获救之后的人类生活一个高度现代化又鸟语花香的世界里,只是人们并不关心这种一尘不染的后工业乌托邦正是建立在把工业生产转移到别处的基础之上。

  不过,《狼图腾》的出现对于中国来说具有重要的文化意义。与西方原发现代性国家不同,中国近代以来一直是被征服和被殖民的对象,也就是说中国就是殖民故事中的他者。因此,中国故事经常以弱者、前现代主体的角度来讲述,这也造成小说版《狼图腾》中存在着一个渴望狼性精神的前现代主体，中国无法像西方那样自然占据现代主体的位置。其实，不管是愚昧、封建的前现代，还是充满浪漫和乡愁气息的前现代，都是现代主体眼中的他者形象。对于西方文化来说，前者对应着从现代到现代的进步、启蒙和文明化的现代逻辑，后者则是借前现代来批判工业文明和现代社会的异化，这样两种前现代形象是彼此平行的现代性故事，不会出现在同一个文本之中。可是，对于中国来说却会经常在同一个文本中讲述这样两个故事，这与中国作为前现代主体的自我想象有关。而电影版《狼图腾》的出现则意味着中国终于从前现代主体变成了现代的、后工业的主体，这恐怕迎合着近些年中国经济崛起的大背景。从这个角度来说，电影版比小说版更加有效地完成了这种主体身份的转换，中国电影也能像好莱坞那样讲述与西方没有本质差异的故事，这也有利于推动中国电影被西方观众接受和认同。

第三节　现实主义叙事的回归与未来性

2016年，作家刘继明推出新小说《人境》，相比上世纪80年代以来重写20世纪历史或者当代史的长篇小说，这部小说有两个突出特点，一是反思历史的历史感，通过对上世纪80年代重写革命历史的再反思，把上世纪50年代到70年代重新叙述为新时期的精神资源；二是反思现实的现实感，借助对上世纪80年代所形成的新启蒙价值和发展主义理念的批判，重建全球化时代中国从乡村到城市的社会图景。可以说，《人境》采用现实主义的叙事策略，尝试整体性地回应当下中国的社会危机和精神困境。

《人境》的名字借用于东晋田园诗人陶渊明的诗:"结庐在人境,而无车马喧。问君何能尔?心远地自偏。采菊东篱下,悠然见南山"。"人境"是指一种既在人间,又"无车马喧"的悠然状态,也就是追问一种人的境界或人间的状态。这让我想起上世纪 80 年代初期对于人性、人道主义的讨论,如戴厚英的《人啊!人》、路遥的《人生》等作品。这部小说在重新回应上世纪 80 年代之初的人道主义的问题,也是中国革命、现代性的基本问题,就是塑造什么样的人、什么样的人性、人格的问题。就像小说的主角马垃引用《安娜·卡列尼娜》中列文的话,"要是不知道我这人是什么,我活着为了什么,那就无法活下去。可是我无法知道,因此无法活下去"[1]。之所以会有这样的困惑,是因为生意失败、锒铛入狱的马垃对上世纪 80 年代以来引领自己的文化精神产生了怀疑,这迫使出狱后的马垃返回到故乡神皇洲,而她的初恋情人、大学教授慕容秋最终也回到了这个地方。

马垃和慕容秋是这部小说的核心人物,整个故事都围绕他们来展开。小说接近结尾有这样一段话,"那场大火发生后,亲爱的慕容姐姐如遭雷击一样垮了下来,很长一段时间面如死灰、萎靡不振,我预感到在她失去爱情的同时,我们也将失去她。这是一种无法逃避的宿命,对个人来说是如此,对整个神皇洲来说也是如此。两个月之后,毛主席就逝世了。全村的人和孩子都哭了;……这一年,我的心智和身体仿佛停止了发育和生长。我成了一个永远长不大的孩子"[2],哥哥的去世、毛主席的逝世,使得马垃永远停滞在那里,拒绝成长。这段话下面是慕容秋看到哥哥的墓碑说"请

---

[1] 刘继明:《人境》,作家出版社,2016 年 6 月版,第 100 页。
[2] 同上,第 479–480 页。

原谅我现在才来。这么多年,我一直没有勇气面对这块墓碑。因为它不仅埋葬了我的初恋,还埋葬了一个时代",哥哥的死也使得慕容秋停留在那个时代,就像马垃像个少年,一直没有结婚,慕容秋也是如此,离婚后一直没有再婚,他们为了保持精神上的纯洁,带有某种"禁欲"的色彩。这本书写的就是这样两位"不忘初心"的、永远停留在少年少女时代的人的精神史和社会史。

这部小说分为上下两部,上部是马垃的故事,下部是慕容秋的故事。看起来像两个平行故事,前者是新世纪以来的新农村建设,后者是女教授的学术反思。这两个故事又有内在的关联,首先哥哥马坷是马垃和慕容秋共同的精神偶像,马坷是共产主义战士,是农村合作社的基层干部,其次,马垃所从事的新农村合作社和慕容秋所关心的国企工厂改革都与辜朝阳有关,这是他们共同的敌人,辜朝阳是资本和外国资本的代理人。在我看来,这样两种农村和城市的故事是为了回应上世纪80年代以来关于农村和城市的主流叙述。

上世纪80年代在从革命向启蒙、现代化的转型过程中,出现了两种乡村叙述。一种是愚昧、落后、静止的地方,是等待现代化的地方,农村从组织化的、集体经济的人民公社重新回到了自然经济的状态,农民也变成了五四时代的阿Q和闰土,这成为上世纪80年代最主流的农村叙事,当然,农村也确实在上世纪80年代中期所启动的城市改革和上世纪90年代的现代化中变成了被遗弃的空间;第二种是诗意的、神性的、野性的、史诗的、抽象的、审美化的田园,这在一些寻根文学和知青文学中可以看到,把边疆、插队的地方变成"我的遥远的清平湾",最典型的还是海子的诗,海子对土地、麦田的书写完成了对乡村的史诗化和去历史化。

这样两种乡村故事有一点是一样的,都是去革命化的、非历史化的乡村,也是非现代的、非工业化的乡村。换个说法,是现代性视野下的两种乡村叙述,一个是愚昧又落后的前现代,一个是乡愁、田园诗和精神家园。这种乡土叙述一方面完成了乡土的去魅化、去历史化,另一方面又完成了再神化、抽象化和神秘化。这种自给自足的乡村空间又演化出两种乡土历史,一种是乡村变成了有儒家传统的、民间信仰的相对独立的乡里空间,不管是土匪、军阀、国民党、共产党,都是外来者,早晚有一天会离开,唯一不变的是固有的乡村秩序,如陈忠实的《白鹿原》就是如此;第二种是没有历史的循环史观,除非莫言的《红高粱》中"日本人说来就来",乡村才进入历史,或者像刘震云的早期中篇小说《头人》所写那样,这是一个乡长变保长、保长变支书的循环往复的乡村历史。

《人境》与这种上世纪80年代乡土叙述不同,在上部出狱后的马垃2000年返回神皇洲时,看到的是一个凋敝的、衰败的乡村,于是马垃开始用合作化来实现乡村自救的实验。这种乡村叙述延续了社会主义现实主义的农村题材传统,是一种以乡村为主体的叙述方式。马垃所进行的农民专业合作化实验有这样几重意义:首先,合作化是改造人,赋予人以生活的价值和尊严的过程。面对上世纪90年代农村的人员流失、土地抛荒现象,马垃带领老弱病残重新组织起来,如谷雨是受伤后返乡的农民工,他加入合作社后说"如果在城里,他只不过是一个比稻草还要轻的民工,跟一只蚂蚁和一条狗差不多,就是死了也不会有人瞭一眼,也只有在茴香心目中,他才是个有分量的男子汉。这让他感到了些许做人的尊严;这种做人的尊严,也只有在这块生养他的土地上才可能获得"[1]。还有对小拐儿的收养,让他学会种地,开始新的生活,逯永嘉的女儿唐卓儿也在合作社里

---

[1] 刘继明:《人境》,作家出版社,2016年6月版,第159页。

戒了毒，也就是说合作社是拯救人的地方；其次，合作社重组了溃败的乡村关系和社会关系，让被城市化所掏空的乡村恢复了生机，如以合作社贷款的方式解决了庄稼地灌溉系统和农户饮水问题、过年时组织了舞龙队、舞狮队，恢复了乡村文化，也就是说合作社不只是解决经济问题，也是政治和文化秩序的重建者；再者，马垃的有机大米合作社与种粮大户赵广福的转基因棉花的竞争，是当下农村两种发展道路的对立，一是有机农村、保护环境，但依靠城市消费，二是依靠大资本、外国资本来发展农村；最后，马垃所办的农业种植和销售专业合作社是经济合作社、公司合作社，与毛泽东时代的政治合作社不同，后者有社会主义和共产主义的理想，要建设一个现代化的、没有剥削的农村，而前者更像是一种对被抛弃的乡村的自救行为，因此，也是注定会失败的。

在下半部慕容秋的故事里，《人境》在与两种城市故事进行对话。一是对厚黑、权斗式的官场小说的反思，这种官场小说把政治理解为一种权力斗争，而不具有实质性的含义，《人境》则呈现了各级官员、革命二代、外国资本之间的利益勾结，这种官、商、学的利益共同体（政府招商、外国资本支持、学术界呐喊）是造成国企工人下岗、企业污染的根本原因；二是对严歌苓、王安忆式的家族史的反思，慕容秋与逯永嘉的父辈、祖父也是一种带有民国范儿的故事，但《人境》中让唐草儿把姨太太的小洋楼改造为一个教育中心，而没有成为民国范儿的继承人。

这是一部带有现实主义风格的小说，塑造了典型环境下的典型人物。首先，《人境》是多种人物、多个声部，也是高度象征化。马垃像个游历者，他一方面回到神皇洲寻找历史，找到哥哥马坷的遗物，一本日记本和小说《青春之歌》，另一方面又让各种人物打开心扉，讲出他们的心里话。小说中的很多人物都有一个小传，也就是来龙去脉的历史，尤其是让上世纪 80 年代以来被压抑的老支部书记、老革命如慕容秋的父亲慕容云天、丁友鹏的父亲丁长水等重新发声,表达他们对现实的不满,还有国企工人陈光对国企改革的不同声音以及新一代大学生如鹿鹿投身于社会运动。

其次,这部小说有丰富的社会面,呈现人物关系背后的经济动力,从上到下、从高层到底层,不光从一种道德上的好人与坏人,而是把人放在不同的经济关系中来理解。《人境》表现了三代人的情感经验,父亲一代如郭大碗、慕蓉云天、丁长水、辜烽等对革命保有同情的态度,而郭东生、丁友鹏、辜朝阳等子一代则变成官倒、资本家和发展主义的官员,第三代小拐儿、唐草儿、鹿路等又有他们自己的遭遇和新的选择。

其三,我认为《人境》的现实主义比《创业史》《艳阳天》的格局更大,因为社会主义现实主义有一个不用说出来的前提,就是社会主义国家制度和公有制的经济基础,这是《创业史》和《艳阳天》无须论辩的前提。而《人境》则是在社会主义解体、失败以及中国加入全球化的背景下,从中国农村到美国华尔街都有直接关系的全球结构下来叙述历史。

最后,我想谈一下小说的未来性,也就是马垃究竟是新人,还是旧人?马垃身上流淌着共产主义战士马坷和精神导师逯永嘉的双重血脉。如果说马坷是牺牲者、受难者,那么逯老师则是欲望、尼采和商人的化身,前者是大公无私的、为了集体利益牺牲自己的共产主义战士,是甘愿做一砖一瓦的人,后者是追求自由、成为超人、强者的浮士德,是资本和权力的象征。马垃想同时继承这两个人的衣钵,把他们埋葬在一起,可是这样两个精神支柱本身是激烈冲突的,因此,马垃带有两面性,也必然是矛盾的。相对辜朝阳、丁友鹏、李海军来说,马垃是新人,是具有新的思想和情怀的人,但马垃也是一个旧人,因为革命之后的岁月回到革命之前,马垃有一颗 19 世纪的心灵,那个带风车的房子本身就是不现实的,因此,马垃的失败也是必然的,这种有机农业的合作社是一种弱势群体的自我拯救,无法抵抗权力与资本汇集的洪水的力量,《人境》就用这种失败来呈现这个时代的绝望感和无力感。

第四节　特殊的乡村叙述与知识分子的位置

2017年,青年作家李云雷的小说集《再见,牛魔王》出版,"再见"是"告别"的意思,也是一种文化上的重新出发。"告别"是20世纪历史的主旋律,或者说常态,我们不断地宣告一个时代、一种传统的死亡,不断地与过去告别,不断地宣告我们要重新开始,从五四到文革,到上世纪80年代都是如此,告别意味着对过去有某种反思和不满,直到当下还在不断地去告别、去说再见,"变化"成为20世纪惟一不变的东西。李云雷的"告别",也意味着对某种文学创作的不满。这种不满,与李云雷的批评文章中对新文学终结的看法有关,他在比较宏观的层面上谈了从五四以来的新文学的传统,这个传统到上世纪90年代基本处于瓦解和失效的状态。新文学的意义在于代表着一种新价值、新精神、新政治,正是因为承载着新的理念,虽然新文学的受众是小众,但是影响力很大,很快就获得了文化领导权。上世纪八九十年代,新文学面临很大的困境,一方面新文学内部因为反思左翼文学而受到批判和拒绝,另一方面大众文化的兴起,也使新文学被边缘化了。李云雷的小说还是属于新文学的脉络,他依然沿用新文学的方式表达和思考。

李云雷的小说没有剧烈的矛盾冲突,故事性也不强,使用半叙事、半纪实的散文化语言,这是一种很清澈、很干净的叙事语言。他的文学世界里没有当下的文艺作品中的腹黑、权斗、情欲等暗黑料理,而是呈现了一个纯洁的、安静的少年眼中的故乡世界。李云雷的小说也不太追求很技术化的东西,不用很复杂的叙事结构。这种很透彻和干净的乡村空间和他所表现的时代有关系。李云雷笔下的乡村是一个物质虽贫乏、生活却不单调的特殊时期的农村场景,也就是人民公社解体之后,家庭联产承包责任制刚开始,到上世纪80年代中后期农民进城打工之前的那段时间。这个时期一方面延续集体经济时代所保留下来的乡村的完整性,是一个适宜人居住的、有友谊、有朦胧的爱情的地方,用一首歌曲的名字就是《在希望的田野上》。这种乡村的恬静不是前现代的乡愁,而是处于两个暴风雨的间隙之中。前一个时代是"暴风骤雨""山乡巨变"的乡村,后一场暴风雨则是农民工进城,农村被城市化所掏空,走向衰败的时代。这就是安静的、美好的"希望的田野"村得以产生的时代和社会背景。

李云雷的小说特别像五四时代的文学,主要讲述知识分子的返乡故事。小说中的"我"不是外来者、局外人,而是来自于故乡内部的人,对于故乡来说,"我"既是外人,也是家里人。他的小说中呈现了两种故乡,一是过去的故乡、少年眼中的故乡,二是现在的故乡、物是人非的故乡。前一个故乡是恬静的、美好的、自足的,有人与人之间的诚恳交流、也有小伙伴们的友谊,后一个故乡则是发生了翻天覆地变化的故乡,人与人的关系也因经济地位的变化而重组。在主流文化的叙述中,只有两种故乡形象,一种是启蒙视角,故乡是恶的、他者化的,也是非文明的、非理性的异度空间,第二种是反启蒙视角,故乡是乡愁的、诗意的,没有现代化的、自然化的空间。这两种视角都是以现代和城市为中心,乡村扮演着被城市拯救和救赎城市的双重功能。与这两种乡村故事不同,李云雷所采用的是一种乡村内部的视角,"我"就在故乡里面,故乡既不是他者化的,也不是乡愁式的，那是一个有秩序的、安静的地方，有表哥无疾而终的爱情（《梨花与月亮》），也有小姨隐秘的初恋（《电影放映员》），还有乡间公路上留下的"界碑"（《界碑》），仅从《泉水叮咚响》《我们去看彩虹吧》《林间空地》《草莓的滋味》等小说名字就能体会出那个时代的"生活的滋味"。看李云雷的小说感觉好像是从不遥远的历史中走来的一个少年，怀着很纯净的心灵来理解这个世界。

李云雷小说的结尾也很有特点，像《暗夜行路》《三亩地》一样，是一个茫然四顾、却不知道该往哪里走的知识分子形象。如果说五四时期的知识分子有迷茫和困惑是因为大革命还没有到来，那么李云雷式的在黑夜中摸索的、走夜路的知识分子则是因为革命已经逝去、革命的逻辑失效、被抹除掉了。所以说，他的写作和他的理论思考还是有关系的，是携带着这种上世纪七八十年代的乡村记忆来思考当下中国的问题。最后，李云雷的小说不期然地在创造一种中国式的美学风格，一种有中国主体性的叙述，这也是文化自信的体现，也是在一种新的历史条件下重新追求一种中国文学或者美学的价值。

第二部分　现代主体与文化困境

20世纪中国现代化过程中，出现了以知识分子为代表的现代主体，这些最先接受西方、现代知识的主体成为了中国现代化的中介。随着现代主体的出现，也随之产生了启蒙者与被启蒙者、个体与群众、革命者与人民之间的主体分裂，这使得第三世界的现代主体带有"先天"的文化困境，即如何协调与更大的群体、国家之间的关系。这一部分主要以五四时期的启蒙者、革命运动中的"病人"以及改革开放之后出现的中产阶层主体为例，呈现不同时代现代主体的文化困境与社会焦虑。

第四章　启蒙者与看客的辩证法

在鲁迅的"幻灯片事件"中,"看客"成为鲁迅改造国民性的具体所指。在鲁迅的叙述中,看客和被砍头者被等同起来,成为"毫无意义的示众的材料和看客"。看客与被砍头者最大的不同在于,看客"观看"被砍头者,被砍头者处在绝对的"被观看"的位置上。看客成为鲁迅进行国民性批判的最佳中介,同时也是他书写启蒙者与被启蒙者、清醒的人与熟睡的人们的"孤异的个人"与"庸众"的故事中不可缺少的角色。试想,如果没有这些看客,鲁迅会不会把这样一个故事叙述为反对帝国主义霸权的故事,而不是启蒙故事呢?为什么是看客而不是受到戕害的被砍头者成为鲁迅"哀其不幸""怒其不争"的客体呢?进一步说,这些作为庸众代表的为什么是"看"客而不是其他的人。

在鲁迅看来,"看"客之"看"的可恶之处在于观看同胞被杀害却无动于衷,也就是说,看客之看在于没有看见看客与被砍头者的同胞身份,反而尽享这种观看的愉悦。更让鲁迅惊愕的是,看客"永远是戏剧的看客",也就是永远都不参与、不愤怒。这种在"幻灯片事件"中作为麻木围观者的看客,在鲁迅的书写中发生了重要的转换。尽管看客依然是"戏剧的看客",但看客的观看对象由被砍头者变成了"我"/启蒙者,"幻灯片事件"中的"我"则由观看者变成了一种被看的对象,这也成为鲁迅阐述启蒙者没有希望的"反抗绝望"的方式。可见,"幻灯片事件"中"我"与看客的权力关系发生了翻转,实现这种转换的机制在于看客作为一种"被看"的"看"客的位置。而"幻灯片事件"中的启蒙故事也变成了"我"被围观的故事。如果联系到"幻灯片事件"中,"我"也同样处在想像中的日本人的凝视之中,那么这种看客功能的翻转所实现的文化功能是把一种外在/日本人的凝视转化为一种内部/中国人的凝视,日本人的目光被麻木的看客所取代,从而一种外部的威胁被置换为一种内部的自我批判。

第一节 "被看"的"看(客)"

关于"幻灯片事件"中的"幻灯片"究竟是幻灯片还是电影,已经成为"文学史上的一桩无头公案"[①],由于无法在现存的日俄战争幻灯片中找到鲁迅所论述的主题,因此,至今还没有定论[②],再加上"幻灯片事件"是

---

① 〔美〕王德威:《从"头"谈起——鲁迅、沈从文与砍头》,选自《想象中国的方法》,生活·读书·新知三联书店,1998年版,第138页。

② 由于无法在现存的日俄战争幻灯片中找到鲁迅所论述的"幻灯片",因此,只能根据当时的状况进行推测,渡边襄在《幻灯片事件的事实依据与艺术加工》(《鲁迅研究资料》,北京鲁迅博物馆鲁迅研究室编,天津人民出版社1987版)中认为幻灯片是报纸上的照片,从当时的报刊上可以找到与鲁迅记述类似的照片,新岛淳良在《关于鲁迅"幻灯事件"》(《日本学者中国文学研究译丛》第二辑,吉林教育出版社1990版)中认为幻灯片应该是日俄战争的新闻电影。相关文章转引自张历君:《时间的政治——论鲁迅杂文中的"技术化观视"及其"教导姿态"》,罗岗、顾铮主编:《视觉文化读本》,广西师范大学出版社,2003年版,第284页。

鲁迅事后十几年追溯的情景，是否属实已无法考证，但无论真实还是虚构，都不影响叙述的效应，这件事在鲁迅的记述中成为一次影响深远的事件。国内文学史一般按照鲁迅的叙述把"幻灯片事件"作为他弃医从文的缘由，同时也是鲁迅进行国民性批判的内在动因。20 世纪 80 年代初期，国内学界是从对"改造国民性"的争论开始鲁迅研究的[①]。在左翼叙述中，鲁迅"改造国民性"的看法是被忽略或压制的，因为愚昧的国民的启蒙立场与作为革命主体的人民群体的左翼叙述之间存在着裂隙。在左翼叙述中，更强调鲁迅后期杂文的革命性及其对国民党政府的批判，而上世纪 80 年代初期对于鲁迅的争论，恰好确立了鲁迅的"国民性批判"的"立人"思想（呼应彼时知识界关于马克思主义与人道主义和异化问题的争论），因此，鲁迅前期作品（如《呐喊》《彷徨》《野草》）获得更多的阐释，这就颠倒了左翼叙述中褒后期鲁迅、贬前期鲁迅的做法，这种研究思路本身构成了对左翼文化的有效批判。在这种鲁迅由革命者变成启蒙者的过程中，革命群众也由历史的主体变成了需要被启蒙的庸众，鲁迅也成为上世纪 80 年代知识分子的理想镜像，以呼应知识分子由革命历史的受难者（"落难书生"）变成启蒙者的角色转换。其中最典型的叙述文革场景之一是批斗会上右派。修正主义分子如何忍受被革命热情所蒙蔽的庸众的批斗，这种把人民指认为"乌合之众"的同时，受难者也就变成了历史暴力的亲历者并洞察到政治暴力荒谬性的觉醒者，同时也把受难者放置在赦免与无辜的位置上，也就是说，受难者不是革命历史的参与者，而是受害人与见证人。这种被庸众围观的悲壮感与牺牲精神，

---

① 关于国民性的讨论，参见鲍晶编：《鲁迅"国民性思想"讨论集》，天津人民出版社，1982 年版。

在鲁迅的小说中可以找到基本原型（如《狂人日记》《野草·复仇》《野草·复仇（其二）》等），因此，"启蒙"成为新时期初期最为重要和自觉的文化实践（五四也成为新时期初期被高扬的旗帜[①]），昔日的被改造对象又变成了启蒙者，蒙昧者变成了被革命、尤其是文革意识形态所蒙蔽的众人们。这种解释重新框定了鲁迅作为作家/启蒙者与麻木的看客之间的启蒙与对立关系。

而最近十几年，对于这个问题，海内外的学者又有许多新的论述，尤其是把这个问题放置在后殖民理论的语境中，产生了丰硕的成果。其中最有代表性的论述是，美国华裔知名学者周蕾从现代性和视觉性的角度来重新反思第三世界知识分子在遭遇西方的过程中所形成的后殖民主义式的权力位置，在其著名的论文《视觉性、现代性与原始的激情》中，"幻灯片事件"成为周蕾批判以鲁迅为代表的五四精英/启蒙/男性知识分子在视觉性/现代性的"震惊"下退守到从事文学/书写文字这一"延续文字的古老示意性特权"[②]运动，这种批判背后是把电影等视觉经验作为现代性在西方的表征，而把文学等文字书写活动作为一种保守的传统的属于东方的媒体再现方式，所以，"这些书写的文本成了博学的男性知识分子所赖以安身的避难所，甚至转变成为了掩饰罪恶的遮蔽物，将中国人在跨国帝

[①] 汪晖：《当代中国的思想状况与现代性问题》《死火重温》，人民文学出版社，2000年版；贺桂梅：《80年代文学与五四传统》《人道主义思想及其话语变奏》《人文学的想象力——当代中国文化与文学问题》，河南大学出版社，2005年版。

[②] 〔美〕周蕾：《视觉性、现代性与原始的激情》，罗岗、顾铮主编：《视觉文化读本》，广西师范大学出版社，2003年版，第268页。

国主义中被屠杀的粗俗残暴景象掩饰了起来"①，这种对文学与视觉的等级关系的颠覆本身是对五四精英立场比以电影为代表的大众文化更"进步"的批判。暂且不讨论周蕾论述中的"文字/影像的二分对立逻辑"②，其实，周蕾的论述本身存在着一种复杂性，虽然她把鲁迅等五四精英知识分子从事文学写作看成是一种对"传统"的回归，但同时她也指出"如果文学史作为逃避视觉震惊的途径，而这个震惊又会通过其他的方式来占据和改变文学"③，所以，她也指出鲁迅从事短篇小说、杂文等"快照"式创作，其他如萧红、茅盾、郁达夫、巴金等"现代"作家的创作中也具有电影化或视觉化的因素。对于这次"幻灯片事件"，我更为关注，其中所呈现的一种复杂的观看与被观看的关系、这种被观看的看是如何与一种"国民性批判"连接起来以及这种"将中国人在跨国帝国主义中被屠杀的粗俗残暴景象掩饰了起来"的机制是怎么发生的等问题。

众所周知，"幻灯片事件"是指，在日本求学的鲁迅，看到了幻灯片上被砍头者和围观的看客，引发了他关于"愚弱的国民"的感慨，从而"弃医从文"。鲁迅主要在两篇不同的文章中叙述这件事，一是《呐喊·自序》（1923）中用来阐述《呐喊》的由来"，二是收入《朝花夕拾》的《藤野先生》（1926）。

---

① 〔美〕周蕾：《视觉性、现代性与原始的激情》，罗岗、顾铮主编：《视觉文化读本》，广西师范大学出版社，2003年版，第269页。
② 张历君：《时间的政治——论鲁迅杂文中的"技术化观视"及其"教导姿态"》，罗岗、顾铮主编：《视觉文化读本》，广西师范大学出版社，2003年版，第289页。
③ 〔美〕周蕾：《视觉性、现代性与原始的激情》，罗岗、顾铮主编：《视觉文化读本》，广西师范大学出版社，2003年版，第269页。

先看第一次叙述:

因为这些幼稚的知识,后来便使我的学籍列在日本一个乡间的医学专门学校里了。我的梦很美满,预备卒业回来,救治像我父亲似的被误的病人的疾苦,战争时候便去当军医,一面又促进了国人对于维新的信仰。我已不知道教授微生物学的方法,现在又有了怎样的进步了,总之那时是用了电影,来显示微生物的形状的,因此有时候讲义的一段落已完,而时间还没有到,教师便映些风景或时事的画片给学生看,以用去这多余的光阴。其时正当日俄战争的时候,关于战事的画片自然也就比较的多了,我在这一个讲堂中,便须常常随喜我那同学们的拍手和喝彩。有一回,我竟在画片上忽然会见我久违的许多中国人了,一个绑在中间,许多站在左右,一样是强壮的体格,而显出麻木的神情。据解说,则绑着的是替俄国做了军事上的侦探,正要被日军砍下头颅来示众,而围着的便是来鉴赏这示众的盛举的人们。

这一学年没有完毕,我已经到了东京了,因为从那一回以后,我便觉得医学并非一件紧要事,凡是愚弱的国民,即使体格如何健全,如何茁壮,也只能做毫无意义的示众的材料和看客,病死多少是不必以为不幸的。所以我们的第一要著,是在改变他们的精神,而善于改变精神的是,我那时以为当然要推文艺,于是想提倡文艺运动了。①

再看第二次叙述:

中国是弱国,所以中国人当然是低能儿,分数在六十分以上,便不是自己的能力了:也无怪他们疑惑。但我接着便有参观枪毙中国人的命运了。第二年添教霉菌学,细菌的形状是全用电影来显示的,一段落已

---

① 鲁迅:《鲁迅全集》(卷一),人民文学出版社,2005年版,第438—439页。

完而还没有到下课的时候，便影几片时事的片子，自然都是日本战胜俄国的情形。但偏有中国人夹在里边：给俄国人做侦探，被日本军捕获，要枪毙了，围着看的也是一群中国人；在讲堂里的还有一个我。

"万岁！"他们都拍掌欢呼起来。

这种欢呼，是每看一片都有的，但在我，这一声却特别听得刺耳。此后回到中国来，我看见那些闲看枪毙犯人的人们，他们也何尝不酒醉似的喝彩，——呜呼，无法可想！但在那时那地，我的意见却变化了。①

根据上面的记述，我试着绘出如下图表：

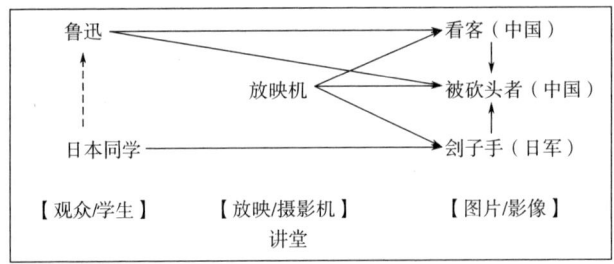

（箭头代表观看的方向，其中日本同学到鲁迅的观看是"虚线"，原因在于这是鲁迅意识到自己是中国人之后想象之中的来自日本同学的被看的目光）

让我们先从幻灯片说起，不管它是图片还是影像，这都是一张富有戏剧感的场景。与单纯的肖像照不同，这张幻灯片由三个角色组成，一是绑在中间的被砍头者，二是站在左右的看客，三是刽子手，显然看客和刽子手的视点都投向被砍头者，其功能在于把（剧场中的）观众的视点吸引到被砍头者那里，以遮蔽照相机/摄影机的存在（所谓演员不能直视镜头

---

① 鲁迅：《鲁迅全集》（卷二），人民文学出版社，2005年版，第306页。

的禁忌），也就是说这张图片本身已经预设了观众的视觉中心，就是被砍头者，如果真能找到这张图片，被砍头者应该处在透视中心的位置①。从这里，可以清晰地意识到，放映幻灯片的讲堂是一个典型的剧场空间或影院空间，作为学生的鲁迅，同时也占据了观众的位置，这个位置是与他的日本同学共同分享的。因此，鲁迅的观看是一次主动的观看，占据透视中心的被砍头者和看客都成为他的观看对象，只是与他的日本同学从中看到了"胜利"不同，鲁迅看到了"愚弱的国民"：因为弱小所以被砍头（被砍头者），因为愚昧所以带着"麻木的表情"（看客），这就鲁迅所看到的"做毫无意义的示众的材料和看客"，也成为他进行"国民性批判"的起点，问题在于鲁迅为什么会看见呢？他怎么会有这样一双"洞察"的眼睛呢？或者说他又是怎样占据了这样一个观看的位置呢？

在他的《呐喊·自序》中，他叙述了父亲的亡故（中医无法救治），"有谁从小康人家而坠入困顿的么，我以为在这路途中，大概可以看见世人的真面目；我要到N进K学堂去了，仿佛是想走异路，逃异地，去寻求别样的人们"②。如果稍微作一些精神分析，父亲的亡故与儿子的出走，是典

---

① 根据我对于晚清画报的阅读，我认为这种群体性的看客更容易出现在画报而不是摄影中。不在于摄影中没有类似的场景，而在于这种围观的看客成为引导画报的视觉中心的重要策略，因此，看客成为晚清画报中必不可少的重要元素，无论画报的视觉中心是街头杂耍，还是西方的新鲜玩意（飞艇、火车、路灯等），都处在一群看客的围观之中，这种围观可以引导画报的观众来关注画面的视觉中心，在这里，晚清画报中的"看客"是一种视线的引导者，而不是鲁迅笔下的需要被改造的"愚昧的国民"的指称，从《鲁迅生平史料汇编》中也记载"日俄战争幻灯片"不是现场拍摄的照片，而是由时事绘画加工而成的幻灯片。薛绥之主编：《鲁迅生平史料汇编》（第二辑），天津人民出版社，1982年版。

② 鲁迅：《鲁迅全集》（卷一），人民文学出版社，2005年版，第437页。

型的成长主题,而"走异路"也是寻找精神之父的旅程。这段旅程被清晰地描述一系列现代教育之旅,鲁迅最先学习了地质、矿物学、金石学等自然科学(这在他早期论文《科学史教篇》中可以看出),然后去日本留学之后才转为学习西方医学①。发生幻灯片事件的场所,就在"教霉菌学"的教室,放映幻灯片的机器是为了呈现"细菌的形状",只是这次被换成了"时事的画片",而鲁迅的观看位置并没有改变,那么观看"细菌的形状"与这次观看"砍头的场景"之间是否具有同构的关系呢?

---

① 鲁迅选择学医有两个原因,一是为了"救治像我父亲似的被误的病人的疾苦",二是鲁迅提到"日本维新是大半发端于西方医学的事实"[《鲁迅全集》(卷一),人民文学出版社,2005年版,第438页],因此,鲁迅说:"我的梦很美满,预备卒业回来,救治像我父亲似的被误的病人的疾苦,战争时候便去当军医,一面又促进了国人对于维新的信仰。"[《鲁迅全集》(卷一),人民文学出版社,2005年版,第438页],在这里,"西方医学"具有治病救人和政治维新的双重功能,但是经历了"幻灯片事件"之后,鲁迅得出"医学并非一件紧要事,凡是愚弱的国民,即使体格如何健全,如何茁壮,也只能做毫无意义的示众的材料和看客,病死多少是不必以为不幸的"[《鲁迅全集》(卷一),人民文学出版社,2005年版,第439页]。在这里,鲁迅对于西医的看法只剩下医学功能,而没有维新功能了,也就是说,鲁迅曾经心仪的西医也就变成了一种医学知识,或者说科学成为一种技术手段,而不具有世界观、人生观的伦理道德意义,相反,鲁迅认为"善于改变精神的是,我那时以为当然要推文艺,于是想提倡文艺运动了"[《鲁迅全集》(卷一),人民文学出版社,2005年版,第439页],新文艺取代医学充当了"拯救国民灵魂"的功能,按照《南腔北调集·我怎么做起小说来》中说法,"说到'为什么'做小说罢,我仍抱着十多年前的'启蒙主义',以为必须是'为人生',而且要改良这人生"[《鲁迅全集》(卷四),人民文学出版社,2005年版,第526页]。这种对于科学/文艺的划分建立在肉体(身体)与精神的理性二元划分的基础之上。这种学科认识论的分疏,与藤野先生对鲁迅的教诲"解剖图不是美术,实物是那么样的,我们没法改换它"中关于科学与美术的理解相似。这种把科学变成一种只处理物质世界(包括身体)的自律性,就遮蔽掉了科学精神曾经在西方文艺复兴以来的历史中所发挥的社会、政治等意识形态功能。

在《藤野先生》中还有一个细节,是藤野先生帮鲁迅修改课堂讲义上的解剖图:

> 还记得有一回藤野先生将我叫到他的研究室里去,翻出我那讲义上的一个图来,是下臂的血管,指着,向我和蔼地说道:
> "你看,你将这条血管移了一点位置了。——自然,这样一移,的确比较的好看些,然而解剖图不是美术,实物是那么样的,我们没法改换它。现在我给你改好了,以后你要全照着黑板上那样的画。"
> 但是我还不服气,口头答应着,心里却想道:
> "图还是我画的不错;至于实在的情形,我心里自然记得的。"①

这次藤野先生对鲁迅的批评,是为了强调解剖图就是实物的观念。解剖图的出现奠定了现代西方医学的基础,解剖图本身也是现代医学对人体/身体的观看/透视的产物,而第一个绘制解剖图的人恰恰是发明透视画法的文艺复兴巨匠达·芬奇,这种医学家/画家的身份重叠与其说是天才之举,不如说对身体的透视与对世界的透视一样,都是同一双眼睛的产物,一种观看方式的结果。而藤野先生所告诉鲁迅的就是要学会这种透视的眼睛,正如鲁迅所说"至于实在的情形,我心里自然记得的",可以说鲁迅已然把这种观看方式内在化了。有趣的是,藤野先生还提到"我们没法改换它。"这里的"我们"又指的是谁呢?与其说"我们"具体地指藤野先生和鲁迅,不如说"我们"代表着认同于"解剖图不是美术,实物是那么样的"这种观念的人类/现代医生,或者说不仅藤野先生把这种西

---

① 鲁迅:《鲁迅全集》(卷二),人民文学出版社,2005年版,第315页。

方现代医学理念内在化,鲁迅也站在藤野先生的位置上接受了这位老师或"精神之父"①的已然内在化的视点,在这个意义上,作为东方/亚洲人的藤野先生和鲁迅,与西方医生分享了同样一份关于什么是解剖图以及解剖图可以"无间地"再现实物的信念或者说话语系统,也就是说在这样一份"亲密无间"的"我们"的集体代词中,就自然遮蔽了藤野先生/鲁迅被这种观念规训或者说"主动"学习的过程。而"解剖图不是美术"恰恰暗示着一种科学与艺术的分离,或者说当"好看"等审美价值作为"美术"的内在价值的时候,科学就建立了"解剖图=实物"的意识形态,在这种视野之下,作为医学/科学的解剖图与美术等艺术再现分道扬镳了②,不过,在这种西方的参照/目光之下,藤野先生/鲁迅处在同样的被西方规训的位置上。

鲁迅学习这种观看的空间是放着放映机的教室,如果说幻灯片上的砍头示众是一种福柯(Michel Foucault)论述的古典的惩罚,那么教室就是一处标准的现代规训空间,相比看客与被砍头者的观看(在场的观看),鲁迅和他周围的日本同学的观看经过了摄影机的重新组织(缺席的在场的观看),或者说是一种"技术化观视"。在这样一套机械装置下,解剖图、细菌的形状(细菌被"放大"或细胞化为几何图形,正如人被透视为骷髅

---

① 鲁迅在《藤野先生》的最后,写道:"只有他的照相至今还挂在我北京寓居的东墙上,书桌对面。每当夜间疲倦,正想偷懒时,仰面在灯光中瞥见他黑瘦的面貌,似乎要说出抑扬顿挫的话来,便使我忽又良心发现,而且增加勇气了,于是点上一支烟,再继续写些为'正人君子'之流所深恶痛疾的文字。"《鲁迅全集》(卷二),人民文学出版社,2005年版,第318—319页。

② 一种更为普遍的分类方式是科学与文化。参见〔英〕C.P·斯诺,陈可艰、秦小虎译:《两种文化》,上海科学技术出版社,2003年版。

一样）与"愚弱的国民"（准确地说愚弱的东方人/殖民地人）就成为西方科学认知的结果，而作为学生的鲁迅就在这个空间中学习或认同这种视野。这种被摄影机重新组织的空间正是教室/影院得以存在的前提，只是对于"我们"（包括鲁迅和藤野先生）来说，这种观看是一种被规训的观看。正如刘禾在《国民性理论质疑》中所指出的，这种"国民性理论"的话语本身来自于西方传教士的视野，也就是说，愚昧、落后的国民，是一种西方视野中的产物，而鲁迅之所以也具有这样的视野，显然与上面提到的他所占据的放映机的位置有密切关系，正是因为鲁迅拥有了"观众"的视点，他才看见/透视出这张图片的"真义"，因此，在这个教室里，鲁迅一边学习西方医学知识，同时，也学习批判国民性的方法①。从这个意义上说，鲁迅并没有真正"弃医从文"，反而在他从事文艺的运动中，成为著名的"医生"②。

但是，鲁迅真的能占据摄影机的位置吗？刘禾在比较《藤野先生》和

---

① 在"幻灯片事件"之后，鲁迅回到国内，却感受到一种"寂寞"，"只是我自己的寂寞是不可不驱除的，因为这于我太痛苦。我于是用了种种法，来麻醉自己的灵魂，使我沉入于国民中，使我回到古代中"[《鲁迅全集》(卷一)，人民文学出版社，2005年版，第440页]，鲁迅在闲暇时间来抄古碑，这一般解释为鲁迅参加五四运动之前的消极状态，其实不然，正如鲁迅非常清楚地说到"沉入国民"和"回到古代"，如果说前者使对国民性的批判的话，后者则是使用一种透视的方法来整理古代的叙述，正如《中国小说史略》。潘诺夫斯基也指出"透视体系是以眼睛与对象的固定距离为基础的，对中世纪来说也是不可能的。正如这种情况一样，对这一时期来说，要引申出历史学科的想法也是不可能的。历史学科是以对现在与古代过去的固定距离之理解为基础的。"〔美〕潘诺夫斯基，傅志强译：《视觉艺术的含义》，辽宁人民出版社，1987年版，第5页。

② 张历君在《时间的政治——论鲁迅杂文中的"技术化观视"及其"教导姿态"》一文中，也论述了鲁迅的人体解剖与国民性批判的隐喻关系。罗岗、顾铮主编：《视觉文化读本》，广西师范大学出版社，2003年版。

《呐喊·自序》中关于"幻灯片事件"中的两段论述后指出"此段叙述与先前《呐喊》自序很不同,在此鲁迅强调他与日本同学之间的差异,他无法如他们一样拍手叫好,同时,也无法与中国旁观者认同。他既是看客又和被观看者重合(因为都是中国人),但又拒绝与他们任何一者认同"①,在这个教室中,鲁迅深刻地意识到"还有一个我"(《藤野先生》),而正是这个"我",使鲁迅认出了看客、被砍头者的国族身份,这个"我"是怎么出现的呢?从上面的图表中可以看出,这个"我"正是来自于鲁迅周围日本同学的目光,使鲁迅由一个观众/"看"客变成一个"被看"的"看"客②。作为"看"客,鲁迅看到了幻灯片上的看客们的"愚弱的国民",而作为被看者,鲁迅又意识到自己恰恰属于这个国民,像处在视觉中心的被砍头者一样也处在被观看的位置上,也就是说,鲁迅的认同游移在被砍头者和看客之间。可是,这种被看的处境并没有改变鲁迅作为观众所透视出来的"恶劣的国民性",当然就不会对被砍头者产生某种认同,不过,这种"刺耳"的欢呼声也驱使鲁迅离开这个教室,也正是在这里藤野先生所说的"我们"分裂了,或者说,观众分裂了:鲁迅看到的是"愚弱的国民",他的日本同学看到的是刽子手的"胜利"(而当这种胜利被作为亚洲

---

① 〔美〕刘禾,宋伟杰等译:《国民性理论质疑》《跨语际实践——文学、民族文化与被译介的现代性》(1900—1937),生活·读书·新知三联书店,2002年版,第91页。

② 在这里,可以联系另外一位同样有留日背景的在中国现代文学史上开创了浪漫主义传统的著名作家郁达夫,在其成名作《沉沦》中患有幻想症的"他"陷入日本人的凝视之中,"有时候他到学校里去,他每觉得众人都在那里凝视他的样子。他避来避去想避他的同学,然而无论到了什么地方,他的同学的眼光,总好像怀了恶意,射在他背脊的样子。"郁达夫:《沉沦》,收入严家炎、孙玉石、温儒敏主编:《中国现代文学作品精选》增订本,北京大学出版社,2001年版,第221页。

的觉醒的时候，日本又成为东方的西方，成为"脱亚入欧"的典范）。

在这次"幻灯片事件"中，鲁迅成了"被看"的"看"客，一方面他确实是"看"的观众（客），另一方面这种观看又处在被观看的位置上，在这个意义上，鲁迅是一种分裂的主体，这种分裂的状态即使鲁迅拥有批判国民性的外在视点，同时又把鲁迅绑缚在被这种外在视点所观看的位置上。需要指出的是，这种被规训的看，西方恰恰是缺席的，取而代之的是日本，也就是说，这种"被看"的"看"并非西方/中国的二元关系，还有来自日本的中介（正如国民性话语也来自于日本的翻译），而周蕾把鲁迅的这种"视觉性遭遇"看成是"预示了一些欧洲知识分子，如马丁·海德格尔和瓦尔特·本雅明将对现代性所作的反应，海德格尔和本雅明都将现代性与改变的艺术概念联系在了一起"[①]，就忽视了鲁迅处在西方－日本－中国的三角关系中的复杂性，因此，准确地说，鲁迅的被"看"来自于已然内在西方视点的日本的观看，或者绕口地说，在中国遭遇西方的过程中，发生的是"被看"的"被看"的"看"。需要指出的是，在这个场景中，除了鲁迅/我，还有"看客"也处在一种"被看"的"看"的位置上，与鲁迅不同的是，看客被鲁迅的目光所观看，同时又在观看被砍头者。因此，在幻灯片事件中，存在着三个主体位置，分别是鲁迅/"我"、看客和被砍头者，可以说，不同的主体位置被锁定在不同的看与被看的位置上。

---

① 〔美〕周蕾：《视觉性、现代性与原始的激情》，罗岗、顾铮主编：《视觉文化读本》，广西师范大学出版社，2003年版，第260页。

第二节　启蒙者与看客的权力翻转

《呐喊·自序》中鲁迅在叙述了"幻灯片事件"之后，又讲述了著名的"铁屋子"的故事。从"幻灯片事件"到"铁屋子"寓言，"我"、看客与被砍头者的三者关系变成了清醒的人与熟睡的人们的两重关系了，被砍头者与刽子手的角色在"铁屋子"的叙述中就消失不见了，这种消失恰好是鲁迅把外在威胁转移为文明内部批判的结果，而得以实现这种转化的重要文本就是《呐喊·狂人日记》。这篇小说借助狂人之眼来呈现一种对于封建礼教吃人的批判，而这种狂人之眼看到的却是一种被看的场景①，狂人的恐惧来自于被人们、动物观看的焦虑。这种凝视的目光颠倒了鲁迅作为启蒙者／医生的位置，处在一种自我病理化的状态之中。或者说，狂人与周围的环境处在一种自我疏离化的状态之中，这种自我病理化、自我疯狂化的视角与作为现代医生／启蒙者的身份产生了某种游离和错位，但恰恰是这种狂人的身份得以洞察"吃人"的历史，从而使"铁屋子"的寓言得以成立。

具体地说，《狂人日记》作为《呐喊》的首篇，是鲁迅文学创作的起

---

① 索良柱在《从民族国家拯救鲁迅——重释"幻灯片事件"》中也揭到"著名的《呐喊·狂人日记》写的其实是'被看'的恐惧，'吃人'的恐怖主要是通过目光来体现的，或者说，'我'最害怕的是'吃人'的人的目光。笔者初步统计一下，文本中'眼''眼光''眼色'之类的词一共出现20余次。这些'眼光'不管来自于谁，都是一样地'吃人'"。http：／／www.tecn.cn／data／detail.php?id=16596。

点和最为著名的小说之一。这篇小说一般被解读为,鲁迅借"狂人之眼"表达一种对几千年吃人历史的批判,从而体现了鲁迅反封建礼教的五四主题。与此同时,这篇小说也奠定了鲁迅小说的经典结构,就是"孤独的个人"与"庸众"的对立。在这里,具有启蒙立场的"我"已经替换了"幻灯片事件"中"被砍头者"而成为麻木的看客所观看的视觉中心了。故事的主角是一个得了"迫害狂"的"狂人"留下的日记,而狂人最担心的事情,就是被人吃掉。从赵家的狗、赵贵翁、小孩子、陈老五、大哥、医生(中医)等都成为"吃人的人",甚至连"一碗蒸鱼"都"同那一伙想吃人的人一样",而这种"吃人"的计谋来自于历史,这就是那段著名的话:

> 凡事总需研究,才会明白。古来时常吃人,我也还记得,可是不甚清楚。我翻开历史一查,这历史没有年代,歪歪斜斜的每页上都写着"仁义道德"几个字。我横竖睡不着,仔细看了半夜,才从字缝里看出字来,满本都写着两个字是"吃人"!①

狂人对于吃人的"洞察",来自于"那赵家的狗,何以看我两眼呢?"或者说"迫害狂"的被害意识来自于一种被看的焦虑,而这种"被看",显然是一种"看"的结果。

> 今天全没月光,我知道不妙。早上小心出门,赵贵翁的眼色便怪:似乎怕我,似乎想害我。还有七八个人,交头接耳的议论我,张着嘴,

---

① 鲁迅:《鲁迅全集》(卷一),人民文学出版社,2005年版,第447页。

对我笑了一笑；我便从头直冷到脚跟，晓得他们布置，都已妥当了。①

狂人自己认为处在一种被观看的位置之上（暂且不讨论《狂人日记》与果戈理的影响关系以及狂人／疯子在西方文学传统被作为启蒙者／真理讲述者的传统），这种位置对于狂人来说是先在的，作者并没有提供具体的病理学依据。也就是说，狂人的眼睛是不需要形成的，如同觉醒者／启蒙者，不需要确认自己的位置。这种过程的完成恰恰需要一种"发狂"的过程，一种把自己指认为别人眼中的"对象"的过程。或者说，《狂人日记》的悖反在于与其说是把"世界对象化"，不如说把"狂人"自己放置在"对象"的位置上，因此，才会发现自己有被吃掉的危险，如同"我"通过幻灯片看到与自己一样的中国人／"被砍头者"在被砍头，这种被砍头的处境使"我"离开了教室。所以说，无论是"狂人"身兼观看与被看（吃人与被吃）的悖反状态，还是"幻灯片事件"中的"我"身兼启蒙与被砍头的双重主体位置，都说明"铁屋子"也同教室空间一样，主体处在一种内在分裂的状态之中。

狂人的这种被看的身份与"幻灯片事件"中"我"作为启蒙者／医生的角色完全相反，医生变成了"病人"，也就是一种启蒙的立场变成了一种自我病理化的过程。这种病理化的缘由是中国的礼教及其封建体制，这当然也是五四时期所建构的一种对于传统的批判策略。这种自我病理化的书写，或许也可以从鲁迅叙述"父亲的病"中看出，父亲的病不是因为外

---

① 鲁迅：《鲁迅全集》（卷一），人民文学出版社，2005年版，第445页。

来的"鸦片"/"新鲜空气"来麻醉或拯救①,而是中医使得父亲/中国"病入膏肓"。这种自我病理化的主体方式,恰好成为鲁迅获得主体身份的方式。可以说,狂人式的主体是自我否定的主体,是一种无父之子的自我仇恨。而这种意识与其说来自于内部危机的爆发,不如说是对外部威胁的内在化(或通过转移为内部危机来化解外在的威胁),也就是把外部的侵略转移为一种内部批判。正如在"幻灯片事件"中,鲁迅"看见"了被砍头者的被杀,更看见了看客的"麻木无情",这种被砍头者所面对的刽子手的屠刀被转移为一种如何唤醒看客、如何使看客精神及灵魂都"强壮"的故事。这种"我"的目光由被砍头者到看客的转移,就把救亡的故事置换为启蒙的故事,把帝国主义侵略的故事转移为封建礼教的吃人,一种外在的创伤经验被转移为自我的否定或者说对看客的否定。而《狂人日记》再次把这种启蒙的故事转移为启蒙者被看的故事,或者说不是看客成为"没有年代的历史"的牺牲品,而是狂人被这种"写满了仁义道德"的历史所吃掉。也就是说,需要被启蒙的看客成了"无主名无意识的杀人团",成了要吃掉和杀死"狂人"的刽子手。因此,从被砍头者到看客再到狂人的过程,也是"我"由在日本同学目光下的屈辱感到毅然"弃医从文"拯救看客的"愚弱"的灵魂再到被"戏剧的看客"围观的过程。在从"幻灯片事件"转变到《狂人日记》的书写中,"我"作为被观看的主体状态没有改变,变化的是提供观看视点的由作为刽子手的日本人(及其所代表的西

---

① 马克思在1853年为《纽约每日论坛报》撰写文章《中国革命与欧洲革命》中,把鸦片战争对中国的意义描述为"正如小心保存在密闭棺木里的木乃伊一接触新鲜空气便必然要解体一样"[选自《马克思恩格斯选集》(第二卷),人民出版社,1972年版,第3页],马克思把鸦片对中国的意义解释为双重功能,一方面是麻痹中国人,另一方面是为了传播"新鲜空气"来拯救中国人。

方列强）置换为作为刽子手的中国看客，一种外在的创伤就被内部的暴力所取代和转移，受害者（被砍头者）变成施暴者（戏剧的看客）。所以说，《狂人日记》所完成的文化功能就是把一种外在的威胁内在化，一种把外在的凝视转移为内部凝视的过程。

这种由被砍头者的杀头到"我"被中国几千年吃人历史所杀害的转变成为中国近代以来一种特殊的自我仇恨、自我贬斥和自我报复的主体位置及情感结构①，刽子手与被砍头者的国族冲突变成了中国人内部的看客围观"我"的场景。这种自我否定和仇恨是一种把自我他者化的过程②，也就是说把这些麻木而愚弱的看客作为"我"的他者，几千年的封建专制体制在"现代教育"体制所规训的"我"的目光中变成了或指认他者（在"幻灯片事件"中，"我"是和看客这个他者同时被生产出来的）。这种深刻的自我批判和反省，或者说把自我指认为他者的过程，也是一种把他者的逻辑

---

① 这种自我否定和仇恨，在后殖民批评中，也被作为接受殖民教育的中产阶级或双语知识分子典型状态。如梅米（Albert Memmi）在"受殖者的两种回应"<The Two Answers of the Colonized>中指出："惟殖民者马首是瞻，本也无可厚非，可是问题在于受殖者并不仅仅是要以殖民者的美德来充实自己，而且为了脱胎换骨，一门心思地贬低自己，否定真我。连征服受殖者也成了殖民者的美德之一。受殖者一旦接受了此等美德，也就同时接受了自我谴责。为了解救自己（至少他是这么看的），他愿意摧毁自我。这和黑人患上黑人恐惧症，犹太人患上反犹太主义，如出一辙。"梅米、魏元良译：《殖民者与受殖者》，许宝强、罗永生选编《解殖与民族主义》，中央编译出版社，2004年版，第41页。

② "狂人"的这种情感结构在郁达夫的小说中也同样存在，如《沉沦》中的"他"最终走向自杀，尽管"他"把自杀的缘由归结为国家的不强大（在小说中被呈现为"他"作为男人的性无能），但是这种自我毁灭何尝不是一种对如此劣根的自我的报复呢？这种投射到内心深处的自我怨恨，是一种把创伤经验内在化的方式，也就是把西方的侵略内化为一种自我贬斥和否定。

自我化的过程。抑或是，在把自我他者化的过程之中，被掏空的自我反而深深认同于外部的施暴者的逻辑。正如被砍头者之所以被砍头，不是因为作为刽子手的日本人，而是因为被砍头者像看客一样是愚弱的、只有"强壮的体格"的木偶人（如同成年闰土和祥林嫂一样的"木偶人"），所以造成被砍头者处境的与其说是刽子手，不如说是旁边围观的显出"麻木的神情"的看客们。在这种自我他者化的过程中，即看客也从"我"这样的中国人中被排斥出去，变成需要被改造和启蒙的对象，而"我"获得主体位置的同时，也是被占据刽子手位置的日本（现代／殖民的双重面孔）所象征的他者"占领"的时刻。因此，对于"我"和"看客"来说，这是自我的他者化；而对于"我"和"日本同学"来说，所发生的是他者的自我化。无论是"幻灯片事件"还是《狂人日记》所采取的叙述位置都是站在"我"和"狂人"的视角来展开的，这就使得日本同学、看客（被砍头者）都成了形塑"我"这一主体位置所必需的他者。这种主体位置被掏空又被填充的过程，就形成了"我"的双重他者的处境。如果把"幻灯片事件"中的日本作为现代／西方，把"看客"指认为传统／中国，那么，"我"就在双重镜像中完成对看客的否定、仇恨和对日本的认同，"我"处在相向而立的镜子面前艰难地区分着自我与他者的镜像，借日本这面镜子指认出自我的时刻，也是自我被分裂为"我"和"他者"的时刻。而对负面的、愚昧的看客的批判也就使得"我"可以照见那个作为理想自我的"日本"（显然是脱亚入欧的日本）。

　　这种"我"／"狂人"的主体位置是一种被看的结果，无论是面对日本同学，还是看客，"我"／"狂人"都处在被看的状态之中，这种主体位置非常像拉康所描述的"我"的观看本身呼唤着一种被看的焦虑。在拉康看来，这是主体形成的基本条件，"看"就是一种被看，自我与他者是建构主体位置所必需的镜像关系,把这种镜像关系历史化是讨论主体位置的有效方式。当西方建构自身的主体位置,东方被作为一种他者,这种他者的位置使得东方成为西方的反面,如西方是现代的、文明的、资本主义;东方就是非现代或前现代的、愚昧的、封建主义,这是一种把时间秩序中的现代性的进步逻辑空间化的产物。而当东方建构自己的主体位置时,西方成为其他者之时,并没有颠倒西方/东方的在现代性中的进步/落后的权力及价值位置,反而是以西方这个他者("我"与"日本同学"共同处在现代性的教室之中)为理想自我,以看客作为落后的东方代表而成为理想自我的他者。在这个意义上,"我"/看客的关系复制了西方/东方的权力关系。因此,"我"与看客呈现为一种启蒙者与被启蒙者的关系,但是错位或者说差异出现了,"我"无法坦然地占据"启蒙者"的位置,"我"如同被西方观看一样,"我"还被"看客"围观,"我"始终处在这种被看的焦虑之中,只是焦虑的对象由西方被转移成了"看客"。当然,这种"被看"的焦虑状态也正好说明"我"是一个拉康意义上的"现代"主体,"我"必然在内心唤询一种观看自己的目光,如同上帝的目光一样。所以,"我"与看客的镜像关系,使得"我"也和"看客"一样遭受被看的焦虑,在这个意义上,"我"的屈辱感也是一种现代主体必然遭受的体验。

第三节 "永远是戏剧的看客"

在这个意义上,看客的功能是双重的:一方面,在"幻灯片事件"和"铁屋子的寓言"中,看客成为被启蒙和被疗救的对象,"我"具有观看"看客"的权力;而另一方面,看客之看又成为充当围观者的主体,其功能在观看狂人,或者说充当狂人被看的目光。关于看客最为著名的描述,除了《呐喊·自序》(1922年12月3日)之外,就是鲁迅在北京女子高等师范学校文艺会上的演讲《娜拉走后怎样》(1923年12月26日)中提到"永远是戏剧的看客":

> 群众,——尤其是中国的,——永远是戏剧的看客。牺牲上场,如果显得慷慨,他们就看了悲壮剧;如果显得觳觫,他们就看了滑稽剧。北京的羊肉铺前常有几个人张着嘴看剥羊,仿佛颇愉快,人的牺牲能给与他们的益处,也不过如此。而况事后走不几步,他们并这一点愉快也就忘却了。①

这篇讲述"娜拉"故事的文章,娜拉被作为觉悟者出现,"娜拉当初是满足地生活在所谓幸福的家庭里的,但是她竟觉悟了:自己是丈夫的傀儡,孩子们又是她的傀儡。她于是走了,只听得关门声,接着就是闭幕"②,这种描述符合当时知识界尤其是五四一代对于娜拉的想象。许多研究者已经指出,易卜生的"娜拉"故事在被移植到中国的"五四"文化中发生了重要的改写,就是从现代女性走出丈夫之家改写为女性走出父权/宗法制度下封建家庭的故事③,这与巴金的《家》等一批描写青年人批判封建大家庭离家出走的故事是一致的(巴金写的是"新青年",娜拉则是"女

---

① 鲁迅:《鲁迅全集》(卷一),人民文学出版社,2005年版,第170页。
② 同上,第165页。
③ 戴锦华:《性别中国》中"'女人'的故事——一段剧变中的历史",台湾麦田出版社,2006年版。

性",但两者的共同之处在于都是知识青年或知识女性)。因此,《娜拉》的"出走"本身就变成一种对旧封建、旧礼教的批判,家庭也由核心家庭变成父权家族,妻子/女性变成了五四一代觉醒的知识青年(性别被模糊)。或者说,五四一代/新青年的"出走"是从血缘封建大家庭走向以婚姻自由为基础的核心家庭(后者恰好才是易卜生所描述的"玩偶之家")。鲁迅在这篇演讲中已经偏离了这种改写,处理的是"娜拉走后怎样"的问题,这就引出了娜拉作为梦醒的人究竟有没有出路的问题。如果把家庭作为鲁迅的铁屋子,显然,这里的娜拉就成了"清醒的几个人"。所以,引出鲁迅另一段著名的话"人生最苦痛的是梦醒了无路可以走。做梦的人是幸福的;倘没有看出可走的路,最要紧的是不要去惊醒他。假使寻不出路,我们所要的倒是梦"①。但是,娜拉毕竟醒了,所以"很不容易回到梦境的,因此只得走"②。当经济和社会制度都改变了,娜拉可以不用回到"傀儡之家"③,但是并不能获得自由。更重要的是,要唤醒那些熟睡的人,而群众却永远是"戏剧的看客",因此"对于这样的群众没有法,只好使他们无戏可看倒是疗救"。在鲁迅看来,娜拉出走并没有走出"铁屋子"(娜拉与"铁屋子"的关系是有趣的,与"清醒者"一样,娜拉可以走出去,城市、市场似乎不在"铁屋子"里面),娜拉作为出走者/觉醒人在"铁屋子"中的位置,只能成为"看客"的对象。在这里,娜拉/启蒙者与被启蒙者的位置权力关系发生了翻转,变成了"麻木的看客"观看觉醒者的

---

① 鲁迅:《鲁迅全集》(卷一),人民文学出版社,2005年版,第166—167页。
② 同上,第167页。
③ 这种"娜拉"的困境,是"五四"时期的典型困境,走出家庭并不意味着"解放",而在左翼叙述为这种困境提供了解决办法,反封建和反帝同时进行,如30年代左翼通俗电影《脂粉市场》等呈现了女性走出家庭而"走投无路"的命运。

故事。

启蒙者的这种被观看状态在鲁迅的叙述中还被描述为一种对于看客的复仇，既然看客有如此强烈的观看"欲望"，"清醒的人"只有不表演给看客"看"作为对看客的惩罚（当然，阿Q或许更高明，既然愿意看，被砍头的"我"就要尽情地去表演）。如鲁迅在《野草·复仇》中描述了路人们围观"他们俩"的场景。"路人们从四面奔来"，一直围观到"喉舌干燥，脖子也乏了"，而被围观的则是两个拿着利刃裸着全身的人。"他们俩"的关系，也是"野草式"的悖论状态："将要拥抱，将要杀戮"。但是，为了不让看客有"好戏"可看，他们俩"也不拥抱，也不杀戮，而且也不见有拥抱或杀戮之意"，甚至"已将干枯，然而毫不见有拥抱或杀戮之意"，看客也"终至于面面相觑，慢慢走散"。看与被看的关系发生了逆转，"他们俩"最终"以死人似的眼光，赏鉴这路人们的干枯"，从而实现了对路人们/旁观者的"复仇"①。这种复仇的方式，是颠覆了看客与被看者的权力关系，反而变成了被看者观看看客，这是对看客的复仇，同时也是一种自我复仇或自我牺牲。

在《野草·复仇（其二）》中鲁迅改写了耶稣被钉十字架的故事。作为"复仇"的续篇，表面上仍然是一个围观与被围观的故事，耶稣被钉死与四面充满敌意的兵丁、路人、祭司长、文士以及同钉的两个强盗，耶稣的"复仇"却是以绝对的自我牺牲来呈现的，这被鲁迅叙述为被启蒙的知

---

① 在《野草·复仇》的注释一中，提到鲁迅在1934年5月16日致郑振铎信中说"不动笔诚然最好。我在《野草》中，曾记一男一女，持刀对立旷野中，无聊人竟随而往，以为必有事件，慰其无聊，而二人从此毫无动作，以致无聊人仍然无聊，至于老死，题曰《复仇》，亦是此意。但此亦不过愤激之谈，该二人或相爱，或相杀，还是照所欲而行的为是。"《鲁迅全集》（卷二），人民文学出版社，2005年版，第177页。

识分子与庸众的关系，也是《药》的主题。或者说这是一种内在的自我伤害，成为狂人、耶稣式的被围观者的基本命运，也就是说，对围观者／看客的复仇转移为一种自我复仇，一种自我毁灭和自我伤害，而这种毁灭被鲁迅反复书写为一种"大欢喜和大悲悯"，或者说某种程度上充满了升华／崇高／自虐的快感。这种自我复仇的快感，来自于"启蒙者"与看客的镜像关系，也就是说，看客是"启蒙者"的他者，也是启蒙者的自我，对自己的伤害，也是对看客的复仇，正如自虐与虐他是一体两面。在这个意义上，看客并非作为绝对的、不可抹除的他者，而是自我的他者，是"我"的差异性存在，是可以抹去差异变成和"我"一样的他者。

第四节 被砍头者与观看的欲望

在从"幻灯片事件"到"铁屋子"寓言（《狂人日记》《祝福》等）的转换中，启蒙者—看客—被砍头者的三元关系被转移为启蒙者—看客的二元关系，这种二元关系又呈现为启蒙者观看看客（在铁屋子或故乡的空间中）和启蒙者被看客所围观（在旷野中、娜拉出走的大街上）的双重场景。这种被看的状态，启蒙者取代了被砍头者的位置，以被砍头者的角度来观看。与《狂人日记》相似，《阿Q正传》也呈现了这种启蒙者与被砍头者的转化，但不同的是，阿Q不是狂人式的启蒙者／病人，而是被看的看客（与祥林嫂一样的庸众），不过，在阿Q被押送刑场的过程中，却瞬间占据了被砍头者的位置，在这个被砍头的时刻，阿Q如狂人般感受了一种强烈的被看的欲望，在被看／被砍之间，阿Q拥有了一种观看的能力。

阿Q的愚昧以及作为国民性批判的对象，一直是新时期以来阐释阿Q的核心[①]，按鲁迅自己的话说，创作《呐喊·阿Q正传》是为了"写出一个现代的我们国人的魂灵来"[②]。以至于这种愚弱的国民的形象成为反身建构一个具有外在视野和权威的叙事人"我"，正如刘禾指出"鲁迅的小说不仅创造了阿Q，也创造了一个有能力分析批评阿Q的中国叙事人。由于他在叙述中注入这样的主体意识，作品深刻地超越了斯密思的"支那"人气质理论，在中国现代文学中大副改写了传教士话语"[③]。叙事人"我"与阿Q的分离在于"他只能跪伏在文字面前，在书写符号所代表的中国文化巨大象征权威面前颤抖。相对而言，叙事人的文化地位则使他避免作出阿Q的某些劣行，并且占有阿Q所不能触及的某些主体位置。叙事人处处与阿Q相反，使我们省悟到横亘在他们各自代表的'上等人'和'下等人'之间的鸿沟。叙事人无论批评、宽容或同情阿Q，前提都是他自己高高在上的作者和知识地位。他的知识不限于中国历史或西方文学，而且还包括全知叙事观点所附带的自由出入阿Q和未庄村民内心世界的能力"。[④] 这样一种借助福柯所论述的知识/权力的同构关系来理解叙事人"我"与阿Q的权力关系，确立了"我"与阿Q的启蒙与被启蒙的关系，而叙事人所占据的

---

① 阿Q或许是鲁迅研究中争议最多的形象之一，在左翼叙述中，阿Q的阶级出身成为论述其具不具有革命性的依据，而阿Q的劣根性是在上世纪80年代以来关于鲁迅的国民性争论中被重新提出来的。参考彭小苓、韩蔼丽编选《阿Q70年》，北京十月文艺出版社，1993年版。

② 鲁迅：《鲁迅全集》（卷三），人民文学出版社，2005年版，第83页。

③ 〔美〕刘禾、宋伟杰等译：《国民性理论质疑》，《跨语际实践——文学、民族文化与被译介的现代性》（1900—1937），生活·读书·新知三联书店，2002年版，第103页。

④ 同上，第102页。

"某些主体位置"究竟深刻地超越了传教士的国民性话语，还是把这些话语内在化了呢？与其说这是一种"改写"，不如说更突显叙事人作为中介人的身份。

更为复杂的是，在《呐喊·阿Q正传》的结尾部分，阿Q已经不再是一个被启蒙的对象，而是在"大团圆"中，在游街示众的时刻突然"觉悟"了，他发现自己置身于吃人的疯狂世界之中。阿Q是如何觉悟的呢？从被当作革命党抓捕到被判刑，阿Q一直都"蒙在鼓里"，只记得这是第几次走进、走出栅栏门，这种省悟的时刻，恰好是阿Q看到"两旁是许多张着嘴的看客"的时刻，"他突然觉到了：这岂不是去杀头么？"这种"省悟"来自于"看客"的眼睛，因此，他立刻意识到自己应该为看客表演，如同《野草·复仇》中的"他们俩"一样，阿Q意识到了自己的被看位置。

阿Q被抬上了一辆没有篷的车，几个短衣人物也和他同坐在一处。这车立刻走动了，前面是一班背着洋炮的兵们和团丁，两旁是许多张着嘴的看客，后面怎样，阿Q没有见。但他突然觉到了：这岂不是去杀头么？他一急，两眼发黑，耳朵里喤的一声，似乎发昏了。然而他又没有全发昏，有时虽然着急，有时却也泰然；他意思之间，似乎觉得人生天地间，大约本来有时也未免要杀头的。

他还认得路，于是有些诧异了：怎么不向着法场走呢？他不知道这是在游街，在示众。但即使知道也一样，他不过便以为人生天地间，大约本来有时也未免要游街要示众罢了。①

这时，阿Q意识到自己要去砍头，所以发昏之后，又有些兴奋，因为

---

① 鲁迅：《鲁迅全集》（卷一），人民文学出版社，2005年版，第550—551页。

他意识到既然要"示众",就应该有精彩的表演,以博得看客的欢心:

> 他省悟了,这是绕到法场去的路,这一定是"嚓"的去杀头。他惘惘地向左右看,全跟蚂蚁似的人,而在无意中,却在路旁的人丛中发现了一个吴妈。很久违,伊原来在城里做工了。阿Q忽然很羞愧自己没志气:竟没有唱几句戏。他的思想仿佛旋风似的在脑里一回旋:《小孤孀上坟》欠堂皇,《龙虎斗》里的"悔不该……"也太乏,还是"手执钢鞭将你打"罢。他同时想手一扬,才记得这两手原来都捆着,于是"手执钢鞭"也不唱了。
>
> "过了二十年又是一个……"阿Q在百忙中,"无师自通"的说出半句从来不说的话。
>
> "好!!!"从人丛里,便发出豺狼的嗥叫一般的声音来。①

阿Q并没有满足看客们,事后舆论是"他们多半不满足,以为枪毙并无杀头这般好看;而且那是怎样的一个可笑的死囚呵,游了那么久的街,竟没有唱一句戏,他们白跟了一趟了"。被砍头前的阿Q"再看那些喝彩的人们","刹那中"他把看客的眼睛联想到"饿狼之眼"。于是,又出现了吃人的幻想:"不但已经咀嚼了他的话,并且还要咀嚼他皮肉以外的东西,永是不近不远的跟他走",这非常像狂人的境遇。也就是说,阿Q由一个愚昧的庸众变成了狂人/觉醒者。从这里,可以看出启蒙者(叙事人)—看客—被砍头者之间既是相互分离的,又是可以互相转化的,所以说,被砍头者与狂人之间存在着某种镜像关系,启蒙者/被砍头者都是

---

① 鲁迅:《鲁迅全集》(卷一),人民文学出版社,2005年版,第551—552页。

看客的对象。阿Q之所以能够实现这种转化，与阿Q"上城"有关，相比之下，闰土、祥林嫂这些睡熟的人们无法离开"故乡"／"铁屋子"（起码在叙述上没有这种逃离的能力，当然，或许也没有离开的内在动力，因为他们身在铁屋子而不自知）。尽管文本中没有呈现阿Q进城都干了什么，只有阿Q的自我叙述，这种"出入城市"的能力与"我"／启蒙者占据相似的身份。因此，阿Q的位置，正好呈现了被启蒙者与启蒙者的内在连接和转化，而看客的功能在于实现这种转化，把启蒙者放置在被砍头者的位置上。

在《狂人日记》和《阿Q正传》中，启蒙者恰好没有占据"幻灯片事件"中"我"的位置，也就是摄影机的位置或者说观众的位置，反而是占据了被砍头者的位置。看客的位置依然没有变，只是由围观被砍头者变成了围观启蒙者／先驱者／革命者／"这样的战士"。这种位置的替换，并不仅仅是为了突显"这样的战士"的西西弗斯式的无力和绝望，而是完全颠倒了启蒙者／医生与被砍头者／被医治者的关系。这究竟是启蒙话语遮蔽了救亡危机，还是救亡危机转移为了启蒙话语呢？

第五章　现代主体的病理化

在中国现代文学中病、疾病是重要的社会和文化隐喻,从鲁迅的"弃医从文"以及关于救助中国人的身体和改造中国人的灵魂的辨析开始,疾病就不仅是指具体的、身体的疾患,也指精神的、灵魂的疯狂。这种"疾病的隐喻"通过呈现病理学意义上的疾病,来隐喻中国在西方文明的外在压迫下从传统社会向现代社会转型过程所承受的主体焦虑和自我否定。第一部白话文小说是鲁迅的《狂人日记》,这部小说借狂人之眼完成了对中国"吃人"文化和历史的彻底批判,狂人也被病理化为一位精神病患者。本章以郁达夫的经典作品《沉沦》和丁玲的小说《在医院中》为案例来反思五四时代和上世纪三四十年代知识分子主体的自我怀疑和社会转型。如果说《沉沦》在晚清民初的留日知识人的跨国交流中展现男性主体的国族焦虑,那么《在医院中》则是从城市(国统区)到乡村(根据地)的空间跨越中呈现启蒙知识分子的自我改造和思想疑惑。

第一节　男性主体与国族认同的形成

郁达夫的成名作《沉沦》(1921)讲述了"他"在日本留学的一段痛楚而抑郁的青春岁月，被认为是受到浪漫主义影响，同时也受到日本私小说影响的"自叙传"式的抒情小说①。这篇小说与鲁迅的早期创作具有相似的情节，比如说都是去日本留学、都是没有父亲的兄弟之家、都学医学并且都患有迫害妄想症。小说开头描述了"他"对大自然的亲近和对世人的隔绝。如同"我"和"故乡"之间隔着"看不见的高墙"，《沉沦》中"他的早熟的性情，竟把他挤到与世人绝不相容的境地去，世人与他的中间介在的那一道屏障，愈筑愈高了"②，而与大自然的关系则使他沉醉在"醒酒的琼浆"里，朗读华兹华斯的赞美大自然的诗篇，直到"道旁的一枝小草竟把他的梦境打破"③。这是一种浪漫主义的主体位置（在对大工业生产／城市生活拒绝的同时返回或回归自然），这种男性／主体确立的过程（也符合鲁迅所呼唤的摩罗诗人），无论是征服自然还是崇拜自然都是建立在对主体与自然的二元区分之上。对于"他"来说，大自然成为了一种陶醉在母亲或情人的怀里（"大自然被性别化，同时被想象成'慈母'与'情

---

① 钱理群、温儒敏、吴福辉：《中国现代文学三十年》(修订本)，北京大学出版社，1998年版，第72—77页。

② 郁达夫：《沉沦》，选自严家炎、孙玉石、温儒敏主编：《中国现代文学作品精选》(增订本)，北京大学出版社，2001年版，第217页。

③ 同上，第218页。

人'"①)获得温暖和慰藉的方式,因此,大自然是一个可以逃避庸人/世人的妒忌、愚弄的"避难所"。

这种与自然"水乳交融"的关系是如何形成的呢?可以说来自于一种想象中的外在凝视,一种被国族和男性的双重主体所询唤的位置:

> 有时候他到学校里去,他每觉得众人都在那里凝视他的样子。他避来避去想避他的同学,然而无论到了什么地方,他的同学的眼光,总好像怀了恶意,射在他背脊的样子。
>
> 上课的时候,他虽然坐在全班学生的中间,然而总觉得孤独得很:在稠人广众之中感得的这种孤独,倒比一个人在冷清的地方感得的那种孤独还更难受。看看他的同学看,一个个都是兴高采烈的在那里听先生的讲义,只有他一个人身体虽然坐在讲堂里头,心思却同飞云逝电一般,在那里作无边无际的空想。
>
> ……
>
> "他们都是日本人,他们都是我的仇敌,我总有一天来复仇,我总要复他们的仇。"
>
> 一到了悲愤的时候,他总这样地想的,然而到了安静之后,他又不得不嘲骂自家说:
>
> "他们都是日本人,他们对你当然是没有同情的,因为你想得到他们的同情,所以你怨他们,这岂不是你自家的错误吗?"②

---

① 〔美〕周蕾、蔡青松译:《妇女与中国现代性——西方与东方之间的阅读政治》,上海三联书店,2008年版,第213页。

② 郁达夫:《沉沦》,严家炎、孙玉石、温儒敏主编:《中国现代文学作品精选》(增订本),北京大学出版社,2001年版,第221页。

正如研究者指出，这个过程是一种自我／主体被建构的过程，"当他想象其他人正在注视他的时候，不舒服感觉的原因是来自于他不禁产生'自我意识'"①。这里的凝视发生在教室空间里，这种凝视并非是真正的被观看，而是一种想像中发生的。或者说，恰好是"他"在观看众人，可以说，他是一个"幻想症"患者。

这种幻想有点类似于《狂人日记》中的开头段落，狂人一出门就陷入被街头巷尾的众人观看（包括赵家的狗和小孩子）之中，这种狂人的观看也是一种想象中的凝视。与狂人不同的是，"他"赋予这种观看一种国族的身份，"他们都是日本人"，而且，每当他愤怒并仇恨于这种侮辱性的"观看"的同时，"不得不嘲骂自家"，也是说把对他者的仇恨转移为一种自我仇恨或者一种自虐行为（妄想症患者往往伴随着自虐倾向②）。这种仇恨恰好是一种"你想得到他们的同情"造成的，也就是说，日本人是"他"的仇敌，同时也是他的"理想自我"。按照拉康的解释，自我的认同可以分为理想自我和自我理想，"理想自我是你自己认定的形象，而自我理想

---

① 〔美〕周蕾、蔡青松译：《妇女与中国现代性——西方与东方之间的阅读政治》，上海三联书店，2008 年版，第 215 页。

② 借用拉康在其博士论文《妄想症精神病及其与性格的关系》（1932）中对于埃梅的分析，埃梅企图刺杀法国著名女演员益特·达弗洛斯，拉康认为"埃梅在攻击女演员的同时，实际上也在攻击自己：达弗洛斯代表着拥有自由和社会声望的女性形象，而这正是埃梅所期望的目标"（〔英〕达瑞安·里德，黄然译：《拉康》，文化艺术出版社，2003 年，第 9 页），对于达弗洛斯的攻击，也是一种自我攻击，一种惩罚自己的方式，因此，埃梅也是一个"自虐狂"。

则是一个象征的点,它可以给你一个位置,为你提供一个审视的角度"①。在这里,"他"的理想自我是"日本人",也就是说,在这种对他者的仇恨/妒恨背后有着对于他者的深刻认同。或者说,日本人的目光不仅仅使"他"意识到自己作为"支那"人的国族身份,而且也导致了一种对于日本人的羡慕,正所谓自我在他者的目光中形成,同时他者也是自我所渴望达到的对象,自我成为了他者或者说他者变成了自我。在这个意义上,《沉沦》的主角不是"我"而是"他",就并非只是一个叙述人称的策略了。"他"借在他者的目光来观看自己,以完成自己的他者化。有趣的是,这种国族身份,又迅速与一种性别身份纠缠在一起,或者说把国族之间的凝视转化为一种性别关系。

在这一区市外的地方,从没有女学生看见的,所以他一见了这两个女子,呼吸就紧缩起来。他们四个人同那两个女子擦过的时候,他的三个日本人的同学都问她们说:

"你们上哪儿去?"

那两个女学生就作起娇声来回答说:

"不知道!"

"不知道!"

那三个日本学生都高声笑起来,好像是很得意的样子;只有他一个人似乎是他自家问他们讲了话似的,匆匆跑回旅馆里来。进了他自家的房,把书包用力地向席上一丢,他就在席上躺下了——日本室内都铺的

---

① 〔英〕达瑞安·里德,黄然译:《拉康》,文化艺术出版社,2003年版,第46页。

席子,坐也席地而坐,睡也睡在席上的——他的胸前还在那里乱跳;用了一只手枕着头,一只手按着胸口,他便自嘲自骂地说:

"You coward fellow, you are too coward."①

尽管"他"没有和两个女子搭讪,但是"他"却可以把自己转化为他的日本同学来想像"似乎是他自家同她们讲了话似的",也就是说,日本男同学的位置恰好是"他"渴望的一种理想自我的位置。此处的"他者"不是女性,依然是与他同路的日本同学。因此,一旦当"他"在想像中占据日本同学的目光的时候,一种自我亵渎的心理机制被调动起来,于是,"他"开始"自嘲自骂"或者向日本女人复仇,"她们已经知道了,已经知道我是'支那'人了,否则她们何以不来看我一眼呢!复仇复仇,我总要复她们的仇"。可以说,在这份"支那人"的身份意识中,"他"所认同的是日本/男人的位置,在这种他者化的过程之中,他作为中国/男人的身份就被他者化了,一方面,他要面对"不富强"的中国;另一方面,他要面对没有安慰、体谅他的女性(这个女性具有母亲和情人的双重身份)。

进一步说,"他"之所以为"他"是因为一个理想自我即"日本同学",而这种理想自我的双重身份"日本"(富强的国家)和"吸引异性的观看"(男人)恰好印证了"他"的双重匮乏。因此,"他"对于自己的"自嘲自骂"以及自赎行为,都成为对于他者的一种惩罚或报复,或者说在他者的凝视之中形成自我,又在自我的他者化中使自我想像性地占据他者的位置,这也造成了他的窥淫行为和自闭行为。而"故乡"成为他想像地满足匮乏的

---

① 郁达夫:《沉沦》,严家炎、孙玉石、温儒敏主编:《中国现代文学作品精选》(增订本),北京大学出版社,2001年版,第222页。

地方，如同《沉沦》中的叙述，在他的日记中"故乡岂不有明媚的山河，故乡岂不有如花的美女"。与鲁迅在日本"弃医从文"不同，"他"在"故乡"就拥有了写小说的动力：

> 他回家之后，便整日整夜的蛰居在他那小小的书斋里。他祖父及他兄长所藏的书籍，就作了他的良师益友。他的日记上面，一天一天地记起诗来。有时候他也用了华丽的文章做起小说来；小说里就把他自己当作了一个多情的勇士，把他邻近的一家寡妇的两个女儿，当作了贵族的苗裔，把他故乡的风物，全编作了田园的情景；有兴的时候，他还把他自家的小说，用单纯的外国文翻译起来；他的幻想愈演愈大了，他的忧郁症的根苗，大概也就在这时候培养成功的。①

从勇士、女性、故乡的风物等词汇中，可以看出"他"已经被作为一个男性主体的位置被建构出来，正如柄谷行人所论述的"风景的发现"与"内面的发生"之间的是有着密切的关联，而且日记、诗歌、小说成为实现这种转变的语言中介。因此，他离开故乡去日本寻找"dreams of the romantic age"，去家乡之外的地方也正是"主体"的内在需要，这种远行，被他描述为"赴新大陆去的清教徒"（"那些十字架下的流人，离开他故乡海岸的时候，大约也是悲壮淋漓，同我一样的"②）。同鲁迅一样，他从东京来到偏远的 N 市学习医科，也经历了一次"弃医从文"③，本来他还怀

---

① 郁达夫：《沉沦》，严家炎、孙玉石、温儒敏主编：《中国现代文学作品精选》（增订本），北京大学出版社，2001 年版，第 224 页。

② 同上，第 225 页。

③ 原因是"他因为想复他兄长的仇，所以就把所学的医科丢弃了，改入文科里去。他的意思，以为医科是他兄长要他改的，仍旧改回文科，就是对他兄长宣战的一种明示"。

有对"都市的怀乡病"①,但是"不上半年,他竟变成了一个大自然的宠儿,一刻也离不了那天然的野趣了"②,这时,"他觉得自家好像已经变了几千年的原始基督教徒的样子,对了这自然的默示,他不觉笑起自家的气量狭小起来"③。最终,他搬进了山上梅园,彻底与世人(包括兄长)决裂,在这种田园生活中,"他近来只同退院的闲僧一样,除了怨人骂己之外,更没有别的事了",这种"怨人"与"骂己"也就是复仇与自虐的修辞。可是,他还是来到海边的酒楼上,面对日本侍女,他又春心荡漾。

面对日本侍女,他想看却不敢看,也无法言说,只能变成"偷看"的哑子,与此同时,又会受到内心谴责,"他切齿的痛骂自己,畜生!狗贼!卑怯的人!也便是这个时候",这种自卑自怯与他无法观看,也就是无法占据欲望主体的位置有关,而这种无法占据却被侍女问话彻底打破,侍女轻轻地问他说:

"你府上是什么地方?"

一听了这一句话,他那清瘦苍白的面上,又起了一层红色;含含糊

---

① "原来他的故里,也是一个小小的市镇。到了东京之后,在人山人海的中间,他虽然时常觉得孤独,然而东京的都市生活,同他幼时的习惯尚无十分龃龉的地方。如今到了这N市的乡下之后,他的旅馆,是一家孤立的人家,四面并无邻舍,……他对于都市的怀乡病,从未有比那一晚更甚的。"郁达夫:《沉沦》,严家炎、孙玉石、温儒敏主编:《中国现代文学作品精选》(增订本),北京大学出版社,2001年版,第227页。

② 郁达夫:《沉沦》,严家炎、孙玉石、温儒敏主编:《中国现代文学作品精选》(增订本),北京大学出版社,2001年版,第227页。

③ 同上,第234页。

糊地回答了一声，他呐呐地总说不出话来。可怜他又站在断头台上了。①

这句"你府上是什么地方？"的寒暄话却给"他"造成致命的伤害，使得"他"又意识到自己的国族身份，这与其说是一种日本女人的阉割威胁，不如说更是一种自我阉割，这种精神自戕导致他最终的毁灭，跳入大海里自杀。他觉得自己"变了一个最下等的人了"，对祖国表达了深深的失望和渴望：

"祖国啊祖国！我的死是你害我的！
"你快富起来，强起来吧！
"你还有许多儿女在那里受苦呢！"②

这种自杀既是一种对自己的惩罚，对自己所厌弃的祖国的惩罚，"我的死是你害我的"，同时也是对自己无法占据的日本人的主体位置的惩罚。或者说，是对理想自我的一种复仇。因此，"他"复仇并没有指向那个凝视自我的他者，反而是一种自我伤害、一种自我毁灭（与鲁迅《野草·复仇》相似）。对于郁达夫来说，中国是一种双重或双性的形象，一方面，中国是一个母亲、情人，而自己则是一个儿子、婴儿的位置，因此，中国可以提供某种慰藉；另一方面，祖国也是一个孱弱的父亲，一个缺席的父

---

① 郁达夫：《沉沦》，严家炎、孙玉石、温儒敏主编：《中国现代文学作品精选》（增订本），北京大学出版社，2001 年版，第 237 页。

② 同上，第 240 页。

亲,而这个父亲是一种耻辱的表征①,这种不在场的父亲也是鲁迅书写的基本情境。对于这样一个没有性能力的"支那"男人来说,"他"与中国/祖国的关系是游移的,故乡/大自然可以给他安慰,与此同时,弱小的祖国又使他处在被阉割的状态之中。

第二节 被凝视的主体与主动的看客

与鲁迅的"幻灯片事件"类似,"他"产生自我意识或国族身份的场所,也是现代教育的教室,来自日本同学的凝视促使他逃离这个地方,并对高等教育产生疏离感,于是他逃避到"大自然"之中,逃避到山上隐居或自闭起来。这与其说是一种陶渊明式的隐居生活,不如说是对现代性空间的厌恶,而这恰好吻合一种对工业化持批判色彩的浪漫主义的主体想象。这样一种主体位置也是一种典型的把外在凝视内在化的过程,只是这种内在化没有衍生出"铁屋子"的故事,而是对自我的否定和自虐,这种自虐状态呈现在他的性无能以及对日本女人(妓女)的辱骂之中,如"狗才!俗物!你们都敢来欺侮我吗?复仇复仇,我总要复你们的仇。世间哪里有真心的女子!那侍女的负心东西,你竟敢把我丢了吗?罢了罢了,我再也不爱女人了,我再也不爱女人了。我就爱我的祖国,我就把我的祖国当作情人吧"。这种自虐自嘲的方式,很像阿Q的精神胜利法,当阿Q受

---

① 在现代文学中,还有另外一种父亲的形象,来自于朱自清的《背影》,父亲是一个"背影",与缺席的父亲或耻辱的父亲不同,这是一个让自我/儿子充满矛盾情感的"背影",父亲的苍老与行动不便引起"我"的同情和怜悯,但父亲的形象却是一个"背景",而不是"正面"形象。

到欺负的时候，总是把自己想像成更弱势的一方，通过作践自己来化解这种耻辱。

郁达夫的创作中所形成的这种主体位置，与鲁迅相似的是，时刻处在日本人的凝视之中。如果说这种凝视下的主体位置是一种自我意识的建构，一种借他人之眼来形塑的主体位置，那么这种主体位置并不能充分分享自主的、完满的"自我"，或者说，主体在一开始就呈现一种分裂的状态，正如《沉沦》中的"他"陷入耻辱的中国人与无法占据的日本人的挣扎之中。也就是说，在日本人的凝视之下，中国人的国族身份成了一个女人的形象，这种女性的身份与占据日本男人的眼睛之间存在着焦虑和矛盾。"我"处在女性化的中国人与男性化的日本人之间，对于还不强大的祖国，"我"表现出一种哀怨；对于日本同学，"我"则表现出了一种妒恨。鲁迅在"幻灯片事件"中所构造的"我"，也是怀着这种对充当看客的中国人"哀其不幸、怒其不争"的情绪，对日本同学怀着敌意与对藤野先生充满尊敬之情（对日本有一种爱恨交织的情感结构）。在鲁迅这里，"我"无法分享耻辱的中国人，也无法占据日本人的位置。因此，主体在一种他者的凝视中被撕裂，因此，只能选择逃走，只能自杀或毁灭。可以说，这种分裂的国族/男人的主体位置，一方面在日本人的凝视中把日本人的视点内在化，从而成为一种具有观看能力的主体，另一方面，日本人眼中弱小的中国人/没有性能力的男人，也成为这种主体的内在焦虑所在。

与鲁迅不同的是，在《沉沦》中没有看客/庸众的位置。"幻灯片事件"中出现的是"示众的材料和看客"，"我"和看客是分离的，而在《沉沦》里，"他"占据被砍头者的位置，处在日本人的凝视之中，并把这种外部的凝视内化为一种自赎/自虐式的主体位置。这种主体位置中没有看客的位置，因此，在《沉沦》中的"他"并非一个启蒙者（因为没有作为启蒙对象的"看客"），也没有需要拯救的国民灵魂，反而自己作为一种病人存在，或者说，"他"兼具"幻灯片事件"中的"我"和"狂人"的双重特征。这种看客的缺乏，使"他"回国之后变成了一个具有观看能力的主体，而不再陷入鲁迅式的看与被看的分裂状态。

与《沉沦》不同，在郁达夫笔下回国的"他"，已经不处在一种被凝视的位置上了，反而成了一种具有观看能力的"看客"了，这与鲁迅小说中反复书写的被围观的焦虑有着非常大的差异，在鲁迅的叙述中，当"我"回到国内的时候，"我"依然受到庸众、看客的围观，正如上面所分析的，"我"把一种外在的凝视转移为了一种内部的凝视，而郁达夫的小说里，"他"变成了一个都市漫游者，尽管"我"／"他"在城市生活中并不如意，处在窥淫的幻想以及无法满足的性欲之中，但是这种被凝视的焦虑消失了，剩下的是主人公作为一个主体。如《春风沉醉的晚上》，"我"作为没有工作的自由撰稿人，遭遇的不是庸众，而是工厂女工（这或许与郁达夫对于马克思主义的接受有关），尤其是在返乡序列（《怀乡病者》、《还乡记》《还乡后记》）中，这些作品叙述了主人公的思乡以及艰难返回故乡的过程，这里的主体依然是一个自暴自弃的状态，"逃亡途中的行路病者""我只同死刑囚上刑场似的下了月台"。但是，这个过程并没有遭受到外在的凝视，反而呈现一种主体的观看：

车过了莘庄，天完全变晴了。两旁的绿树枝头，蝉声浑如雨降。我侧耳听听，回想我少年时的景象，像在做梦。悠悠的碧落，只留着几条云彩，在空际作霓裳的雅舞。一道阳光，遍洒在浓绿的树叶，匀称的稻秧，和柔软的青草上面。被黄梅雨盛满的小溪，奇形的野桥，水车的茅亭，高低的土堆，与红墙的古庙，洁净的农场，一幅一幅同电影似的尽在那里更换。我以车窗作了镜框,把这些天然的图画看得迷醉了,直等火车到松江停住的时候止,我的眼睛竟瞬息也没有移动。唉,良辰美景奈何天,我在这样的大自然里怕已没有生存的资格了吧,因为我的腕力,我的精神,都被现代的文明撒下了毒药,恶化成零,我哪里还有执了锄耙,去和农夫耕作的能力呢!

正直的农夫啊,你们是世界的养育者,是世界的主人公,我情愿为你们做牛做马,代你们劳,你们能分一杯麦饭给我吗?①

在《沉沦》中,农夫还是一个与"他"隔绝的众人之一,"他"还躲避着农夫的眼睛。《沉沦》中有一个农夫的角色,是作为一种闯入者出现的,当"他"陶醉在自己的"桃花源"中自恋自满之时,突然被一个农夫所打破,"他正在那里出神呆看的时候,喀地咳嗽了一声,他的背后忽然来了一个农夫。回头一看,他就把他脸上的笑容改装成一幅忧郁的面色,好像他的笑容是怕被人看见的样子。"②这样一份怡然自得为什么会被农夫打断呢?似乎一种与大自然的幻想关系,害怕被他者的目光所侵犯,而且在他偷看旅馆女儿洗澡之后逃跑的早晨也碰到了农夫,"那农夫同他擦过的时候,忽然对他说:'你早啊!'他倒惊了一跳,那清瘦的脸上又起了一层红潮,胸前又乱跳起来,他心里想:'难道这农夫也知道了么?'"③农夫的目光无疑是一种迫害幻想症的体现,或者说"他"始终处在被他人凝

---

① 郁达夫:《还乡记》,《郁达夫选集》(下),人民文学出版社2001年版,第17页。
② 郁达夫:《沉沦》,严家炎、孙玉石、温儒敏主编:《中国现代文学作品精选》(增订本),北京大学出版社,2001年版,第220页。
③ 郁达夫:《沉沦》,严家炎、孙玉石、温儒敏主编:《中国现代文学作品精选》(增订本),北京大学出版社,2001年版,第231页。

视的想象中。但是在《还乡记》中，农夫已经成为他羡慕的风景。这种由自虐自欺的主体位置转移为具有观看能力的主体，或许与看客的位置的缺席有关，无法呈现一种被看客围观式的被看的焦虑，另外，也与郁达夫对左翼思想的接受有关，一种革命者的主体位置（身兼启蒙者）取代了或填充了这种病态的被凝视的主体。

从上面对郁达夫的解读中，可以清晰地看出他们的文本与民族寓言之间的关系，似乎非常符合詹姆逊关于第三世界文学与民族寓言之间的密切联系，"第三世界的本文，甚至那些看起来好像是关于个人和力比多的本文，总是以民族寓言的形式来投射一种政治：关于个人命运的故事包含着第三世界的大众文化和社会受到冲击的寓言"[①]。因此，我在这里采取的解读路径是把鲁迅和郁达夫的文本阐释为一种主体建构的方式。这种主体具有双重"假面"，一个是弱小的被侮辱的中国人身份，或者说是负面的国民，一个是无法获得性满足的男性身份，或者一种自渎的、自嘲的、精神胜利法的委琐男人，这种国族与性别的位置互相转换又彼此支撑，而这种主体位置的获得离不开一种外在视点的凝视，准确地说是日本人的凝视。

---

① 〔美〕弗雷德里克·詹姆森：《处于跨国资本主义时代中的第三世界文学》，张京媛主编：《后殖民理论与文化批评》，北京大学出版社，1999年版，第234—235页。

第三节 "谁"在"医院"中：启蒙者的主体困境

现当代文学史中的著名女作家丁玲成为研究20世纪中国文化史、知识分子史的重要案例。丁玲的意义在于穿越了许多时代，青年接受五四新文化的洗礼，上世纪20年代以个人主义的莎菲女士的身份登上文学舞台，30年代向左转、成为左翼文学家，入狱被营救之后来到了延安，40年代初期在延安发表的几篇作品如《三八节有感》《我们需要杂文》《在医院中》等往往被作为文艺知识分子与左翼政治体制之间"正面"冲突的例证，也被作为接受五四精神的知识分子／个人如何痛苦地转向"人民或党的文艺工作者"的心路历程。经历延安整风运动的洗礼之后，写出了人民文学的代表作《太阳照在桑干河上》。上世纪50年代到70年代又成为右派，直到70年代末才恢复名誉，但新时期之初丁玲并没有以受害者的身份来审判左翼政治的暴力，反而以左派的立场批判新时期的文学现象，昔日的右派又被讽刺为教条主义的左派。关于丁玲延安时期的转型以及新时期的不转型，成为研究丁玲与左翼文学实践相纠葛的话题①。

丁玲的《在医院中》讲述了一名助产医生陆萍本来要去"治病救人"，结果发现了许多"医院"自身的病症，这种病症最终导致陆萍也病倒。尽

---

① 参见李陀：《丁玲不简单——毛体制下知识分子在话语生产中的复杂角色》（《今天》1993年第3期），贺桂梅：《丁玲（一）：知识分子与革命》《丁玲（二）：冲突与缝合》（选自《转折的时代——40—50年代作家研究》，山东教育出版社，2003年版）。

管结尾陆萍意识到自己的问题并投入到新的生活与战斗之中,这个故事非常恰当地呈现了知识分子／革命者在乡村"医院"中由诊断病痛的医生逐步变成需要被医治的病人并试图找到出路的过程。在这个意义上,主体的成长与"在医院中"作为心灵历练之旅有着密切的关系。我依然把这种身体的疾病作为一种左翼实践的困境,为什么陆萍无法变成一个医生／革命者而需要以病人的身份来登场呢？在这里,陆萍的"文学"身份被作为对抗医校及医院生活的情感动力,其中文学、政治、医学作为相互关联的话语再次纠缠在一起。

《在医院中》是上世纪80年代以来丁玲作品中被重点解读的文本,尤其是黄子平从文学史、思想史的角度来解读其医学、文学、政治等话语生产的机制以及贺桂梅从自我转变的角度来解读丁玲由个人、知识分子转变为吻合"讲话"精神的主体位置,这些都把《在医院中》作为多个层面上的文化象征寓言。如果说黄子平的研究在丁玲的转变与五四精神尤其是鲁迅的书写的差异中继续上世纪80年代的命题,即鲁迅式的挣扎、彷徨是如何被转移为延安整风运动所确立的新的文学秩序(指认外部疾病以治疗内部的纯洁性),那么贺桂梅则在反思上世纪80年代所确立的政治与文学的对立中把革命、政治(包括讲话精神)作为对文学、个人意志的外在的介入性力量,《在医院中》与其说是一种被动的臣服,不如说更是一种主动的自我转变、改造的完成。我的基本问题是,丁玲的书写如何转移、置换了鲁迅的模式,这涉及到"讲话"所确立的延安／左翼文学的制度如何延续和改造五四文学的资源,主体位置与空间的关系成为一个基本的分析思路。正如《在医院中》这个暧昧的标题,并没有清晰地指出"在医院中"的究竟是医生,还是病人,或者兼而有之。

正如许多研究者指出,《在医院中》是典型的五四时期以个人、知识分子为视角讲述的主体成长的故事，也是丁玲所熟悉的书写策略。鲁迅的"幻灯片事件"及其诸多著名篇章都是围绕着主体的游历，在身体移动的过程中完成精神的升华，而身体的移动又往往借重不同的空间表述，在主体获得统一性的同时，空间也在转换之中，如同"幻灯片事件"中的"我"经历、穿越教室—铁屋子—故乡等现代／非现代的空间的同时也把中国、乡土中国重构为"绝无窗户而万难破毁的"铁屋子空间[①]。从《莎菲女士的日记》《韦护》到《我在霞村的时候》《在医院中》都是以个人／主体的视角，穿越或经历某个空间，以实现成长、蜕变，在这个意义上，《在医院中》延续了丁玲早期作品的书写策略，不同的是，这次主体所经历的是告别"旧有的生活"[②]，"由衷地"适应"新的生活"。因此，贺桂梅从"讲话"与《在医院中》的关系来阐述：《在医院中》尽管是写于文艺座谈会之前的作品，但丁玲已经在进行一场类似于座谈会的自我说服。"因此，"讲话"与丁玲式的深受五四青年知识分子之间的关系就与其说是强制和改造的关系，不如说这种改造也来自于某种自我臣服的认同。黄子平在《病的隐喻和文学生产》一文中非常精彩地指出，《在医院中》与鲁迅的"幻灯片事件"和《呐喊·狂人日记》存在着多层互文关系，其中关于医学、疾病成为被鲁迅等五四表述和丁玲、王石味等延安内部的批评者所分享的隐喻方式。但是，丁玲的叙述已经与鲁迅把自己及其中国指认为病体的铁屋子存在着巨大的裂隙，在《讲话》影响下的关于是否"还是杂文时代？"的争论却是把铁屋子分裂为内与外，"值得注意的是，杂文作者们也和他们的

[①] 张慧瑜：《视觉现代性：20世纪中国的主体呈现》，人民出版社，2012年版，第29-204页。

[②] 丁玲：《在医院中》，《丁玲精选集》，北京燕山出版社，2006年版，第109页。

论敌一样,严格区分着'里面'和'外面',强调'疾病'的'外来性',是因了跟'旧中国'的联结而沾染的。他们没有意识到,他们所援引的鲁迅杂文的经典性和权威性,正是在这关键的一点上失了效用"[1]。与狂人被围观的遭遇相似,陆萍在"医院"中也处在别人异样的目光之中,这种围观的目光来自于同事的"敌意的眼睛"(化验室的林莎)、"用着白种人看有色人种的眼光来看一切"(小儿科医生)、"每个人都用担心的,谨慎的眼睛来望她"(陕北妇女护工)、"她已经成为医院里小小的怪人,被大多数人用异样的眼睛看着""她竟常常被别人在背后指点,甚至躺在床上的病人,也听到一些风声,暗地里用研究的眼光来望她"。这种被凝视的状态,确实如同铁屋子里面的人们,"陆萍"如狂人般看到自己被围观,这种被凝视的目光,来自于陆萍作为从外面(上海,受过医学教育)的身份,但是这显然又不是一间"万难轰毁"的铁屋子,因为,医院作为现代性空间,与作为前现代的铁屋子有着深刻的区别,但为什么陆萍与作为清醒者的"我"却处在相似的空间位置上呢?这是不是也意味着"医院"同"铁屋子"一样也是"吃人的"的压抑性的力量呢?这种空间隐喻的参照,说明陆萍的困境具有两面性,一方面是对现代性规划的反思,对体制与人的异化的批判,另一方面是对"医院"中"铁屋子"因素的批判。如果"铁屋子"指的是一种封建的残留,那么对这种残留的克服就是走向现代的逻辑。

---

[1] 黄子平:《病的隐喻和文学生产》,《"灰阑"中的叙述》,上海文艺出版社,2001年版,第167页。

第四节　启蒙主体与混杂的医院空间

从小说标题"在医院中"并不能确定陆萍究竟是"在医院中"做医生（治疗别人），还是"在医院中"养病（被别人治疗或自我治疗）。但陆萍看见医院"大大地嘘了一口气"："多么幽静的养病的所在啊"，也就是说陆萍是以"病人"的心境来到医院的。《在医院中》陆萍由一个医生变成了病人。与其说陆萍"在医院中"得病，不如说陆萍是带着疾病出场的，更具体地说，这种病患是她身上的"失望和颓废"：

> 她不敢把太愉快的理想安置得太多，却也不敢把生活想得太坏，失望和颓废都是她所怕的，所以不管遇着怎样的环境，她都好好地替它做一个宽容的恰当地解释。仅仅在这一下午，她就总是这么一副恍恍惚惚，却又装得很定心的样子。①

太愉快的理想与太坏的生活之间的错位是导致陆萍"失望和颓废"的根源，这种精神状态是陆萍的常态（"不管遇着怎样的环境"都会产生这种情绪）。因此，她有一套自我治疗、自我安慰的方法，即"替它做一个宽容的恰当的解释""她就总是这么一副恍恍惚惚，却又装得很定心的样子"。从小说开头的风景描述中已经可以感受到这种"失望"的情绪，但

---

① 丁玲：《在医院中》，《丁玲文萃》，文化艺术出版社，2002年版，第437页。

是"就像一个未成年的孩子似的,她有意地做出一副高兴的神气,睁着两颗圆的黑的小眼,欣喜地探照荒凉的四周"①,就连她与机关、学校里事务人员说话的声音都"总是拿出这么一副讨好的声音,可是并不显得卑屈,只见其轻松",而她对医院"多么幽静的养病的所在"的描述也是一种"特意要安慰自己",这种与环境"格格不入"的状态使得陆萍无论处在何种空间之中都会感觉到异样,如她走进要住下的窑洞:

　　当她一置身在空阔的窑中时,便感觉得在身体的四周,有一种怕人的冷气袭来,薄弱的,黄昏的阳光照在那黑的土墙上,浮着一层凄惨的寂寞的光,人就像处在一个幽暗的,却是半透明的那么一个世界,与现世脱离了似的。②

人与"现世脱离"的寂寞之感,"她竭力安慰自己,鼓励自己,骂自己,又替自己建筑着新的希望的楼阁,努力使自己在这楼阁中睡去"③。这种"脱节"的感觉,在实际的工作中,越来越明显。

　　每当她工作疲劳之后,或者感觉到在某些事上,在某些环境里受着一些无名的压迫的时候,总不免有些说不出的抑郁,可是只要这两位朋友一来,她可以任情地在他们面前抒发,她可以稍稍把话说得尖刻一点,过分一点,她不会担心他们不了解她,歪曲她,指摘她,悄悄去告

---

① 丁玲:《在医院中》,《丁玲文萃》,文化艺术出版社,2002年版,第436页。
② 同上,第437页。
③ 同上,第440页。

发她。她的烦恼便消失了,而且他们计划着,说她太热情,说热情没有通过理智便没有价值。①

病中的陆萍,深深感到:

现实生活使她感到太可怕。她想为什么那晚有很多人在她身旁走过,却没有一个人援助她。她想院长为节省几十块钱,宁肯把病人,医生,看护来冒险。她回省她日常的生活,到底干革命有什么用?革命既然是为着广大的人类,为什么连最亲近的同志却这样缺少爱。她踌躇着,她问她自己,是不是我对革命有了动摇呢。

旧有的神经衰弱症又来缠着她了,她每晚都失眠。

支部有人在批判她,小资产阶级意识,知识分子的英雄主义、自由主义等等帽子都往她头上戴,总归就是说党性不强。

院长把她叫去说了一顿。

病员们也对她冷淡了,说她浪漫。

是的,应该斗争呀!她该同谁斗争呢?同所有人吗?要是她不同他们斗争,便应该让开,便不应该在这里使人感到麻烦。那么,她该到什么地方去?她拼命地想站起来,四处走走,她寻找着刚来的这股心情。她成天锁紧了眉毛在窑洞里冥想。②

这种"旧有的神经衰弱症"与陆萍所身处的空间有关。黄子平和贺桂

---

① 丁玲:《在医院中》,《丁玲文萃》,文化艺术出版社,2002年版,第446页。
② 同上,第453页。

梅都指出,《在医院中》中的"医院"是作为一种现代性的空间,陆萍对于医院的不满在上世纪50年代到70年代被作为丁玲怀疑革命及"讲话"精神的罪状,也就是说,陆萍对于医院的简陋及其管理方式的混乱被作为是对党、组织、革命的"负面书写",而在上世纪80年代陆萍的批评被解读为一种对乡村陋习的批评①。恰如贺桂梅指出这种80年代借陆萍的眼光所完成是对50-70革命历史指认为封建流毒的转喻,而上世纪90年代在反思现代性的视野中,陆萍所身居其间的"医院"被指认为现代空间,借助福柯对医院、学校等规训空间的论述,医院本身彰显着现代性的"病态",黄子平的解读把这种不满作为对这现代性建制的一种"完善":

> 如果说这个环境有"病态"的话,这已是以"现代方式"组织起来的"病态"。这样,陆萍等人的努力,实在是在要求"完善"这个环境的"现代性",他们的意见其实经常被承认是"好的""合理的",却又显然无法经由这个环境本身的"组织途径"来实行。他们是这个有机地组织起来的单位中的"异质",从所谓"社会卫生学"的角度看,他们正是外来的"不洁之物"。②

---

① 正如黄子平和贺桂梅都引述严家炎在上世纪80年代初期对《在医院中》的评价:"陆萍与周围环境之间的矛盾,就其实质来说,乃是和高度的革命责任感相联系着的现代科学文化要求,与小生产者的愚昧无知、偏狭保守、自私苟安等思想习气所形成的尖锐对立"(严家炎:《现代文学史上的一桩旧案——重评丁玲小说<在医院中>》,《钟山》1981年第1期)。

② 黄子平:《病的隐喻和文学生产》,上海文艺出版社,2001年版,第162—163页。

这段评述一方面把医院的病态作为现代性的病态，或者说现代的组织方式所带来的异化，另一方面又把陆萍对医院的不满解读为是对现代性的强化和肯定，而不是一种对现代的批判与反思。在这个意义上，陆萍依然是站在现代的立场来进行反封建即启蒙的工作。医院的问题并非现代性的问题，而是现代性未完成或者说遭遇现代性的问题，如同在偏远的乡村创建医院这样一个现代空间本身已经呈现了某种悖论。也就是说，陆萍所不满的医院身兼现代与封建的双重想像，而医院也变成了并非纯粹的现代空间（毕竟这是乡村医院），当然，也不是封建专制笼罩的空间（医院本身是现代性的核心隐喻）。

小说的最后，病中的陆萍被另一个病友所医治"一个没有脚的害痢疾病的人"，他也是这个陆萍所痛恨的医院的受害者，他并没有否定陆萍所意识到的问题，而主要是应该如何做：

"同志，现在，现在已算好的了。来看，我身上虱子很少。早前我为这双脚住医院，几乎把我整个人都喂了虱子呢。你说院长不好，可是你知道他过去是什么人，是不识字的庄稼人呀！指导员不过是个看牛娃娃，他在军队里长大的，他能懂得多少？是的，他们都不行，要换人；换谁，我告诉你，他们上边的人也就是这一套。你的知识比他们强。你比他们更能负责，可是油盐柴米，全是事务，你能做吗？这个作风要改，对，可是那么容易吗？……你是一个好人，有好的气质，你一来我从你脸上就看出来了。可是你没有策略，你太年轻，不要急，慢慢来，有什么事尽管来谈谈，告告状也好，总有一点用处。"他呵呵地笑着，望着发愣的她。

"你是谁？你怎么什么都清楚。我要早认识你就好了。"

"谁都清楚的,你去问问伙夫吧。谁告诉我这些话的呢?谁把你的事告诉我的呢?这些人都明白的,你应该多同他们谈谈才好。眼睛不要老看在那几个人身上,否则你会被消磨下去的。在一种剧烈的自我的斗争环境里,是不容易支持下去的。"

不管陆萍有没有找到出路,她都坚信"新的生活虽要开始,然而还有新的荆棘。人是要经过千锤百炼而不消溶才能真真有用。人是在艰苦中成长"①。这与其说是答案,不如说更是一种自我说服,这种说服工作如同《伤逝》中新婚之后的涓生要面临"油盐酱醋"等日常生活的困扰。对于"那几个人"与"这些人"之间的对比,显然是作为管理者的新阶级与人民之间的关系。陆萍作为启蒙者与人民作为历史主体的叙述之间已经出现了裂隙。

与鲁迅把"故乡"、"乡土中国"指认为"铁屋子"不同,无论是学校还是医院,前者是最为现代的启蒙的场所,而后者也是医治、管理身体或肉体的场所。这两个空间是福柯的意义上行使规训的空间,也是阿尔都塞意义上意识形态国家机器的最佳场所。如果说"幻灯片事件"中的"我"从现代教室转移为"铁屋子"即从现代到前现代的空间置换中,经历着"清醒的人"无法唤醒"睡熟的人们"的困境,即"戏剧的看客"围观启蒙者,那么《在医院中》也在一种空间书写中完成革命者到病人的转换。这种使陆萍最终生病的空间发生在她从大城市来到延安之后,这份困境或疾病被表述为一种混杂的空间表征,即延安的乡村医院,或者说这些是被乡村所包围的现代性空间,因为这些现代医院并不是"铁屋子",而是镶

---

① 丁玲:《在医院中》,《丁玲文萃》,文化艺术出版社,2002年版,第455页。

嵌在乡土中国的版图上的星星点点的现代性空间（有趣的是，鲁迅在《呐喊·自序》中说仙台医院也是"日本一个乡间的医学专门学校"）。所以，这些现代与非现代杂糅在一起的空间使得启蒙话语、革命话语都面临着挑战，这不仅仅导致启蒙故事中衰败的乡村与革命故事中的"解放区"之间存在着裂隙，而且存在着现代性内在支撑的以城市为中心的革命实践与以乡村为主体的延安道路之间的断裂，因此，这种"病的隐喻"成为马克思主义政治的危机所在。

病中的陆萍想起了南方的故乡，一个美丽而充满温情的远方，一个渴望获得安慰的地方。这种对故乡的浪漫想象，显然是为了映照北方乡村医院中的萧瑟和人情的荒凉，如果说医院是现代性的空间，那么故乡就成为对这种铁屋子空间的批判。面对现代空间的非现代性，故乡所批判的也是一种悬置的位置。

> 她想着南方的长着绿草的原野，想着那些溪流，村落，各种不知名的大树。想着家里庭院，想着母亲和弟弟妹妹，家里屋顶上的炊烟还有吗？屋还有吗？人到何处去了？想着幼小时的伴侣，那些年轻人跑出来没有呢？听说有些人到了游击队……她梦想到有一天她回到那地方，呼吸那带着野花、草木气息的空气，被故乡的老人们拥抱着；她总希望还能看见母亲。她离家快三年了，她刚强了许多，但在什么秘的地方，却仍需要母亲的爱抚啊！……①

---

① 丁玲：《在医院中》，《丁玲文萃》，文化艺术出版社，2002年版，第448—449页。

这份对故乡的怀念，具有典型的"故乡"元素：美丽的自然风景、幼小的玩伴、母亲的爱抚，这与鲁迅笔下的"百草园""少年闰土"及对"母亲"所在的鲁镇相似，而故乡的功能也是对叙述者所在的现时空间的不满。与"铁屋子"式的前现代空间不同，陆萍所身处的恰好是乡村医院这一现代空间。"医院"作为"惩前毖后，治病救人"的地方（精神与身体的双重疗养院），医生与病人如同教室中的老师与学生，是典型的启蒙空间或者接受现代性规训的空间。与鲁迅经历"幻灯片事件"由学生转变为老师不同，陆萍正好相反，是从医生逐渐变成了病人，实现这种转换的"医院"究竟是正面的启蒙空间，还是现代性的负面体验？"医院"究竟是指认左翼暴政的"铁屋子"，还是批判"现代体制"的"制度性"的现代异化？这就导致对陆萍不满的解读究竟是对非现代性因素即封建意识的批评，还是对严密的科层管理制度的反现代性的批判？

陆萍处在这种尴尬又矛盾的位置中，正如"乡村医院"一样，既是封建的空间又是现代性的空间，因此，陆萍的不满，既是对这些领导干部的封建性的不满，同时又是对现代性的管理体制的不满，也就是说启蒙与反现代性同时存在的，这是非现代的乡村与现代的医院组成的"混杂的空间"。这种封建性，不仅体现在没有受过职业训练的看护、医工等工作人员身上："但房子里仍旧很脏，做勤务工作的看护没有受过教育，把什么东西都塞在屋角里。洗衣员几天不来，院子里四处都看得见用过的棉花和纱布，养育着几个不死的苍蝇。[①]"还有那些机关干部的老婆，"她们毫无服务的精神，又懒又脏，只有时对于鞋袜的缝补，衣服的浆洗才表示兴趣"[②]。而且病人也

---

① 丁玲：《在医院中》，《丁玲文萃》，文化艺术出版社，2002年版，第444页。
② 同上，第445页。

不像合格的"病人":"这儿大半时陕北妇女,……她们好像很怕生病,却不爱干净,常常使用没有消毒过的纸,不让看护洗濯,生产还不到三天就悄悄爬起来自己去上厕所,甚至她们当着小孩子看待,每天重复着那些叮咛的话,有时也很假装生气。"① 而医院作为现代性空间在于"她仍在兴致很浓厚地去照顾着那些妇女,那些婴儿,为着她们一点点的需索,去同管理员,总务长,秘书长,甚至院长去争执",这些科层化的管理体制无法解决陆萍的意见。

与"铁屋子"不同,这种乡村中的医院是现代又非现代、封建又非封建的空间,这种"混杂的空间"正是现代中国的隐喻。如果说"铁屋子"是启蒙故事的空间载体,那么这种现代与传统混杂的空间是中国在革命中进行现代化的空间载体。这种传统与现代在空间中并置在一起,但在时间向度上却是封建—资本主义—社会主义的先后秩序,这也成为列宁所论述的作为落后国家进行社会主义革命的可能性以及毛泽东要把中国革命分为新民主主义革命和社会主义革命的"两部走"的策略。对于革命者来说,反封建主义与反现代/资本主义/帝国主义是并行不悖的双重历史任务,这种"空间的混杂"使得任何关于现代性的时间叙述都面临无效。这种对于空间的指认往往带来一种悖论或互相遮蔽的状态,反封建就会导致对启蒙、现代性的正面确认,而反现代又是对这种启蒙或资产阶级现代性的内在批判,这也成为上世纪50年代到70年代的基本焦虑。一个有趣的例证是,文革后期1975年拍摄了一部以毛泽东号召把医疗卫生的重点放到农

---

① 丁玲:《在医院中》,《丁玲文萃》,文化艺术出版社,2002年版,第444页。

村去为主题的影片《春苗》①，呈现了一心为农村及贫下中农服务的"赤脚医生"田春苗与乡卫生队的修正主义做斗争的故事。其中主要的情节冲突是到乡村卫生队进修的春苗受到钱医生和杜院长的挤压无功而返。于是，田春苗自己在乡间背起了医药箱，成为一位非专业化的、流动中看病的医生。这种对乡卫生队、县医院等体制化的医疗系统的批判，与对乡间的封建庸医的批判是同时展开的，也就是说田春苗的位置恰好是反资产阶级和反封建主义的空间秩序之外。而上世纪80年代，这种"混杂的空间"已然失去了反现代的视野，只剩下反封建主义的启蒙叙述了，但上世纪90年代中期伴随着这种"启蒙共识"的破裂，对于中国现实的指认再次出现分歧，一方认为中国现实的问题是现代性的问题，中国已然处在现代的空间之中，而另一方则坚持中国的问题依然是封建主义的遗毒，现代与启蒙才是治疗的解药。或许不在于使用乡村或城市这种本质化的概念来划定教室、医院的空间性质，而在于这些看似是"现代"的空间场所却经常被指认为一种非现代的空间，或者说在不同的机制中，它们被指认为或现代或非现代的空间。如果是现代的空间，则带来一种现代式的规训，如果是非现代的空间，则被书写为"铁屋子"的压抑。这种暧昧或混杂的空间指认，也是中国等第三世界国家遭遇现代性的重要经验。

---

① 《春苗》是著名导演谢晋文革期间的作品（谢晋文革期间还与谢铁骊联手拍摄了革命样板戏《海港》和革命京剧《磐石湾》），这部"应景之作"，如同《决裂》一样，这部电影也因影射了1975年复出的邓小平而在"四人帮"倒台之后成为反映极左文革意识形态的"大毒草"。

第六章　悬疑背后：中产阶层的内在焦虑

20世纪90年代市场化改革以来，随着中国经济转型和起飞，出现了新的社会阶层，这就是小资、都市中产群体，他们被看成是理想化的、理性化的、承担社会责任的"模范公民"，扮演着社会稳定器的职能。这种中产阶层主体的社会来自于对美国和"亚洲四小龙"的想象①，认为资本主

---

① 在1980年代末期出现了两篇讨论中产阶级的文章，一篇是《中产阶级：西方民主化的推进力量》（刘德斌，发表在《探索与争鸣》，1988年4月），指出"资产阶级的统治之所以能够建立在一个比较稳定的基础之上，并消除了无产阶级暴力革命的可能性，就在于他们的统治是建立在这样一种社会结构上：工业革命时期纯粹意义上的产业无产阶级队伍已经不复存在了，社会的半数成员都是具有相当文化水平和物质财产，政治上和经济上具有独立地位和意识的公民。他们既是阻止垄断资产阶级建立独裁统治的社会力量，也是消除无产阶级暴力革命的主要因素"；另一篇是《中产阶级与当代资本主义》（这篇文章作者王志平分别发表在1989年11月《社会科学》和1990年2月《科学社会主义》上），指出科技迅速进步和中产阶级兴起是当代发达资本主义国家的基本特征，中产阶级的出现与资本社会化和福利国家有着密切关系，而中产阶级的功能在于"已经或正在对发达国家如何解决由于发展不平衡规律及其引起的重新划分世界的斗争提供了更多的选择余地和新的形式""一个足够强大的中产阶级的存在，对于垄断统治的国内国际政策不会没有这样或那样的牵制和影响"。

义、经济现代化和中产阶层主体的社会之间存在着密切关系。中产阶层作为社会主体被赋予双重想象,一方面是以中产阶层为主体的纺锤形社会是社会结构稳定的象征,如美国等欧美发达资本主义国家,另一方面这种中产阶层主体的理性社会与民主化诉求存在着或多或少的联系,如1980年代中后期韩国、中国台湾等东亚国家和地区的民主化进程,借着经济高速发展而催生的中产阶级成为民主化的主力军。也就是说,中产阶层具有保守和激进的双重特征和两面性,既软弱、温顺、审慎而理性,又容易被动员成为激烈变革的主体。

这种市场经济、公民社会与中产阶层的讨论成为新世纪以来重要的社会话题,保障公民权利、救助弱势群体、慈善、捐助、志愿者等议题逐渐成为中产阶层与主流意识形态高度共享的空间。关于公民社会的功能也基本上限定在两个维度上,一是维护公民权利,二是在环保、慈善中发挥中产阶层的社会责任感。这样两个维度正好对应着公民/中产阶层的权利与责任,也代表着公民身份讨论的自由主义传统(强调国家及政府不能侵害公民个人权利,是一种消极公民)和共和主义传统(强调公民的公共责任和奉献,是一种积极公民)[1]。本章主要以当代作家鲁敏的小说《惹尘埃》、格非的小说《隐身衣》、方方的《涂自强的个人悲伤》《万箭穿心》为案例,来呈现经济崛起时代中产阶层的内在焦虑和精神症候。

---

[1] [英]德里克·希特:《何谓公民身份》,郭忠华译,吉林出版社,2007年版,参见第一章《自由主义传统》、第二章《公民共和主义传统》。

第一节 "悬疑故事的另一种讲述版本"

  2010年《人民文学》第7期上刊载了南京作家鲁敏的中篇小说《惹尘埃》，这篇作品讲述了一个患有"不信任症"的中产阶层家庭主妇肖黎的故事。丈夫的意外死亡打破了肖黎旧有的三口之家的生活秩序，使她陷入对任何事物、语言的"不信任"之中。楼下好心的邻居徐老太太和住在地下室的保健药品推销员韦荣试图帮助肖黎走出心灵的雾霾，可是这种曾经自足和透明的核心家庭生活再也无法修复如初。小说在呈现了中产阶层/现代人生活的脆弱、破碎和不稳定的同时，也打开了以中产阶层为主体的现代都市生活的缺口和裂隙。那个留在丈夫手机上的神秘信息"午间之马"如尘埃一样无孔不入、又无处不在，"午间之马"究竟是什么，让肖黎如此寝食难安、如鲠在喉。肖黎是一个病人、一个伤口、一个从中产阶层完美生活中"惊醒"的人，她既是一个怀疑者和反思者，也是一个对语言这个看不见的上帝之手的批判者。这种强烈的批判意识使得肖黎无法通过组建新家庭而回归旧有的中产阶层生活秩序，新的或别样的生活又在哪里呢？作者没有给出现成的答案，也许"新生活"只能在故事和文本之外。那匹在文本中留下踪迹又不见踪影的"午间之马"会跑向哪里呢？这恐怕是像肖黎一样对世界和生活充满"不信任"的人们需要思考和回答的问题。

  1. 谁在"惹尘埃"？

  这篇小说有着一个惹眼的标题《惹尘埃》，在强有力地诉说着小说所试图表达的意义，谁在"惹尘埃"，"尘埃"又是什么？这样一个来自于六祖惠能的经典偈语"本来无一物,何处惹尘埃"的标题使文本笼罩了些许宗教或道德寓言的色彩,而故事本身也讲述了一位意外丧偶的年轻女人从"不信任症"中解脱出来的心理过程。丈夫在不该出现的时间和地点中非正常死亡,留下一个"午间之马"的神秘号码和信息。从这个无法读解的蛛丝马迹中,女主人公肖黎想到了丈夫的不忠和自己的被欺骗,从此,她不再相信任何人的话,对世界充满了高度拒绝和质疑。

小说并没有让肖黎——这个瞬间失去丈夫和丈夫忠贞的女人——去寻找、侦破、解密"午间之马"究竟何指,反而把这种家庭创伤内化或反转为一种主体自身的"不信任症",直到小说结束,"午间之马"都是一个漂浮的能指,一个没有解开的秘密。读完小说,我首先产生了这样一个疑惑,为什么作者没有把这部具有侦探小说潜质的故事写成一个希区柯克式的悬疑剧呢?漂亮的女主角应该怀着对"午间之马"的好奇心,去发现一个惊天大阴谋,何况还牵涉到国家工作人员来替丈夫的死圆谎,也许在这个涉及最高机密的阴谋中,丈夫只不过是其中一个微不足道的小角色,甚或是替死鬼,丈夫的"意外"死亡一点都不意外,死在与情人约会路上也只不过是一个美丽而平淡无奇的幌子。最终肖黎和读者发现"午间之马"是一个核心机密的代号,是一种毁灭人类的秘密武器,故事的结局是找到并拆除掉这个隐秘的"午间之马",肖黎也从不安与疑虑中重新开始"新生活"。这也正是侦探小说、科幻小说、恐怖故事等自18世纪作为大众流行读物以来所充当的意识形态功能,不仅把未知的秘密、裂隙和恐惧呈现出来(给被抛弃在现代世界里的人们提供一个宣泄的出口),更重要的是要驯服这些未知的恐惧,给这些无法命名的能指找到一个安全的所指(正如福尔摩斯式的侦探故事所告诉人们的,这不是一个神秘的时代,任何鬼魅都可以在科学的试剂中显出原形和"真容")。也就是说,这些大众文化的叙述样式在暴露时代的伤口、困境、不和谐的同时（就像好莱坞总能以最快的方式、最精美的故事来讲述这个时代最大的痛），总要为这些困境提供一种想象性的解决方案，找到某种治愈伤口的方法，把打碎的中产阶层/现代性之梦重新缝合起来，恢复平静和秩序，不再保留那个无孔不入的小缺口[①]。

显然，作者并非没有意识到把《惹尘埃》讲述为侦探悬疑故事的可能性。在故事一开始，就是小伙子韦荣给徐老太太读阿加莎·克里斯蒂的成名作《罗杰疑案》[②]，小说中还多次提到爱伦·坡，提到《东方快车谋杀案》，这些经典"老派悬疑"成为小说的互文本，如"《罗杰疑案》的第三章《种南瓜的人》结束了，抽象的老派悬疑停滞于树枝间的晨光里，公园这一角在摇晃的虚构镜像中重归温吞的现实"。而"情同兄妹"的韦荣和肖黎选择在徐老太太经常遛弯的公园来祭别老人，其方式也是把徐老太太遗留下来的侦探小说烧掉，"书很厚，两个人蹲着，慢慢地撕了一张张往火里扔，火苗舔着白纸黑字，然后蜷缩着变黑、变灰、再消失，像是悬疑故事的另一种讲述版本"。而作者有意要讲述这"另一种版本的悬疑故事"，在这个

---

① 就如同好莱坞电影《2012》中在全球海啸/金融海啸下岌岌可危的中产阶层下层依然可以拯救自己的婚姻和家庭，就如《阿凡达》中瘫痪或瘸腿的中产阶层/美国大兵依然可以在想象他者的空间中站起来，在对布什主义/武力的殖民主义做出反抗之时——这多像奥巴马政府的宣传片，成为一个有知识、有教养、有环保意识的具有反思意识的文明人，当然，这种有保留的反思意识如果不是在金融危机这种挫折面前恐怕也很难出现。

② 徐老太太是一个侦探迷，按照肖黎的解释："在谎言中沉沦的那些旧日月反倒让老人家如此超脱了，乃至都消遣起现下的各种骗人勾当了！大约是嫌不过瘾，所以还盯着让韦荣念侦案小说，听更专业的谎话去！"小说中的引文皆来自《人民文学》杂志2010年第7期，不再单独标注。

故事中,肖黎不是一个世事洞明的侦探,也不是一个对世界和秘密充满好奇的女人,她没有走出自己的世界去寻找、界定、解读编制"午间之马"的密码网(相信在这幕精心织就的网络中,徐老太太和韦荣会充当不同的角色,也许是指引肖黎的先知、帮手,也许是迷惑、误导肖黎的邪恶网络的一部分),与此相反,她走进了内心深处,把自己变成一个"不信任症"患者,徐老太太和韦荣是来帮助肖黎走出困境的"医生"。如果沿着侦探故事的路子,《惹尘埃》最终应该给"午间之马"找到一个合情合理的解释,从而把这个威胁、麻烦化险为夷,把"午间之马"这个小小的尘埃彻底解密和去魅。但这篇小说没有采用如此"老派悬疑"的套路,没有把撕开的伤口"严丝合缝"地缝上。可以说,作者/肖黎拒绝了这种廉价的拯救方法,因为她"不信任"任何语言,"不信任"任何讲述,"肖黎深知自己已经坏掉了,没有办法再跟另一个人融合在一起了,不仅是跟一个人,包括跟这整个世界吧"。

这篇小说虽然不是希区柯克式的悬疑故事,但却处理了相似的命题,这就是现代人/中产阶层在现代都市生活中的脆弱、不安和危机。一个偶然,某个瞬间,一个午夜电话,或者一个"午间之马"的符号,也许仅仅是一粒尘埃,都可以把肖黎——这个生活稳定的"税务小吏"的妻子——击中,击碎,把她从作为中产阶层核心家庭主妇的完美生活一下子抛入到"震惊与分裂"的状态之中("肖黎被'午间之马'击中了,满面是血,疼得不敢当真"),可谓小小"尘埃"惹来的是"内心的大暴动":"内心的狂暴像地震与海啸,像所有能想象到的末世灾难,摧毁了她曾有的平和的旧性情"。不管这个导致丈夫奔赴死亡的"午间之马"指的是什么,在肖黎心里,"这伪造的名字涵盖并揭示了一切可能性的鬼魅与欺骗"。尽管肖黎可以找到一个无法验证但又最可信的解释,就是丈夫有外遇了,但是更大的打击在于,在肖黎的世界中,言语与行为再也不是统一的了。对于语言的不信任,使得肖黎认为所有人说的话都是一种欺骗,即使是实话最终也是为了圆更大的谎言。这种"言行不一",这种话语与事实的分离,这种"言不由衷",使得中产阶层处在一种内在分裂的状态,或者如肖黎所说"人人都是双重间谍,职业中靠谎言谋取工资,生活中靠谎言谋取情感或其他任何玩意儿"。这也成为当下中国中产阶层的内在精神症候。正如2010年播出的改编自2003年冯小刚电影《手机》的同名电视剧,也讲述了一个生活在欺骗与谎言之中的中产阶层故事,与《手机》中"有一说二"的严守一和费墨如鱼得水的生活不同,这种"言行不一"的事实使得肖黎再也无法恢复到原有的生活秩序之中,"她知道她的生活就此裂开,不会再拥有平庸的宁静了"。不过,这篇小说还是讲述了一个神话般地拯救肖黎的行动(差一点就成功了),这就是不断给肖黎介绍男朋友的徐老太太和买保健药的小伙子韦荣,一老一少都是"医生",他们真的能治愈肖黎的病吗?问题关键在于"午间之马"能不能被找到。

2. 中产阶层的"午间之马"

如同《惹尘埃》所带来的禅宗想象,徐老太太和韦荣就如同是在天上看到世间遭遇变故的肖黎,故意化成一老一少来到凡间劝诱肖黎的。一个是世事精明、透彻万物的年老的徐医生,一个是在公园专门给老年人推销保健品和治疗仪的年轻人韦荣。在肖黎看来,如此低级的把戏,为什么徐老太太情愿受韦荣的骗或上韦荣的当呢?正如电视栏目中经常劝诱老年人要谨防上当,而从来不说为什么活了一辈子的老年人是如此地需要"上当",他们真的如此愚蠢?徐老太太告诉肖黎,韦荣可以使她们这些孤苦伶仃的老年人享受到最后的人间欢乐,因为韦荣可以陪她们聊聊天、帮他们打扫打扫卫生,"韦荣真是个有耐心的坏孩子,对所有的老人,他绝口不提他卖的任何东西,他好像是个降临到这帮老头老太中的天使,就是专门来陪他们打发时间的!"而这些在肖黎看来都是卖假药的韦荣所使用的小手腕和小伎俩,目的是为了骗老年人更多的钱,"这韦荣,实在高明啊,他抓住了老人们的心,那些陷于孤独的、衰老并走向死亡的心。他骗的不仅仅是钱,还有他们乏人触碰的脆弱与渴求。"在徐老太太的安排下,肖黎也主动"上当"了,答应韦荣走进了自己的生活。韦荣就如同"海螺小伙"一样使得这个遭遇内心地震的中产阶层之家恢复了生机,不仅成为儿子"最推崇的人物",而且以自己的"言行一致"来挑战肖黎的"不信任症"。

如果说徐老太太是洞察万物的"智慧老人"(是拥有庞杂的人际网络的徐医生),那么韦荣则是朴实无华、纯净如水的孩子(来自偏远山村的、没有被污染的)。在这里,拯救肖黎这个中产阶层主妇的依然是一种是代表着传统伦理价值和纯洁、美好的前现代乡土空间。在肖黎看来,韦荣的眼睛是"黑白分明,干净得像深山的泉,毫不羞愧,也不贪婪""那该死的清澈与理直气壮"。与此相似的是,在电视剧《手机》中也是代表至善美德、通情达理的奶奶和单纯、善良的黑砖头(同样是一老一少),他们的真诚和纯洁正好映照着严守一等中产阶层生活的伪善与狡黠。如果说《手机》中的奶奶和兄长黑砖头试图用一种传统的家庭伦理来拯救中产阶层核心家庭的危机,那么《惹尘埃》中徐医生、肖黎和韦荣以及肖黎的孩子小冬恰好也可以组成一个祖孙三代之家,徐医生是老一辈,韦荣则是肖黎之兄(给徐老太太祭别后,韦荣告诉肖黎"你知道吗,虽然你在岁数上该算我姐,可不管从哪个方面,我现在都觉得你像妹妹"),也就是说能够拯救中产阶层核心家庭的依然是一种想象的充满温情与亲情的老式大家庭,前现代的他者被反身建构为现代生活的乡愁之邦。

不过，徐老太太、肖黎和韦荣并非"同在屋檐下"（电影《手机》中的奶奶、黑砖头与白石头严守一也生活在农村与都市的空间区隔中）。徐医生住在肖黎的楼下，而韦荣则住在肖黎的半地下室，这种空间分布呈现了在中产阶层的想象中，作为"拯救者"的徐医生、韦荣依然处在比肖黎更低的阶级/空间位置上①。对于生活在楼上的肖黎来说，如果不是她遭遇如此变故，也不会认识徐医生，更不会去公园监督韦荣，"曾有的平和的旧性情"本来可以使肖黎安全地生活在中产阶层的"空中楼阁"或"密室"之中。恰好是"午夜来电"，恰好是"午间之马"，彻底打破了这种封闭而自足的中产阶层生活。尽管如此，肖黎也并没有如娜拉那样主动地走出这间密室②，反而是徐老太太"午夜敲门"，反而是韦荣主动走进肖黎的世界（如《手机》中严守一遭遇离婚困境，黑砖头带着奶奶也如徐老太太一样千里迢迢来敲生活在高档社区的严守一的家门）。当然也正因为中产阶层陷入困境、"惹尘埃"之时，楼下的退休医生（被生活和子女所抛弃的老人）以及地下室的善良孩子（是与富士康工人相似的新生代农民工或蚁族）才能有幸"闯入"肖黎所占据"密室"空间。

这些闯入者不是"强盗"，也不是阿Q，更不是革命党，是"真心"帮助肖黎的圣诞老人和天使（在这个意义上，这篇小说具有童话色彩）。

---

① 肖黎如此恰当地处在"中间"楼层/"中坚"阶层，在这里，上层或顶层是看不见的，因为中产阶层的浮现意味着中产阶层丧失向上流动的可能以及部分底层拥有变成中产阶层的幸运。

② 当然，"娜拉走后怎样？"依然是一个老问题。不过，对于当下中国都市女性来说，不是"暂时坐稳了中产阶层主妇"的娜拉如何出走的问题，而是"想做中产阶层主妇而不得"的问题——正如《蜗居》中的姐姐海萍想过上房奴的蜗居生活也不是容易的事情，如何成为娜拉式的中产阶层主妇才是海萍关心的问题。

无论是徐医生,还是韦荣,带给肖黎的劝慰,都是让她接受这个"飘洒着谎言的细雨""翻腾着谎言的尘埃"的世界,重新开始"新生活",重新把分裂的"言语"与"行为"缝合起来,即使明知道有缝隙,也应该知道这不过是正常的"人情世故",正如徐医生所说:"人活着嘛,总归要受骗的,被自己丈夫骗骗,有什么了不得的!"韦荣给肖黎带来的不仅是一种三口之家的温馨,而且他自己的人生目标就是一种中产阶层的生活价值(对于寄居在地下室的韦荣来说,与女朋友生活在一起、找到新工作就是"新生活"的开始,这里的"新生活"正是肖黎曾经拥有的中产阶层生活)。但是,这种"新生活"并不"新",不过是恢复到丈夫死亡之前的完满的中产阶层三口之家("那是洁净的天空与无邪的大地")。在这个意义上,比肖黎阶级位置要低的徐医生和韦荣所维系的正是一种中产阶层价值观,或者这种稳定的、乏味的中产阶层生活恰好是通过徐医生、韦荣这些他者的视野来呈现的。从这个角度来看,徐医生和韦荣不过是肖黎的镜像,正如徐医生是老年的肖黎,韦荣或许代表着还没有从半地下室住到楼上的准中产阶层。

其实在故事一开始,肖黎就把"午间之马"指认是丈夫的不忍,这种不忍确实击碎了建立在爱情基础上的中产阶层核心价值观[1],但这只是关于"午间之马"的一种解释,正如徐医生所说:"午间之马!有趣儿!不过,谁告诉你就一定是那码子男女事?或者你丈夫在做小生意?他有个贩

---

[1] "她本可以凄凉地怀念,于饮泣中追忆他们的恋爱与怀孕、三口之家的雪景片断……婚姻固有的温情部分,足可以像流水一样取之不尽,让她像其他的未亡人那样心碎地消瘦,然后在健忘中恢复,开始人们常说的'新生活'——但显然,现在不可能了。从拿到丈夫手机起,从那条短信所属的怪异名字开始,事件的质地就变了,被某个活动力强大的异形分子给搅和了。"

毒的坏朋友？他被什么人叫去收一笔小贿赂？一万种可能嘛！他不过是不想让你挂心。"丈夫的死亡将永远无法揭开"午间之马"的秘密，如"尘埃"般的"午间之马"让沉浸在自足生活中的中产阶层"如鲠在喉"，隐隐作痛又无法言说。也许对于当下的中产阶层来说，"午间之马"就是外遇，就是某个"危险女人"来破坏中产阶层核心家庭①，但是小说同样暗示出了"午间之马"的鬼魅之处，就像"尘埃"一样，无处不在，无孔不入，中产阶层也许只能暂时或"瞬间"享受生活的"安谧与空洞"。"午间之马"就像肖黎的靴子，靴子可以脱掉，"却又变成了袜子或其他什么玩意儿附到了肖黎身上，其表现形式，即前文所提到的'不信任症'。此病症如微风，非常之细碎，无孔不入"。这就如同一个不断转化、滑动的能指，一个无法确认但又始终存在的莫名的威胁，让中产阶层始终感受到还有他者，还有自身以外的生活存在，那种封闭而自足的生活不过是一种虚幻。

如果对闯入肖黎生活的徐老太太和韦荣做一点也许并非过分的庸俗社会学解读，这"一老一少"所象征的或许是用不了多久就会成为中国社会的大问题，一个是"未富先老"的人口老龄化问题，一个则是处在"回不去，进不来"的新生代农民工问题，其严重性已经在逐渐增多的都市空巢老人和富士康工人自杀的事件中显现出来。前者是独生子女政策下倍感沉重的养老问题，后者则是中国城市化所带来的农业人口转移问题。一方面是遭到抛弃的垂暮老人（对于徐老太太这些退休的中产阶层来说缺少的也

---

① 正如2010年张杨执导的电影《无人驾驶》清晰地说明，家庭是不可动摇的，哪怕是真爱也不能破坏家庭的稳定；而如电视相亲栏目《非诚勿扰》所表述的不是超越现实藩篱的爱情，哪怕是一种想象性地跨越阶级鸿沟的白日梦，而是一种毫不掩饰地建立在物质、金钱基础上的男"财"女貌式的现实主义婚姻——正因为中产阶层/资产阶级婚姻是如此"现实"，所以才更需要罗曼司的小说。

许只是亲情——毕竟她们拥有退休金至少可以从韦荣那里"卖来"亲情和慰藉,而对于那些承载社会转型之痛的下岗或早退的城市职工来说,养老无疑是一种慢性自杀),一方面是维系城市日常生活的廉价劳动力(从保姆、护工、清洁人员到建筑、工厂等工人主体,正因为其廉价的劳动力价格,使其根本不可能在都市中扎根,却可以使中产阶层过上"中产阶层式"的生活,尽管这种"体面的"生活在金融危机的打击之下显得岌岌可危)。这样两类人与中产阶层生活密切相关,尤其是新生代农民工恰好是中产阶层生活秩序的必须产物。中产阶层/白领的出现被美国社会学家米尔斯看来是"一群新型的表演者,他们上演的是20世纪我们这个社会的常规剧目","白领的存在已经推翻了19世纪关于社会应该划分为企业主和雇佣劳动者两大部分的预测"[①],也就是说是中产阶层打破了19世纪一分为二的资产阶级与无产阶级的二元世界,其"进步"意义在于更多的蓝领工人白领化、知识精英成为职业经理人——不再是"白手起家"的美国梦,而是成为中产阶层上层,而"反动"意义在于世界被一分为三,底层世界在晋升为白领的美梦中若隐若现。二战后美国等发达国家的中产阶层化,相伴随的是制造业的转移和大量非法移民的进入,日本、韩国、中国台湾地区、中国大陆依次为第一世界的中产阶层充当着廉价劳动力的角色。资本主义制度在中产阶层主体的社会中获得合法性,而中产阶层占据社会大多数的"幻想"建立在底层群体的被转移和被消隐,中产阶层不仅没有消灭或减少底层,反而是底层的制造者。因此,在冷战终结/全球化急速推进的时代,有两类群体经常浮现出来,一个是体面的跨国公司的世界公

---

① 〔美〕赖特·米尔斯,周晓虹译:《白领,美国的中产阶层》,南京大学出版社,2006年版,第1页。

民，一个是全球涌动的非法劳工，这种现象也呈现在中国沿海大城市中的中产阶层生活与永远也"进不来"的农民工的区隔之上。

在这个意义上，中产阶层的"午间之马"也许不是肖黎的情敌，而是这些被中产阶层生活抛弃和遗忘的徐老太太和韦荣们，小说以徐老太太向韦荣购买保健品、韦荣帮徐老太太照料日常起居生活的方式来想象性地解决了这"一老一少"的现实困境。显然，肖黎以及徐太太的子女们并非没有意识到徐老太太和韦荣的存在，但是，他们虽然看见了却感知不到徐老太太的孤寂和韦荣从底层"奋斗"的艰辛（韦荣就是个卖假药的"骗子"，当然最后肖黎从这"一老一少"中有所了悟）。这也成为这篇小说所实现的格外成功的意识形态效果，重要的不在于遮蔽、看不见"一老一少"的存在，而在于一种"视而不见"，一种对社会结构问题的想象性和解。

3. "掀开遮盖物"：批判可能吗？

如果联系最近一段时间一系列关于中产阶层的故事，可以看出中产阶层的双重生活，一方面是如《杜拉拉升职记》式的职场故事，另一方面是如《手机》式的婚恋家庭故事（包括电视剧《马文的战争》《金婚》《双面胶》《工贵与安娜》《蜗居》《媳妇的美好时代》等），分别对应着中产阶层的工作与家庭。如果说《蜗居》《蚁族》的出现使得人们看到在《杜拉拉升职记》背后还有海萍这样即使努力奋斗也只能过上房奴的"蜗居生活"（除非像海藻那样"二奶致富"），那么与《手机》《非诚勿扰》式的中产阶层男人忠诚与背叛的婚恋剧不同，鲁敏的小说《惹尘埃》则讲述了一个中产阶层家庭主妇遭遇"午间之马"而患上"不信任症"的故事。《惹尘埃》并没有提供一种廉价的抚慰和解释，反而呈现了一种无法根本治愈的"午间之马"的创伤。这种创伤打乱了肖黎的中产阶层生活秩序，但也使肖黎拥有了穿越种种话语雾障的"火眼金睛"，哪怕只是对这份中产阶层生活的一分迟疑。

丈夫的意外死亡以及国家工作人员对于丈夫死亡解释，再加上那个"午间之马"，让肖黎从中产阶层生活的虚伪中"惊醒"，这种"惊醒"使她无从区分虚实，究竟忠贞职守的丈夫和孩子组成的三口之家是真实的，还是阳奉阴违的不忠的丈夫更真实？正如两位国家工作人员对于丈夫死亡的重新解释，与其说是呈现了丈夫死亡的真相，不如说是对真相的剥夺、掩埋和遮蔽。肖黎的"不信任症"是一种对中产阶层"言行不一"的反思，也是对中产阶层"完美生活"的戳破。这种对于语言的不信任，使得肖黎认识到，"语言的全部价值，就是用于消耗和装饰！"她再也无法相信广告、新闻、观点、政策、职业等各种或功利或权威地说辞。在肖黎看来，卖房子的、卖保险的、卖基金的、卖汽车的、记者、医生、公务员、足球运动员、经济学家等都是大大小小的骗子，"都是各种观点、政策或假象的制造者与阐述者"，这些话语是一种对事实、真相、现实、生活的"遮盖物"。而肖黎"惟一的兴趣就是掀开这层布"，揭露和揭穿语言的伪装和异形。可以说，肖黎一个人在试图揭开这些笼罩在中产阶层周围的话语迷雾。患有"不信任症"的肖黎其症状恰好是一种"女性"的特征："最近都这样，她很容易愤怒——像另一些不同种类的人，很容易疲劳，很容易多情，很容易哭泣"。与丈夫/男性（《手机》中的严守一、费墨）在忠诚与背叛中游刃有余不同，女性这一弱势的、差异的性别位置再一次被选择成为承载着"言行分裂"的中产阶层生活之痛的假面，以女性的身份承受和消解着中产阶层生活的伪装，让她在这个世界中如批判知识分子般"失魂落魄"又"格格不入"。

这种"惊醒"让肖黎体验到中产阶层完美生活的"瞬间性"，只能在

"此刻""这一刻"才能抓住稍纵即逝的、不确定的日常生活[①]。如在公园中聆听韦荣给徐老太太读侦探小说,"两张表随风微动,微型旗帜般,宣告着日常生活在某一个瞬间的安谧与空洞";如肖黎面对韦荣给她布置的阳台,"肖黎花了很长的时间凝视这盆月季,甚至是太长的时间,她看花骨朵儿,看它半透明的甜美,她说服自己享用这一瞬间,这样的时刻太罕有了,等这一刻过去,她知道她就会旧病复发、变本加厉";还有小说结尾处,"暂且,先停留在这一刻里吧。肖黎闭着眼,顾自沉浸在漫长而沉重的告别里,沉浸在越来越浓厚的暮色里"。只有在这瞬间才能让肖黎片刻享受"安谧"。片刻之后,肖黎就会"旧病复发、变本加厉"。在韦荣把遭遇"地震"的肖黎之家重新修复、还原到原有状态之时,肖黎愤怒了,这种愤怒不仅仅在于韦荣的行为是一种"放长线、钓大鱼"[②],而在于"午间之马"已经使得这种温馨、天伦之乐变得虚伪和荒诞,肖黎不愿意让这种温情脉脉来遮蔽欺骗、圈套和背叛。于是,肖黎的质疑和不妥协,在徐老太太和韦荣看来是一种不合情理的疯狂、较真和较劲,是一种不成熟,是一种以卵击石。肖黎最终意识到"韦荣好好的,他跟女朋友也好好的,世界万物都是正确的完好的",肖黎"不信任"这个世界又能怎么样?除了"自欺欺人",把自己变成"一根筋的孤家寡人"之外,世界难道真的会改变吗?正如徐医生临终前劝慰肖黎:"要知道,说谎这种事情,真算是咱们最大的人情世故,它是有传统有渊源的,你得服这个软!你想想,古往今来、历朝历代,随便扒开一个缝儿往里瞧瞧,哪里不是谎言!远的不

[①] 这种瞬间的现代性体验也正是本雅明所论述的波德莱尔对现代都市中转瞬即逝的体验。

[②] "他并不是真心想做这些!这是用来包裹欺骗的蕾丝花边!他只是要收买她,他想稳妥地继续他肮脏的营生,就是这么回事!"

说,就我们这代人,前前后后,从上到下听了多少大谎小谎、自己又撒了多少大谎小谎!唉,你啊,要学着从古往今看呐……"而韦荣临走前也送给肖黎这样的"忠告":"世界就是世界,它脏也好、假也罢,存在就是合理,想那么多干吗,只管去适应就好!我周围的人,谁都明白这个道理,偏偏你跟它去较什么真!你在对抗什么?完全就是以卵击石嘛!嗳,真的,不要怪我说得难听,什么真话假话的,老天,真是弱智真是童话啊!你是成年人啊,三十多岁了!我都觉得你太可悲了!"这些古往今来以及"人人"都明白的大道理恐怕不是说给肖黎一个人听的,也是说给那些对现实、对语言不满的人听的。换句话说,何必要抱怨世间的谎言,何必要纠缠于"午间之马"不放呢?难道这些真的能改变世界吗①?从这里可以看出,徐老太太、韦荣不是以找到"午间之马"、给"午间之马"一个明晰的来源,而是以取消"午间之马",假装"午间之马"不存在,假装什么都没有发生,假装古往今来的历史没有任何变化来消解"午间之马"给肖黎/中产阶层所带来的创伤和震惊。总之,像肖黎这样给儿子"建造无菌室"的想法不仅是一种痴心妄想,更是一种对下一代"美丽心灵"的"毒害"②。

---

① 就在刚刚过去的 1980 年代或者 1950-1970 年代,那还是一个人们能够相信一己之力可以改造世界、可以做自己主人的时代,而短短一二十年之后,人们却只能向现实世界妥协和认命——"能做个房奴也不错""当然能挤进中产阶层就更完美了"、"以至于做不成房奴、做不成中产阶层成为这个时代最大的抱怨和反抗",仿佛历史真的如徐老太太所言从来都是如此,历史之手真的是太善于在重写中遗忘掉那些不和谐的段落了。

② 正如韦荣的斥责:"我真不知道,你到底在他心里埋下了什么种子?不错,你教会他识别一切所谓的谎言,可你知道吗,你同时也破坏了他的信任感,他永远那么紧张、排斥、敌意,看到的全是事情的反面,我真担心他将来体会不到生活的美好。"

这些"好心人"的"人之常情"的劝慰，使得肖黎把自己看成是一个与"谎言的风车"作战的"女版的当代堂吉诃德"，惟一的作战工具就是"掀开这层布"。在这个意义上，肖黎执着于"掀开这层布"就如同"老派悬疑"故事一样，也是一种给"午间之马"找到一个隐秘的、未知的核心，就如同"核"武器的出现使得人们对于这个世界总是充满了"不信任"，总觉得有一个"内核"，一个埋藏于深处的超能源或"惊天秘密"，可以毁灭地球、人类和世界。而徐老太太和韦荣对于"谎言的风车"的辩护，却并非要否定这是一个"谎言的时代"，恰恰是承认肖黎说出了世界/语言的秘密就是"语言的全部价值，就是用于消耗和装饰"，甚至韦荣和肖黎还能在半地下室空间"促膝而谈"分享这份"秘密"①。这种"愤世嫉俗的同仇敌忾"，建立在韦荣和肖黎都认同于这样一个关于世界充满了"谎言"的判断，而问题在于韦荣和徐老太太想告诉肖黎的是"这个世界上除了布满谎言之外，别无他物""正是这谎言的大地，孕育出辛酸而热闹的古往今来"，即使"掀开这层布"，找到的不过是另一种语言/谎言罢了，"这世界飘洒着谎言的细雨，这世界翻腾着谎言的尘埃，众生皆在细雨中奔跑在尘埃中打滚，满身的泥泞与腥臭"。从这里可以看出，如果说肖黎使用了19世纪的批判语言，相信可以"掀开这层布"（正如马克思主义对于意识形态的理解，就是一种遮蔽、一种欺骗和虚假，而批判的功能在于揭开这层意识形态的伪装），那么韦荣和徐老太太回应的是一种后现代主义的狡黠和犬儒：不错，语言在遮蔽现实，可是除了语言之外，难道真的

---

① "一场因月季花而起、蓄意酝酿的敌意性交涉，竟在一个混乱而夸张的逻辑中演化成为愤世嫉俗的同仇敌忾，当争先恐后的语言高峰过去，狭窄阴暗的地下室重新归于安静时，肖黎惊愕而哑然了——怎么回事，她竟是承认了韦荣那份'工作'的合理性吗？"

还存在语言背后的真相吗？只是这份后现代主义的"洞见"还渗透着些许前现代的腐蚀和庸常①。

这种无奈或"服了软"充分呈现了后现代主义的"进步"和反动之处，"进步"在于正如语言学转型之后的文化理论基本认可这样一个事实，就是语言及其由语言建构的现实和世界不过是如洋葱头一般，遮蔽、剥离一层皮并不能找到那个真理的内核（语言掏空了现实，建构了现实），而只不过是另一层皮而已。反动在于这种对于语言的解构工作被认为是一种无意义的、无用的②，从而使得一种后现代主义的批判锋芒消磨在犬儒主义的"咯咯"笑声中。也就是说，徐老太太、韦荣用20世纪的后现代主义来嘲讽肖黎的现代主义批判的无效和不可能，既然如此，批判如何可能，批判还能有什么用呢？正如肖黎对自己产生了怀疑"自己的如此这般，明知不可为而为，到底在执着于什么？公道良心？绝对真实？道德正确？这便是她苦苦维系的信仰吗？然而扪心自问，她果真信仰什么吗？这样的世道，早已没有了'相信'，信仰又如何存在？"这也呈现了"堂吉诃德"作为批判者的困境，不在于风车如此强大，而在于"堂吉诃德"所使用的是用旧时代的武器来反抗历史的新风车。面对这种围观者的笑声，肖黎确实如那个可笑的"堂吉诃德"。

问题在于，既然患有"不信任症"的肖黎如此地荒诞和可笑，为什么

---

① 只有前现代才是一个永恒的、稳定的、不会被腐蚀的时代，现代人的宿命就如同肖黎那样只能在"瞬间"的片刻中停歇，就如同王家卫电影《阿飞正传》中那只无爪鸟，永不停歇。所以说，革命、变化是现代人的常态，如那句套话"历史的车轮滚滚向前"。

② 恰如韦荣的"箴言"："世界就是世界，它脏也好、假也罢，存在就是合理，想那么多干吗，只管去适应就好！我周围的人，谁都明白这个道理，偏偏你跟它去较什么真！你在对抗什么？完全就是以卵击石嘛！"

徐老太太、韦荣要费如此多的口舌和心血来帮助她治好心灵深处的"午间之马"呢？在这里，重要的置换发生了，那个被"午间之马"所惊醒的肖黎，那个受到"午间之马"干扰的肖黎，那个不听劝的、一意孤行的肖黎，成了这个时代和世界上的"午间之马"，肖黎由一种对中产阶层生活之痛的发现者、质疑者变成了威胁中产阶层正常秩序的"午间之马"。肖黎在故事一开始，就被命名为是一种患上了"不信任症"的病人，而不是一个"午间之马"的发现者、命名者。也就是说，不是世界上有什么"午间之马"，而是"说出"并不妥协地"如此认为"的女人就是这个世界上的"午间之马"。肖黎的处境再次延续了《狂人日记》中狂人的遭遇，狂人发现了吃人的历史，而世人却把狂人看成一个病人（清醒者/批判者以自我病理化的方式呈现着时代之痛）。如果说在彼时的历史中，受到五四新文化影响的读者恐怕不会站在世人的位置上来围观狂人的"胡言乱语"，反而会借狂人之眼来看封建礼教是如何"吃人"的，那么在当下的语境中，又有多少人会认同于肖黎这样一个"悲惨且愚蠢的捍卫者"呢？恐怕更多的读者会接受徐老太太和韦荣的劝慰："听我的，不要去较真，学会自己骗自己！这样，你才能获得安逸。"在文本中，拒绝走向"新生活"的肖黎，也获得了世间最大的惩罚，肖黎成了一个没有男人的女人，一个被婚姻秩序所放逐的女人（就连韦荣都可以在半地下室做爱，这种被放逐的女人也是《芙蓉镇》中那个只知道搞运动的坏女人李国香的下场，"好女人"则是有人爱又有孩子的女人胡玉音）[①]。

[①] "她是个真正一根筋的孤家寡人，没有任何人懂得她、体恤她，当她做好了软化的准备、想要试探性地靠近这世界取暖，却发现没有可依之处、可依之人——哈，这正是老天爷对她的讽刺与惩罚吧！"

不过，徐老太太和韦荣对"午间之马"的取消，或者说后现代主义对于"午间之马"这个"内核"的消解（这真的是一个抹平深度模式的时代吗？没有纵深感的世界、《世界是平的：21世纪简史》难道不是全球化时代里的中产阶层的"一厢情愿"吗？），并不意味着"午间之马"只是需要被去除的不和谐因素，更重要的是现代社会如此内在地需要"午间之马"，甚至建构一个"午间之马"、他者和异质性因素是维系现代资本主义秩序的基本策略。正如福柯的历史研究所呈现的，对于"午间之马"的规训和放逐始终是现代性印证自身合法性的方式，而中产阶层在20世纪的浮现某种程度上是在回应19世纪马克思关于无产阶级作为资产阶级现有秩序的"午间之马"的批判。所以，后9·11/后帝国时代的美国（获得"冷战"胜利的美国）是如此地需要一个"午间之马"来印证其帝国秩序的存在，恐怖主义（某种与西方异质的文明）"有幸"被选择成为这个时代的"午间之马"。在这个意义上，"午间之马"充当着反抗和维护秩序的双重功能。而小说的深刻和有趣之处在于，最终并没有找到"午间之马"，在徐老太太去世、韦荣走远之后，肖黎并不能肯定自己就可以开始"新生活"，只能"暂且，先停留在这一刻里吧"。徐老太太的临终遗言"假作真时真亦假，真作假时假亦真"以及从头到尾从来没有欺骗过肖黎的韦荣，最终不过使肖黎暂时接受这个"虚实相间、富有弹性的灰色地带"。在这样一个无法想像"新生活"的时代里，在这样一个任何对生活和世界的不满都只能认命、妥协的时代里，"午间之马"与其说是一种中产阶层生活的威胁，不如说也是一份寻找真正"新生活"的开始。

第二节 谁穿着"隐身衣",谁在"隐身"?

2012年,知名作家格非发表新作《隐身衣》,篇幅不足10万字,相比于其创作十余年、近百万字的"江南三部曲"(《人面桃花》《山河入梦》《春尽江南》),这部小说勉强算得上一部微型长篇,讲述了一个京城古典音乐发烧友的工作与生活。借"我"这个只愿意"停留在事情表面"而不愿"推敲"的叙述者,散漫地呈现了30多年的个人际遇与人生变迁。按照"我"的说法,在北京专门制作"胆机"的人不会超过20人,"这个社会上的绝大部分人,几乎意识不到我们这伙人的存在。这倒也挺好。我们也有足够的理由来蔑视这个社会,躲在阴暗的角落里,过着一种自得其乐的隐身人生活"①。为何"我"可以自得其乐?为何"我"可以成为"隐身人"?

1. 穿着"隐身衣"的手艺人

"我"自称是一个没落的"手艺人",因为"我"像前工业时代的手工匠一样,保持着一种个人化的生产方式。与流水线上的工厂工人以及朝九晚五的公司白领不同,"我"不受工业化生产的组织与纪律的约束,也与可以在家里举行私人派对或过着前现代田园生活的老板不同,"我"需要不断地接受订单来维系起码的生存。"我"只接触两类客户,一类就是懂

---

① 小说中的引文皆出自格非:《隐身衣》,人民文学出版社,2012年版,不再单独标注。

音乐或附庸风雅的知识分子,另一类就是"大大小小的老板们"。"我"借给他们组装音响设备的契机,"堂而皇之"地走进他们"神秘"的客厅,并偷听一些不甚了了的高谈阔论。对于这些夸夸其谈,"我"并不在意,反而觉得不过是一种"吹毛求疵"和"刨根问底",在故事结尾处,"我"说出了自己的"人生哲学":"如果你能学会睁一只眼闭一只眼,改掉怨天尤人的老毛病,你会突然发现,其实生活还是他妈的挺美好的。"

与那些无法占有自己所生产的产品的工业/异化劳动者(雇佣劳动者)不同,也与那些虽然拥有却无法鉴赏的"腰缠万贯、灵魂空虚"的资产者不同,"我"既能够自食其力(掌握一门可以生产、交换的技能),又懂得欣赏、理解并为古典音乐所感动(是发烧友或收藏家,通过占有/恋物来否定、终止商品的交换价值),恰如那件"我"所钟爱的音响ATUOGRAPH是"签名""手迹"(或误译为"自传")的意思,这种DIY音响设备的工作对于"我"来说也是一种可以烙上"个人"签名、印迹的创造性劳动。所以说,"我"不仅是一个手艺人,更像是一个拥有签名权的作家/文化创意工作者。在这里,音乐/音响就像现代工业社会的商品一样充当着双重功能或价值,一方面具有交换、流通的价值,另一方面就是作为艺术的审美价值,可以成为现代资产者的家居"私藏"。

尽管在"我"看来,1990年代才是音乐发烧友的"黄金时代",不过,对于这种"信誉良好的发烧友同盟","我"有着一种"乌托邦"式的"自得":"在残酷的竞争把人弄得以邻为壑的今天,正是古典音乐这一特殊媒介,将那些志趣相投的人挑选出来,结成一个惺惺相惜、联系紧密的圈子",这是一个能够顺利完成交换价值的自由市场、一个良性的现代生产关系的典范。甚至,小说的精彩之笔在于,尽管神秘买家丁采臣已经自杀,可是答应支付给"我"的26万余款依然鬼魅般地"悉数到账",也就是说，人可以死，但交换价值一定要完成。在这个意义上，"我"与其说是一个前现代的手工艺人或工匠，不如说是现代资本主义生产关系的理性人。

2. "我""隐身"了什么？

小说除了描述这种"自得其乐的隐身人生活"，还有近一半的篇幅叙述了"我"的历史。如果说穿着"隐身衣"使得人们不知道"我"是一个懂得古典音乐的手艺人（不听刘德华、蔡琴之类的流行音乐，不看《倩女幽魂》等香港电影），那么在这件略显虚弱的"隐身衣"下面还隐藏着另外一个看不见的"我"——一个工人阶级的儿子。

"我"是坐在父亲死后留下的工作台前学会修理收音机技艺的。当"我"把父亲留下的只装了一半的收音机弄出"声音"之后，"我心里忽然一松，那么多天来堵住我嗓子眼、压在我心上的石头，忽然不见了。我终于接受了父亲离去这一事实"，在父亲的空位上，"我"子承父业成为了一个"手艺人"。父亲在这间胡同里的无线电修理店干活之前是国营电子管厂的正式职工，"后来不知出了什么事，就被打发回家了"，从此父亲就沉默寡言。小说中的父亲/1950-1970年代工人阶级是沉默的、因心肌梗塞而死去的父亲，而母亲则带有世事洞明和人情练达的老中国人的精明（跨越了时代界限），这种父亲与母亲的双重形象本身成为描述历史断裂/阻隔与连续的修辞术。小说没有叙述"我"是如何从一个修收音机的"手工匠"变成为胆机制造者的，或许是拜1980年代"走向世界"和分享西方文明所赐。

如果说"我"对收音机、无线电有着特殊的天分，那么"我"与"父亲"最大的不同在于父亲曾经是1950-1970年代的工人阶级（经济上代表先进生产力、政治上是国家主人），而"我"则只能是一个"手艺人"/个体劳动者。正如2011年的电影《钢的琴》中所呈现的，工人阶级在下岗之后只能变身为一种技术大拿或手工匠，这种阶级身份的消失或衰落也是从1950-1970年代到新时期的历史转折中完成的。其意义在于改革开放之初的"我"处在一种都市贫民的状态，如"我"没有读大学（勉强读了一年电大）、曾经作为鞋店的售货员以及母亲清晰地指出"我"这种"穷人"是留不住玉芬这样的姑娘的，都可以看出"我"这个工人之子自1980年代以来就处在社会底层的位置上（包括"我"的姐姐、姐夫同样处在这个阶层上）。当然，更为重要的问题在于从工人阶级到手工匠的转移以及这种阶级政治的衰落还造成1990年代在都市空间中出现的农民工群体始终处在一种匿名或暧昧的状态，而无法获得占据工人阶级的命名。

对于"我"来说，惟一的命运转折就是1990年代末期做音响生意在北京赚得一套住房，也是这个时候"我"拥有了与玉芬结婚的资本。随着玉芬提出离婚，"我"这种"手艺人"/私营小业主也就再次面临居无定所、朝不保夕的生活。如果说玉芬先后嫁给海归、外国人（黑人）是一种女性上升的路线，那么姐姐把一位带着孩子的大舌头女人侯美珠介绍给"我"之时，也意味着在姐姐看来"我"也就只配得上这样的女人。在小说的后半部分，"我"不得不把最心爱的"ATUOGRAPH"卖给神秘买家，以换得在郊区购买一间农家小院的资本。在这个意义上，"我"对于1990年代的怀旧以及"现如今，论起手艺人的低位，已经与乞丐没有多大区别"的抱怨，就不仅仅是一种古典音乐文化的衰落，而是一种切切实实地1980年代以来关于"勤劳致富""个人奋斗"的小私营企业主的破产。

1990年代对于"我"这种手艺人来说还有社会上升的空间，那么新世纪以来不仅"我"经常成为客户眼中的"他者"——就像保安、保姆等外来农民工那样出入中产阶级或资产者的"客厅"，而且一不留神就被打回"原形"或跌入社会底层，除非出现丁采臣这种来无影从无踪的人物以及没有面孔的女人的收留，否则"我"将丧失掉在郊区偏居一隅的机会。值得进一步追问的是，为何"我"这种文化手艺人也会在新世纪以来遭遇"滑铁卢"？这恐怕与中国从上世纪八九十年代的以制造业为中心的世界加工厂/实体经济走向以"房地产＋金融资本"为中心的城市化/虚拟经济有关。如果说 1990 年代农民工等实体劳动者以廉价劳动力的方式完成了中国近代以来最为剧烈的工业化过程（截至 2012 年，农民工已经突破 2.5 亿人），那么新世纪以来"飞涨的房价"以及城市消费成本的上涨则让刚刚在都市风景中浮现出来的"主人翁"中产阶层迅速"屌丝"化，这也正是作为"手艺人"的"我"所经历的家庭（从玉芬到侯美珠）、空间（从城里到郊区）的双重放逐，这显然是一种阶级身份再次下降的过程。从这里可以看出"隐身衣"对于"我"的特殊功能，就是隐去"我"作为工人阶级之子的历史。

3. "腹黑"版的启示

这部小说最吸引人的地方是神秘买家丁采臣的出现，不管是引荐人蒋颂平的"欲言又止"，还是"我"千里迢迢像探访吸血鬼伯爵德古拉的古堡一样来到人迹罕至的盘龙谷，让这部略带现实主义的"纯文学"笼罩上一点侦探/哥特小说的味道。不过，"我"不是一个合格的侦探，也不喜欢刨根问底，拒绝做时代的推理者和探究者。因为"我"坚信"不论是人还是事情，最好的东西往往只有表面薄薄的一层，这是我们的安身立命之所。任何东西都有它的底子，但你最好不要去碰它。只要你捅破了这层脆弱的窗户纸，里面的内容，一多半根本经不起推敲"。所以，直到故事结束，这个神秘的别墅、幽闭在别墅中"被严重毁损"面孔的女人以及丁采臣的离奇死亡都无从知晓。

这种压抑自己的"蠢蠢欲动"、拒绝"推敲"的人生哲学，使得"我"既不知道父亲为何会沉默寡言，也不知道姐姐和蒋颂平之间发生了什么事情，更不知道周围的世界为何会变成这样（姐姐用苦情计逼自己搬家，曾经信誓旦旦要"以死相报"的兄弟也不愿出手相助）。在这个意义上，"我"带有后现代主义的聪明（拒绝深度模式）和犬儒主义的随遇而安。与深夜中听音乐的孤独、心酸相伴随的就是"走投无路"时的"鼻子发酸，忍不住流下了眼泪"，这是一个脆弱的、缺乏行动能力的、孱弱的男人／儿子，也是1980年代所孕育的"个人"在新世纪以来的社会生产关系中的自画像。

幸好，有"好事者"不甘心看到这种结尾，替"我"／作者找出了答案，一种"腹黑"版的《隐身衣》（"腹黑"一词来自日本动漫用语，通常指表面和善温和、内心却想着奸恶事情或有心计的人）："其实毁容女就是玉芬，她雇了丁采臣帮她实施计划，目的就是与主人公重归于好。玉芬一定是继承了一大笔遗产，然后找到了丁采臣，她告诉丁采臣通过告诉蒋颂平他想购买一套顶级音响一定可以与主人公联系上，然后丁采臣消失，将主人公逼到绝境，主人公一定会找上门，玉芬的脸怎么会变成这个样子不得而知，但她了解自己的老公，她知道古典乐是他的最爱，她先是挽留他，然后又打电话再次建议他，当一切已成定局，她让丁采臣把余款打回给他，一切的一切只是一个女人的阴谋！"①

很显然，豆瓣上的网友借用了当下网络文学中已经流行六七年的"宫斗文"的叙事策略（如电视剧《步步惊心》《后宫·甄嬛传》就是代表之作）把《隐身人》改写为"一个女人的阴谋"，而"我"不过是一个被算计的"棋

---

① 阿蓝：《我们每个人都有一件隐身衣》，豆瓣读书2012年5月30日。

子"，可以想见，丁采臣、蒋颂平以及"我"的姐姐都是这盘"很大"的"棋局"中的环节或走卒。暂且不管严肃小说与网络文学之间的区别，如果说《隐身人》是一个谜面，那么"腹黑"版很像一个谜底。问题不在于玉芬为何会变成"最毒妇人心"，而在于这个自得其乐的"我"为何会陷入步步为营的牢笼之中。在这里，"睁一只眼闭一只眼"并不重要，重要的是"我"生活在一个被高度理性化的算计所支配的世界中却浑然不觉。

4. 音乐/声音的政治（阶级）学

这是一部关于音乐的小说，也是一部关于音响装备的小说，正如小说的章节用采用音响和古典音乐的盘片名来组成。音乐/古典音乐不仅是一种个人爱好、收藏，而且还是"我"得以在这个时代"安身立命"的隐身衣、护身符或者襁褓之所。

小说中深情描述了每当夜深人静的晚上听自己心爱的音响煲出"至爱"的音乐时的"快感"："当那些奇妙的音乐从夜色中浮现出来的时候，整个世界突然安静下来，变得异常神秘。就连养在搪瓷盆里的那两条小金鱼，居然也会欢快地跃出水面，摇头甩尾，发出'啵啵'的声音。每当那个时候，你就会产生某种幻觉，误以为自己就处在这个世界最隐秘的核心"，即使暂时寄居在有裂缝的房间里过着"半死不活"的日子，"当那熟悉的乐音在夜幕中被析离出来""我禁不住喉头哽咽，热泪盈眶"，还有在大款蒋颂平的地下室/视听室中所进行的如同祭祀般的音乐活动。尽管妻子玉芬抛弃"我"、姐姐把"我"扫地出门以及朋友蒋颂平（昔日的发小）也拒绝伸出援手，"我"依然可以自得其乐（或洋洋得意），这份蔑视或豁达在于"我"有着一颗被古典音乐所充盈/包裹的内心，这种对西方古典音乐的酷爱是"我"最大的象征/符号/文化/美学资本。于是，穿着"古典音乐"的"我"可以"睁一眼闭一只眼"、并"乐于从命"。

在这里,一种文化资本或趣味充当着阶级区隔的功能。这种文化身份让"我"只能看到、遭遇购买音箱或喜欢古典音乐的"同类",不管是那些"我"看不上的知识分子,还是蒋颂平、丁采臣、牟其善,就连最后收留"我"的没有面孔的女人,也与"我"分享着相似的音乐趣味,所以即使姐姐费尽心机撮合"我"与侯美珠,"我"也不可能和一个唱《天路》的大舌头女人结婚(欣赏不同的音乐意味着不同的阶级身份)。在这里,"古典音乐"成为"我"的"隐身衣"或唯一的身份认同。不过,小说还通过音乐/声音来标识一种历史的禁锢或区隔。童年的"我"留下深刻印象的就是通过自己修好的这台收音机,听到宋玉庆演唱的现代京剧《奇袭白虎团》,其中"这段《打败美帝野心狼》,仍是我惟一学会的京剧唱腔……在那个阳光明媚的午后,我听着这段唱腔,忽然想到,如果父亲还在,如果他也能听见这段唱,知道我已经学会了修收音机,那该多好啊!想着想着,就一个人哭了起来。一阵凉风吹到我脸上,我心里忽然一松,那么多天来堵住我嗓子眼、压在我心上的石头,忽然不见了"。"我"通过学会修收音机以及学会收音机的这段"京剧唱腔"而继承了"父亲"的衣钵,可是这种留在童年记忆中的"现代京剧"在"我"成为古典音乐发烧友之后就再也没有想/响起过,哪怕是以怀旧的名义,这段声音也像沉默的父亲那样消失的无声无息了。

如果说这种古典音乐对"现代京剧"的压抑是一种历史的遗忘机制,那么这只听惯古典音乐的"耳朵"对另一种声音也充耳不闻。在"我"遭受蒋颂平羞辱之后,"回到家中,我就像生了一场大病似的,衣服都没脱,就倒在床上蒙头大睡","就这样,在附近工地上有节奏的打桩机的轰鸣声中,我昏昏沉沉地睡了过去"。"工地"上的声音出现了,这种在当下急速城市化过程中最司空见惯的声音不过是伴"我"入睡的催眠曲(对于19

世纪批判现实主义文学来说,工人阶级或群体的出现成为一种工业化时代的风景,而对于当下的中国文学/文化来说,2.5亿人连"风景"也不是,只是一个"轰鸣声")。由此,"隐身衣"就像一个时代的"隐身术"/"障眼法",让"我"拒绝听到沉默的父亲的心声、也无法听见"工地上"的"轰鸣声"。

也许,已经到了"我"应该考虑是否脱掉"隐身衣"的时候了;也许,"我"该找到父亲留下的收音机,再听一听"这段唱腔";也许,"我"该醒过来,去听一听"有节奏的"轰鸣声。因为,这些与古典音乐不同的声音并非真的与"我"无关。

第三节 新写实的"态度"

2013年知名女作家方方的小说《涂自强的个人悲伤》发表于《十月》杂志第2期上,立即在早已远离"大众"的文学圈引发热议,小说也很快出版单行本,并荣获《中国作家》和"中国小说学会"评选的2013年度最佳中篇小说奖。赞美者认为这是一部触及现实问题的力作,写出了"我们这个时代的巨大悲剧"[1],批评者则认为这种讨好"现实"的作品只不过说出来了"阶层固化时代众所周知的事实"[2],缺乏个人精神层面的反思[3],

---

[1] 孟繁华:《从高加林到涂自强——评方方的中篇小说<涂自强的个人悲伤>》,《芒种》2013年23期,第38页。

[2] 翟业军:《与方方谈<涂自强的个人悲伤>》,《文学报》2014年3月27日第20版。

[3] 曾于里:《只是个人悲伤——对方方<涂自强的个人悲伤>的一点批评》,《文学报》2013年8月22日第22版。

两种彼此对立的观点并不否认这部作品反映了当下中国的某种"现实"。在我看来,问题或许不在于争议这部作品是否"现实",而是已经很久没有出现用"现实"的标杆来捍卫或批评一部作品了,因为现实主义写作早在上世纪 80 年代之初就丧失了合法性,创作者和批评家对"现实"都惟恐避之不及。本文把方方的两部作品《万箭穿心》和《涂自强的个人悲伤》作为一种用文学的方式抵达现实的努力,如果说前者把上世纪 90 年代国企改革与新世纪以来的房地产故事嫁接在一起呈现了房子与阶级的隐喻,那么后者则把上世纪 80 年代的启蒙寓言与当下中国屌丝无法逆袭的故事结合起来讲述个人奋斗梦的失败。

1. 新写实的"态度"

方方是近些年少有的依然坚持"中篇小说"创作的 20 世纪 80 年代成名的作家。中篇小说是 80 年代文学创作的主要形态,那个文学的"黄金时代"最著名的文学作品基本上都是中篇小说,相比之下,上世纪 90 年代以来文学经典之作多是长篇小说。这种中篇与长篇之别某种程度上也成为上世纪 80 年代与 90 年代历史转折的文化症候之一,上世纪 80 年代的中篇小说用相对集中的篇幅表达了特定历史时期的故事和情绪,及时地呼应着改革时代的命题,而上世纪 90 年代的长篇小说则经常用历史长河的篇幅完成对 20 世纪的去历史化、去政治化呈现(如陈忠实的《白鹿原》、王安忆的《长恨歌》等)。方方使用中篇小说的形式也某种程度上延续了上世纪 80 年代文学介入社会的精神。1987 年方方发表成名作《风景》,这部作品与同一年问世的池莉小说《烦恼人生》一起被批评家命名为"新写实小说"的开山之作。方方虽然不是在武汉出生,却是在武汉长大,武汉是她的作品中除了女性身份之外最为重要的主题。新写实小说作为先锋写作之后最为重要的文学创作潮流,也是少有的跨越上世纪 80 年代、延续到90年代的文学现象。

新写实小说以相对中性、客观的笔法描写特定历史或现实情境中的人或事，既不同于"现实主义"对现实背后总体社会图景的探讨，也不同于先锋文学对语言叙事、文体形式的实验，恰如方方的《风景》借死婴之眼记录家里人的日常生活，不介入也不批判，其结尾处的一句话"我什么都不是。我只是冷静而恒久地去看山下那变幻无穷的最美丽的风景"。就像上世纪八九十之交出现的"新纪录片运动"，新写实作家热衷于记录平凡人物"一地鸡毛"式的庸常生活，这与上世纪80年代告别革命/告别政治的氛围以及城市改革让每个人浸入"柴米油盐"的琐碎人生有关。更为重要的是，新写实笔下的人物虽然与生活存在着这样或那样的矛盾和不适，但是总能找到理由接受现实，因为挣扎或生生不息地生活下去本身就是对人生与社会变迁最好的回答，这也是上世纪80年代以来人道主义人性观在小说中的体现，就像余华的小说《活着》，"活着"成为个人反抗大历史的人性筹码。在这个意义上，方方近期创作的《万箭穿心》和《涂自强的个人悲伤》都是带有新写实"态度"的作品。

《万箭穿心》最早发表于《北京文学》2007年第5期，后被多家文学期刊如《小说月报》《中篇小说选刊》转载，2012年被改编为同名电影，由青年导演王竞执导、第四代著名导演谢飞担任艺术总监，成为近些年少有的反映当下现实生活的电影力作。这部小说以上世纪90年代曾经作为工业重镇的武汉遭遇工人下岗潮为大背景，讲述了一位粗粗拉拉、脾气火爆又忍辱负重的下岗女工李宝莉的故事。相比丈夫/知识分子的懦弱和短命，出身城市底层的李宝莉（小市民也是新写实的主角）不管经历多大的变故，哪怕忍着、认命、赎罪，总能找到说服自己活下去的理由，即使最后儿子也不认李宝莉这个母亲并把她指认为杀父凶手之时，李宝莉依然能够想通,"人生是自己的,不管是儿孙满堂还是孤家寡人,我总得要走完它"①。小说结尾处,一无所有的李宝莉欣然来到汉正街照样做起女扁担,就像李宝莉的母亲同样也是一个经历文革与新时期的大起大落,虽然最终沦落到菜场卖鱼,但是母亲却不在意,只要堂堂正正地做人。这也正是方方所要表达的最"朴实无华"的主题"唉,人生就是这样。面对生活,大家各有各的活法,各有各的思路。当然也就各有各的辛酸,各有各的快乐,各有各的苦痛,各有各的幸福。各有各的温暖,各有各的残酷"②。

在这里,历史被抽空了具体的意义,变成了"造化弄人"的上帝。这种用坚韧的生命来对抗20世纪分外剧烈的政治/社会变动给个人所带来的伤害和倾轧有其合理性,但是问题在于母亲的"示范"效应,只能让李宝莉逆来顺受。正如父亲看房留下的那句"万箭穿心"的谶语,任凭李宝莉如何不甘地要把"万箭穿心"变成"万丈光芒",无奈"新写实"的态度或惯例并不是创造奇迹或改变生活,李宝莉只好相信母亲的话"一忍再忍"。这座被楼下的马路"万箭穿心"的房子成了李宝莉的克星(其电影版《万箭穿心》的英文名字为"Feng Shui")。在上世纪90年代国企改革攻坚战中,下岗冲击波成为严重的社会问题,文学创作领域出现"现实主义骑马归来"的现象,如谈歌的《大厂》、张宏森的《车间主任》等作品为度过社会危机提供"分享艰难"式的想象性解决。十几年后方方写作《万箭穿心》之时,下岗已经成为历史完成式,此时值得追问的不是对李宝莉们所经历的"人生的大劳累和大苦痛"的唏嘘不已,而是为何这间能

---

① 方方:《万箭穿心》,《北京文学》2007年第5期,第48页,该小说的引文皆来源与此,不再单独标注。

② 方方:《纵是万箭穿心,也得扛住》,方方新浪博客2007年6月1日。

够看见江水的"福利房"专门与李宝莉过不去,李宝莉为何就该如此宿命般地被"万箭穿心"。

与李宝莉"一忍再忍"、一再遭受各种重大打击相似,《涂自强的个人悲伤》中涂自强也是一位命中注定要"徒"自强的人。这部小说讲述了一个简单的故事,考上大学的农家子弟涂自强,离开封闭的大山来到武汉读书,依靠勤工俭学勉强读完大学,却没能换来城里的美好生活,一步步走向生命的终点,连给母亲养老送终的孝道都没有完成,这种人生悲剧被涂自强自述为"这只是我的个人悲伤"[①]。这句话来自于涂自强初恋女友给他的分手诗"不同的路/是给不同的脚走的/不同的脚/走的是不同的人生/从此我们就是/各自路上的行者/不必责怪命运/这只是我的个人悲伤",这句如"咒语"般决定着涂自强的人生轨迹。尽管在他从大山走到学校,一路上都是善良的人们或让他留宿或给他提供打工机会,在学校里同学和老师也纷纷伸出"援手",但是每当遭遇某种人生转机,都因父亲去世、母亲失踪而失败,直到再度失业的他又找到新工作时发现已身患绝症。"不同的路""不同的脚"并没有让涂自强走出"不同的人生",他的自强之路就是自取灭亡的毁灭之路。

这部小说很容易让人联想到路遥的经典作品《人生》(1982),有很多批评家认为方方的小说就是新的《人生》,在情节设置上也有诸多类似之处,高加林和涂自强都面对着如何离开农村来到城市的问题,他们都有一个因进城而不得不分开的农村女朋友,两人最终的际遇也一样,高加林又从城里重新"发配"到农村,而涂自强则死在从武汉回乡下的路上。只是

---

① 方方:《涂自强的个人悲伤》,北京出版集团公司、北京十月文艺出版社,2013年版,第170页,该小说的引文皆来源与此,不再单独标注。

相比情感充沛、对城市生活／脑力劳动充满向往的高加林，"涂自强一出场就是一个温和谨慎的山村青年"①。不仅谨小慎微，而且精打细算，因为他知道只有自己"更刻苦更用功更勤奋更节俭"才有可能生存下去。唯一可以获得慰藉的力量就是观音菩萨像和莲溪寺，一种朴素的宗教信仰成为母亲的避难所。在这里，涂自强像"新写实"笔下的其他人物一样，并不抱怨、更不会反抗命运的不公，只是脚踏实地、认认真真地面对每一天的学习和工作。

2. "文化"的政治学与上世纪 80 年代的乡村想象

《万箭穿心》和《涂自强的个人悲伤》的故事看起来与当下的时代有些错位，下岗女工的故事发生在上世纪 90 年代，而寒门子弟进城谋发展的故事也属于上世纪 80 年代，两个故事都与上世纪八九十年代以来社会主义体制的改革相关。"抓大放小"的国企改革是打破社会主义大锅饭、实现计划经济向市场经济的转型，而摆脱城乡体制的藩篱在公平竞争之海中自由游弋也是市场经济的规划。相比没有文化的女工李宝莉心甘情愿接受命运的安排，"天之骄子"涂自强本应拥有"美丽人生"，因为这是上世纪 80 年代新启蒙话语对个性解放的允诺。

《万箭穿心》最大的叙述动力就是争强好胜的李宝莉一次又一次地遭遇"万箭穿心"，就像苦情戏所必需的一个又一个更大的灾难"宿命般"地砸在弱女子身上，可是李宝莉并没有变成值得同情的、刘慧芳式的好女人／大地之母，因为李宝莉的悲剧完全是她自己一手造成的。正是她的刻薄、粗俗和没有文化，导致做厂办主任的丈夫马学武被搬运工羞辱，如果

---

① 孟繁华：《从高加林到涂自强——评方方的中篇小说＜涂自强的个人悲伤＞》，《芒种》2013 年 23 期，第 37 页。

她听从好友万小景的劝告对马学武好一些，丈夫也就不会出轨，如果她不以向警察告密的方式让警察把丈夫捉奸在床，丈夫也不会重新回车间做技术员，更不会突然下岗，继而去跳江自杀，这一些仿佛都来自于没有文化的李宝莉与有大专文凭的丈夫之间"不幸"的婚姻。这种知识分子/工人之女（按小说的描述，李宝莉母亲成分硬）的"结合"以及文化/没有文化的"苦恋"是上世纪80年代反思文革及50年代到70年代革命实践的重要修辞。

在小说中，李宝莉的母亲之所以会从革委会主任变成下岗工人，是因为"文革一结束，废掉成分，时行文凭"。或许正因为文凭对于母亲的影响，使得只有小学水平李宝莉对文凭看得格外重，这也正是她选择跟来自乡下"其貌不扬的马学武结婚"的根本原因，并且坚信"有文化的人智商高，这东西传宗接代，儿子也不得差。往后儿子有板眼，上大学，当大官，赚大钱，这辈子下辈子都不发愁"。果然，李宝莉的儿子不仅学习好，而且考上了名牌大学，并且挣到了大钱。这显然验证了李宝莉把"文化"作为文革后"当大官，赚大钱"最大保证的认识。而这种对于知识/文化/教育的崇拜正是上世纪七八十年代之交"拨乱反正"的产物，只是彼时通过恢复高考、落实知识分子政策来批判文革中知识分子接受工农兵再教育的"荒谬"，而在《万箭穿心》中文化/文凭却成为合理化阶级分化最为重要的意识形态说辞。也就是说，李宝莉与马学武的差距不是文化水平，更是一种阶级身份的差别，这尤为体现在李宝莉与房子的关系上。

《涂自强的个人悲伤》与《万箭穿心》形成了多重参照。在这部小说中，文化/知识的区隔成为划分封闭的小山村与熙熙攘攘的大城市的方式。小说开头就是涂自强考上大学，在初恋女友、村里人和家人眼中涂自强走上了一条"不同的路"，成为有权势、当大官的城里人。与李宝莉对于知识的崇拜相似，一直上学的涂自强从来没有从事过农业劳动，如"涂自强自上中学，家里就没让他喂猪。他想接过饲料，母亲却避开身子，说这个活儿哪能让你做？""母亲挎着筐，手上拎了根锄，说是去坡边的地里挖点土豆。涂自强说，我去吧，你在家歇着。母亲一闪身，说哪能让我儿做这样的粗活？这不成。"用这种知识劳动与体制劳动的差异来隐喻城乡秩序是上世纪80年代出现的，在《人生》中体现的更加直接，高加林不仅有文化，而且"修长的身材，没有体力劳动留下的任何印记"①。高加林回到农村就面临着每天要过着"脸朝黄土背朝天"的庄稼人生活，"对于高加林来说，他高中毕业没有考上大学，已经受理很大的精神创伤。亏得这三年教书，他既不要参加繁重的体力劳动，又有时间继续学习，对他喜爱的文科深入钻研。他最近在地区报上已经发表过两三篇诗歌和散文，全是这段时间苦钻苦熬的结果。现在这一切都结束了，他将不得不像父亲一样开始自己的农民生涯"。

在这里，出现了两种不同的劳动形式，一种是繁重的体力劳动，一种是写作诗歌和散文的知识劳动，显然，这两种劳动对于高加林来说有着天壤之别，庄稼人的劳动让高加林懊恼且觉得丢人，文学活动则意味着身心的解放和自由。高加林一旦成为县通讯组的通讯干事就从农业劳动转变为"又写文章又照相"的脑力劳动者，他"高兴得如狂似醉""一切都叫人舒心爽气！西斜的阳光从大玻璃窗户射进来，洒在淡黄色的写字台上，一片明光灿烂，和他的心境形成了完美和谐的映照。"就连第一次救灾采访，尽管付出了艰辛的体力劳动，但当他听到广播中传出自己的第一篇报道之

---

① 路遥：《人生》，北京出版集团公司、北京十月文艺出版社，2013年，第14页，该小说的引文皆来源与此，不再单独标注。

后，"一种幸福的感情立刻涌上来高加林的心头，使他忍不住在哗哗的雨夜里轻轻吹起了口哨"。这种《人生》中随处可见的文化与文盲的二元对立，不仅有效地建构了一种文明与野蛮的修辞，也重构了城市与乡村的秩序。这种城市作为现代文明与乡村作为落后之地的想像正是上世纪七八十年代之交借助启蒙和现代化叙述建构完成的。

很多批评家早就指出路遥的创作深受社会主义作家柳青的影响，《人生》的开头段落就引用了柳青的名言"人生的道路虽然漫长，但紧要处常常只有几步，特别是当人年轻的时候。没有一个人的生活道路是笔直的、没有岔道的。有些岔道口，譬如政治上的岔道口，事业上的岔道口，个人生活上的岔道口，你走错一步，可以影响人生的一个时期，也可以影响一生"。这段话来自于柳青的经典作品《创业史》(1960)，可以说既是对《人生》这部作品的解题，也是对高加林的"人生总结"。只是从《创业史》到《人生》这种看似一样的"人生的道路"却发生了巨大的断裂。仅从关于乡村的叙述来看，这种上世纪80年代启蒙视野下的落后乡村在60年代的《创业史》中却是充满希望的空间。《创业史》把蛤蟆滩这一五四以来作为"乡土中国"的封建空间叙述为社会主义现代化的新田园。在上世纪50年代到70年代的革命/现代化的实践中，农村不仅不是被现代化所抛弃的他者之地，反而是追求与城市一样的工业化空间，这种农村的"在地现代化"产生了一种特殊的"现代化田园"的想像：既是现代的、工业的、机械的，又带有农村的田园风光，这与西方现代化话语中构造的两种乡村图景——愚昧、落后的前现代和诗意的、浪漫的乡愁之地——完全不同。

上世纪七八十年代之交的新启蒙运动所实现的任务正是把这种现代化田园重新变成落后、愚昧的前现代乡村，《人生》就是这种新启蒙/现代化叙事的产物。尽管在《人生》中依然保留一份对土地、乡村和劳动的眷恋，小说中经常通过高加林年代眼睛来呈现一个美丽的、自然化的乡村，如高加林在院中刷牙时看到"外面的阳光多刺眼啊！他好像一下子来到了另一个世界。天蓝得像水洗过一般。雪白的云朵静静地飘浮在空中。大川道里，连片的玉米绿毡似的一直铺到西面的老牛山下"，但这种田园化的风景正是通过一种"文明的""现代的"眼光所完成的对前现代乡村的回眸。当然，这种"希望的田野"本身也与上世纪80年代之初农村改革带来的短暂繁荣分不开，这与涂自强所面对的凋敝的、被现代文明所遗弃的乡村有着本质的不同。因此，从《创业史》到《人生》所展现的乡村故事，与上世纪七八十年代之交从人民公社体制向家庭联产承包责任制的改革有关，这种由社会主义现代化向改革时代的前现代转变的乡村想象就是《涂自强的个人悲伤》中对于大山深处的闭塞村庄的自然化描述的由来。重新把乡村叙述为愚昧、落后的空间不仅为上世纪80年代的启蒙/现代化工程提供了意识形态的合法性，而且也为上世纪90年代中国大力发展对外出口加工产业提供源源不断的廉价劳动力。

第四节　新启蒙话语的破产

从这种对于文化、知识的理解以及乡村的想像中，可以看出方方的书写带有上世纪80年代的文化烙印。《万箭穿心》处理的是上世纪90年代国有企业破产重组时期的故事，所涉及的房子不是房地产市场化之后的商品房，而是社会主义单位制尚未解体之时的福利房；《涂自强的个人悲伤》对于落后的乡村与现代化都市的想像也是上世纪80年代典型的现代化叙事，如同《人生》中用文明与愚昧的冲突来隐喻城市与乡村不可调和的人生落差。不过,讲述故事的年代远比故事所讲述的年代更重要,这些带有上世纪八九十年代痕迹的故事成为当下中国的现实隐喻。

出身底层的李宝莉想通过房子来改变自己的阶层或者说命运,小说开头详细描述了李宝莉第一次看新房给她带来的"高贵感""幸福感"和"电影里贵夫人出行的派头",李宝莉觉得"我是不是一步登天了"。在改编的电影中,也呈现了李宝莉搬进新房第一晚的那份惬意和得意。不过,第一晚还没有度过,马学武就和她提出了离婚,彻底击碎了她的人生美梦,这并没有动摇李宝莉对儿子上学"当大官、赚大钱"的认识。当李宝莉第一次搬家到楼下的时候,电影中使用了她的大仰拍镜头,用看不到顶的高楼来对李宝莉形成一种压迫感,李宝莉从来没有拥有过从楼上往下望的权利,也就是说她从来没有真正占有过这间房子。更不用说当李宝莉搬进新房后,产生的是无尽的争吵以及接二连三的沉重打击。最终在长大成人后的儿子的"奚落"之下,李宝莉飞奔跑"下"楼梯。在电影的结尾部分,李宝莉用自己的扁担挑着自己的行李最终离开了这间"万箭穿心"的房子,摄影机镜头从楼上的房子俯视/监视李宝莉推着建建的面包车离开小区,演员表从屏幕下方升起。这个注目礼仿佛是房子对李宝莉的送别,也是死去的丈夫/长大成人的儿子作为房主对女人李宝莉的驱逐。

与现代、整洁的"空中楼阁"对李宝莉的驱赶相比,熙熙攘攘的、低矮老旧的汉正街却是李宝莉的"天下",不管是她卖袜子,还是做女扁担,只要在汉正街就"满街都能听到她的笑声",汉正街与高楼对于李宝莉来说恰好意味着两种不同的阶级空间和人生归宿,一个是室内的、学习的、脑力劳动的空间,另一个则是室外的、体力劳动者的空间。喜欢李宝莉的小混混建建就居住在汉正街上,按照小说中的说法,建建始终如一地坚持年轻时对李宝莉的告白"你蛮对我的性格,我恐怕这辈子只会爱你一个人"。小说结尾处，一种少有的乐观喜悦的色彩出现了："望着乱七八糟、器声嘈杂而又丰富多彩、活力十足的汉正街，建建仿佛看到哪里都有李宝莉的影子"。李宝莉还是从隐居高楼之上的中产阶级三口之家来到了学历低的、住在仓库里的建建身边，因为在文化/阶级的修辞学中，李宝莉只配得上建建这样的男人。可以说，李宝莉之所以会遭受"万箭穿心"的天谴，正是因为她试图逾越阶级的鸿沟，贪心找个学历高的丈夫而住上"单位福利房"。从这个角度来说，"祸根"一开始就种下了，李宝莉住了本来就不属于她的房子。在这个意义上，《万箭穿心》如此准确又直白地讲述了作为社会热点的房地产与阶级分化的寓言，这也正是这部作品的意义所在。

上世纪80年代的《人生》故事依然呈现了一个高加林可以返回来的乡村、一个可以从事农业劳动的乡村，而对于2013年的涂自强来说，乡村则变成根本无法回去的地方，就像小说的结尾处，渴望走回头路"拾回自己的脚印"的涂自强却"一步一步地走出这个世界的视线。此后，再也没有人见到涂自强"。这主要是因为小说中的乡村已经变成了没有希望和出路的地方，涂自强走向城市就是一条无法回头的"不归路"。高加林曾经在意的"文化"优越感在涂自强的时代变得一文不值，这恰好与两个时代所面对的不同问题有关。在《人生》中这种城市的梦想与一种知识性的劳动结合在一起，高加林无法进城的原因在于旧体制的羁绊，第一次是被村干部的孩子冒名顶替，第二次是违反组织原则，而新启蒙/现代化的承诺就是打破旧体制，让有才能的人依靠自己的才能实现人生目标。

在这里，可以引入上世纪80年代之初的潘晓讨论。1980年夏天，《中国青年》杂志刊登"潘晓来信"《人生的路呵，为什么越走越窄……》，这篇编辑部集体策划的"读者来信"一经刊登就获得巨大反响。这封信讲述了经历文革的"我"从"无私"到"以自我为归宿"的思想蜕变,一方面醒悟到保尔、雷锋等共产主义战士所代表的"人活着是为了使别人生活得更美好""为了人民献出生命也在所不惜"的信仰都是"宣传的""虚构的""可笑的",另一方面认识到"人都是自私的,不可能有什么忘我高尚的人""任何人,不管是生存还是创造,都是主观为自我,客观为别人"才是可信的人生真谛。最后,信中写到"我"不愿意和工厂里的其他家庭妇女为伍,"我不甘心社会把我看成一个无足轻重的人,我要用我的作品来表明我的存在。我拼命地抓住这惟一的精神支柱,就像在要把我吞没的大海里死死抓住一叶小舟"。从这里可以看出,这封信的重点不在于控诉文革伤痕,而是在既有的社会制度下这种追求自我价值、渴望实现作家梦的"人生路"越走越窄。那些人生的拦路虎就是"组织"、工厂式的单位制等体制性力量,这也就是上世纪80年代用个人成功来批判分配制、"铁饭碗"的禁锢与压抑,"体制外"成为一种实现自我认同的"自由"象征。

与高加林、潘晓热切呼唤一种打破体制获得自由的"一叶小舟"不同,30年之后的涂自强已然生活一个以市场为支配性逻辑的社会中。身处这样一个充分自由的世界,涂自强既没有像俞敏洪那样在市场经济的大潮中走出美国梦,也没有像白领菜鸟杜拉拉那样在职场竞技中实现逆袭。对他来说,这注定是一场徒劳的人生之路,他一直勤勤恳恳地用体力劳动、脑力劳动来养活自己,可是这些在《万箭穿心》中被李宝莉崇拜的大学毕业生/知识并没有转化为市场中的成功优势。换句话说,高加林的苦恼于无法把自己的知识转变为可以平等交换的商品,而涂自强的悲剧在于这种市场化的平等交换再也无法改变自己的命运。这种无法改变的宿命,就是在他出生之前就已经存在的社会阶级的屏障。在这里,涂自强和李宝莉一样,都无法实现阶级的逆袭,只能延续应该属于他们命中注定的那条路。

不仅涂自强如此，2013年创造七亿多票房的国产青春片《致我们终将逝去的青春》也同样讲述了一种青春、理想、爱情消亡的故事，以至于《人民日报》发表《莫让青春染暮气》的文章，指出"在一夜之间，80后一代集体变'老'了"[①]。如果说1982年的《人生》可以批判城乡二元体制对高加林这样的知识青年的压制，那么2013年的《涂自强的个人悲伤》确实只能是"个人"的悲伤，连可以怨恨的对象都没有。在这个意义上，从高加林到涂自强，中国社会已然完成了"华丽"蜕变，中国文学也从上世纪80年代对新启蒙/现代化的高扬走向了启蒙/现代化话语的破产。

---

① 白龙：《莫让青春染暮气》，《人民日报》2013年5月14日第4版。

第三部分　以文学为媒介

近些年，在中国的文化景观中出现了以范雨素、许立志等为代表的新工人创作者。他们的文学作品以个人经验为基础，呈现了从事家务劳动和工厂工作的故事，是一种与大众文化、严肃文学不同的文艺形态。相比打工文学、底层文学、草根文学等命名方式，新工人文学带有更强的文化主体性，尤其是在移动互联网时代，文学这一相对传统的媒介，再次成为弱势者发出自己声音的中介。新工人文学写作大多"借用"现代主义文学的语言来呈现自己的生活，这种现代主义文学想象所携带的批判精神与新工人从事的异化劳动之间形成了呼应关系。尽管新工人文学在多重意义上处于相对边缘的状态，但这些文学表达对于当代中国来说具有重要的文化价值。

第七章　从打工文学到新工人文学

第一节　"民工潮"的浮现

"民工潮"第一次出现在 1989 年春天,"引起了全社会的震动,也成了全社会关注的焦点"①,当时的媒体普遍使用"盲流"来指称"农民工"。"盲流"是"盲目流动"的简称,这来自于 1952 年中央劳动就业委员会提出要"克服农民盲目地流向城市"的政策,到 1995 年 8 月 10 日公安部发布《公安部关于加强盲流人员管理工作的通知》还依然使用这个名称。

当时之所以能够引起社会的震动,是因为改革开放前,农民是不能进城打工的。乡下人/城里人作为一种不仅仅是区域分隔更是等级或阶级分化的身份标识,使农民户口/城市户口成为众多社会身份中分外重要的一

---

① 郑念:《潮落·潮涨——民工潮透视》,中国人民大学,1993 年版,第 17 页。

个。这种户籍制度或者说严格的城乡二元结构是为了社会主义工业化初期更好地从农业生产中积累原始资金而不得不采取的制度安排①。改革开放以后，首先启动的是在农村实行家庭联产承包责任制，而后是城市双轨制的改革。但1984年出现卖粮难以后，乡镇企业的"异军突起"调整了农业生产的结构，当时的政策是农民"离土不离乡，进厂不进城"，这种就地解决农业人口非农化的方案没有形成民工流动。随着"允许农民自理口粮进城务工经商"（1986年农业一号文件），农民开始离开乡土，这样就出现了由西部向东部、乡村向城市、欠发达向发达、内陆向沿海的内部移民，当然，许多农民工不仅流向城市或大城市，也流向东部乡村经济发达的地区，或者流向劳动力缺乏的宁夏新疆等西北地区②。

这究竟是新出现的现象，还是"重演的故事"③呢？从历史上看，"民工进城"并不是上世纪80年代末期才出现的现象，按照上一节所分析的，工业化/现代化的进程必然造成农民向工人的转化，因此，自晚清"洋务

---

① 温铁军在《中国农村基本经济制度研究——"三农"问题的世纪反思》（中国经济出版社，2000年第1版）一书中从发展经济学和制度经济学的理论视野与中国历史相结合的角度，指出新中国成立初期的农村集体化产生的主要原因，"并非农业生产自身的需求，而是国家工业化的需求。为了进行工业化必需的资本原始积累，政府强制性地在农村建立了这种能够相对成功地直接获取农业剩余的制度以及相应的组织载体"（第141页）。

② 在宁瀛的纪录片《希望之旅》（国际基金会支持，DV拍摄）中，记录了每年八月至九月来自四川的农民坐三日两夜火车到宁夏新疆一带当收割棉花的临时工的故事，影片的背景音乐是火车上播放的浪漫轻音乐《致爱丽丝》，而影片的结尾则定格在一个少年茫然地望着窗外的景象，烘托出一种对未来的不确定又似乎充满"希望"的情绪。

③ 吕新雨在《"民工潮"的问题意识》一文中指出"很多学者都不假思索地以为'民工潮'只是上世纪80年代后期才出现，但其实它对于今天的中国来说只是重演的故事"（第52页），《读书》2003年第10期。

运动"以来的工业化运动,"民工潮"就已经出现了,在这个意义上,"民工潮"是一个重演的故事,但是,这种历史追溯固然能够把民工潮的问题引向对现代化/工业化的讨论,但却忽略了上世纪80年代末期出现的民工潮有着更为复杂的历史动力,这种微妙的变化可以从"民工"与"农民工"的不同称呼上呈现出来。与新中国成立前出现的"民工"不同的是,在社会主义国家中,工人阶级是领导阶级,或者说作为既得利益的"工人阶级"是受到社会/国家保障的,在这个意义上,"农民工"才与晚清以来形成的"民工"具有不同的含义,如果说后者的"民工"基本上与"工人"是同义词的话,那么这里的"农民工"却不是工人阶级。比如在1953年出版的《民工卫生》中可以看出这里的"民工"是指新中国成立初期参加"大规模的经济建设"的劳动人民。这本书属于《爱国卫生丛书》,其分类为"工厂卫生、矿山卫生、农村卫生、城市卫生、部队卫生、交通卫生、个人卫生、学校卫生、民工卫生、妇女卫生、孩子的卫生……"等等,"民工"既不属于"工厂"也不属于"农村",而是属于"大工程的工地——广大的露天工厂",但在具体的叙述中,"民工"又与"工人"混合在一起,在《怎样搞工人生活》一节中,"工人生活,就是民工到工地后的衣、食、住、行,也就是工地环境卫生"①。这充分说明,"民工"从事着工业劳动,但是他们又不属于工厂里的工人。在这里,"民工"的处境已经类似于"农民工"了。

"民工潮"最初引起了一些新闻记者的关注,于是,出现了一些关于"民工潮"的报告文学。报告文学在上世纪80年代文学、文化地形图中占据着特别突出的位置,在某种程度上,报告文学充当了披露真相、呈现真实的功能(有趣的是,在电视、网络等媒体空前发达的时代,2004年1

---

① 宋志超编:《民工卫生》,人民卫生出版社,1953年版,第14页。

月出版的《中国农村调查》这部报告文学形式的书却成为了畅销书)。葛象贤、屈维英在对1989年春节后出现的民工潮进行三个多月的追踪寻访的基础上,于1990年出版了《中国民工潮——"盲流"真相录》(简称《真相》)的报告文学,把刚刚出现的"民工潮"比喻为"中国古老的黄土竟然流动起来了——那像黄土一样固定的中国农民开始像潮水一样流动起来,而且势头很猛","那黄土啊,是多么的长久,多么的厚重,多么的闷寂,多么的慵懒,多么的灰面土脸,黄里巴吉。我们亲身经历了那里'学大寨'、战天斗地、改土造田,然而黄土依然是那样的黄土,黄土地上的农民依然像黄土那样沉郁、冷漠、恋乡、僵化……依然是那样的穷困潦倒,不追求如何目标,生下来时老天安排他们怎样生活就一直照样生活下去,直到死了归葬黄土,而下一代也是如此"。① 这里的"黄土"是上世纪80年代特有的对传统中国的隐喻,包括陈凯歌的电影《黄土地》、流行歌曲《黄土高坡》都把静止而荒凉的"黄土"作为停滞的、循环往复的古老中国的象征,成为把中国历史描述为"超稳定结构"的具象版②,而黄河等流动的形象,则成为救赎的力量,如作家张承志的小说《北方的河》把在游过北方/河作为"我"获得新生的精神之旅,这是在寻根(掘根)文学、文化热中所形成的一套特定的人文地理学。在这种静止的、去历史化的叙述中,中国/黄土/农民变成了循环往复的、没有生机的存在,正是这种静止的状态赋予"民工潮"以流动的形象,正如作者手记所写"当脚下的黄土也流动起来的时候,中国就会真正、彻底地变"。

---

① 葛象贤、屈维英:《中国民工潮——"盲流"真相录》,中国国际广播出版社,1990年版,第1页。

② 把中国描述为"超稳定结构"是金观涛、刘青峰的著作《兴盛与危机 论中国封建社会的超稳定结构》中的核心观点,湖南人民出版社,1984年版。

在《真想》一书中，作者把"民工潮"比喻为"倒插队"，把"工仔楼""工妹楼"命名为"知青点"，认为民工青年到城市打工是与上世纪60年代城镇知识青年"上山下乡"正好相反的历史运动，"这是因为历史虽不会重演，但有时却十分相似，甚至细节"①。"上山下乡"与"民工潮"确实是新中国成立后发生的两次比较大的人口流动，如果说前者是为了解决城市劳动力过剩②，那么后者则是为了解决农村中的人口剩余问题③。暂且不谈背后的政治经济学动力，这种"相似的历史"的叙述已经抹去历史自身丰富的差异性，"接受贫下中农再教育""我们也有两只手，不在城里吃闲饭"的叙述与"农民工"背井离乡是不同意识形态下的结果。在某种意义上，重提"上山下乡"的历史记忆是为了建立历史的相似性，以便在这种类比中，把"民工潮"镶嵌到已经断裂的历史之中。

---

① 把中国描述为"超稳定结构"是金观涛、刘青峰的著作《兴盛与危机 论中国封建社会的超稳定结构》中的核心观点，湖南人民出版社，1984年版，第127页。

② 温铁军在《我们是怎样失去迁徙自由的》中指出："从60年起，城市人口'上山下乡'这种运动现象一直延续。也就是说，每当城市的人口增加到一定的量，而城市经济又进入危机和萧条阶段，不能吸纳这些新增人口就业的时候，就会有一次城市人口向农村的迁移。"http://www.village.org.cn/ReadNews.asp?NewsID=635&newsnameID=20&newsname=温铁军

③ 孙立平在《社会转型与农民工流动》的论文中，指出"如果仅仅从'劳动力的剩余'的角度来解释目前我国这样大规模的民工潮，将导致这样一种理解：流动出来的都是农村中的'剩余劳动力'，而'非剩余劳动力'则都留在了农村。也就是说，农民的外出打工，建立在劳动力的'剩余'与'非剩余'区分的基础之上。然而，真正的情形并非完全如此。实际上，相当一部分地区，已经出现了农业劳动力不足的现象。这说明，农民的外出，并不是直接对'劳动力剩余'这样一种状况的反应"，而孙立平对把"农民工"的出现归结为"人多地少、小规模经营而导致的普遍贫困化"（《转型与断裂——改革以来中国社会结构的变迁》，清华大学出版社，2004年版，第304页）。

在《真相》中，还把"民工潮"类比于美国19世纪的"西进运动"。"19世纪席卷美利坚合众国的'西部浪潮'——生气勃勃的美国人疯狂般地向西部移民，吸引他们的是土地、草原、财富和机会"[①]，而在杨湛被收入"珠江三角洲启示录丛书"的《汹涌民工潮》的结语中则提到"在美国，200年来第一次出现了迁往农村的人口远远超过迁往城市的人口的现象"[②]。这种把从乡村迁往城市的"民工潮"与从东部城市向西部开拓的美国人放置在一起的叙述，无非为"民工潮"预设了一个美好的前景，而这个美好的前景更有可能被进一步表述为"美国的资本主义制度"，因为美国西进农民"那吱吱作响的大车，把资本主义制度从大西洋岸一直推到了太平洋岸"[③]，从而作为"民工潮"具有历史进步性的证明，但是美国"西进运动"与中国"民工潮"之间的历史差异在于前者不仅仅是与农民有关的运动，还是包括大地产商在内的以土地换金钱的"开发西部"，可以说，"西进运动"在土地市场化基础上形成的金融资本成为美国完成资本主义原始积累的重要过程。[④]

---

① 葛象贤、屈维英：《中国民工潮——"盲流"真相录》，中国国际广播出版社，1990年版，第40页。

② 杨湛：《汹涌民工潮》，广州出版社，1993年版，第142页。

③ 秦晖：《田园诗与狂想曲——关中模式与前近代社会的再认识》，中央编译出版社，1996年版，第341页。

④ 吕新雨在《农业资本主义与民族国家的现代化道路——驳秦晖先生对"美国式道路"和"普鲁士道路"的阐述》中首先质疑了秦晖在什么意义上歪曲了列宁关于"美国式道路"和"普鲁士道路"的论述，接着详细论述了"美国式道路"的历史本来面貌，解构了所谓"民主私有化"的神话，因为在美国农业资本主义发展的每一个阶段，金融资本都走在西进农民"那吱吱作响的大车"的前面，"国家与资本的联盟都深刻地内在于美国式道路"，正如"对俾斯麦和希特勒的需求内在于德国资本主义的发展"一样，因此，对于中国来说，走"美国式道路"或"普鲁士道路"的可能性是不存在的。见《视界》第13辑，河北教育出版社，第143—215页。

第三种关于"民工潮"的修辞方式是把"民工潮"比喻为"出国潮"。在《真相》中"从'民工潮'我们联想到了这几年另一股波及全国的潮水——'出国潮'。'出国潮'的弄潮儿多是青年学生和中青年知识分子"[①]。把"出国潮"的群体指认为"知识分子",并建立一种关于知识分子从中国的"士"阶层以来都是"在流动中谋生"的叙述,用这种叙述来参照"中国的农民,亘古以来就像胶着的黄土。现在他们竟也流动了起来"的历史意义。这种农民/知识分子的叙述依然延续了社会主义话语中对农民/知识分子的划分方式,在某种程度上保留了一种"人民,只有人民才是推动历史动力"的观念,"因为这是由静到动、由僵到活的变化,而且发生在中国社会的根基部分。从此中国社会不再是构筑于凝固的黄土之上,而是浮载于流动的黄土之上了"[②],因此,在农民/知识分子的对立中,就遮蔽了另外两种移民,一种是通过教育体制由农村转入城市的少数精英,另一种则是或合法或非法(偷渡)的跨国打工的事实。而在《汹涌民工潮》一书中描述"民工潮"现象时也把国内移民比喻为跨国移民,比如把聚集在珠江三角洲的操持各种方言的农民工比喻为"联合国",把农民工没有正式户口的处境比喻为没有"绿卡","因为她们没有一张长期留居城市的'绿卡'——也许移居美国所需的那一张'绿卡',也没有在中国之内从农村移居城市的长住户口那样难搞到吧"[③],这无疑暗示着"农民工"由于户籍制度的存在而无法享有合法"身份"的处境,而没有"绿卡"的非法身份

---

① 葛象贤、屈维英:《中国民工潮——"盲流"真相录》,中国国际广播出版社,1990年版,第2页。

② 同上,第2页。

③ 同上,第166页。

却成为充当廉价劳动力的保证①。"民工潮"与"出国潮"之所以能够构成转喻关系是因为在"打工/出国"的背后是"黄金海岸"的诱惑，正如《汹涌民工潮》的内容提要中所说："20世纪80年代以来，乡土观念最强的中国农民再也抵不住南国商品经济繁荣的诱惑和吸引，纷纷背离祖先眷恋了数千年的故乡本土，从全国各省区地向珠江三角洲滚滚流动，5000万民工蜂涌南下，投奔'黄金海岸'"②，在这个意义上，资本/金钱成为解释"民工潮"的历史动力，诸如商品经济、竞争意识、"炒鱿鱼""跳槽"等新词汇作为取代"铁饭碗"的标志，而"'物竞天择，适者生存'，人只有能自救，上帝才会拯救你——'打工仔'们，你别无选择"③的逻辑，也成为对新的游戏规则进行辩护或论证的话语方式，一种新的意识形态或者说常识系统正在建构之中。

从这些最初讨论"农民工"的报告文学中可以看出，关于"民工潮"的叙述是在一系列转喻性的修辞中完成的，"民工潮"被比喻为"倒插

---

① 三好将夫在《没有边界的世界？从殖民主义到跨国主义及民族国家的衰落》一文，指出二战后逐渐兴起的跨国公司，对民族国家造成了极大的冲击，而那些在外资企业打工的廉价劳动力是很难从游动的没有国界和民族身份的跨国企业中获得保障，因为"这些国家和地区大多是由独裁政权统治着，禁止工会组织和反对党的存在，从而得以保证政治'稳定'——这是跨国公司大规模介入的最低限度的要求"（第194页），因此，三好将夫对后殖民主义/后殖民性进行了很大批判，认为它们成了跨国主义的意识形态上的帮凶（德里克也有类似的观点），无视现实中的压迫和剥削，"如果我们毫无保留地接受'后殖民性'话语，甚至后马克思主义话语，我们就成为霸权意识形态十足的帮凶，这种意识形态，一如既往，看上去根本不是意识形态"（第510页），《文化与公共性》（汪晖、陈燕谷主编），北京生活·读书·新知三联书店，1998年版。

② 杨湛：《汹涌民工潮》，广州出版社，1993年版，"内容提要"。

③ 同上，第102页。

队""西进运动""出国潮",在这些"高难度"的历史对接中,所要实现的是对"民工潮"的乐观主义叙述,诸如"在对'民工潮'三个月、上万里的追踪中,我们看到的并非是一股股到处横流的盲目的祸水,而是一幅离开农村、离开家乡的农民走向新的生活,追求现代文明的气壮山河的进军图"[1],或者"'民工潮'的出现,是历史的进步,是社会的进步"[2]。而这种历史对接的实现不仅把放弃以农业生产为代表的农耕文明作为"历史的进步",而且"民工潮"之前的中国历史被以静止化、去历史化的方式彻底否定掉,这种在分享由农业到工业的线性现代化逻辑下虚构了一个创世纪开端式的进步叙述,成为重新建立一种新的意识形态逻辑的一部分。

第二节 打工文学与流浪之歌

随着上世纪90年代市场化、商品化以来,纯文学期刊普遍面临被边缘化的命运,但是以刊登打工文学为主的《佛山文艺》及其半月刊《打工族》却获得了市场上的成功,它们成为"打工仔放在裤兜里的杂志"[3]。《佛山文艺》原是一份普普通通的地市级文艺刊物,上世纪80年代末期,开始把读者定位在外来工,以发表打工青年写作的文学作品为主,发行量增加到四五十万册,号称"中国发行量最大的文学期刊之一"和"中国首家

---

[1] 葛象贤、屈维英:《中国民工潮——"盲流"真相录》,中国国际广播出版社,1990年版,第36页。

[2] 郑念:《潮落·潮涨——民工潮透视》,中国人民大学,1993年版,第103页。

[3]《像爱上一个人那样爱一份杂志——杂志的拥趸》,《新周刊》,2003年9月2日

文学半月刊"①。1993年《外来工》从《佛山文艺》中分离出来，成为专门针对"农民工"的综合刊物，2000年11月《外来工》正式改名为《打工族》，原因是"外"字带有歧视性。

对比《佛山文艺》与《打工族》两份杂志，从封面上说，属于同一个风格，都是青春靓丽的女性。《佛山文艺》的封面为单身女性，《打工族》则略有不同，上半月的封面为单人照，下半月为双人照②。或许出于经济上的考虑，这些封面女郎几乎都不是有名有姓的影视明星，而这种始终如一的设计风格与其说是编者把阅读对象定位为"男性读者"，不如说是为了迎合初高中文化水平的打工青年。从内容上看，《佛山文艺》偏重于文学，即使是"打工文学"，在很大程度上也与打工的切身生活没有直接关系，而栏目设计也多为"新人类物语""生为女子""实力派文本""爱到真时真亦假""新民间话本""风味吧""人生百态""另一种感觉"等青春时尚的话题。《打工族》的定位是"一份讲述打工一族自己故事的综合文化期刊"，其栏目安排多为"成功高速路""打工警世录""心灵之约""蓝珠热线""打工法眼""打工奇情""打工众生""打工呐喊""为自己喝彩""情感流水线""丑陋的打工人""打工e人类""打工俱乐部""开心互助营"

---

① 陈佳：《文学期刊：转型生死路，有人死去也有人欢歌》，《新京报》2003年12月5日。在《佛山文艺》的征稿广告中也有"《佛山文艺》是中国发行量最大的文学期刊之一，也是中国首家文学半月刊，期发行量达40万，并被评为第二届百种全国重点社科期刊，也被文学期刊界称为'另类'"，中国投稿热线，http://99girl.tougao.com/info/info.asp?info_id=15758

② 自从1999年末，《佛山文艺》和《打工族》有了网络版，在每一期出版之前，都会设立"封面投票"专栏，参考得票最高的"封面女郎"作为下一期的封面。http://dadao.net

等与"打工生活"相关的话题来展开,文章几乎都是打工者写作的,也有一些编辑与打工者之间的对话或互动,使《打工族》这一"全国首家面向打工者的畅销期刊"营造一种"同是天涯打工人,相逢何必曾相识"(宣传语)的氛围,以获得打工者们的认同。

虽然两份刊物的内容有些差别,但是从在刊物上投放的广告来说,基本上是一样的,都是发家致富、培训学校或医疗保健类的广告,销售商品的广告也多为百元以下的物品(目前刊物的定价为4元左右),包括页尾上的征婚启事也大同小异,从这些征婚广告中,也可以看出其读者群多为广州和海南,这说明,两个刊物的受众基本上还是同一个群体,编辑只是在趣味上做了区分(两个刊物的编辑几乎是重合),在这个意义上,能够对同一个读者群进行再分层,充分显示了两个刊物的市场能力。而这些杂志对打工者询唤出了什么样的想象,或者说打工者在这些杂志中找到了什么样的自我认同呢?

《佛山文艺》最早是因为刊登"打工文学"而获得成功的。上世纪80年代末期张伟民在《大鹏湾》发表了反映打工生活的小说《我是打工仔》,上世纪90年代初期,安子的《青春驿站——深圳打工妹写实》出版并畅销,"打工文学"也开始成为人们关注的对象,在这个时候,以《佛山文艺》为代表的打工刊物成为首发打工文学原创作品的杂志。"打工文学"具有双重含义,一是打工者写的文学作品,二是描写打工生活的作品,一般说来,这两种含义是彼此重叠在一起的,即打工者写的表现打工生活的作品。而"打工文学"这个命名本身则延续了在社会主义现实主义文学修辞方式当中用题材或作家的身份来区分文学创作的惯例。关于"打工文学"的讨论竟也与"民工潮"使用了相似的修辞方式,把"打工文学"类比为"知青文学"或者是美国在西部开发中所涌现出来的"西部文学"即美国的"打工文学",比如谭运长在《打工文学与文学史》一文中,借用农民工与知青类比的修辞方式,认为"二者都是在某种偶然事件下产生的偶然的文学景观,二者都源于一段特殊的历史及与之相关联的特殊的社会群体"①,文易在《来自<外来妹>的报告》中提到"诚如一位评论家所言,一百多年前,美国在西部开发中涌现的西部文学——美国'打工文学',曾产生过以杰克·伦敦为代表人物的伟大的作家作品"②,这种叙述依然是在"知青下乡带来都市文化对乡村文化的辐射,而打工者进城则标志着农业文明接受工业文明的洗礼"③的都市/乡村、工业/农业的二元对立的结构之中。如果从文学风格上来说,"打工文学"几乎都是现实主义作品,因为这种再现方式使生活/文学变得更"透明",也更容易把自我投射到文学语言中。简单地说,"打工文学"大致包含三个主题:复杂的城市想像、作为外来人/都市人/边缘人的身份认同问题和打工者与老板的矛盾斗争④,其中老板与打工者的压迫关系往往放置到老板(男性)/打工者(女性)的性别修辞中来完成⑤。

新世纪以来,发表在《佛山文艺》上的"打工文学"也发生了比较大

---

① 谭运长:《打工文学与文学史》,《羊城晚报》,1998年12月1日。
② 文易:《来自<外来妹>的报告》,《羊城晚报》,1992年3月29日。
③ 杨宏海整理:《打工文学纵横谈》,《深证作家报》,1991年第2期。
④ 这三个主题是杨宏海在《打工世界:青春的涌动》一书的序言中提到的,花城出版社,2000年版,第16—18页。
⑤ 关于"劳资矛盾"的修辞,在90初中期,往往把这种阶级冲突转换为"'民族'叙述(外国老板)或'地域'冲突(港台奸商或城乡差异)"(戴锦华:《隐行书写》,江苏人民出版社,1999年版,第22页),或者把这个问题法律化,进而归结为对农民工普法以提高他们维权能力,但是在这种法律的权力博弈中农民工依然处于弱势地位。

的变化,很少看到反映打工者自我奋斗或坎坷打工路的作品①,而更多的是都市情爱故事。这可以从 2001 年和 2002 年的"编者提示"中看出,比如"或许,后现代社会一切传统的东西都被解构了,爱情也一样,已经没有了统一的标准"(2001 年 10 月上半月)、"女人与男人的战争,是一场永远不会结束的游戏?"(2001 年 11 月上半月)、"有这么多自作多情的男女,这个世界于是变得很好玩"(2001 年 11 月下半月)、"怎一个'情'字了得——本期奉献的是:现代社会里形形色色的情爱故事"(2001 年 12 月上半月)、"都市的生活很精彩,都市的人们也很无奈"(2001 年 12 月下半月)、"这世界做女人不易,其实做男人更难"(2002 年 1 月下半月)、"现代情感,丰富而迷离;不断追寻,不断失落"(2002 年 2 月上半月)、"这一代'新'人,真是说明都无所谓了。没有目标、没有责任,只有自己"(2002 年 2 月下半月)等关注都市情感、现代生活和人生感悟的主题。

更多展现打工生活的是《打工族》,在刊登的一封读者来信中,"我想,打工族(包括我在内)都想把自己在打工过程中所遇到的困难、挫折等倾吐出来,都渴望有自己诉说心声和得到指点的空间"②,这不仅仅是读者/打工族的心声,更是编者所试图创造的"空间",但是,填充这个空间的却是赚人眼泪的亲情故事、离奇的情爱写真或根据社会法制新闻写成的报告文学,"诉说心声"已经变成了善恶分明的伦理剧或道德剧。打工者在正义与邪恶的叙述中确立"善有善报、恶有恶报"的道德信念,在"许多

---

① 关于打工妹的成功故事的文章、调查报告,在其他的打工刊物,比如《农家女》《打工妹》中也是很常见的叙述方式,见〔澳〕杰华:《都市里的农家女——性别、流动与社会变迁》,江苏人民出版社,2006 年版,第 69—77 页。

② 张志华参与讨论"外来工"改名问题时写给《打工族》的信,《打工族》,2000 年 8 月(上) http://dadao.net/htm/gk/dgzgk/htm/105/01.htm

用金钱买不来的幸福"和"'万能'的金钱在无价的真情面前，是那么渺小"①的温情中获得精神上的优越感，在"我们被人群抛弃了，但是我们不能抛弃我们自己"②的自我励志中完成对现实遭遇的"想象中的解决"，在这个意义上，《佛山文艺》、《打工族》等打工杂志与其说为"农民工"提供了通过"文学"来再现生活的空间，不如说更提供了一份抹去现实苦难的精神与道德的抚慰。

"打工文学"的出现是一种市场意义上的成功，也充分说打工者的消费能力。与此相似的是，上世纪90年代中期，也出现了一些打工歌曲，比较成功的是陈星演唱的《流浪歌》。"流浪"曾经在上世纪80年代中后期因为台湾作家三毛的作品而成为人们关于行走在异国他乡的浪漫想象，而这种想像在上世纪90年代又叠加于旅游工业之中，尤其是成为小资旅行文化不可或缺的佐料③。这些生活在都市中的小资们对于"流浪"、旅行或在路上的渴望，与同样生活在大城市的民工关于漂泊、思乡的情绪不同，如果说前者通过对自然风光、名胜古迹、浪迹天涯的旅行/消费来实现一种"生活在别处"的文化想象，那么后者已然身处"他乡""异乡"的境遇在"没有那好衣裳，也没有好烟""心里头淌着泪，脸上流着汗"（《离家的孩子》）的辛酸中更需要一种对故乡、母亲、家的抚慰（"想起了远方的爹娘泪流满面"）。尽管这种廉价的乡愁和被称为"小资"的流浪想像都是大众文化的产物，但是他们各自的阶层地位使其很难彼此分享那份

---

① 分别来自《破产后的千万富翁做起了"破烂王"》（《打工族》，2002年3月上，第4页），《京城富姐：赢了钞票输了爱情》（《打工族》，2002年2月下，第4页）。

② 余新春：《我不是一个病人》，《佛山文艺》，2001年11月上，第50页。

③ 关于流浪的文化想象，可参考陈勤：《不要问我从哪里来——对1998—2004有关"流浪"文化叙述的分析》（未刊稿）。

漂泊在外的情感。

1996年正是凭借着《流浪歌》的流行使陈星成为一名职业歌手，在陈星的主页中①，有一篇《杀人犯在逃十二年自首皆因一首<流浪歌>回头》的新闻（在其他版本的新闻中强调的是女主持人感召逃犯自首的故事），暂且不管《流浪歌》是否具有如此大的感召力，但起码说明这首歌曲在打工者群体中获得了极大的流行，以至于广州省委书记在2005年三八国际妇女节慰问女代表时现场清唱了这首歌曲②，可以说，《流浪歌》已然成为标识农民工身份的文化符码，成为官方可以借重的"常识系统"。至今陈星已经出版六张专辑③，基本上延续了《流浪歌》以"流浪的人"为主体展开的思乡情调，把在他乡生活的艰辛消融到对远方的姑娘、母亲以及故乡的深深思念与眷恋之中，显然，这些歌曲所召唤出来的依然是男性主体的位置。陈星以"打工者代言人"和"中国思乡文化的领导者"的身份成为大众流行歌手的事实，一方面表现了上世纪90年代以来打工群体在中国社会空间中的浮现，尤其是以广州为中心的珠江三角洲地区最早形成了大规模的民工潮，另一方面这些歌曲也与歌手本人以走穴的形式的流浪经历

---

① 关于陈星的个人资料和相关报道，可以参见"陈星中文网站"http：//www.cx108.com/。

② 《李长春问候广东女代表 张德江放歌送祝福》http：//www.gd.xinhuanet.com/gdnews/2005-03/09/content_3842336.htm

③ 陈星1996年11月发行单曲《流浪歌》；1997年11月，推出首张个人专辑《新打工谣》；1999年8月，中国太平洋影音公司发行第二张个人专辑《望故乡》；2000年，推出单曲《离家的孩子》；2001年7月，推出第三张个人专辑《思乡酒》；2001年11月，推出第四张专集《该是回家的时候》；2004年1月，由京文唱片发行第五张全新专辑《同船过渡》；2004年8月，由飞乐唱片发行第六张专辑《雁南飞》。

有关,而广州也正是中国流行音乐的大本营①。在某种程度上可以说明,农民工作为一个群体很早就在市场的意义上浮现出来。2004年陈星又以老歌手的身份(相比西域刀郎、网络歌手杨臣刚等签约歌手来说)成为刚开业的飞乐唱片公司的签约歌手②,充分显示了他的市场潜力。

上世纪90年代中前期大众传媒中出现了电视剧《外来妹》、"打工文学"和流行歌曲《流浪歌》等与农民工直接相关的表述,尤其是在南方打工群体聚集的地区,这些专门的打工期刊和流行歌曲的存在,充分说明农民工作为一个消费群体在大众文化地形图中浮现出来。从《外来妹》的热播可以看出农民工借助性别弱势"女性"的外衣首先登临大众传媒的"舞台",这种被观看的位置正好吻合于城里人对于农民工的指认,打工文学虽然有许多是打工者的自我创作,但也不能忽视《佛山文艺》《打工族》在刊物定位和栏目设计上对打工文学的规范,使关于打工生活的描述呈现诸多定型化的想像,而《流浪歌》《你在他乡还好吗?》等流行歌曲,成为思乡或乡愁的载体,在并不如意的城市生活中建构了一个美好的、纯洁的乡村,以满足工业化过程中背井离乡的流浪无产阶级的怀旧情绪。

---

① 上世纪90中后期以来,出现了许多思乡的流行歌曲,比如迟志强的囚歌《打工十二月》、1993年李春波的《小芳》(虽然是知青歌曲,但在打工群体当中流传)、1994年李进的《你在他乡还好吗?》、1997年陈星演唱的《流浪歌》等等,这些歌曲都是在广州(流行音乐的重镇)产生的。

② 《飞乐唱片盛典开业 重金铸造中国唱片业旗舰》http://ent.tom.com/1636/1637/2004123-110200.html

第三节　另一种文化书写：新工人文学的意义

2017年4月末，家政女工范雨素的《我是范雨素》一文在微信公号"界面·正午"上一经发布，就迅速成为爆款，短短几天阅读量达到三四百万。这次事件让主流媒体关注到北京五环外有一群喜欢文学的打工者组成的"皮村文学小组"，他们利用周末时间，与城里来的文化志愿者一起切磋、讨论文学，范雨素就来自于这个业余文学兴趣小组。在文学早已经失去了轰动效应的、被边缘化的今天，在文学已经变成大都市标榜文化品位的、被精英化的时代，以范雨素为代表的普通劳动者依然保持对文学的热爱，并借文学的方式讲述自己的故事，让不可见的生活变得可见，让不可触及的经验变得可读，因此，这次偶然发生的文化事件与其说是主流文化"青睐"新工人文学，不如说是新工人文学对主流文化的一次"偷袭"。

上世纪90年代以来，与工人文学写作相关的命名方式，有打工文学、底层文学、草根文学和新工人文学，这些不同的命名方式本身显示了人们对工人文学的不同理解。在分析这些命名方式之前，我想简单说下工人文学的发展历史，我把工人创作的文学作品和写工人、工业题材的作品都划归到工人文学的范围。1949年新中国成立之前，工人处在社会被压迫的位置上，工人文学也不发达，在上海等大都市出现了一些进步知识分子帮助劳工学习写作的故事①。新中国成立之后,工人阶级成为国家的主人,一方面出现了大量写工人、工业题材的文学作品②,另一方面工人作家以及工农兵写作运动成为国家大力支持的文化工作,出现了如李学鳌、胡万春、万国儒等知名的工人作家③,这些工人写作基本延续上世纪50年代到70年代的现实主义文学、工农兵文学的风格。另外,文学创作也是一种基层群众文艺活动,诗歌、报告文学成为群众参与文化创作的主要类型。上世纪80年代改革开放以来,随着伤痕文学、朦胧诗歌、反思文学、寻根文学、先锋文学等文艺思潮的涌现,工人题材、工人作家基本被作为政治性、革命性的文学而被淘汰。在这种背景下,随着上世纪80年代末期农民工进城,一种新的工人文学开始浮出地表。

"打工文学"出现在中国最早进行改革开放的广东深圳地区。1984年,深圳市文联主办的文学期刊《特区文学》发表了一些打工生活的文学作品,1985年,青年评论家杨宏海用"打工文学"来命名这些作品,"何谓'打工文学'?'打工'是广东方言,'打工文学'是指反映'打工'这一社会群体生活的文学作品,包括小说、诗歌、报告文学、散文、影视、剧作等各类文学体裁"④。用打工来描述农民工,一方面与"南巡"讲话以来农民

---

① 冯淼:《〈读书生活〉与三十年代上海城市革命文化的发展》,《文学评论》2019年第4期,第106—114页。

② 李杨:《工业题材、工业主义与"社会主义现代性"——〈乘风破浪〉再解读》,《文学评论》2010年06期,第46—53页。

③ 谢保杰:《主体、想象与表达:1949-1966年工农兵写作的历史考察》,北京大学出版社,2015年版。

④ 杨宏海:《文化视野中的打工文学》,选自杨宏海主编《打工文学备忘录》,社会科学文献出版社,2007年版,第3页。

工主要去改革开放最前沿、靠近香港的广州、深圳干活有关,另一方面也清晰地指出农民工所从事的工作性质是为私营企业、外资企业工作,这是一种与计划经济体制下国有企业不同的雇佣制度。上世纪80年代末期张伟民在《大鹏湾》发表了反映打工生活的小说《我是打工仔》,上世纪90年代初期,打工妹安子的《青春驿站——深圳打工妹写实》出版并畅销,打工文学开始成为人们关注的对象。与此同时,广东省佛山市的地区级文学刊物《佛山文艺》也成为发表打工文学的重要杂志,打工文学成为广东地区最重要的文学现象。打工文学有着清晰的创作主体,就是进城打工的农民工,这种非社会主义单位制的状态,使得打工成为农民工最重要的身份标识,打工文学就是打工者描写自己生活状态的文学。打工文学这个命名本身则延续了在社会主义现实主义文学修辞方式当中用题材或作家的身份来区分文学创作的惯例。近些年,打工文学逐渐成为深圳、东莞等地方政府推动的城市文化名片,也不断出现一些打工出身的作家走上职业创作的道路,如郑小琼、王十月等[1]。

如果说打工文学是用打工者的职业身份来命名文学创作,那么新世纪以来底层文学的出现,则与新世纪之交农民工成为社会底层和弱势群体有关。上世纪90年代初期市场化改革刚刚开启,离开农村进城打工被认为是一种充满希望的"共同富裕"之旅,而2000年前后农民工在全球产业链中的弱势地位使其变成政治、经济、社会意义上的底层。底层作为一种社会分层概念,显示了市场化改革所带来的社会阶层的巨大分化,农民工从"国家的主人"沦为社会底层。在这种背景下,在独立纪录片、第六代

---

[1] 杨宏海主编:《打工文学作品精选集》(散文·诗歌卷)(中·短篇小说卷),海天出版社,2007年版。

电影中农民、农民工、下岗工人等被表现为承受社会苦难的受苦人。在文学领域，2000 年以来也陆续出现一批描写底层生活的作品，如曹征路的《那儿》、陈应松的《马嘶岭血案》、王祥夫的《找啊找》、刘继明的《放声歌唱》、胡学文的《命案高悬》、罗伟章《变脸》等，再加上知名作家刘震云的《我叫刘跃进》、贾平凹的《高兴》、余华的《兄弟》等。与打工者书写自己故事的打工文学不同，底层文学是专业作家对新出现的社会弱势群体的文学表达，"'底层文学'则是一种表现底层、代表底层利益的文学形式。它描写底层人的生活状态，代表底层人发出声音。"[①]底层文学并没有延续 20 世纪革命文学中工人、农民等受压迫者走向社会反抗的传统，而是携带着上世纪 90 年代以来新现实主义、新写实主义文学的基调，呈现一个残忍、无助、绝望或弱肉强食的底层景观，是一种后革命时代的人道主义叙述[②]。

相比打工文学由业余作者创作文学、底层文学由专业作家书写他者的故事，那么在大众媒体领域，也经常用草根文学来描述那些出身底层的写作者，如关于农民诗人余秀华的报道中一般使用草根诗人。草根来自于对英义 grass roots 的翻译，草根被作为一种区别于精英文化、主流文化之外的平民文化。不同于打工、底层所带有的群体性、政治性想象，草根突显的是非政府的、民间的个体，是像草一样弱小的个人。用草根文学来描述打工者所从事的文学创作，强调的是一种个人通过努力实现的文学梦。因此，在主流媒体中，这些能够从事文艺创作的打工者是一种借助文学而成

---

① 李云雷：《新世纪文学中的"底层文学"论纲》，《文艺争鸣》2010 年第 6 期，第 25 页。

② 李云雷编：《"底层文学"研究读本》，上海书店出版社，2018 年版；李云雷：《新世纪"底层文学"与中国故事》，中山大学出版社，2014 年版。

名的人，如昔日的打工者郑小琼、王十月通过发表文学作品，变成了从事文化工作的作家。在这个意义上，草根文学关注的是"草根"从打工者向作家的身份转换，而不是"文学"风格，文学是实现这种转换的工具。文学之所以有可能扮演这种社会身份转换的作用，与社会主义国家存在的各级文学机构、文学刊物有着密切关系。

根据上面的分析，打工文学、底层文学和草根文学是彼此相关但又存在很大差异的概念，打工文学是出现最早并延续至今的概念，用来描述农民工进城打工过程中创作的文学作品，而底层文学是专业作家写农民、农民工和下岗工人的故事，基本上是2000年初到2010年前后出现的文学创作潮流，草根文学是主流媒体对普通人从事文学写作的命名，从这个角度来说，范雨素、许立志是打工文学、草根文学，而不是底层文学。近些年，又出现了一种新的命名方式，这就是新工人文学。新工人的说法是由一批从事农民工研究和公益活动的参与者提倡、创造出来的，如卜卫、吕途、孙恒、王德志等，他们认为农民工、打工者、底层、草根等说法隐含着一种城市视角和歧视性，新工人更能突显农民工在城市工作的特征和主体感[①]。

具体来说，新工人的"新"包括以下内涵，其一，工人不仅是一种职业身份，在20世纪中国革命实践中，工人是社会主义国家的政治主体，工人阶级是"当家做主"的人民；其二，与这种作为国家主体的工人相伴随的是，劳动、工作、生产等也从苦役、低等之类的负面价值变成具有正面意义的社会认同，如"劳动最光荣""劳动者是最美的人"等；其三，

---

① 关于"新工人"的定义可以参考吕途：《中国新工人：迷失与崛起》（法律出版社，2013年版）、《中国新工人：文化与命运》（法律出版社，2015年版）和《中国新工人：女工传记》，生活·读书·新知三联书店，2017年版。

新工人的"新"是相对于老工人而言，新工人是与老工人一样是从事工业劳动的人，但区别在于，老工人是全民所有制企业里的雷锋式的螺丝钉，而新工人则是民营、外资企业里的"一颗掉在地上"的螺丝钉（借用许立志的诗歌《一颗螺丝掉在地上》）；其四，新工人并非只是工业生产，也包括在城市从事第三产业、服务业的底层劳动者，如家政工、快递员等，新工人的说法更能凸显农民工脱离农业生产的状态；其五，突出"工人"的身份，也是为了把新工人文学放在20世纪的视野中来考察，工人文学或者让工农兵掌握文化权利，是中国近代以来不同时代面临的核心问题，早在上世纪30年代就有平民教育家从事劳工教育活动，上世纪40年代到新中国成立后出现了更大规模地识字运动、培养工农兵作家等社会实践，直到上世纪90年代以来的打工文学、新工人文学也在这种平民教育、基层文化、群众文化的大脉络之中。

在这个基础上，我主张用新工人文学来描述打工者、农民工从事的文学创作活动，主要原因如下，一是创作主体，新工人文学的创作者是新工人，或者至少有过新工人生活经验的作者；二是批判意识，新工人文学对工人的身份有某种自觉，认同"劳动者创造世界"的理念，对现代、工业等文明有所反思和批判；三是未来视野，新工人文学追求一个更加平等、公平的现代世界或人类文明。在这个意义，新工人文学不只是特定群体的文学形态，而是一种更具代表性的、回应现代危机的文学表达。

第四节　底层书写与公共文化建设

近些年，借助新媒体平台，不断有出身底层的作者受到关注，比如

2014年农民诗人余秀华、打工诗人许立志，还有2015年记录电影《我的诗篇》及同名诗集所推荐的十余位优秀的工人诗人，以及2017年家政女工范雨素的自传体文章《我是范雨素》在微信"朋友圈"中流传，很多普通读者被这篇用简单朴素的文字所讲述的单亲母亲的故事感动。他们的作品有两个突出特点，一是有直抵人心的力量，他们的创作与自身的生命际遇有着直接的关系，甚至许立志用生命来写就震人心魄的诗篇；二是他们使用文学化的语言，让人们重新感受到文学的魅力。从文化管理者的角度，不仅要认识到底层创作者的文化价值，而且需要从文化权益均等化和公共文化服务等方面为更多底层文艺工作者的培育提供社会基础和制度保障。

1. 底层书写的文化意义

这些底层作者的出现，一方面打破了上世纪90年代以来文艺创作领域日益专业化、商业化的围墙，让人们看到非专业作者的水平不容小觑；另一方面他们的写作不只是与特定的社会群体有关，也反映了社会转型期人们的普遍焦虑，正是在这个意义上，他们的作品才获得一般读者的理解、认同和激赏。我想从人民文艺、有主体感的底层写作和宽宥的人生态度三个角度来理解底层写作的文化价值。

首先，这些普通劳动者的作品是一种扎根于生活、扎根于人民的写作。习近平总书记在文艺工作座谈会和在文联"十大"、作协"九大"开幕式上的重要讲话中多次强调，"人民是文艺创作的源头活水，一旦离开人民，文艺就会变成无根的浮萍、无病的呻吟、无魂的躯壳"。社会主义文艺也是人民的文艺，对于专业文艺工作者来说，需要不断地"深入群众、深入生活，诚心诚意做人民的小学生"，而对于出身底层的创作者来说，他们就生活在人民中间，他们的创作来自于生活的磨砺和洗礼。湖北农民余秀华长期生活在农村老家,她的诗歌有一个基本的主题是写她朝夕相处的故乡横店村,如在《一个人的横店村》中"到了七月,万物葱茏。如果一个人沉湎往事/也会被一只蜜蜂刺伤/而往事又薄又脆,也不听任月光和风的摇晃",这是一种与时节、动植物生长、风雨雷电等自然世界相关的主题。这种自然世界又与杏花、桃花、鸡、羊群、麦子、蛙鸣、狗吠、河床、屋顶、村庄、大地等自给自足的农村风光结合起来,共同构成了一幅田园化的农村。范雨素也是如此,《我是范雨素》一文用精练的语言叙述了从上世纪50年代到当下三代女性的命运,从母亲日夜操劳养育五个儿女,到离婚后的范雨素带着两个女儿在北京艰难生活,再到大女儿在范雨素的文学教育下健康成长,这些不悲情、不诉苦的文字中渗透着女性的坚韧和执着。

其次,他们的写作是一种有主体感的底层写作。在强调商业性、消费性的大众文化景观中,很少表现底层人的生活,即便出现底层的身影,也经常会被浪漫化或污名化,底层不是善良的羔羊,就是违法乱纪者,这些都是流行文化中相对固定化的他者形象。尽管余秀华、范雨素的走红也携带着城里人的围观和猎奇效应,但从她们的作品中恰好看到的是有血有肉、有悲有喜的生命,是立体的、不卑不亢的人生态度。在余秀华的诗歌中,她擅长写农村女性的命运,如在《我爱你》《木桶》《漏底之船》《我身体里也有一列火车》等诗歌中,残缺的稗子、"装下了一条河流"的木桶、"与鱼虾为戏"的漏底之船和"油漆已经斑驳"的火车等都是女性身体的象征,从这些高度凝练的比喻中可以看出丈夫在外打工留守农村的女人们的孤寂、恐惧和悲哀。而人们从自杀工人许立志的诗歌中也读到了生活在流水线上的中国工人的异化境遇。他有一首诗叫《流水线上的兵马俑》,这些流水线上的工人"整装待发/静候军令/只一响铃功夫/悉数回到秦朝",这种把新工人比喻为秦始皇的帝国士兵在打工诗歌中是不多见的,隐含了工人有一种巨大的历史主体的力量。在《我咽下一枚铁做的月亮……》一诗中,许立志用"一枚铁做的月亮"来形容工业经验,只是这些坚硬的"铁""工业的废水""水锈"等工业产品让"我"难以下咽、如鲠在喉。从他的诗中,我们知道在这些为中国崛起创造了大量外汇收入的中国制造背后有两三亿新工人的贡献,他们是这个时代的创造者和建设者。

第三,他们的写作表达了宽厚的人生境界和底层尊严。这些生活在社会底层的人,长年为生机奔波,在这种情境下,利用业余时间从事文艺活动是一种极端人生状态下的写作,也为紧张忙碌的生活获得喘息之机。诗歌在底层写作中占据重要的位置,因为在情感表达上诗歌有一定的优势,用短、平、快的方式直接抒发情感,而且用零碎的时间来创作,不耽误工作,当然,写好诗歌并不容易。这些被广泛流传的底层作品并没有凸显苦难的展示和悲情的诉求,反而渗透着劳动者的尊严感和包容态度,这尤其是体现在《我是范雨素》一文中。这篇文章写到太多人生中的不幸,比如大哥哥文学梦的破碎、大姐姐的死亡、丈夫的家暴等,可是范雨素并没有抱怨生活的坎坷,从平淡的口吻中坦然面对人生中的各种遭遇。文中提到作为妇女主任的母亲,庇护村里的外来户,"我的母亲,作为这个村子里的强者,金字塔尖上的人,经常出面阻止别人对移民的欺侮"。而范雨素进城打工之后,经常受到城里人的白眼和欺侮,她却向更弱势者传递爱和尊严。就连她没有接受过学校教育的女儿,也传递这种爱别人、爱弱势者的精神。这种爱不是强者对弱者的怜悯,而是一种人与人之间的互敬互爱,是一种平等的有尊严之爱。

这些来自底层的创作者,不是专业作家,他们的创作都是在工作的间隙中完成的,甚至他们也几乎不奢求成为专业作家。对于他们来说,文学、文化生活是一种更加纯粹的精神追求。从他们身上也可以看到，文化、文艺生活对于社会底层来说，并非可有可无，甚至更需要从一些文化制度的角度为他们的文化生活提供更多的保障。

2. 文化权益与公共文化服务

这些底层写作者无疑是广大普通劳动者中的少数，或者是少数有才华的佼佼者，从他们身上更值得反思的是普通劳动者的文化权益问题。之所以说他们处于社会底层，而不是基层，是因为基层一般指有体制保障的社会单位，而对于范雨素、许立志等外来打工的流动人口来说，经常既不被纳入到农村基层，也不属于城市基层。在这个意义上，他们不光享受到的教育资源有限，而且占据的文化资源也比较少，这些都需要通过加强公共文化服务和文化艺术志愿活动来弥补。他们的写作引发关注，除了其作品自身所具有的文学魅力之外，还有三个重要的社会机制，一是新媒体传播平台，二是公共文化服务，三是社区文化建设。

首先，移动互联网平台有利于知识共享。范雨素不会用电脑写作，她还是用笔写在纸上，然后找朋友打成电子版，最终她的文章借助移动互联网平台广泛传播，这本身是前电脑时代的经典写作与互联网时代的碎片化阅读之间的奇妙组合。通过手机搭建的移动互联网平台在人们的日常文化阅读中占据着越来越重要的位置，利用零碎的时间，只要动动拇指，每个人都既是阅读者，又是信息的传播者，从而使得那些感动人们的文字获得最大化的分享。相比纸媒阅读，手机传播更偏爱那些短小、简单的文字，以至于诗歌这一最追求语言精练的表达在微信时代又重新"复活"，因为越简单、越有力量的文字更容易瞬间抓住人们的心灵。余秀华的作品最早发表在《诗刊》上，但没有引起过多关注，后来她的诗发布在《诗刊》的微信订阅号中，结果一首《穿过大半个中国去睡你》红遍大江南北。另外，网络时代也为文化、知识的传播实现了最大限度的均等化,只要掌握简单的上网技能,就能找到、阅读海量的知识和信息,正如从 80 年代开始阅读文学期刊的范雨素,这些年也依靠微信订阅号来阅读最新的小说。从这个角度看,加大公共互联网平台的文化建设,可以让知识实现更加平等的传播和共享。

第二,构建现代公共文化服务体系,满足普通民众的文化素养。在范雨素的采访中,她提到每两、三个月会去国家图书馆或首都图书馆看书,其实近些年从中央到地方都花了大力气投资公共文化服务的建设工作,不仅城市的图书馆、博物馆等文化场馆实现免费,而且县级、乡镇也建立了文化服务站,这为普通百姓进行文化活动提供了制度保障。有了硬件条件,还需要鼓励人们养成多看书、多阅读的习惯。《我是范雨素》讲述了一位普通劳动女性与书、与文学相遇的故事。文章开头是"我的生命是一本不忍卒读的书,命运把我装订得极为拙劣",书、文学对这位含辛茹苦独自养育两个女孩的妈妈来说,是强大的精神支柱和情感慰藉。文中记述了她对书和文学的感情。小时候跟着哥哥姐姐一起读文学书,虽然那时的生活很贫苦,但却是一种丰富的精神生活,以至于作者戏谑地说"一个人如果感受不到生活的满足和幸福,那就是小说看得太少了"。为了使从小没有接受教育的大女儿能够多读书,范雨素从废品收购站买了一千多斤书,很多是没有拆下塑封的新书,因为"一本书从来没有人看过,跟一个人从没有好好活过一样,看着心疼"。这位把书都看的如此金贵的母亲,可想而知是多么看重文学、文化的价值。在无数个绝望的夜晚、无数个打工的时刻,文学确实成为她生命中极其重要的一部分。中国古典文学、现当代文学,包括西方的文学作品,都成为填充时间和心灵的养料,从这个意义上,文学依然拥有最朴素的功能,给普通人提供精神享受。

第三,鼓励文化志愿者从事社区文化服务工作。范雨素之所以从事写作，与她所租住的社区有文学兴趣小组密切关系，其实，文学兴趣小组就是文化志愿者与社区服务机构合作、共同创造的一种文化交流的活动。在西方发达国家的社区服务中也非常重视文学、戏剧、舞蹈等文艺活动在社区人文环境营造中的积极作用，如创意写作课就是教普通人写作，相信每个人都可以掌使握一定的写作技巧，学会用文学的方式来表达生活和思想。相比计划经济体制下单位制家属院居住的都是同事，如今的商品房社区大多是陌生人组成的小社会，彼此之间很少来往。而社区文化活动的开展不仅可以加强邻里关系、增进社区凝聚力，更有利于整个社会人文素养的提升。这就需要在建立社区文化服务站的同时，鼓励更多有文化艺术专业才能的人力所能及地参与社区文化工作，就像到农村、边远地区进行文化走基层活动，参与社区志愿服务也是一种走基层。另外，社区文化服务带有群众文艺的特点，不一定追求专业化，重要的是让群众参与和共享文艺生活的过程。文化艺术活动毕竟是一种人身心愉悦的精神追求，如果再将创作的作品分享给身边的人，就会得到认同的快乐。现在都市快节奏的生活方式使人们产生过度的紧张和焦虑，从事文学阅读和写作可以缓解精神压力。久而久之，也许会发现自身的境界在提升、抱怨在减少。虽然写一篇文章或一首诗歌改变不了什么，但这毕竟是自己创造的精神产品，会使我们的生活变得更美好。

随着中国经济发展，不同的人、不同阶层占有的社会资源和文化资源不尽相同，人们也因职业、区域、收入等社会原因生活在不同的平行空间中，缺少交流和相遇的机会，文化管理者可以通过加大公共文化服务、借助新媒体技术等手段，不仅让更多的人、更多的群体分享到相对均等化的文化服务活动，而且在包容性的文化空间中增加人与人的交往、增进不同社群之间的融合和了解，这样才能更好地建设小康社会、文明社会。

第八章 现代性、工业经验与工人诗歌

2015年6月份,上海国际电影节上有一部讲述工人诗歌的纪录片《我的诗篇》获得最佳纪录片金爵奖,这部片子讲述了六位工人诗人的生活、工作和创作,用影像来呈现他们的诗歌写作与工业生产之间的密切关系。据调查,中国目前有3.6亿"新工人"(不同于计划经济时代国有企业的老工人)[①],这些新工人成为支撑中国制造加工业和城市低端服务业(餐厅服务员、保姆、保安等)的主力军。这个群体尽管人数众多,但在主流文化中却基本处于匿声、匿名的状态,经常以底层、弱势群体等中性的身份出场。在《我的诗篇》中有一位2014年国庆节自杀的富士康工人许立志,曾在微信上引发关注。这位年轻的诗人在短短三四年的时间里创造了大量的诗歌,从他的作品中不仅可以读到全球制造业加工厂的工人所承受的煎熬和苦难,而且也能感受到这种重复、高强度的工作背后个人的孤单感和

---

① 新工人的概念,借用吕途的著作,吕途:《中国新工人:迷失与崛起》,法律出版社2013年版;《中国新工人:文化与命运》,法律出版社,2015年版。

绝望感。这些萃取于生命经验的诗句具有双重功能：一是让人们看到现代化大工厂并没有多少"进步"，新工人依然如螺丝钉般锚定在永不停歇的流水线上；二是诗歌成为这些绝望、无助的人们所能使用的最为便捷的表达方式，创作诗歌是暂时逃离异化劳动的替代品。这些工人诗歌像匕首一样戳破中国经济崛起的另一面，让人们重新反思现代性和工业化的历史。借用打工女诗人寂之水在长诗《审判》中的一句话"熟练地掀开记忆"，工人诗歌的文化意义正在于把隐藏的、被压抑的、不可见的工人经验和记忆掀开。

第一节　工人诗歌的"当代性"与三种工业经验

在 70 后诗人秦晓宇选编的《我的诗篇：当代工人诗典》一书中[①]，既有顾城、舒婷等朦胧派诗人写的工厂诗歌，也有陈年喜、许立志等打工诗人的诗歌。这使得这部"当代工人诗典"的"当代性"不只是当下的打工诗人，也包括像舒婷、梁小斌等有工人经历的诗人，从他们的诗歌中恰好延续了毛泽东时代关于工人、工业的想像[②]。也就是说，这部诗集包括老工人、改制后的国企工人和新工人三个群体，分别对应着三种工业经验，专业诗人所呈现的对社会主义工厂的记忆、生活在国有企业中的工人所讲述的带有社会主义印痕的工业经验和农民工、打工者的工厂经验。这也是这

---

①　秦晓宇选编：《我的诗篇：当代工人诗典》，作家出版社，2015 年版。

②　在《我的诗篇：当代工人诗典》中，秦晓宇在附录里收录了"1949 年至 1976 年工人诗歌小辑"，以呈现毛泽东时代工人诗歌的面貌。

本书与其他打工诗歌选集最大的不同。

1. 带有"节奏感"的流水线

第一种是以舒婷、梁小斌、于坚、顾城等为代表的当过工人的诗歌作品。他们大多是知青，返城后进入工厂，后来又通过高考成为大学生，工人是他们在毛泽东时代后期的一份人生阅历，他们用诗歌来追忆曾经的工厂生活。上世纪80年代，这些诗人成为吹响新时期号角的朦胧诗人，此时，他们作为专业诗人与工人身份已经完全脱离，这种知识分子（脑力劳动）与工人（体力劳动）的阶级分化也是上世纪80年代新启蒙时代的产物之一。在一般的文学史论述中，很少谈及这些著名诗人的工人身份，工人经验并没有成为诗歌和文学的问题。现在把这些大名鼎鼎的诗人与其他工人诗人放在一起，确实感觉有点奇怪，不过，也正是借助"工人诗歌"的名义，让我们看到这些当年开风气之先的朦胧诗人与工人、工业的隐秘关系。

舒婷在《流水线》(1980)中写道："在时间的流水线里／夜晚和夜晚紧紧相挨／我们从工人的流水线撤下／又以流水线的队伍回家来／在我们头顶／星星的流水线拉过天穹／在我们身旁／小树在流水线上发呆。"①"流水线"不仅不是现代主义叙述以及后来的打工诗歌中所呈现的压抑、重复的异化劳动，而是和时间的流逝、夜晚、星星、小树等有关的意向，很美、也很有诗意，这是一份关于"我们"的故事。随后，诗歌中呈现了"我"对这种流水线生活的感受，这种工厂式的集体生活是一种"单调"的、"失去了线条和色彩"的生活，这种"共同的节拍"让"星星"都感觉"疲倦"了，因为"它们的旅行从不更改"，没有任何变化。于是，这首诗的最后"我"出现了，"我"从这种"共同的节拍"中感受不到"我

---

① 秦晓宇选编：《我的诗篇：当代工人诗典》，作家出版社，2015年版，第4页。

自己的存在",这也是上世纪 80 年代之初用个人主义的话语来解构、批评一种"丛树与星群"式的集体化的单调生活。不过,从这首诗中依然能够读出这种"时间的流水线"中流淌着的关于流水线生活的"美感",这是一份"共同的节拍"。这种"美感"来自于社会主义时代关于工厂所有制、"工人当家做主"的一系列制度性的安排,这种有"节奏感"的工厂经验在梁小斌的诗歌中表现的更加淋漓尽致。

梁小斌在《节奏感》(1979)中写道:"清晨上班,骑上新型小永久/太阳帽底下展现我现代青年含蓄的笑容/闯过了红灯/我拼命把前面的姑娘追逐。"① 这是一种非常明亮的、美好的城市生活,一个刚刚进入工厂的"现代青年",早晨骑着崭新的自行车穿过城市去上班。这幅带有运动感的画面是一种以自行车、红绿灯、警察所组成的城市的"节奏",城市就像一架美妙的机器,让"我们"享受"自由的音符"和甜蜜的爱情。这种从上班前所填充的"自由的音符""含蓄的笑容",一直延续到上班后"悠闲的腿""富有弹性和力度"的气锤声和"圆舞曲的小舞步",这种"节奏感"成为青年工人对于工厂、对于城市的真切感受,是一种充满个人幸福感的令人向往的现代城市生活。从这种生活中可以看出工业、城市、机器和"我"组成了一首有节奏感的交响乐。这种"节奏感"也使得青年工人把意外的工伤变成一次美丽的事件。如在《前额上的玫瑰》(1981)中,受伤的"我"对于工伤根本不在意,反而把自己想象为一名战壕里的战士,不管是"小齿轮",还是"子弹",对于喜欢"欣赏美丽的星星"的"我"来说,都是"她的印迹打在我的前额上",这是一种爱情的印迹、一种幸福的印迹。而在《一颗螺丝钉的故事》(1982)中,"我"听到了螺丝钉的

---

① 秦晓宇选编:《我的诗篇:当代工人诗典》,作家出版社,2015 年版,第 6 页。

心跳："用冰冷的扳手／把一颗生锈的螺丝钉拧下它躺在师傅那宽厚的手上。"①一颗生锈的螺丝钉像"我的心脏"会"微微跳荡"，而"我"与螺丝钉完全融为了一体。生锈的螺丝钉并非象征着工人的年龄或者工人的退休、伤残，而是来自于毛泽东时代的经典隐喻"革命的螺丝钉"。螺丝钉会生锈，就像青工的思想会受到"腐蚀"，所以螺丝钉的锈迹是一种"胡思乱想"，而不是工业的衰败。这时师傅就变成了导师和革命的引导者，生锈的"我"并没有被抛弃，完成思想改造的"我"就像"擦洗后"的螺丝钉一样"重新拧到原来的地方"。螺丝钉不代表一种机器时代无差别异化，而是革命、工业、社会这台大机器的建设者。

这种有节奏感的工业、城市生活同样在于坚的早期诗歌中也可以读到。于坚作为上世纪80年代的口语诗人，也写出了一种有主体感的工人形象。在《在烟囱下》（1983）这首诗中用清风云淡的语言描述一种城市的剪影，诗的前半段是写烟囱，它虽然"抽着又黑又浓的烟"，但它不是污染的象征，而是一个城市的注视者，"它和那些穿劳动布的人们站在一起"。诗的后半段是写工人与烟囱的关系，"工厂的孩子们，在烟囱下，长成了大人，当了锻工，当了天车工，烟囱冒烟了，大家去上工"②，从这里可以读到一种工人、工人的孩子作为城市主人的感受。还有一首《赞美劳动》（1989），这首诗从劳动写到劳动者，从劳动者"抡动着锤子"到"浇注一批铁链"，劳动就是一种创造的过程。不过，从"他肯定用不着这些链子""他也不想它们将有什么用途"可以看出，诗人认为劳动者不是思考者，或者说劳动被诗人描述为一种机械的劳动。尽管"这些随着工具的

---

① 秦晓宇选编：《我的诗篇：当代工人诗典》，作家出版社，2015年版，第8页。
② 同上，第12页。

运动而起伏的线条"带有美感，但"他只是一组被劳动牵引的肌肉"，这些肌肉"没有任何与心情有关的暗示"①。就像舒婷的《流水线》要从"共同的节拍"中寻找"我自己的存在"，于坚也想从体力劳动之外寻找"与心情有关的暗示"。

这些诗歌中对于"流水线""劳动"的描写依然流露出一种工业生活的旋律感和线条美，这些都离不开社会主义时代的工厂作为一种工人当家做主、工人成为城市主人的制度基础。就连不像顾城风格的那首《车间与库房》（1977）也写出了生产的故事，"从不会像车间般生产创造，只会没完没了地积压堆放"②。当上世纪90年代这些让诗人们感觉厌倦、单调的社会主义流水线被解体之后，这种关于工厂的节奏感成为一个特殊时代终结之前的绝唱。

2. 国企工人的"蛙鸣"

第二种是上世纪80年代以来在国营、国有工厂工作的诗人。与舒婷、顾城等专业诗人不同，这些工人诗人没有因为写诗而"晋升"为职业诗人，他们身兼两职，既是从事工厂劳动的工人，又是从事精神生产的诗歌创作者。他们的诗歌写作与国有工厂自身的工会、文学小组以及同系统内部（如石油、煤炭等）体制化的文艺组织有关，相当多的诗人成为工厂系统或宣传部门的干部，这也是社会主义时代国有工厂延续下来的制度遗产。对于毛泽东时代的工人来说，文艺生活是工业生产之外业余文化活动的有机组成部分，每个工厂都有业余文艺小组，工会、团委等各级组织会"组织"各种群众文艺活动。文艺生活不仅是作为国家主人的工人能够分享的

---

① 秦晓宇选编：《我的诗篇：当代工人诗典》，作家出版社，2015年版，第20页。
② 同上，第28页。

文化权利，也鼓励工人成为文艺创作的主体。这一方面要求专业的文艺工作者"下基层"、与工农相结合，另一方面也通过各种方式把工人、农民培养为文艺家。

这些国企工人的诗歌主要有这样几个主题：一是对工业、工厂、城市的正面表现，把工业、工厂叙述为一种美丽田园。如老井的诗歌《地心的蛙鸣》是一首非常美的诗，这首诗把挖煤式的工业劳动想象为一种美好的田间劳作。"煤层中像是发出了几声蛙鸣/放下镐仔细听却没有任何动静/我捡起一块矸石扔过去/一如扔向童年的柳塘/却在乌黑的煤壁上弹了回来/并没有溅起一地的月光"。"几声蛙鸣""童年的柳塘"和"一地的月光"都是很美的田园风光，这些意向很少出现在工业诗歌中，因为很难想像这是在煤坑中从事挖煤工作的工人的心声。诗人进一步把这种地心深处的蛙鸣追认为是"亿万年前的生灵"，使得冷冰冰的煤层也拥有了生命的气息。最后，诗人写道："漆黑的地心我一直在挖煤/远处有时会发出几声深绿的鸣叫/几小时过后我手中的硬镐/变成了柔软的柳条。"① 诗人仿佛听到了地心的蛙鸣，当"硬镐"变成"柔软的柳条"时，工业劳动的工人也就变成了从事田间劳动农夫。如果说后工业的文化想像中经常出现绿色有机的美丽田园，那么老井用一种农业劳作来比喻工业劳动是非常罕见的。这种诗意也许正来自于国企工人的主体感。

与这种"工业田园"相似的是杏黄天用长诗的形式对工业城市的赞美。在《工业城市》（1996）和《在工业的森林里》（1999）中，工业与自然景色融为一体、工人与机器生产彼此融洽。如《工业城市》的题记．"在

---

① 秦晓宇选编：《我的诗篇：当代工人诗典》，作家出版社，2015年版，第65—66页。

天狮星坐骑的呼唤中/孩子出走家园/寻找天空的城市/靠近金属结构的阳光"。这四句诗就像创世神话一样，在神的"呼唤"下，人类走出家园，是为了"寻找天空的城市"，而这样的未来城市"靠近金属结构的阳光"这种工业化的自然景观。工业不仅没有破坏自然、与自然格格不入，反而成为一种美丽的风景。这与舒婷、于坚等离开工厂的诗人回忆单调的流水线完全不同，杏黄天笔下的工厂抒情诗更像是社会主义时代对于工业、工厂的浪漫化想像。诗的最后是"我可爱而又可怕的儿子/你被命名为铝/是城市的眼睛/要告诉你的是/你的父亲剥去了你的衣着/你赤裸着/在城市的天空是羊群的白云"。[1]诗人用儿子来比喻工业产品，可谓实现了人与工业的"物我两忘"，而且"城市的天空是羊群的白云"，这种工业城市与农业田园也实现了完美的结合，从而完成了"工业田园"的叙述。

二种是有一种集体意识和集体感，比如会描述工友、兄弟的情感，这与打工诗歌中强烈的个人化倾向是不同的。比如来自胜利油田的诗人马行的诗基本上不写"个人的""我"的故事，都是写工友、写别人。铁路工人魏国松的《这群人》也是写一种工作中形成的群体感。这首诗的第一句就写"我"在"这群人"中间，工业劳动是一种集体的、群体的劳动，正如他们要"举着一个铁路物件""需要很多双手"，这种集体感来自于共同劳动的经验。接着，诗人写道："影子们无痛无痒/可它们却有很多张嘴，咬疼了我/和我的感觉。"[2]工友们的影子"咬疼了我"，这种"疼"并不是我自己的，而是一种同命相怜，"它也有了跟我一样的疼"。这种共同

---

[1] 秦晓宇选编：《我的诗篇：当代工人诗典》，作家出版社，2015年版，第139—140页。

[2] 同上，第47页。

的"疼"感来自于五年、十年在一起的工作。如果像打工诗人那样处在频繁换工作的"常态"中，恐怕很难形成"我"与"这群人"的感受。

三是对老工厂的怀念。来自鞍山炼钢厂的诗人田力写了一首《二月二十五日，下班途中》："从职工浴池出来穿着人民装骑上'国防'牌的脚闸自行车／脑袋里想着齿轮或者模具的革新难题／春风迎面吹来了／明天天亮我要第一个站在机器前／精力旺盛／等待着工友们的到来／等待着劳动竞赛中产生的爱情"①，这是一个依然在岗的国企工人，对老工人、老工厂的怀念。第一段写了新中国成立初期工人的意气风发和主人翁意识，"明天天亮我要第一个站在机器前"。第二段是"我"看到两个退休工人或下岗工人，虽然"他们的工厂已经消失了"，但是他们的心里依然装着原来的工人，这反映了工人对工厂的深厚情感。有意思的是，这种对于历史的追忆来自于一个国企工人，而不是打工诗人，也就是说只有依然生活在国企工厂的工人，才有可能唤回历史的记忆，或者说才有可能"见到两个耄耋老人"。对于后来的农民工来说，这是一段不可见的、不可知的、也无从怀念的历史。

在这些国企工人的诗歌中基本上没有反映我多想像新中国成立初期的／劳动模范们那样／上世纪90年代工人下岗和下岗工人的诗歌，仿佛上世纪90年代的历史从来没有发生过一样，因为对于这些依然生活在国企的工人来说，工人的历史和命运并不是断裂的。当然，对于下岗工人来说，恐怕再也没有可能从事文艺创作了。

3. 新工人的绝望感

第三种是我多想像新中国成立初期的／劳动模范们那样／上世纪80年

---

① 秦晓宇选编：《我的诗篇：当代工人诗典》，作家出版社，2015年版，第39页。

代以来农民工、打工诗人写作的工业经验。相比拥有国企身份的工人，新工人是改革开放、中国走向以对外出口加工业为主的发展道路的产物。从这些打工诗歌中读到的更多是工厂之痛和个体工人的绝望感，尽管新工人也生活在工业大生产的工厂中，但他们无法拥有集体、群体、兄弟的感受，每个人都像高度流动的、原子化的个人。压抑的工厂、冷冰冰的机器与他们的柔弱之躯形成了鲜明对比，工伤、伤残的身体成为一种对工业生产的抗议，用有生命的以己之躯来对抗无人性的工业流水线。工业经验再次变成现代性中最经常出现的意向，这是无差别的、重复的异化劳动。这种负面的工业经验大致有这样几个主题。

一是对流水线工厂生活的激烈批判和反思。与舒婷笔下轻快的《流水线》不同，在著名打工女诗人郑小琼的《流水线》中，流水线抹去了工人的名字："在流水线的流动中是流动的人／他们来自河东或者河西，她站着坐着，编号，蓝色的工衣／白色的工帽，手指头上工位，姓名是A234、A967、Q36……／或者是插中制的，装弹弓的，打螺丝的……"①工人在流水线上变成了"流动的人"，这些"流动的人"像犯人一样只有一个工位号码，他们从活生生的人变成了分工明确的专业工人。更重要的是，工人被工人制造的产品所淹没。这些流动的工人像鱼一样，只能在"老板的订单""利润"等固定好的河道中被动地流动，他们"彼此陌生"，他们被工业流水线所污染，变成"咳嗽的肺""染上职业病"。这种流动的命运不是自由、自主的乐府，而是被"流水线不断拧紧城市与命运的阀门"，工人的命运与他们生产的产品一样。

---

① 秦晓宇选编：《我的诗篇：当代工人诗典》，作家出版社，2015年版，第272页。

许立志的《流水线上的兵马俑》(2013)写出了另一种流水线的场景，一种被高度军事化管理的流水线工人的威严："沿线站着/夏丘/张子凤/肖朋/李孝定/唐秀猛/雷兰娇/许立志/朱正武/潘霞/苒雪梅/这些不分昼夜的打工者/穿戴好/静电衣/静电帽/静电鞋/静电手套/静电环/整装待发/静候军令/只一响铃功夫/悉数回到秦朝。"① 这种跨越历史的想象在打工诗歌中是不多见的，把新工人比喻为秦始皇的帝国士兵，让工人成为秦帝国的继承人，隐含着一种巨大的历史主体的力量，那些埋藏在地下的严阵以待的兵马俑仿佛正在等待着强大祖国（新的君主）的召唤。这种重复的流水线、重复的工业经验，让打工诗人丝毫无法对工业、工人产生任何正面的价值，反而认为工人的身份是一种耻辱，就像打工诗人唐以洪要《把那件工衣藏起来》。与国企工人"赞美劳动"以及拥有"劳动最光荣"的价值观不同，这首诗聚焦于那件跟随了"我"二十年的灰色工衣，"灰色里的泪痕，和汗水/那些胶水味，机油味，酸楚味/线缝里的乡愁"②，这件工衣承载着"我"打工的历史和记忆。在工衣里面包裹着"一只发不出声的蝉子"和一个"闷头干活"的"哑巴"，这份"噤若寒蝉"的屈辱使得"我"要把灰色的工衣"藏到最深处/藏到谁也找不到的地方"，因为"我担心从记忆的深处/又把它们揪出来/再一次受到磨难/和伤害"。这首诗一方面表现了工衣所代表的工业劳动对打工者造成的耻辱感，另一方面又呈现了工人发不出声音的社会困境。

第二主题是打工诗歌中的工伤和死亡。如郭金牛的《纸上还乡》用一

---

① 秦晓宇选编：《我的诗篇：当代工人诗典》，作家出版社，2015年版，第359页。

② 同上，第187页。

种"还乡"的乡愁来书写富士康工人的13跳。第一节是写新生代农民工的自杀,这种自杀被叙述为一种少年的飞翔,鸟的飞翔是一种自由解放的象征,而新工人只能以死亡来获得这种"不可模仿"的自由。诗中的动词"数到""划出""击到""速度"等就像工人工作时的动作,工人的自杀成为他最后的一件工业产品。第二节是写母亲淹没工人的尸体。不是工友来送别"兄弟",而是母亲这一血缘上的亲人来为新工人送行,新工人从工人变成了儿子。这也反映出对于新工人来说,血缘家庭所联系的亲人、姐妹是他们惟一温暖的依靠。母亲也象征着土地、农业之母,显示出新工人作为农民之子的身份,这也就是为何要"还乡",因为城市、工厂不是新工人的归宿,也不是新工人的家,农村、故乡才是新工人的宿命,即便死亡也要"遣返"回农村。第三节写了诗人"我"与死去的工友的关系,这种关系不是通过工人与工人的群体感以及阶级认同来联系,而是一种工作关系,"防跳网正在封装,这是我的工作"[①]。或者说,我取代了死去的新工人,变成了另一个"为拿到一天的工钱"而"用力"干活的工人。随后又写到死去的新工人没有留下任何痕迹,除了他的未婚妻,没有人会提及"你在这栋楼的701/ 占过一个床位"。从这里可以看出,这首《纸上怀乡》用诗意的语言写出了新工人轻贱的生命,有一种力透纸背的力量。

工伤事故经常出现在打工诗歌中,不再是梁小斌笔下《前额上的玫瑰》,而是血淋淋的"断腿"和"断指"。在唐以洪的《寻找那条陪我回乡的腿》中书写了"我把我的腿也弄丢了","我"四处寻找,"那条能够陪我回家的腿"。这种机器对身体的伤害已经成为新工人的家常便饭,而身

[①] 秦晓宇选编:《我的诗篇:当代工人诗典》,作家出版社,2015年版,第170—172页。

体也成为工人反抗工业生活的最后的防线,比如许立志的《我咽下一枚铁做的月亮……》(2013)。这首诗写出了"我"对于"铁""工业的废水""水锈"等所代表的工业生活的厌倦。"一枚铁做的月亮"本来很美,也许只有工人才能想象出这样的意向。可是,这些"工厂的废水"让"我"难以下咽、如鲠在喉,"我"不愿意再咽、再忍气吞声,"我"要把"曾经咽下的现在都从喉咙汹涌而出"①。

第三是工厂生活对青春的消磨。如湖北青蛙的《喜鹊》中有"工厂已经老了,而生产线上的工人/似乎永远只有二十几岁"②的诗句,世界工厂只吞噬年轻的生命,因为青春是人生的黄金时代,而作为未成年的留守岁月和年长的衰老的身体则被工业生产所排斥。在郑小琼的《女工:被固定在卡座上的青春》中,她用女工的时间、女性的身体来批判无情的流水线。这首诗前半部分写女工固定在卡座上,她们的时间"不跟随季节涨落"。工业的时间是一种没有白天、黑夜的机械时间,这种机械时间把女工规训为重复拧螺丝钉的"摩登工人"。后半段提到了女工的青春被禁锢在从内陆乡村到沿海工厂再到美国货架的全球产业链中,这种被工业摧残的身体就像"绿色荔枝树被砍伐"③,个人的身体与绿色植物代表着生命的价值。

这些对于工业生活的批判本身,是因为打工者在工厂中找不到"主体""主人"的感觉,因为他们确实不是工厂的主人,他们无法像国有企业工人那样在所有制的意义上占有生产资料,就像唐以洪在《搅拌机》"它

---

① 秦晓宇选编:《我的诗篇:当代工人诗典》,作家出版社,2015年版,第360页。

② 同上,第176页。

③ 同上,第276—277页。

无法拥有自己，它属于工地，工厂，流水线"①，工人也像搅拌机一样，他们"无法拥有自己"。

第二节　留守女人、性别身份与新的受苦人

1. 留守妇女的火车

从 2014 年年底至今，一位女诗人在这个诗歌早已"匿声"的时代里意外走红，她就是湖北横店村的普通农民余秀华。借助《诗刊》编辑的慧眼以及新的社交媒体微信朋友圈的传播，这个迈着"摇摇晃晃的"脚步，写下了"摇摇晃晃的人间"的乡下妇女，成功"闯入"城市文化的舞台。这与其说是一次文学改变命运的励志故事（毕竟纯文学所能带来的成功效应相对有限），不如说更像是人们愿意看到的一场耀眼的文学传奇。这个因身体残疾而只能在家务农的女人，竟然写出了这个时代少有的具有强烈生活气息和生命体验的诗句。如果把这首《一个人的横店村》作为一种隐喻的话，余秀华诗歌最为重要的主题就是一个女人和一座村庄的关系，"这不清不白的一生，让我如何确定和横店村的 / 关系"（《关系》）。

余秀华的诗带有上世纪 80 年代朦胧诗转型之后现代诗歌的底色，这尤为体现在诗中作为抒情主体的"我"。这个"我"既是"每天打水，煮饭，按时吃药"（《我爱你》）的作为普通人的"我"，一个裹足于故乡、每天过着平凡、日常生活的"我"，也是那个执拗地要"穿过大半个中国去

---

①　秦晓宇选编：《我的诗篇：当代工人诗典》，作家出版社，2015 年版，第 188 页。

睡你"的"我",一个渴望爱情、向往远方的"我"。这不只是一个个体性的"我",也是更具有主体性的"我"。相比余秀华身体的不便,"我"可以在诗歌的语言中自由地行走和旅行。通过"我"的目光和感知,余秀华呈现了两个彼此相关的主题,一个是故乡的、土地的,一个是女人的、身体的。正如《月光落在左手上》一书的封面设计,月光下一个赤裸着身体的女人化成山川躺在阡陌纵横的大地上。这种土地和身体的主题在上世纪80年代以来的新诗创作中也经常出现,这并不是说余秀华的诗直接受到这些中国版现代主义诗歌的影响,而是她也分享"宏大历史"结束、政治抒情诗终结之后的文化经验。

在余秀华的诗中,出现最多的空间就是她朝夕相处的故乡横店村。她在《一个人的横店村》一诗中写到"到了七月,万物葱茏。如果一个人沉湎往事/也会被一只蜜蜂刺伤/而往事又薄又脆,也不听任月光和风的摇晃"。其中"七月""万物""蜜蜂""月光"和"风"都是余秀华诗歌中反复出现的意向,这是一种与时节、动植物(农作物)生长、风雨雷电等自然世界相关的主题(如天空、树、白杨树、阳光、雨水等),这种自然世界又与杏花、桃花、鸡、羊群、麦子、蛙鸣、狗吠、河床、屋顶、村庄、大地等自给自足的农村风光结合起来,共同构成了余秀华笔下的田园化的农村。不仅如此,这还是"一个人"的横店村。在她的诗中,除了"你""他""女人"等虚化的指代,大多数只有"我"一个人在场,如在《晚安,横店》一诗中"在这无法成眠的夜晚,风在屋檐盘旋/而我落在这里,如一盏灯关闭的瞬间/我口齿不清地对窗外的田野说一句·/晚安",这样的村庄笼罩在"一颗桃树开花,凋零,结果/一片庄稼生长,开花,结果,收割"等自然秩序的循环往复中。所以,"我"在横店感受到的是时光的流逝、季节的轮回,是春雪、黎明和黄昏,是麦子黄了、栀子花开。如

"我用分取的光阴凑足了半辈子／母亲用这些零碎凑足了一头白发／只有万物欢腾／——它们又凑足了一个春天"(《横店村的下午》)、"时光落在村庄里，我不过是义无反顾地捧着／如捧一块玉／身边响起的都是瓦碎之音"(《2014》)、"我也想起雨，总会让时辰更为明亮／就那样下着／把悲伤撕碎了，落在叶子的正面"(《听一首情歌》)、"只有江水浩荡，不知时日／一个浪推动一个浪，如同一个岸／埋没一个岸"(《五月之末》)等。

从这里可以看出，这是一个去社会化的、抽象化的农村，一个没有人与人的社会关系的自然化的乡村。这种仿佛万物自然生长的、田园化的乡土想像来自于上世纪80年代。上世纪七八十年代之交出现了一种"在希望的田野上"的农村图景，这种"希望"既来自于上世纪50年代到70年代以农村、农民为主体的社会政治安排，又与家庭联产承包责任制所带来的短暂红利有关。自1984年城市改革启动、城乡差距进一步拉大，这种"希望的田野"就越来越变成上世纪90年代末期的"三农"危机。与此同时，以农村为主体的乡土叙述也转变为以城市为中心的农村想象。在上世纪80年代重新召唤现代化的新启蒙论述中形成了两种乡土表述，第一种是愚昧的、落后的黄土地，这是几千年静止不动的乡土中国和寻根小说中边缘的蛮荒之地；第二种则是神性的、诗意的和抽象的乡村，海子的诗歌就是典型的代表。这也是现代性视野中两种典型的作为他者的乡村，分别是封建之地和乡愁之所。也就是说，上世纪80年代一方面把农村放置在需要被启蒙的前现代空间，另一方面又把土地神秘化、去历史化为超时空的地方，正如海子的"大诗"中对于麦子、神话、大地的诗意化、史诗化和寓言化书写。

与"炊烟在新建的住房上飘荡／小河在美丽的村庄旁流淌"的"希望的田野"是一种农村在地实现现代化或者说农村城市化、工业化的方案不同，现代化视野下的两种截然相反的乡土想象却都把农村指认为一处前现代的、非城市化的、非工业化的地方。在这里，余秀华诗中的村庄延续了海子的传统。只是需要指出的是，这种自然化的、去社会化的乡村对应着上世纪80年代以来农村所发生的双重转变，一是人民公社解体之后，从农业生产到农村管理都越来越变成和城市相似的原子化社会，二是上世纪90年代以城市为中心的现代化造成农村被掏空和被边缘化，由于精壮劳力、土地和资金都流向城市，乡村变成了老人、儿童和妇女的留守之地。

如果说小小"横店村"是余秀华诗歌创作的舞台，那么在舞台上舞蹈的"一个人"则是一个女人，一个在横店村出生、从未离开，直至死亡的女人。在《关系》中写道："横店！一直躺在我词语的低凹处，以水，以月光／以土／爱与背叛纠缠一辈子了，我允许自己偷盗／出逃。再泪痕满面地回来／我把自己的残疾掩埋，挖出，再供奉于祠庙／或路中央／接受鞭打，碾压。"相比在田野、打谷场、后院等地方感受光阴的流逝，余秀华的诗中更多地描述了一个女人的孤独、寂寞和对爱的强烈渴望，"这些一年年轮回，让我有说不出的疼痛／越来沉的哀伤"（《晚安，横店》）。从媒体报道中可以得知，余秀华非常不满意自己的婚姻，丈夫不仅比自己大12岁，而且常年在外打工，很少回家，也就是说她是一个典型的留守妇女。在这个意义上，余秀华的诗也是一位留守妻子、留守妈妈的心声和"哀伤"，这恰好是媒体和评论者很少提及的事实。

余秀华写了大量的情诗，如《我爱你》《面对面》《一个男人在我的房间里待过》《我们又 次约会》《六月的爱情》《我们都老了，你就没有一点点感动吗？》《今夜，我特别想你》《美好之事》等。诗中的"你""一个男人""他"等都不是某个具体的男人，而是一个虚幻的爱恋对象。这种无法满足的爱，有时候是一种萌动，"我是那么接近冬天／像一场小雪蠕动"(《蠕动》);有时候是一种坚持,"她是个盲女,有三十多年的黑暗/每个黄昏,她把一盏等点燃"(《手持灯盏的人》);有时候向花一样打开,"哦,我小小的女人,在这亘古的时间里/我只拿一朵花请求打开你,打开一条幽谧的河流"(《打开》);有时候则像一场战争,就像在微信朋友圈中传播最广的那首《穿过大半个中国去睡你》,表达了一种"我是穿过枪林弹雨去睡你/我是把无数的黑夜摁进一个黎明去睡你/我是无数个我奔跑成一个我去睡你"的强烈渴望,这种渴望通过一种超大的时空距离"穿过大半个中国"来呈现。而生活中的余秀华,"快四十年了,我没有离开过横店"(《晚安,横店》)。这既是身体的原因,也是留守妇女的宿命。对于这个外出打工的男人,余秀华写下了《子夜的村庄》:"女人在孩子的坟墓前沉默,整夜流不出一滴泪/村庄荒芜了多少地,男人不知道/女人的心怎么凉的/男人更不知道。"

除了对美好恋情的渴望、对丈夫的怨恨和心灰意冷之外,余秀华的诗中还描写了一个女人的身体。她使用了这样几组关于女人的隐喻,一是用稗子来指称自己残缺的身体。在《我爱你》中"如果给你寄一本书,我不会寄给你诗歌/我要给你一本关于植物,关于庄稼的/告诉你稻子和稗子的区别/告诉你一颗稗子提心吊胆的/春天",相比健康的、正常的麦子,稗子是残缺的植物。二是用木桶来隐喻母亲。《木桶》这首诗把女人的身体比作木桶,第一段是"惟一能确定的是,她曾经装下了一条河流/水草,几条鱼,几场大风制造的漩涡/还有一条船,和那个妖女昼夜不息的歌声",这个木桶也是历史上的女人,"河流上源那个腰肢纤细的女人/怎样把两个王朝装在她的左右口袋里",而木桶也能"装风月"、装"儿女情长"、把"儿女装进来,哭声装进来,药装进来"。可是当"装"下这么多之后,"她的腰身渐渐粗了,漆一天天掉落/斑驳呈现",这就是母亲操劳的一生。在另一首诗《在湖边散步的女人》中女人则变成了"空酒瓶","而人群摇晃 / 没有人留意一个空酒瓶一样的女人 / 也不知道一瓶酒 / 洒在了哪里"。

第三,与操劳的、不断地"装"东西的木桶不同,余秀华也喜欢一种从身体里"飞"出生命的意向,这就是《一只乌鸦正从身体里飞出》:"所有的怀疑,不能阻挡身体里一只飞出的乌鸦 / 它知道怎么飞,如同知道来龙去脉 / 它要飞得更美,让人在无可挑剔里恐惧 / 一只乌鸦首先属于天空,其次属于田野 / 然后是看着它飞过的一个人",有时候也是如《莫愁街道》中"身体里的蛇放出来,不会咬到人,又回到体内"。乌鸦、蛇或许是一种对身体这一累赘的摆脱。

第四,余秀华把年长的女人比喻为一艘"漏底之船"。她经常写到女人身体的衰老和斑驳,如"她喂完了鱼,夕光缓慢了下来 / 风把她的裙子吹得很高,像一朵年华 / 随时倾塌"(《向天空挥手的人》),这是一个随时有可能"倾塌"的身体。在《漏底之船》中,"四十年,它一次次被大一点的浪赶回浅水区 / 与鱼虾为戏 / 它也擅长捕捉风,风中之言,杯中之蛇",即便是这样的"漏底之船",也依然充满了生机,"只有它自己承认它还是一条船 / 在荒芜的岸 / 有着前世的木性,今生的水性"。

第五,也是最有想象力的意象是火车,用火车来形容女人的身体是中国新诗中少有的修辞。《我身体里也有一列火车》的第一节,"但是,我从不示人。与有没有秘密无关 / 月亮圆一百次也不能打动我。月亮引起的笛鸣 / 被我捂着 / 但是有人上车,有人卜去,有人从窗户里丢果皮 / 和手帕。有人说这是与春天相关的事物",火车这一男性化的、强制性的鸣笛被描述为一种"与春天相关"的女性的身体欲望。最后一节是"我身体里的火车,油漆已经斑驳 / 它不慌不忙,允许醉鬼,乞丐,卖艺的,或什么领袖

/ 上上下下 / 我身体里的火车从来不会错轨 / 所以允许大雪，风暴，泥石流，和荒谬"，这辆虽然已经斑驳的"身体火车"，依然可以穿过乡村的宁静、带领人们离开乡村到远方。在另一首《那个在铁轨上行走的女人》中表达的也是一种义无反顾沿着铁轨行走的状态，尽管"这锈迹堆积的铁轨许久不通车了"，但是"她不停地走，摇摇晃晃 / 太阳落在铁轨的那头。我想给她一个返程 / 可是不能"。这些都呈现了留守女人想离开故乡的渴望，"多年来，我想逃离故乡，背叛这个名叫横店的村庄 / 但是命运一次次将我留下，守一栋破屋，老迈的父母 / 和慢慢成人的儿子"（《你只需活着》）。

从这些女性身体的意象中，可以看出余秀华作为一个留守女人的恐惧和悲哀，诗歌写作这一创造性劳动也许能够使她暂时摆脱这些绝望。那些在上世纪 90 年代的诗歌纷争中出现的身体写作、下半身写作被留守妇女的生命经验所激活。不过，这些"哀伤"里也有一种女性生命的坚韧，"更多的时候，我只是活着，不生病，不欲望，一日一餐 / 我已经活到了'未来'，未来如此 / 一颗草木之心在体内慢慢长大 / 这是多么出人意料，也多么理所当然"（《你只需活着》）。

2. 带着"刑具"的受苦人

诗人寂之水的《审判》是一首长诗，共 22 节、273 行、三千多字，这在工人诗歌中是少见的。写作长诗需要更强的结构掌控、叙事能力和时间保证，这对于大多业余创作的工人来说非常困难。这首诗把当下工人的命运描述为一场《审判》，这不是苏格拉底的哲理审判，也不是卡夫卡的现代主义审判，甚至也没有展示法庭控辩双方的"审判"过程，而是一场已经了结的"审判"，或者说更像是一场"审判"之后的"宣判"，工人成了带着"刑具"的受刑人。

2014 年富士康工人许立志跳楼自杀，引发人们关注，这位年轻的诗人在短短三四年的时间里创造了大量的诗歌，从他的作品中不仅可以读到全球制造业加工厂的工人所承受的煎熬和苦难，而且也能感受到这种重复、高强度的工作背后个人的孤单感和绝望感。这些萃取于生命经验的诗句具有双重功能：一是让人们看到资本主义现代化大工厂并没有多少进步，工人依然如螺丝钉般锚定在永不停歇的流水线上；二是诗歌成为这些绝望、无助的人们所能使用的最为便捷的表达方式，创作诗歌是暂时逃离异化劳动的替代品。这些工人诗歌像匕首一样戳破中国经济崛起的另一面，寂之水的《审判》也是如此犀利。

在进入《审判》之前，先看看工人诗人唐以洪写的一首诗歌《把那件工衣藏起来》。这首诗聚焦于那件跟随了"我"二十年的灰色工衣，"灰色里的泪痕，和汗水／那些胶水味，机油味，酸楚味／线缝里的乡愁"，这件工衣承载着"我"打工的历史和记忆。在工衣里面包裹着"一只发不出声的蝉子"和一个"闷头干活"的"哑巴"，这份"噤若寒蝉"的屈辱使得"我"要把灰色的工衣"藏到最深处／藏到谁也找不到的地方"，因为"我担心从记忆的深处／又把它们揪出来／再一次受到磨难／和伤害"。这首诗一方面表现了工衣所代表的工业劳动对打工者造成的耻辱感，另一方面又呈现了工人发不出声音的社会困境。与这种把"工衣"深藏起来不同，诗人寂之水在《审判》一诗中试图"熟练地掀开记忆"，让这些带着"刑具"的"千千万万的人"接受一场暴风雨的"审判"。这究竟是一场什么样的"审判"呢？

《审判》的第一节是"异乡的深夜""城市呴哞如雷的鼻息"，一个"携着叮当作响的刑具"的受刑人出现了，"我"追随着这个人，"也加入了奔跑的行列"，"我"想从这个"晚归的人"的背影中"掀开记忆"。接下来，这首诗讲述了两个空间的故事，一个是乡村，一个是城市。

从第二节到第七节，诗人描述了一场发生在乡村的"审判"。"风粗壮的喘息引来了那群承包的商人／灯亮了，把充血的肥大的心脏载了过来／它用鲜红的鼓点敲响了审判的铜锣"。这场"审判"改变了网湖村五百亩湖岸的自然秩序，"风在高声念着判词／巨大的回响落在低处的村庄"。"判词"带来三重后果：一是，"这片湖泊""不再是从前大自然恩赐的美玉"，打破了自然风景的"寂静、安宁"；二是，让从事渔业生产的父亲们"套上了沉重的链条""是渔网上的漏洞，窑洞下的黑暗／逼迫着脊梁弯下去／仿佛命里的血脉注定了这些潮湿／只能俯首认罪"，父亲从自给自足的劳动者变成了从事苦役的渔业工人；三是，"走吧，这片湖水已养活不了那么多人"，这种资本化的渔业劳动不足以养活农民，像年轻的"我"一样的农民只能外出打工。可以说，这场改变乡村自然秩序的"审判"不是一场法律意义上的判决，更像是一场改变社会性质的革命。这场革命把"风""鱼群""春天""阳光"等自然风景都变成了"狂风""一把刀""枯叶"等负面的意象。"风领着这群人走向奔跑的铁轨"，这些走向城市的人并没有"和青草梦融为一体"、"和繁重的华灯在一起""和孤独的月亮在一起"，他们走进了"铁铸的流水线""幽暗的窑洞、煤矿"，这是"更黑暗的居所"。

从第八节到第二十节，诗人写下了这些被"一串长长的数字或编号抹去了他们的姓名"的打工者的苦难生活。相比一年又一年的自然秩序，工业生产是黑暗的、嘈杂的，"新的一年，一群蠕动的蛹结束了冬眠／村子里的蝴蝶／又开始飞往不同的目的地／年年相似、往复／阳光多么明媚啊／抚着红艳的木棉花，葱绿的荔枝林／却照不见车间里的枯萎，黑暗的居所／漫天的铅粉，木屑，棉絮／正卷起雪花扑向呼吸的肺叶／迫使舌头噤声，只有那些葱郁的汗水／还在体内奔跑，嚎叫"。这些工厂中的工业生产没有任何欢愉可言，完全是压抑的、异化的，尤其突出体现在机器对工人身体的伤害上。"这里，每个人都一样的衰老／连动作都是一样的呆滞，单调／只有对面的机器总是张着血盆大口／时刻准备着吞咽的动作／那根失踪的手指，它疲惫地躺在隐蔽的角落／听不见外面的声响"。诗中充满了脆弱的身体所遭受的戕害，如"晕倒""烫伤""尘埃""绞断手掌"以及铁钉"选中了父亲的脚掌"等。其中，第十五节和第十六节描写了塑料厂的聋哑残疾女工们像"一只警惕的，未发育完全的小兔子／任何风吹草动都会荡起她的敌意"，而一旦受伤之后又被无情地抛弃，"一天，她没有预兆地晕倒在机台上／被查出肝脏和肺部血管肿瘤／第三天，她被踢出厂外／只有风狂啸着，我们无言无声"。这种工业劳动像宿命一样，牢牢锁住当代工人的命运，"一次又一次，从一个厂到另一个／总是逃脱不了命运固定的铁圈"。惟一的反抗出现在睡梦中，"一个怯懦的人，在风声中堕入无边的梦境／用故乡的潮汐来填平机器的尖角、牙齿、铁锤、刺刀／填满钢筋混凝土噬空的躯壳／期待一场被雷雨、闪电／冲刷和照亮的深眠"。

这首诗的最后两节出现了温暖的场景，"父亲来火车站接我"，父子两人一起踏上了返乡之途，"我"知道"时间的手并没有抚平那些阴影"，而美好的故乡只存在于"儿时的摇篮"。面对父亲"难掩脸上的风霜和衰老"，"我"陷入了回忆，"我的眼前又飘满了那年冬天的雪花／白雪覆盖下，一切都安静了／而记忆里的种子还没有沉眠／它为萌生选择了雨雪／再次回到大地痛苦的轮回里"。这种受苦的、苦难的生活将永远轮回下去。从作者的创作自述《雨中的日子——我的长诗〈审判〉》中得知，这首诗取材于诗人在几个工厂辗转数载打工的经历，诗中所写工友的工作状态也是诗人的真实观察。如果说"那群承包的商人"完成了对农业生产的"审判"，那么进城打工的农民工则经历着另一种工业劳动的"审判"。

这首诗清晰地呈现了工业化生产是一种去个体化的、伤害个体身体的压迫性劳动。正如高度理性化是现代生产的基本特征，但这种理性化恰好不"计算"工人的生命，第十九节有这样的诗句："一分钟锯多少块木头/纺织了多少米的布/组装了多少个电池/是可以统计的/而一分钟流了多少滴汗/有多少粒尘埃和黑暗被吸进肺叶、脏腑/有多少人正从村庄里走失/有多少手指正在被机器吞噬/有多少亲人正在血液里分离/是无法统计、计算的。"之所以"无法统计"，是因为中国有大量廉价而优质的劳动力，这使得以利润为导向的资本主义生产可以最大限度地榨取工人的劳动。这种异化的工业劳动几乎是近些年打工诗歌中最为核心的主题，也是几亿中国新工人在全球制造业加工厂中最为真切的生命体验。这些用鲜血写就的诗篇击碎了被消费主义幕布所包裹的城市景观社会的幻想，那些越来越智能便捷的电脑、手机等电子产品以及光鲜亮丽的高楼大厦背后都沾满了工人们的血污。因此，工人诗歌对于工业生产内部的"曝光"是对去生产化、去工业化的都市大众消费文化的批判。

不过，对于一名中国诗人来说，只把从事工业生产的工人描写为受苦人、受刑人是不够的，还需要继续追问这场工人被判刑的"审判"是如何发生的。这种新工人变成雇佣劳动力的宿命与另外两场"审判"有着直接的关系，一场是上世纪90年代国企工人的下岗使得国有企业这种通过工人占据生产资料来成为企业主人的工业生产制度受到"审判"，第二场则是上世纪七八十年代之交的"审判"直接宣布一种以工农大众为主体的政治实践的失败。正是这样两场影响深远的"审判"，使得工人在国家（政治）和企业（社会）两个层面上丧失"当家做主"的可能，这也使得上世纪八九十年代以来进城的农民工在走进工厂之前就已经被预先戴上了"刑具""链条""牢笼"和"铁圈"。不占有生产资料的新工人只能成为法律意义上的雇佣劳动者,他们与工厂没有任何认同感,而他们的劳动所得也几乎无力购买其所生产的产品。在这个意义上,与其幻想"所有的困苦在梦中得到了偿还",不如重启一场新的"审判"。

第三节　现代性视野下的工业经验

近代以来,现代社会建立在工业社会的基础上,工业时代是现代文明、城市文明的地基,工业也成为区分前现代与现代的标识。对于现代工业文明来说,一方面指一系列发明创造,从纺织机革命、蒸汽时代、电气时代到电子时代、信息时代,资本主义工业文明被描述为科技进步的历史,另一方面指一种以机器生产为组织原则的工业化大生产,工厂把城市变成现代化大都市。工厂的诞生也为工人阶级、无产阶级的形成提供了历史条件,而工业化水平、工人的数量成为现代化、城市化的指标。从这个角度来看,工业、工厂、机器应该成为现代性经验的内核,但现代性对于工业的表述却非常暧昧。

首先,现代性关于工业的呈现非常匮乏,这体现在工厂空间基本上成为现代性经验中不可见的空间。比如广场、咖啡馆等都是资本主义文化的公共空间,甚至连资产阶级的客厅也成为自由讨论的沙龙。反而作为工业生产、工业文明的工厂空间变成无法再现的黑洞。这一方面是现代社会(后工业社会)中的消费空间、消费主体压抑和遮蔽了生产空间、生产者,另一方面工业生产、工人阶级成为高歌猛进的资本主义无法表述的隐秘。比如关于工厂的电影似乎只有卓别林的《摩登时代》(1936),这种流水线上的重复劳动也成为一种最典型的工业生产的代表,至今从打工诗歌中看到的也是这种流水线式的生产经验，工业生产总是单调、贫乏和异化的。

其次，工业生产在现代性中经常被作为负面的、反现代性的经验，反工业成为反思现代文明的主流论述。就像浪漫主义者最早发起了对现代社会、工业社会和机械时代的批判，甚至不惜用前现代的乡愁来批判现代社会的异化。比如英国是世界上最早实现工业化的国家，而英国的主流文化却是一种乡村、乡绅文化，带有浓郁的乡愁气息。在现代性经验中，不仅关于工业的空间很少被呈现，而且正面讲述工业化、现代化的文本就更少，除了未来主义等少数先锋作品外，大部分现代性的经典作品都是批判工业化、反思现代文明、讲述机器与人的对抗、工厂劳动的异化等，因此，工业、工人成为现代文明的阴暗角落，意味着肮脏和贫困。正如在很多现代主义的文本中，工业变成了废墟，工厂变成了无人区，是人类末日的景观，这些工业的废墟在人类死亡之后依然坚硬地矗立着、霓虹灯依旧闪烁、广告屏幕循环播放，这成了人类的现代梦魇。

第三，后工业时代的文化更是一种去工业化和反工业化的文化。这体现在两类故事上，一个是把工业讲述为过去时代的故事。后工业社会最大的特点就是既能享受到高度发达的现代文明，又能去除掉工业社会的污迹，因为工业生产已经成功转移到第三世界尤其是东亚地区，这也是二战后日本、亚洲四小龙和中国沿海地区依次经济崛起的关键。正因为上世纪90年代以来世界工厂转移到中国内地，欧美才得以出现一尘不染的后工业社会，而中国也在这轮工业化中成为世界第二大经济体以及产生几亿新工人。工业及工厂成为后工业社会或城市景观中消逝的景观，或者变废为宝，把废弃的工厂转化为文化艺术中心，如法国巴黎的蓬皮杜艺术中心就模仿工厂的造型，而北京的798工厂也成功转型为后工业时代的支柱产业文化创意园。第二个故事是工业在后工业社会彻底变成了污染源，绿色生态有机成为正面价值，以至于有机农业、绿色农业变成后工业时代的美丽田园。就像科幻片《星际穿越》（2014）的开头是工业化带来粮食危机，地球不再适宜人类生存，而结尾处则是未来的人类生活在一个鸟语花香的后工业社会。

与这种从工业时代到后工业时代关于工业的匮乏、负面和批判论述相参照，恰好是社会主义国家、社会主义运动中出现了大量对于工业和现代性的正面描述和赞美，出现了一种"工业田园""现代化田园"的意向。工业不仅不是污染源，而是社会主义现代化的标识。比如有很多诗歌歌颂工业城市、现代化城市，赋予工业化、现代化一种先进的、乐观的想象。在社会主义文化中，城市一般充当着双重功能，一方面黑暗城市、城市的黑夜是腐朽堕落的资本主义文明的象征，另一方面阳光下的城市、喧闹的城市、工人的城市又是现代化、现代文明的代表。这种对工业的正面表述，既与马克思对于共产主义的设想建立在高度发达的资本主义文明有关，又与作为第三世界的社会主义国家渴望进行现代化和工业化建设有关，更重要的是，这种论述得以出现的前提是把从事工业生产的工人放置在历史的主体位置上。于是，在社会主义国家，工厂成为现代化城市的标志，工厂工人也成为城市的主人。

当然，这些社会主义实践中常见的工业、工厂、工人、生产、劳动等概念之所以如此重要是建立在马克思对资本主义工业化大生产的批判之上，把劳动作为价值的惟一来源，把工人阶级的生产劳动与掌握资本的资产阶级的对抗作为资本主义社会的主要矛盾。与这种社会主义工业文化相匹配的是一种以生产为中心的文化，强调集体性、组织性、节约伦理等。不过，经典的社会主义理论和实践中确实缺少环保和生态的维度，从环保、自然等角度来反思资本主义的过度生产、过度发展、过度消费也是上世纪六七十年代西方反资本主义文化的产物。在这些背景之下，不管是社会主义时代或国有工厂老工人对工业、工厂经验的正面描写，还是全球资本主义产业链最低端的新工人对工厂异化劳动的批判，都是对当下中国和后工业世界来说格外重要的现代性经验，也是重新理解以工业文明为基础的现代资本主义世界的关键。

第四节　工人诗歌的文化意义

如果说工人诗歌表述了我们当下的生活，而问题在于我们又是在日常生活中看不见的、也感受不到工厂存在的时代，只有读这些工人诗歌才使意识到原来我们和这些工人生活在同一个时代。这些异化的工人生活特别像 19 世纪的作品中所展现的状态，也就是说，21 世纪的我们遭遇到了 19 世纪的工人。这个时代和 19 世纪有什么不同呢？我们现在确实很多人不用去做工人了，我们只要在城里从事文化等服务业就可以了，而把工人和工厂集中在特定的区域，比如说城市的建筑工地或珠三角的工业园，工人只管生产各种消费品，而基本上不参与城市生活。所以，我们在城市里基本看不到工人的身影。可是中国目前大概有 3.6 亿工人，虽然技术已经取得了很大的进步，但是依然需要如此之众的工人从事工业劳动。相比 19 世纪城市景观中随处可见的工厂和工人，21 世纪的现代社会只是通过产业转移的方式，实现了城市空间的去工业化，就假装以为克服了工业化的弊端，这实际上是一种掩耳盗铃的行为，工人一点都没有减少，反而为了供养欧洲和中国的中产阶层，需要生产出更多廉价的消费品，这些都建立在对工人劳动的剥夺之上。只要不改变资本主义这种文明的形态，从事工业生产的工人就不会消失，其生存境遇也不会获得根本性的改变。

诗歌写作确实是一种有创造性的劳动，不管发不发表，都可以暂时逃离这种繁重的螺丝钉般的工作状态。马克思曾经描述过共产主义社会，人们白天上班工作，晚上可以唱歌、跳舞、写诗，这是劳动者身心解放的标志。工人不仅是文艺的消费者，也是文艺创作的主体。不过，在现代社会，诗人或艺术家有一种特殊的功能，就是示范了一种个人化的生存方式，一方面进行有创作性的文化艺术劳动，另一方面又用文化艺术产品来挣钱养活自己，这是一种最理想的工作状态，既避免了从事异化劳动，又能够有较高的收入。所以艺术家有可能成为一种有尊严的劳动者。上世纪八九十年代以来，不仅是工人、农民从事文艺创作，就连消费文化都变得很困难，因为市场化的文化产业先在地把工人、农村从消费者中排除在外，就像网络、电视虽然底层也能很便宜的使用和收看，但是里面很少有工人、农民的节目，即使出现也是一种猎奇式的消费，大多数文化娱乐产品所对应的消费者都是城里年轻小资，就像电影产业很明显，已经从毛泽东时代的全民、城乡共享的艺术，变成了现在的以90后为消费主体的艺术样式。在这个意义上，文艺创作本身涉及到文化权利和文化民主化的问题。

讨论工人诗歌往往涉及到是工人自己写的，还是别人写工人的问题。在讨论女性诗歌时也会追问这个问题，究竟是女人写的，还是写女人的，讨论农民诗歌也是如此，为什么一说到工人、女人、农民等特殊身份就涉及到代言的问题，好像有一些身份是不言自明的，无须代言的，"我"能自主地发出自己的声音，而像工人、农民等弱势群体则只能被代言，他们无法自主地发出自己的声音。这当然与工人、农民处在社会底层的位置有关，他们需要争夺更多的话语空间。不过，在讨论工人、农民能不能发出自己的声音之前，应该追问为何在 30 年社会改革的过程中，人数最多的工人、农民会变成社会底层、会再次成为社会苦难的象征。如根据路遥小说改编的电视剧《平凡的世界》，讲述的是上世纪 70 年代末农村青年寻找人生出路的故事，那个时候，农民、工人不是社会底层，而是社会改革的主体，最终路遥让孙少平进城当煤矿工人，也被认为是一种"平凡的世界"里不平凡的劳动者。如果现在拍农民和工人的故事，肯定就是底层和苦难。正如女诗人寂之水的长诗《审判》开头就把打工者描述为一个"携着叮当作响的刑具"的受刑人。

这种工人代言以及作为底层的工人能否发出自己的声音，也是后殖民理论家斯皮瓦克所追问的"底层能否说话"的问题。这可以从另一个角度来思考。与女人、农民等身份不同，工人比较特殊。工人是现代社会、现代资本主义文明的产物，工人诗歌里清晰地表达了人对机器、对工厂的态度，这种人与机器的关系以及人在工厂里劳动的方式是现代社会以来人的普遍状态，工人恰好不需要被代言，工人是现代人类的代言者。在马克思的阶级论述中，工人不只是"工"人，而是一种普遍意义上的"人"和"人类"。工人阶级的普遍性在于工人的解放是人类社会解放的前提。因此，我们需要重新思考工人的这种普遍性，而不只是在差异政治、身份政治中理解工人的问题。马克思认为，工人用劳动创造了整个现代社会，只是不占有生产资料，所以工人的劳动是一种异化劳动，也是一种被奴役的劳动。这种雇佣劳动是当下大多数劳动者的普遍形态，即使更多从事脑力劳动的小白领也是如此。

具体到工人诗歌来说，最突出的主题就是写工人在工业流水线上的异化生活，写他们的疲惫、劳累和厌倦。还有一个主题也在诗歌中反复出现，就是工业生产中出现的工伤事故，机器总是张着"血盆大口"，随时随地可能吞噬工人的身体，这对工人来说是最恐怖的创伤记忆。这种脆弱的身体与冷漠的机器之间的强烈对比，表现了机器对身体的压榨和压迫。工人在工厂空间和工业生产中没有任何尊严，完全处在异化和物化的状态。这些正是现代主义艺术的核心命题，工人才是现代主义诗歌最合适的主人。换一个角度来说，工人题材诗歌中所呈现的工人与机器、工人与劳动的主题，也是具有普遍性意义的命题，并没有过时。即使在信息时代，人与机器也是密切相关的，尤其是以智能手机、智能网络为代表，人已经被机器化。而关于工人与劳动的论述中所引发的劳动与资本的对抗，最终是人与资本的对抗。如果考虑到劳动又可以区分为脑力劳动和体力劳动，那么工业劳动与资本的关系也成为非工业劳动、非物质劳动与资本关系的隐喻。所以说，工人的议题确实不是只关于工人的，而是关于作为普遍意义的现代人、现代人类、现代文明的问题。在这个意义上，工人问题是工业时代的核心问题，人类的解放、现代文明的出路与工人的命运是紧密相连的。

第九章　以文学为媒介与新工人社区重建

2017年4月25日，家政女工范雨素的《我是范雨素》一文在微信公号"界面·正午"上一经发布，就迅速成为移动互联网上最流行的文章，短短几天时间网络阅读量达到三四百万次①。这次事件让主流媒体关注到北京五环外有一群喜欢文学的打工者组成的"皮村文学小组"，他们利用周末时间，与城里来的文化志愿者一起切磋、讨论文学，范雨素就来自于这个业余文学兴趣小组。文学（中国现代文学）这一五四新文化运动时期创造出来的新文类和新媒介，在20世纪中国现代文化、革命文化中发挥着重要作用，如同弗雷德里克·杰姆逊所述的"第三世界文学"一样②，新文

---

① 微信是2011年深圳腾讯公司推出的一款手机APP，是目前中国使用人数最多的社交媒体，活跃用户超过10亿人，已经成为中国社会日常交流和工作联络最为重要的媒介平台，在这款社交软件上，有发布图文消息的自媒体平台，一般一篇文章点击量超过10万次就是流行文章。

② ［美］弗雷德里克·杰姆逊，张京媛译：《处于跨国资本主义时代中的第三世界文学》，《当代电影》1989年第6期，第45—57页。

学承担着文化启蒙、国家救亡的社会职能。直到上世纪八九十年代初期中国社会转向全面市场化改革的时代,这种现代文学才丧失与时代、与社会互动的功能,变成被大众文化、商业文化边缘化的精英文化①。以范雨素、许立志为代表的新工人文学,重新以文学为媒介书写自己的故事,让不可见的工业劳动变得可见,让不可触及的社会经验变成公共文化。

第一节 在"别人的森林"里创造新工人文化

20世纪80年代以来,中国改变50年代到70年代的计划经济体制,开启了对内进行商品化、市场化改革,对外引进外部资金、先进技术的开放政策。这导致20世纪80年代末期大量农村劳动力开始到东部城市、南方沿海地区打工的历史,也使得中国成为欧美、亚洲四小龙等发达地区进行制造业大规模转移的区域。凭借廉价劳动力的制度优势,2000年前后中国迅速成为世界加工厂,经济也进入高速起飞的阶段。据统计,2000年进城农民工约为0.78亿人②,到2018年为2.8亿人③。这个庞大的群体成

---

① 在毛泽东时代(20世纪50年代到70年代)和20世纪80年代,文学是中国最具大众性的阅读文类,文学本身也追求一种通俗化、群众化的叙事和阅读效果,这与20世纪90年代文学越来越小众化、精英化是不同的。20世纪90年代出现文学被边缘化的状况,主要原因有两个,一是文学这种文类不再承担文化、意识形态斗争的中介,二是文学写作风格也更追求叙事技巧和复杂化。

② 《中国农民工战略问题研究》课题组:《中国农民工现状及其发展趋势总报告》,《改革》2009年第2期,第7页。

③ 国家统计局:《2018年农民工监测调查报告》,2019年4月29日,http://www.stats.gov.cn/tjsj/zxfb/201904/t20190429_1662268.html。

为支撑中国制造加工业和城市低端服务业（如餐厅服务员、保姆、保安等）的主力军。他们尽管人数众多，却在主流文化中处于匿声、匿名的状态，经常被描述为底层群体和弱势群体①。在这种背景下，文学成为他们讲述自己的故事，表达人生和社会态度的媒介。

在新工人文化中，文学创作或者以文学为媒介来表达新工人的精神、文化诉求，是一个非常突出的现象。文学作为一种相对传统的媒介形式，成为弱势者发出声音的中介。如果从上世纪90年代初期的打工文学算起，这种新工人文学的形态一直伴随着农民工进城打工和中国成为世界加工厂的30余年历史，从未中断过。这主要有三个方面原因：一是，相比戏剧、美术、影视等需要专业训练、团队合作和资本支持的文艺类型来说，文学书写是一种成本最低的创作方式，尤其是诗歌写作，是工人文学中最常见的文类，因为诗歌的篇幅较短、又能直接表达个人情感，再加上工人只能用业余的片段时间进行写作；二是，农民工虽然从事体力劳动，但相当多的农民工接受过基础教育，这和新中国成立之后，国家展开的大规模的扫盲运动和各种夜校、技术培训等非正规教育有关，这也使得中国工人具有比较高的文化素养②；三是，在上世纪50年代到70年代，文学是最大众的

---

① 2002年，在时任中国总理的年度政府工作报告中，把农民外出打工群体命名为"弱势群体"，是政府需要特别援助的对象，"弱势群体"具体包括下岗职工、"体制外"的人、进城农民工、较早退休的"体制内"人员这四类群体，之所以要把他们划归为"弱势群体"，是因为"目前的城市最低生活保障还覆盖不了他们，需要政府单独立项拿出钱来援助"，参见记者何磊对劳动和社会保障部社会保险研究所所长何平的采访，《朱镕基报告中新名词，弱势群体包括哪些人》，《中国青年报》，2002年3月7日。

② "据1949年至1988年统计，共扫除文盲16355万，使总人口中的文盲率由1949年的80%以上降至目前的20%"，中华人民共和国国家教育委员会成人教育司、中国成人教育协会编：《中国扫盲教育》，人民教育出版社，1988年版，第1页。

文化媒介，作家也是社会地位比较高的知识分子，这也使得文学成为群众文艺的组成部分，从一些工人创作者的访谈中可以看出，他们在农村也能接触到文学期刊和书籍，直到现在文学在中国都有庞大的阅读群体；四是，上世纪90年代后期互联网在中国兴起，互联网为这些弱势群体提供了文学阅读和交流的空间，很多工人创作者有个人博客、QQ空间、微博等自媒体平台，比如范雨素不会用电脑写作，她还是用笔写在纸上，然后在文化志愿者的帮助下打成电子版，最终她的文章借助移动互联网平台广泛传播，这本身是前电脑时代的经典写作与互联网时代的碎片化阅读之间的奇妙组合。

这40年来，中国发生了翻天覆地的变化，其中有一个社会群体更是经历了"乾坤大挪移"，这就是中国工人。一方面体制内的老工人在上世纪90年代的国企改革中纷纷下岗，从城市的主人沦落为社会底层，另一方面90年代的招商引资，又让越来越多的农民进城打工，成为中国制造的廉价劳动力。老工人失去了单位制的庇护，新工人又生活在新的雇佣劳动关系中。新世纪以来，新工人一直是社会底层和现实苦难的象征，他们的低收入无法实现在城里安家的梦想，甚至也无法与妻子、孩子生活在一起。虽然他们在城里有工作，并非失业人口，但其弱势的政治、经济位置，使得他们成为都市里的隐身人，就像被遮挡在工地绿色帆布里面的建筑工人一样，无处发声，也无法被看见。

这种在流水线上进行重复劳动的工业经验，让打工者丝毫无法对工业、城市产生任何正面的价值，反而认为工人的身份是一种耻辱，就像新工人诗人唐以洪所写的《把那件工衣藏起来》。这首诗聚焦于那件跟随了"我"二十年的灰色工衣，"灰色里的泪痕，和汗水/那些胶水味，机油味，酸楚味/线缝里的乡愁"①，这件工衣承载着"我"打工的历史和记忆。在工衣里面包裹着"一只发不出声的蝉子"和一个"闷头干活"的"哑巴"，这份"噤若寒蝉"的屈辱使得"我"要把灰色的工衣"藏到最深处/藏到谁也找不到的地方"，因为"我担心从记忆的深处/又把它们揪出来/再一次受到磨难/和伤害"。这首诗一方面表现了工衣所代表的工业劳动对打工者造成的耻辱感，另一方面又呈现了工人发不出声音的社会困境。借用打工女诗人寂之水在长诗《审判》中的一句诗"在大地上奔逃，流失/他的背影透出一丝无奈和凉意/熟练地掀开记忆"②，新工人文学的文化意义正在于把这些隐藏的、被压抑的、不可见的工人经验和记忆掀开。对于这种在城市打工的陌生感和异样感，另一位新工人作者郭福来写过一首诗《写给孩子》，其中有一句是"孩子，别离我太近/咱们都像一颗颗/孤独的树/生活在别人的森林/我的枝叶会阻挡/你吸收阳光，甘霖"③。这首写给留守儿童的诗歌，准确地表达了新工人在城市里的感受，对他们来说，北京、上海等大都市不只是陌生人的海洋，还是一片"别人的森林"，是不属于自己的、也无法找到主体感的空间。

这些新工人写作者无疑是广大普通劳动者中少数有才华的佼佼者，对于范雨素、许立志等外来打工的流动人口来说，他们像候鸟一样，处在

---

① 唐以洪：《把那件工衣藏起来》选自秦晓宇主编《我的诗篇：当代工人诗典》，作家出版社，2015年版，第187页。

② 寂之水：《审判》，选自秦晓宇主编《我的诗篇：当代工人诗典》，作家出版社，2015年版，第337页。

③ 郭福来：《写给孩子》，选自《皮村文学——工友之家文学小组作品集（2014—2015）》（第一辑），电子刊物，第140页。

"待不下的城市,回不去的农村"的尴尬位置上①。相比打工文学中大部分写作者主要以个体的方式从事创作,近些年在一些城市也出现为打工者提供文化服务的非营利公益组织,他们在新工人聚集的城中村或城市边缘的社区,依靠社会力量创办公益图书室、影院、剧场等文化空间,让那些有文学、艺术爱好的打工者可以在休息时间免费享受文化生活。可以说,这些公益机构在"别人的森林"里为新工人搭建了一片文化的天空。

第二节　新工人文化社区的重建

北京工友之家就是在"别人的森林"里搭建的文化"帐篷",在这个临时租借的都市空间里,工友之家十余年坚持为打工者撑起一片文化服务的天空。他们开展的文艺活动多种多样,有打工文化博物馆、电影放映室、图书室、新工人剧场等文艺活动空间,也有戏剧、电影、摄影、文学等兴趣小组,给工友免费提供学习、娱乐和休闲的地方。下面将主要以北京工友之家文化发展中心为例,来分析公益机构参与塑造新工人文化的过程,选择该机构作为个案,有两个原因,一是它成立时间比较早,也具有较大的文化影响力,范雨素、郭福来、小海、万华山、苑伟等就是该公益机构组织的文学写作小组的成员,二是笔者也以文化志愿者的身份,从2014年以来经常参与该机构开展的文化活动。

2002年5月,孙恒、王德志、许多、姜国良等几位爱好文艺的打工青年发起成立了打工青年艺术团,他们在工地、场区等民工居住地进行义

---

① 吕途:《中国新工人:现状与未来》,《社会科学报》2015年7月30日。

务演出。两年后,他们成立了北京工友之家文化发展中心的公益组织(简称"工友之家"),为普通打工者免费提供各种公共文化生活。在他们发行的第一张唱片《天下打工是一家》中,有一句宣传语是"这是一个沉默的群体,他们不能表达自己。而'打工青年艺术团'却能通过文艺发出了我们自己的声音",工友之家的功能就是实现从"他们不能表达自己"到"发出我们自己的声音"的转变。2005年工友之家从北京西北五环外的肖家河搬到东北五环的皮村,靠近北京顺义国际机场,每天都有上千架飞机从皮村上空降落,来过皮村的工人诗人魏国松这样写道:"还有掠过皮村上空飞机的噪音/也很肮脏。每隔几分钟/便会犁过这里人的头皮一遍"①。

"打工青年艺术团"在工地、场区等民工居住地进行义务演出,张显"农民工"的主体性。"打工青年艺术团"成立不久,其行为很快就被中央电视台的《实话实说》《社会记录》等电视节目以及《人民日报》《中国青年报》等各大媒体报道②,引起了社会的广泛关注。在短短的两年时间里,"打工青年艺术团"已经扩充为一个名为"北京农友之家文化发展中心"

---

① 魏国松:《皮村纪事》,魏国松新浪博客,2015年2月9日,http://blog.sina.com.cn/main_v5/ria/private.html?uid=1249386790。

② 截止到2004年9月,中央电视台一套《当代工人》(2期专题)、《实话实说》、中央电视台新闻频道《小崔说事》《东方时空》、中央电视台新闻频道《新闻会客厅》《社会记录》、中央电视台二套《对话》、中央电视台三套《激情广场》、中央电视台七套《走进都市》《相约》、西部频道《新闻夜话》、北京电视台、上海东方电视台、河北卫视、湖南卫视、香港凤凰卫视《人民日报》《工人日报》《农民日报》《人民政协报》《中国文化报》《中国青年报》《公益时报》《检查日报》《中国国际人才》杂志《农村青年》《河南日报》《河南教育时报》、中国改革杂志社《农村版》、新华社《半月谈》(内部版)、《西部时报》《北京青年报》《人物周刊》《新京报》《成都商报》等多家媒体曾作为打工青年艺术团的专题报道。

的 NGO 组织。在发起人、团长兼乐队主唱孙恒的访谈中①,他回忆了来北京一年后的 1999 年"背着吉他,开始流浪,想去追求人生的理想、自由"的经历(很像一名浪迹天涯的"流浪歌手")。当他"背着一把民谣吉他全国各地走了很多地方……在这个过程中,我在街头、地铁站卖唱,去高校,什么地方我都去。所以在这个过程中我接触了大量的各式各样的劳动者……这个过程使我看到了社会另外一面,而在这之前我所认识的只是书本上、报纸媒体上的",通过这种"经历"或者说历险记,孙恒"看到了"被大众传媒遮蔽的另一面,即"在这个过程中我看到了真实生活的残酷性"。这种在追忆中形成的"民谣之旅"是孙恒"成长"的第一个阶段,第二个阶段是通过在北师大听讲座而后到明圆打工子弟学校执教完成的,"事实上这个过程,更深刻地让我了解到打工者这个群体。让我意识到其实自己也是一个打工者",孙恒格外强调了第二阶段对于自己人生的意义,或者说这个阶段使其与以前的生活发生了某种断裂,"以前我对自己的身份不能确定,别人问我是做什么的我都很难回答。之前我只考虑到自己,没有看一下这个时代……而我也不过是在这样一个时代发展背景下成为打工这个群体的一个。我是这个群体中的一分子。我自己的命运、生存地位是属于打工者",但有趣的是,孙恒在"民谣之旅"之前已经做过打工子弟学校的音乐老师,如果说那时的他还主要"只考虑到自己",那么经过这两个阶段,他不仅练就了穿透"大众传媒"的"火眼金睛",而且还获得了"打工者"的自我指认,把"自己"归属于"从农村来城市打工的人"。

事实上孙恒 1998 年来北京打工之前的身份是开封一所中学的音乐教

---

① 以下引用皆出自《我们为劳动者歌唱——打工青年艺术团团长孙恒访谈》,《文艺理论与批评》,2005 年第 2 期。

师（中学教师也是"打工青年艺术团"多个成员的职业），之所以要离开这种被他称之为"铁饭碗"的"体制内的生活"是"对自由的渴望,对全新生活的向往","逃离"之路则是来到在多重意义上处于中心位置的"北京"打工,而当他最终找到自己的位置/身份还需要经历由北京到全国各地再到北京的"流浪",这既是空间的移动,也是心灵的历练。在这份简单的自述中,孙恒已经由一个反叛体制的怀有梦想的青年人成长为、顿悟为或者说自我意识为一名"打工者"。这很像曾经熟悉的青年人/知识分子/小资产阶级通过对社会/历史的"洞察"而或者背叛原有的阶级或者自然就加入到历史主体的无产阶级的革命道路之中,如果说"代表"的资格来自于对一种"打工"身份的认同,但这里的"打工者"却无法获得无产阶级作为目的论支撑下的历史动力学的崇高位置,或者说,正是这种目的论在理论叙述和历史实践中的双重失败和陷入困境,使"打工者"这个称呼成为一种历史的幽灵性浮现。

"打工青年艺术团"发出"我们自己的声音",还因为"我们认为,惟有从我们自身的处境当中找到应对策略,才能避免把解决困难的希望寄托于社会力量、权威部门出面'做主'的被动局面"。[①]这种主动的姿态体现在他们创作和演唱的歌曲中,比如《打工、打工、最光荣!》这首歌里有"高楼大厦是我建,光明大道是我建""我们是新时代的劳动者,我们是新天地的开拓者"等歌词。"劳动者"在经典马克思主义及其社会主义实践中具有积极的价值,是因为"劳动者"/"生产者"有一个具体的所指"工人阶级",而这种对"劳动者"的借用,却无法指向工人阶级,这就使获得"劳动者"身份的"打工者"完全无法分享或占据某种历史主体的位置,

---

① 参见《天下打工是一家》CD 的宣传页。

但是这种"挪用"却复活了"劳动"的正面价值,他们借用"劳动者"来使"打工"去污名化,赋予"打工者"一种主体性的身份,因为我们是"劳动者",所以我们最光荣。在上文所说的这个"工人阶级失去历史主体位置"的时代里,孙恒等创作者重新赋予"打工者"以"劳动者"的身份,可以看成是一种对社会主义遗产的继承。

第三节 以文学为媒介

2014年9月,工友之家应喜欢文学的工友要求成立文学小组,目的是为有文学兴趣的工友提供学习、交流的空间。每周日晚上七点半,那些对文学写作和阅读有兴趣的工友们便会来听课,一起度过两个多小时的文学时光,让这些漂泊在城乡之间的劳动者有一所文学的港湾。

授课老师则是从城里来的在高校、科研机构工作的老师、作家或艺术家,我也是其中一名从"城里"来的文化志愿者。2014年秋天到2015年秋天主要由我来上课,2015年到2016年我去美国做学术访问,由更多的朋友来这里提供文化服务,2016年秋天我回国之后,也继续和朋友们一起做文学分享。我会带领工友们一起朗读文学经典作品,探讨一些社会问题,同时鼓励他们用诗歌或散文书写自己的或身边人的故事。与正规的学校教育不同,在文学小组的课上,没有固定的讲义和教材,讲什么内容与每位老师的知识背景有极大的关系。文学小组的"课堂"也不是前面是讲台、后面是课桌的教室空间,而是一个会议室,工友和志愿者老师围在方桌前,更像一个交流与互动的圆桌讨论会。

我所参与的文学小组课,有一半时间是和工友一起讨论文学作品。一开始每节课我都讲一些写作技巧，比如如何写人物，如何写动作等，但效果不是很好。我也觉得写作技巧比较枯燥，写作能力还是与文学阅读、文学欣赏能力有关。因此，每次课上，我会选一些经典的文学作品与工友们分享。在备课的过程中，我才意识到原来作为大学教育的文学经典，其实与新工人的实际生活和经验还是有很大隔阂的，而工友的文学经验一般来自于初中和高中语文。我试着找一些与中学语文不同的文学作品，来激发工友们的文学兴趣。比如卡夫卡的《变形记》，讲述了卑微的小职员在现代社会变成大甲虫的故事，和新工人在现代社会中的非人状态有相似之处。比如路遥的《人生》和方方的《涂自强的个人悲伤》等，都讲述从农村到城市来的故事，也和新工人的经历很像。还讲过雪莱夫人的科幻小说《弗兰根斯坦》，这部反思现代科学的作品，工友们不太容易接受。除了文学经典，我还会讲一些社会事件和话题，比如 APEC 会议期间讨论了 APEC 蓝的问题，我从微信群里找了一些关于 APEC 蓝的笑话，但工友们感觉很陌生，这也能看出环保议题、国家大事不是每天劳作的工友们所关心的日常话题。不过，讨论 APEC 期间潘小梅在北京地铁被屏蔽门和安全门意外挤死的事件，却激发了工人们的共鸣，因为潘小梅就是手机推销员、北漂、单身母亲，和新工人属于同一个社会阶层。还有就是 2014 年 10 月 1 日去世的富士康诗人许立志，我选了几首许立志的诗，这种流水线上的生活、压抑的工厂以及夭折的青春，工友们很受感动，也开始尝试用诗歌的方式来表达自己的生活。

在讲的过程中，我发现有两个环节受到大家欢迎。一是轮流朗读作品，如果要讲授某篇作品，我会让工友们每个人读一段，然后再一起讨论。我把他们的作业和作者照片投影到 PPT 上，前面是鲁迅、卡夫卡，后面就是工友们的作业，然后边读他们的文章，边与大家一起分享文学写作的技巧和其他一些问题。这种朗读的方式不只是让大家熟悉作品，更重要的是让每个工友主动地参与到学习中，朗读的过程是把文字变成声音，这使得学习本身带有一种现场感和剧场感。这种"读"书的学习方式，来自于中国现代革命历史中所进行的群众教育运动，面对不识字的或识字不多的工人、农民，经常采用读报小组、读书的形式进行自我教育，其中"读"出声音是一种常见的教学形式；第二环节是点评工友的作品，我会从大家交的作业中选出一些，让作者自己先朗读，然后工友一起来点评，什么地方写的好，什么地方写的不好，不管是批评，还是表扬，写作者都感受到是一种鼓励，工友意识到自己不只是学生，也是一位可以创造文学作品的"作者"，与此同时，从其他工友的评论中，大家也能获得一种集体的交流和认同。这种文学的展示，对工友来说是一种很大的鼓励。有几个工友几乎每次都交作业，我也能感受到他们每次上课都等着作业讲评环节。这本身也能说明文学写作、文学创作能够给人带来一定的成就感。相比工友们在其他岗位上劳作，写作是一种有创造性的活动，也许能够让他们暂时摆脱繁重的体力劳动。借助"文学"课堂，工友分享打工过程中的情感以及对社会问题的态度，我很少打断工友的讨论，有时候，大家争论的很厉害，这种争吵也显示工友才是文学小组的主人，而我更像一位"沙龙"的组织者和引导者。

记得一次课上，讨论 APEC 期间北漂潘小梅在北京地铁被屏蔽门和安全门意外挤死的事件，引发了工友们的共鸣，因为潘小梅就是手机推销员、北漂、单身母亲，和新工人属于同一个社会阶层。文学小组的寂桐后来写了一首反映潘小梅事件的诗《地铁上的不归路》："屏蔽门啊 / 地铁门啊 / 你们像两把无刃的刀子 / 随着几声巨响 / 她的内脏碎了 / 她无法挣脱 / 她想着她就快完了 / 被挤压的青春 / 被挤压的人生 / 在这一刻停止。"这种"被挤压的人生"不只是潘小梅的人生,也是生活在这个时代的亿万打工者的宿命。2015年发生了毕节留守儿童自杀事件,在课上我和工友们一起讨论了这起人间悲剧。工友范雨素从农民工母亲的角度完成了一首长诗《一个农民工母亲的自白》,不仅写了社会上对留守儿童、流浪儿童的种种歧视,更在结尾处以"黑暗的地母"的身份发出历史的祈求:"我祈求,我的孩子/毕节的孩子们,农民工的孩子们/都有来生/在来生/所有母亲的孩子/不叫留守儿童/不叫流浪儿童/他们都叫作/六十年前/毛爷爷起的名字/祖国的花朵。"这首诗少有地唤起了当代中国历史的记忆,六十年前的"祖国的花朵"与今天的留守儿童的遭遇形成了强烈的对比。2017年4月底因为《我是范雨素》的文章在微信公号上成为红文,使得范雨素和皮村文学小组曝光在大众媒体的聚光灯之下。对于这些从事文学写作的普通劳动者来说,媒体的关注让他们获得更多发表和讲述他们故事的机会。

　　文学小组的出现让很多工友有了写作的契机和自信,这也是"发出我们自己的声音"的文化赋权的过程。很多工友来到皮村工作或住在皮村附近,主要原因是这里有工友之家。在工友之家可以借书、看戏剧、看电影,可以买到便宜的日常用品,可以参加戏剧小组、文学小组,还可以和其他工友聊天。也就是说,工友之家像一个公共文艺服务站,与工厂的压抑和家庭的私密空间不同,在这里,工友们可以找到一种"主人"的主体感觉。比如在工友王春玉的作品中把皮村比喻为"圣地",因为这里有聚集着一群"思维超前的公益先锋/千万农民工的需求/亿万打工者的呼声

/让我们来担"①。这种带有自发性质的工人文学小组,可以激发劳动者使用文学来表达的动力,正如范雨素、李若、寂桐等在参加文学小组活动之前,基本没有从事过文学写作,正是这种相对规律性的文学交流空间,使得她们开始用文学作为表达情感的工具。让范雨素成名的作品《我是范雨素》讲述了一位普通劳动女性与书、与文学相遇的故事②。文章开头是"我的生命是一本不忍卒读的书,命运把我装订得极为拙劣",书、文学对这位含辛茹苦独自养育两个女孩的妈妈来说,是强大的精神支柱和情感慰藉。文中记述了她对书和文学的感情。小时候跟着哥哥姐姐一起读文学书,虽然那时的生活很贫苦,但却是一种丰富的精神生活,以至于作者戏谑地说:"一个人如果感受不到生活的满足和幸福,那就是小说看得太少了。"为了使从小没有接受教育的大女儿能够多读书,范雨素从废品收购站买了一千多斤书,很多是没有拆下塑封的新书,因为"一本书从来没有人看过,跟一个人从没有好好活过一样,看着心疼"。这位把书都看的如此金贵的母亲,可想而知是多么看重文学、文化的价值。在无数个绝望的夜晚、无数个打工的时刻,文学确实成为她生命中极其重要的一部分。中国古典文学、现当代文学,包括西方的文学作品,都成为填充时间和心灵的养料,从这个意义上,文学依然拥有最朴素的功能,给普通人提供精神享受。

文学小组的另一位成员寂桐身体有残疾,就在工友之家工作,寂桐是她的笔名,意思是寂寞的梧桐。参加文学小组之后,寂桐写了很多

---

① 王春玉:《公益时代》,选自《皮村文学——工友之家文学小组作品集(2014—2015)》(第一辑),电子刊物,第 123 页。

② 范雨素:《我是范雨素》,界面·正午故事,2017 年 4 月 25 日,https://news.qq.com/a/20170425/063100.htm。

伤感的爱情诗歌,她在自己的诗歌中渴望爱情,又在现实的落差中体认着爱的不可能。如《相伴》"天空没有永恒的晴朗/乌云·雾霾/是它的不速之客/但永远挂着太阳/夜空不一定美丽/星星·月亮/却对它不离不弃/如果你看不见没关系/那就换个角度审视自己/看吧·望吧/你的背影已远去/相伴的是来时的行李/是我对你最深的记忆"①,用日月星辰来隐喻不弃不离的相伴。还比如《梦境》"一个人/一件事/一段情/重演在每个夜晚/清晨·清晨/打开紧闭已久的双眼/环绕依旧不变的房间/却发现原来是在梦里面"②,梦里、梦外是寂桐诗歌中经常出现的双重世界。还有《石·雨》"石和雨的相遇/注定会溅起血色的痕迹/觉醒吧/沉睡已久的石头"③,寂桐把爱的刻骨铭心描写为"血色的痕迹",这也是水滴石穿的彻骨之爱。文艺小组的工友李小杰把寂桐的诗歌《我想牵上你的手》谱成了曲,变成了一首情歌,后来在2015年夏天举办的《劳动者的诗与歌》中演唱,那句"你是我的魂,我是你的魄"感动了很多人。2017年春节,寂桐离开北京,返回家乡生活,她的文学写作也基本中断。还有一位文学小组成员李若,也是参加文学小组之后开始写作和发表文学作品,在网易"人间"的非虚构栏目中发表了大量的非虚构作品,有很高的点击量。2017年秋天李若因家庭原因返回故乡,创作也几乎中止,按照她接受采访时的说法"我

---

① 寂桐:《相伴》,选自《皮村文学——工友之家文学小组作品集(2014—2015)》(第一辑),电子刊物,第19页。

② 同上,第20页。

③ 同上,第23页。

离开了皮村，从此没人和我说话"①。可见，文学小组作为一种文学交流和自我文化教育的空间，不仅让工友们找到文学创作的自信，而且在相互鼓励和学习中更加自觉地使用文学这一表达方式。

这种以文学小组为代表的工人文化空间是一种对新工人文化社区的重塑。在上世纪50年代到70年代，依靠国家单位制建立了工人新村和以工人为主体、以工业为底色的工人文化，在单位空间内部有工人俱乐部、读书小组等各种群众文化活动。改革开放之后，单位制向社区制转变，一方面是国有企业工人社区解体，另一方面是进城农民工处于流动、边缘状态。在这种背景下，以工友之家为代表的公益组织，通过社会力量重建新工人的文化社区，培育有主体性的新工人文化。这种公益组织参与社区建设的模式，在西方、日本、中国台湾、中国香港等国家和地区有着丰富的经验。在西方发达国家的社区服务中也非常重视文学、戏剧、舞蹈等文艺活动在社区人文环境营造中的积极作用，如创意写作课就是教普通人写作，相信每个人都可以掌使握一定的写作技巧，用文学的方式来表达生活和思想。社区文化建设本身是沟通人与人之间的桥梁，通过朗读一篇文学作品、表演一段话剧、跳一次广场舞等，这都是增进居民交流、邻里关系的有效方式。

皮村文学小组就是文化志愿者与社区服务机构合作，共同创造的一种文化公共空间。这种空间有利于促进不同社会阶层、不同主体身份的交流和包容。每年都会有很多国内外的学者到工友之家访问，如美国芝加哥大学的叶纹、荷兰莱顿大学的柯雷、美国印第安纳大学的肖铁等，还有一些

---

① 李若：《我离开了皮村，从此没人和我说话》，网易 theLivings，2018年1月8日，https://www.douban.com/note/652535668/?cid=52267882

文化研究、传播学专业的博士生在这里完成新工人文化的田野调查和民族志研究，这些都使得工友之家变成新工人文化交流和讨论的公共平台。

第四节　借现代文学"发出我们自己的声音"

对于以新工人为代表的弱势群体来说，他们能否说话、能否表达自己，是一个经典的马克思主义命题，在马克思的《路易·波拿巴的雾月十八日》中把复辟时代的法国农民描述为"他们无法表述自己，他们必须被别人表述"①，这也引申出谁能代表他们以及他们能否发出自己的声音的问题。后殖民理论家斯皮瓦克在其著名的论文《底层人能说话吗？》中检讨福柯、德勒兹等后结构主义对主体的论述之后指出底层究竟能否被再现的问题②。如果把这种底层、代言与发声的思考运用到对工人文学的理解上，那么就带来两个问题，一是工人能否使用文学这一资产阶级的文化媒介表达自己的声音，二是工人能否创造出属于自身阶级属性的文学表达。这是一个很难提供现成答案的问题，我认为存在着两种工人文学的形态。一种是上世纪50年代到70年代，依靠社会主义制度和对工农兵文艺的扶持，在知名作家和编辑的帮助下培养工人作家③，这种工人文学主要采用以

---

① ［德］马克思：《路易·波拿巴的雾月十八日》，人民出版社，2001年9月版，第104—105页。

② ［美］佳亚特里·斯皮瓦克：《底层人能说话吗？》，陈永国等主编：《从解构到全球化批判：斯皮瓦克读本》，北京大学出版社，2007年11月，第95页。

③ 对于工农兵写作的研究参见谢保杰：《主体、想象与表达：1949-1966年工农兵写作的历史考察》，北京大学出版社，2015年版。

工农兵为主体的现实主义叙事和政治抒情诗的风格,但这种方式也面临工人作家一旦走向职业化创作就会演变为知识分子作家的困境;第二种是改革开放时代出现的新工人文学,这种文学借用资产阶级文学或者说现代主义文学的形式,尝试发出工人的声音,之所以采用这种现代主义文学的形式,与上世纪80年代以来中国文学的转型有关。改革开放之后,中国文学在表达方式、文学语言上逐渐从以工农兵为主体的现实主义文学转变为强调形式化、去情节化的现代主义文学,认为文学的本质不是表达内容,而是表达的形式,文学要回到文学自身、回到语言和叙事本身,出现了如马原、格非、余华、孙甘露等先锋文学[1],这是一种新的文学规范,也成为上世纪90年代以来中国现代文学的主导形式,又被称为严肃文学、纯文学。这种中国的现代主义文学意味着对上世纪50年代到70年代的革命文学、人民文学的批判,新工人文学是这种后革命时代的文学秩序之下浮现和发展的。比如工人诗歌基本上受到上世纪80年代朦胧诗、先锋诗歌的影响,只是与现代主义文学中出现的去历史化、去个性的抽象主体不同,新工人文学的特殊之处是用现代文学的语言讲述工人、打工者的故事,这就使得现代主义文学所表现的异化主体有了一个恰当的身份,工人就是处在现代流水线的异化劳动中的典型代表。在这个意义上,那些带有工人主体意识的新工人文学借现代文学的规范,呈现了工业生产、工业劳动中的异化感和压抑感。

上世纪90年代,中国进入大众文化消费的时代,主要存在着三种文学类型,一是主流文学,指政府支持、提倡的表现主流意识形态和价值观

---

[1] 贺桂梅:《"新启蒙"知识档案:80年代中国文化研究》,北京大学出版社,2010年版,第115—163页。

的文学，多采用现实主义的创作手法；二是商业文学，指追求娱乐性和大众阅读的流行文学，如网络文学；三是精英文学，主要是知识分子、小众阅读的严肃文学，多采用现代主义文学风格。这些不同的文学类型并非截然对立，而是在不同权力关系中彼此借重、合谋和共享的文化共用空间，"共用空间"是文化批评家戴锦华对当代中国文化的一种理论描述，"笔者因之将上世纪90年代中国繁复的文化格局称为一处'镜城'，一处文化的'共用空间'：国家、跨国资本、中央、地方、企业、个人，在极端不同而间或共同的利益驱动下，彼此剧烈冲突抑或'无间'合作"[①]。在这种背景之下，新工人文学没有延续革命文学的传统，反而在上世纪80年代形成的新的文学规范之下浮现出来，如上世纪90年代以来工人诗歌主要受到上世纪80年代朦胧诗、先锋诗歌的影响，用个人化的、抽象的现代主义语言来创作，只是与中国的先锋诗歌不同，工人诗歌把抽象的主体变成具体的工人，不再是上世纪50年代到70年代政治抒情诗中对工业、生产的赞美，而是原子化的工人与流水线工厂的疏离和异化等现代主义主题。可以说，新工人生活在"别人的森林"里，新工人文学也"借别人的语言"来表达自己的生活和情感。我想通过对小海的诗歌、马大勇、苑伟的小说为例来呈现新工人如何用"借来的语言"来表述自身的文化经验。

2017年皮村文学小组给工人诗人小海编印了一本诗集《工厂的嚎叫》，名字就来自于美国后现代主义诗人金斯伯格的代表作《嚎叫》。小海从十几岁就在珠三角、长三角、京津冀等地区打工。小海是他的笔名，是向80年代的诗人海子致敬。小海也喜欢摇滚乐，喜欢约翰·列侬、鲍勃·迪伦、

---

① 戴锦华：《隐形书写：90年代中国文化研究》，北京大学出版社2018年版，第36页。

平克·弗洛伊德等偶像。在互联网时代,这些相对精英的诗歌、音乐在小海的创作中打下了很深的烙印,而小海的文学贡献在于借用这些高深的现代主义文化表达工人的生活。小海诗歌中的主体非常明确,就是在不同工厂打工的青年人,即便使用的是海子式的浪漫化、史诗化的诗歌语言,小海诗歌中的抒情主体也是颠沛流离、疲惫奔波的打工者。诗歌写作对于小海来说是暂时摆脱工厂空间和打工生活的异度空间,正是诗歌让"一脚踏在工厂 一手托着太阳"的小海"想要一个鲜活的梦想"①。诗歌相如在《让我睡个安稳觉》中写道:"让我睡个安稳觉 在这温柔而绚烂的时代的晚上 / 左手边洒满了朝霞 右手边抚摸着夕阳 / 让我睡个安稳觉 就带着大地深处的芬芳 / 听 耳畔有风轻轻吹过 那正是春天的种子在太平洋下爆裂着生长",结尾是"写于2014年6月1日,一种辗转在各大城市的车间温床上身心极度疲倦后的心声"②。只有在诗歌中,"我"可以成为"我",一个"左手边洒满了朝霞 右手边抚摸着夕阳"的"我",这是一个可以听到"太平洋下爆裂着生长"的"我"。这种主体状态帮助小海熬过流水线上的日日夜夜,可以"怀抱长江 乘风流浪"③。

小海的诗中不光有"我",还经常会出现"我们"。在《造梦时代2》中"当你疲倦地走出车间看到的还是那总也看不见的夜晚 / 才知道自己或许被欺骗太阳它比你提前下班 / 当你咬紧牙关决定继续坚持幻想着明天看到不一样的色彩 / 可当你有一天走在这漂亮的城市才发现这高楼里闪烁的只有霓虹繁华的倒影 / 我们背负着千年前披洒的辉煌那辉煌还敲打着灵魂

---

① 小海:《一脚在工厂 一手托着太阳》,选自《工厂的嚎叫:小海的诗》,电子刊物,第80页。
② 同上,第99页。
③ 同上,第101页。

的铁骨/我们怀抱着百年前凌受的屈辱虽然我们也是两条腿走路的动物"①。"你"是一个只能看到霓虹倒影的颠倒黑白的人,而"我们"是背负着千年辉煌、百年凌辱的中国人,在从"你"到"我们"的转化中,个体的命运就和时代、历史联系起来,"我们不能再继续沉默尽管心中已不再痛苦/我们要看看眼前的表情我们要听听远处的声音"。这种"我们"和小海诗歌中经常出现的一些如时代、大地、祖国、中国等"大词"有关,这样的"我们"只能活在"造梦时代"。在那首《中国工人》中,小海挪用海子的大尺度历史、空间想象写出了新工人的史诗感。"我是一名中国工人/遍及世界的每个角落都有我们的革命同仁",这是一种政治抒情诗中才有的"我们的朋友遍天下"。时至今日,"遍及世界的每个角落"的与其说是革命同志,不如说是中国工人制造的产品,所谓"我们所能做的只是将Made in china 的神秘字符疯狂流淌到四大洋和七大洲的每条河流与街道的中心",因此,"我想给那大洋彼岸金发碧阳的雅皮们写封信/一封无法投递的信",这些雅皮们正是"中国制造"的消费者,是中国生产、美国购买的全球化产业链的受益者。这封跨越时空的信并非向雅皮们诉苦,而是告诉他们"那里长满了垒如长城的中国工人/长满了漫山遍野的中国工人/长满了手握青铜的中国工人/长满了吞云吐雾的中国工人/长满了铁甲铮铮的中国工人/长满了沉默入迷的中国工人"②,这首诗写于"2013年7月1日苏州吴中区服装厂车间"。也就是说,现实生活中捆绑在服装厂车间里的中国工人在诗歌中化身为铮铮铁骨的英雄战士,这是一种有力量、有主体感的中国工人。

---

① 小海:《造梦时代2》,选自《工厂的嚎叫:小海的诗》,电子刊物,第119页。
② 同上,第42页。

诗歌是新工人文学的主要类型，除此之外，也有一些小说作品。苑伟来自山东，也是皮村文学小组成员，他的职业是家具厂的木工。苑伟给自己起了一个笔名"微尘"，他觉得自己很渺小，像一颗微不足道的沙粒，可是大地也是由千千万万的微尘组成。苑伟的作品不多，写的都是打工过程中遇到的人和事，他的叙述很有张力，心理活动很丰富，带有现代主义小说的影子。比如有一篇短篇小说《曾经睡过的地方》[①]，讲述了"我"第一次出远门打工的故事，很像中国作家余华的成名作《十八岁出门远行》。与余华相对抽象和象征化地书写"我"在路上的奇遇不同，苑伟小说中的"我"有一个具体的社会身份，就是出门打工的农村青年，和小海一样，苑伟也为这些现代文学找到了一个恰当的主体，就是工人、打工者。小说用简洁生动的语言表现了"我"离开家的兴奋和胆怯，他们蜷缩在小货车的车厢里，感受着野外的寒冷和对未来的不安。为了躲避检查，小货车经过检查站时一路狂奔，文中写道"苫布由噼啪响变成了吱吱长音，风穿过被子，我像裸体飘在空中似的"。这是一次"惊心动魄"的冒险，也预示着以后颠沛流离的打工生活。车厢里，"我们只有挤的更紧才能抵抗寒风，保住体温"。如果用上世纪90年代流行的批评语言，这也是一种"日常生活"和"身体写作"。只是苑伟所经历的一次难忘的"出门远行"，代表着上世纪80年代末期以来成千上万名农民工进城打工的大历史，"身体"成为感受时代饥寒的外衣。另外，苑伟的作品带有自觉的工人意识，这也是新工人文学中不多见的现象。他写的《路》呈现了"我"和表哥在三年木

[①] 苑伟：《曾经睡过的地方》，选自《劳动者的诗与歌——工友之家皮村文学小组作品集（2016-2017）》，电子刊物，第95页。

工学徒结束后想当老板、自己创业的故事①。这部作品带有成长小说、残酷青春的味道,两个人买了辆二手摩托车就上路了,"在路上"经历各种困难,陷入绝望、失望、自我鼓励等情绪之中,最终只能认命,放弃当小老板的梦想,接受做一个打工仔的宿命。还有短篇小说《适得其反》呈现了想早点睡觉的"我"与做网络直播的出租房邻居之间的一场冲突②,这种"亭子间"式的空间分布很容易想起上世纪30年代上海的左翼电影,一位从事体力劳动的"我"和数字直播行业的打工者比邻而居,处于相似的社会位置上。在这个意义上,苑伟的作品具有丰富的社会性和现实感。

马大勇是广西人,上世纪70年代中期生人,也是皮村文学小组成员。马大勇喜欢写古典白话小说,他曾经给工友分享过一篇自己写的小说《雪亭狐》③,改编自《聊斋志异》,讲述的是漫天大雪中一个驿站年少驿丁与一只进城打工的狐狸的故事,昔日传统小说中的才子佳人换成了普通士兵与打工妹的人鬼传奇。这篇小说的语言很有古典韵味,如"远远望去,雪烟飞扬,暗云垂野,万顷湖浪都已冰封,再找不到一片藕、菱叶子。雪堆连天,驿站不过是雪地里的零星几片黑色。空寂的长亭、砖砌瓦盖的厅堂、马厩,以及马厩后一列低矮的小屋,几乎都遮埋在雪层下。驿道边树丛探出的千枝万桠上都结满了冰晶雪凇,狰狞地挺立"。人物出场和描写都来自中国传统小说的手法,如雪亭狐的"亮相"是,"只见她媚脸娇腮,

---

① 苑伟:《路》,选自《第一届劳动者文学奖获奖作品合集》(2019),电子刊物,第272页。

② 苑伟:《适得其反》,选自《劳动者的诗与歌——工友之家皮村文学小组作品集(2016-2017)》,电子刊物,第104页。

③ 马大勇:《雪亭狐》,《新工人文学》(第一期),电子刊物,2019年5月,第37页。

幽深的双目,尖长的下颌,分外美俊。头上扎块蓝印花布头巾,却遮不住垂腰长发。身裹一件绒毛茸茸的白长裘衣,下穿粉白百褶裙,踏一对窄窄乌皮靴。头巾与长发、肩上都粘覆了一层薄薄雪花。右肩负着只米袋子,里提个小油纸包。风萧飒而来,吹得她的头巾与长发时时飞起。虽穿了裘衣靴子,可也冷得瑟缩着,跺着脚。雪地上拖曳着她孤单的淡蓝色的一抹长影",这既是一个古典美人,又带有年少驿丁爱慕的眼光。年少驿丁无法改变雪亭狐的命运,只能跟着驿亭令杀死这些狐精。这篇小说让我想起现代文学发端处鲁迅的《故事新编》,用现代小说的方法讲述古典中国的故事和精神。

通过上面的分析可以看出新工人文学有这样几个特征:一是,他们的创作集中反映打工者自己的生活,表达自己对打工生活的喜怒哀乐。这一点与主流文学所报道和呈现的打工生活不同,主流文学一般很少呈现他们的生活,即便表现也是采用都市人的眼光,所以新工人文学有一定的主体意识,如许立志、余秀华都是出色的诗人,他们的诗恰当地表达了富士康工人和留守妇女的异化状态;二是,他们的创作更多地关注与他们相关的社会议题,比如留守儿童、留守妇女、农村养老等问题。他们写自己的故事本身也是写他们这个群体的故事,以己见众,如在城市里打工没有家的温暖、妻离子散、表达思念之情等;三是,他们的创作语言和文学表达与上世纪80年代的文学传统有着直接的继承关系,他们"借别人的语言"来创造自己的文学,这本身是对主流文化形式的挪用、创造和对话。

文学作为一种伴随现代社会而产生的话语方式,不仅是描述现代生活、表达现代人主体境遇的媒介,也是进行公共讨论、社会论辩的平台。新工人文学以文学的名义呈现新工人的生活和价值,呈现工业生产和城市空间的另一面,这也是当代中国文化经验的有机组成部分。回望20世纪中国历史，有大量的普通劳动者从事文学创作。从20世纪二三十年代知识分子在城市中帮助劳工学习写作，到根据地时期工农通讯员和文学互助小组等基层组织出现，到新中国成立后借助国家的力量，培养了大批工农兵作家，再到上世纪90年代之后出现的新工人文学，可以说，工人文学、工人写作内在于20世纪中国现代历史之中。这些生活在社会底层、长年为生机奔波的劳动者，利用业余时间从事文艺活动是一种极端生命状态下的写作，也为紧张忙碌的生活获得喘息之机。经过20世纪轰轰烈烈的社会革命和转型，21世纪的新工人文学没有凸显苦难的展示和悲情的诉求，反而渗透着劳动者的尊严感和包容态度，这种包容性体现为不像左翼文学、革命文学那样直接书写阶级对抗和阶级仇恨，而是一种相对平和的社会态度和人性化的情感表达。最后我还是回到《我是范雨素》，这部非虚构作品写了太多人生中的不幸，比如大哥哥文学梦的破碎、大姐姐的死亡、丈夫的家暴等，可是范雨素并没有抱怨生活的坎坷，从平淡的口吻中坦然面对人生中的各种遭遇。文中提到作为妇女主任的母亲庇护村里的外来户，而范雨素进城打工之后，经常受到城里人的白眼和欺侮，她却向更弱势者传递爱和尊严。就连她没有接受过学校教育的女儿，也传递这种爱别人、爱弱势者的精神。这种爱不是强者对弱者的怜悯，而是一种人与人之间的互敬互爱，是一种平等的有尊严之爱。这既是一种弱势者的自尊、自爱，也是这个时代新工人文学的情感底色。

第四部分　文学政治与文化转型

20世纪80年代以来，中国的文化生产方式发生了巨大的转变，主要体现在三重转型上，一是经济层面，计划经济制度向市场经济体制转型，二是文化形态，以工农兵为主体的人民文艺向消费化的、商业化的大众文化转型，三是社会机制，从强调组织性、集体化、福特制的工业文化向弹性化、个人化、后福特式的后工业文化转型。这三重文化生产方式的转变，也对应着三个不同的时代逻辑，上世纪80年代是计划经济体制下的商品化改革，上世纪90年代是计划经济与市场经济并存的双轨制阶段，新世纪以来则是市场经济体制确立了主导地位的时代。本部分主要对"纯文学"的观念、文学批评的演变以及现当代文学研究进行反思。

第十章 "纯文学"的反思与"政治的回归"

2005年,当代著名的批评家李陀和吴亮在网络上进行了一场小小的争论①,起因是已经很久不介入当下文学批评的吴亮"突然"读到六年前李陀发表在《上海文学》上的《漫谈"纯文学"》的文章,不同意李陀对于"纯文学"的指责,即把上世纪80年代形成的"纯文学"与90年代文学写作的非政治化联系在一起。争论以跟帖的方式在作家陈村的论坛上展开,一来二去,双方大概进行了有五六个回合,最后也没有达成一致意见,正如李陀所说"你我都明白,其实我们谁也不能说服谁,这次也一样"。简单地说,双方的分歧在于对文学功能的理解上,吴亮的观点是"我对文学不抱幻想",认为已经边缘化的文学无法对现实有所作为,而李陀恰恰因为对文学抱有期待,所以才对上世纪90年代以来文学的表现不满,进而反

---

① 文章大致包括吴亮致李陀之一:《我对文学不抱幻想》;之二:《论私人化写作的公共性及社会性》;之三:《我们,期盼,以及迷惘》;之四:《压迫、反抗以及批判》以及李陀的两篇回应文章和吴亮对于回应的回应,世纪中国 www.cc.org.cn

思上世纪 80 年代形成的"纯文学"的观念,认为上世纪 80 年代回到文学自身以及在文学创作中对语言等形式因素的强调,造成了上世纪 90 年代的文学无法"介入"现实。

第一节 "纯文学"的争论

新世纪以来,围绕着"纯文学"展开了许多讨论①。"纯文学"的形成与上世纪 80 年代对于上世纪 50 到 70 年代所形成的"政治第一,艺术第二"等一系列建立在经典马克思主义以及《延安文艺座谈会上的讲话》基础上的社会主义文艺实践的大拒绝密切相关。在这种"大拒绝"的背景下,文学的审美维度获得了高扬,文学干预生活和社会的政治功能被抛弃,这为纯文学的观念与文学自主性的意识形态建构提供了合法化的基础。但是,正如洪子诚在《"文学自主性"问题讨论纪要》所指出的,"文学自主性"为什么会成为上世纪 90 年代文学的一个"必要"的问题呢?这样就带出了"纯文学"在上世纪 90 年代被市场、社会双重边缘化的现实和历史处

---

① 关于"纯文学"的讨论,可以参见洪子诚、贺桂梅、吴晓东等人的讨论文章:《"文学自主性"问题讨论纪要》;蔡翔的《何谓文学本身?》;南帆:《纯文学的焦虑》;贺桂梅:《文学性:"洞穴"或"飞地"——关于文学"自足性"问题的简略考察》;刘小新的《纯文学概念及其不满》,《东南学术》2003 年第一期等文章。另外,贺照田的《时势抑或人事:简论当下文学困境的历史与观念成因》的文章,从上世纪 80 年代以来的文学理论、文学批评的角度,重新反思了诸如"文学是人学""文学是语言的艺术"等通过二元对立的话语方式来清算社会主义现实主义的文学遗产,这与对"纯文学"的反思在很大程度是相呼应的。

境,而李陀对"纯文学"的反思恰恰建立在对这种处境的"不满"之上。与其说"纯文学"的观念无意中成为文学被边缘化的共谋者,不如说,这又是一出黑格尔意义上的"历史的诡计"。因为上世纪 80 年代"纯文学"的反抗对象是以社会主义、现实主义为主导的旧主流意识形态,其反抗的策略是"去政治化/去革命化",而这种"去政治化"又恰恰与以经济建设为中心的新主流意识形态存在着呼应关系,也就是说,这种上世纪 80 年代建立在对社会主义文艺思想的"负面认同"与经济体制改革的社会动力是并行不悖的,在某种程度上,都是"去政治化"的结果。

因此,对于"纯文学"的反思主要就是把这种文学自主性与"去政治化"的主流意识形态逻辑的共谋关系呈现出来。其中,对"纯文学"最重要的批判,在于指出"纯文学"的虚幻性,也就是说把文学从"政治"的奸污中拯救出来,并不意味着还给"文学"一个处女身份,所谓文学的"纯粹"也不过是一种意识形态的幻想。比如许多批评家借用布迪厄的"场域"概念,来说明文学无论如何都处在一个复杂的权力网络之中,而不可能有一个纯粹的自足的文学空间。在这一系列讨论中,参与者都是从事文学研究或文学批评的学者,几乎没有作家参与。这在某种程度上,可以说反思"纯文学"是一种批评家们的自我批评,尤其是对于那些亲身参与上世纪 80 年代"纯文学"建构的批评家来说更是如此。所以,这与其说是文学创作者/作家的自我怀疑,不如说文学阅读者/批评家的自我焦虑。

这种打破"纯文学"的幻想,并质疑文学/政治的二元划分的反思运动,其成果在于恢复了文学的政治性,或者说通过把文学重新阅读为政治性的文本,来建构文学与政治的暧昧关系①。但是,反思"纯文学"并没有完全否定上世纪80年代确立的文学观念。批评者并不反对"文学"从僵化的"政治"中逃离出来的合法性,只是这种逃离带来的并非是自由,而可能是另一个圈套,比如上世纪90年代以来"市场"成为替换"政治"的另一个宰制性力量。因此,对于吴亮的"将文学视为对社会压迫和不正义的道德指控,将文学家视为拯救人类堕落的道德巫医,这样的文学全能主义时代式微了……面对当今世界发生在不同区域、由不同的权力系统制造的屠戮、剥夺、谎言与不公,文学的无所作为已经由来已久"的询问,李陀并没有直接回答,或者说这是他们共同分享的前提,即李陀也认可"凡是在历史上试图让文学扮演过重角色的尝试和做法几乎都是失败的(为什么说几乎?因为有例外,生活里永远有例外,偶然性和必然性一样,也是暴君),不但失败,还常常给我们留了可怕的记忆。特别是当某种统治试图对人和社会实行全面控制的时候,文学往往就成了这种控制的一个重要手段,文学就会异化,异化成远比坦克和监狱更可怕的暴力。"从这一点来说,对于"纯文学"的反思,并非要认同文学工具论、文学反映论的"异化"状态,但是如果同意上世纪80年代文学逃离生活/现实的逻辑,又如何来要求上世纪90年代的文学介入"现实"呢?正如贺桂梅在《"文学自主性"问题讨论纪要》中指出"我们批评90的文学没有有力地介入到现实生活中来,那么第一个问题就是,我们所讨论的是一种什么样

---

① 90年代初期以"再解读"为策略的一批年轻的批评家扭转了对上世纪50年代到70年代文学的简单拒绝,对社会主义时期的经典文本进行的重新解读,以展现文本内部的叙述逻辑与外部的意识形态之间复杂的权力关系,详细讨论可以参见贺桂梅的《当代文学的历史叙述和学科发展》,收入《中国现当代文学学科概要》,北京大学出版社,2005年。

的'现实'"。不界定"现实"的含义，关于"纯文学"的讨论就要冒着陷入相对主义的危险，因为"现实"可以有很多种。而这种对于"现实"的无法指认，恰恰使"纯文学"的讨论陷入了矛盾的困境。

如果说反思"纯文学"主要强调了文学的政治性的话，那么对于文学/政治二元结构的另一边"政治"并没有打开更多的反思空间。或许问题的关键，不在于文学有没有政治性，而是上世纪80年代的文学观念的合法性恰恰就是建立在对于文学工具论的拒绝之上。如果这种拒绝没有错的话，对纯文学的反思，就不仅仅是要解构纯文学的迷思，还应该更历史化地处理文学究竟为什么要政治化？也就是说政治为什么要和文学发生关系？为什么文学政治化/体制化之后，就会失去其批判性呢[1]？这涉及到究竟应该如何来理解"政治"的问题，如果说在左翼文艺实践的脉络中，文学与政治的联姻有其合理性的话，为什么又会出现文学政治化所带来的"异化"呢？是不是在文学政治化的话语内部蕴涵着去政治化的逻辑呢[2]？

---

[1] 洪子诚认为上世纪40年代形成的革命文学/左翼文学到上世纪50年代到70年代丧失了其批判性，是一种在"特定的社会环境中的'自我损害'，而这种损害是'制度化'带来的，这种'制度化'是在左翼文学内部不断地'纯净化'"，"从根本上说，就是取消它内部的活跃的、变革是思想动力，包括活跃的形式因素。我们知道，任何有活力的东西都是不'纯粹'的，内部都有一种矛盾性的'张力'，它才有可能发展，有生命活力"，参见《问题与方法》，286页，三联书店。这种解释，与我在下一节所要讨论的后马克思主义者墨菲对于政治的理解很相似，墨菲认为建立阶级还原论基础上的社会主义实践内部的同质性是造成其集权统治的重要原因，因此，认为政治正是以冲突和差异为特征的，一种消除了对抗、分裂和冲突的政治共同体是不可能存在的。

[2] 关于在"政治内部包含去政治化的逻辑"这个观点，是笔者2005年6月底参加华东师范大学举办的"全球化与东亚现代性——中国现代文学的视角"暑期高级研讨班，从汪晖讲演《重新思考20世纪中国——从鲁迅谈起》中听到的说法。

第二节　并非"多余"的话:"政治/文学"的发明

本文尝试回到历史,以瞿秋白的《多余的话》为例,呈现"政治"与"文学"的复杂纠缠。中共早期领导人瞿秋白是一个毁誉参半的人物,现在基本上肯定瞿秋白作为共产党早期创始人之一的贡献,对于其所犯的错误,比较温和的叙述是"在一段时间内,瞿秋白犯过'左'倾盲动错误,但他很快就认识并改正了自己的错误"[①]。瞿秋白年轻时曾以《晨报》记者的身份访问俄国(1920-1922),写作了大量介绍俄国十月革命的文章(分别收入《饿乡纪程》和《赤都心史》),回国后加入中国共产党,上世纪30年代在上海领导左翼文化运动,确立了左翼文艺路线,写作了大量论述左翼文化的杂文(收入《乱弹》),被鲁迅看作是"人生知己"和"同怀兄弟"[②],但随着李立三受到党内盲动主义的批评之后,瞿秋白也受到牵连,1935年在躲避国民党围剿途中被俘,四个月后遭到杀害,留下一篇争议巨大的自白书《多余的话》,把自己的一生解释为书生误入革命的悲剧,也就是"历史的误会",并奉劝"但愿以后的青年不要学我的样子"。

关于《多余的话》这篇对革命和自我带有否定性评价的表白,一直是

[①] 尉健行:《在中共中央纪念瞿秋白诞辰一百周年座谈会上的讲话》(1999年1月29日),吴少京编:《瞿秋白百周年纪念——全国瞿秋白生平和思想研讨会论文集》,中央文献出版社,1999年版,第3页。

[②] 1932到1933年,瞿秋白曾四次在鲁迅家避难,在生活上,鲁迅也多次救济瞿秋白,并赠予对联"人生得一知己足矣,斯世当以同怀视之"。

评价瞿秋白的争议所在，曾经存在着这篇文章不是出自瞿秋白之手的怀疑，但现在基本上不否定这篇文章的真实性，而把它作为展现瞿秋白人格复杂性的文献，只是"官方说法"一般把这篇文章作为在国民党的威逼利诱之下的违心之言，或者将其作为"反话"，以维护瞿秋白"君子坦荡荡"的光辉形象。最近几年，尤其是上世纪80年代以来，这篇文章多被解读为，自叙为书生、文人、戏子的瞿秋白对左翼政治的暴力性具有先见之明，呈现了知识分子与左翼政党政治之间的冲突。这种叙述非常吻合上世纪80年代以来关于左翼历史就是知识分子受到政治强权暴力迫害的叙述，这也是清算左翼文化的重要方式之一，以至于知识分子的主体位置需要参照其与政治的关系来界定。在这种视野下，瞿秋白在《多余的话》中关于"脆弱的人"以及喜欢文艺而厌恶政治的叙述就获得更多的理解和同情，或者说瞿秋白成为知识分子的理想镜像。只是《多余的话》并非一般的自白书，而是瞿秋白在狱中写作的，暂且不探究这是否是一篇违心之作，显然，写作者本人应该有自觉的审查意识，也经过了国民党当局的审查，《多余的话》最早发表于由国民党"中统"主办的《社会新闻》上①，因此，这篇"最坦白的话"真的如此"坦白"吗？与写作《乱弹》等杂文时期作为文化旗手的领袖形象不同，瞿秋白在《多余的话》中始终强调自己年轻时候就不断发作的肺病，说出"多余的话"的"多余人"是一个病人的形象，这种身体的疾病与瞿秋白把自己叙述为废人、革命的叛徒、"一个最坏的党员"形成了有趣的对照，瞿秋白真的"病"了吗？他为什么要临终前讲

---

① 《多余的话》的部分内容最早发表在国民党"中统"主办的《社会新闻》（1935年8、9月）上，1937年《逸经》半月刊第25、26期全文刊载。1949年以后，内地最权威的版本是《瞿秋白文集政治理论编》第七卷，人民出版社1991版（下引此文即据此本）。

这些"多余"的话,难道仅仅是为了忏悔或坦白吗?

在这篇就义遗言中,瞿秋白多次把自己参加共产党、参与政治活动看作是一种"历史的误会",他说自己"跑到北京,本想能够考进北大,研究中国文学,将来做个教员度过这一世",但是他说自己"不幸"地卷入了"历史的纠葛",他说:"我很小的时候,就不知怎么有一个古怪的想头:为什么每一个读书人都要去'治国平天下'呢?各人找一种学问或是文艺研究一下不好吗?"①认为自己"枉费了一生心力"在不感兴趣的"政治上"②,显然这种"误会"的原因在于从事"政治"工作与从事"文学"工作之间的冲突上。瞿秋白说,他在作为《晨报》记者访问苏联期间,"误会加了党就不能专修文学——学文学仿佛就是不革命的观念,在当时已经很通行了"③,从这种通行的观念中可以看出,当时的人们把"专修文学"与搞"政治"也就是"加入了党"看成是相冲突的事情(可能现在也是如此),但是,这种文学与政治的冲突在"修身、齐家、治国、平天下"的传统观念并不存在,正如瞿秋白叙述自己的家庭是"世代读书,也世代做官",也就是说在过去读书和做官并不矛盾,而到了近代,"政治"与"文学"就成了截然对立的了,从这里可以看出,文学与政治的纠葛是现代的产物。

瞿秋白在这篇文章当中不断地强调自己的文人身份和书生身份与作为共产党的政治领袖之间的不协调,反复哀叹自己毕竟是"文人",毕竟是"书生",似乎在说"我"根本就搞不了"政治",更当不了"领袖",但

---

① 瞿秋白:《饿乡纪程、赤都心史、乱弹、多余的话》,岳麓书社,2000年版,第328页。

② 同上,第430页。

③ 同上,第321页。

实际情况却是瞿秋白当了整整五年中共早期领导人（1925 年—1931 年），这被瞿秋白看成是个人的历史悲剧。而瞿秋白认为自己搞不了政治的真正原因是，他一直认为自己参加政治活动（比如开会、写文章）就"觉得这工作是'替别人做的'"①，问题的关键在于，这里的"别人"指的是谁？显然，"别人"不是"自己"。瞿秋白认为自己潜伏着"绅士意识、中国式的士大夫意识以及后来蜕变出来的小资产阶级或者市侩式的意识"，这些意识与"无产阶级的宇宙观和人生观"是相敌对的，因此，这里的"别人"指的应该是"无产阶级"，由于"无产阶级意识在我内心里是始终没有得到真正的胜利的"②，所以在瞿秋白内心一直隐藏着用"马克思主义的理智"无法改造"绅士和游民式的情感"的矛盾，这种新理智与旧情感的对立就是瞿秋白归纳的"脆弱的二元人物"。其实，在瞿秋白的早期文章中，曾写过"二元的人生观"，即"一部分的生活经营我'世间的'责任，为自立生计的预备；一部分的生活努力于'出世间'的功德，做以文化救中国的功夫"③，这种观念与他年轻的时候"研究佛学试解人生问题"有关。可以说，在"世间的"与"出世间的"、在"马克思主义的无产阶级人生观"与"绅士的意识"、在"政治运动"与"文学研究"、在"替别人做的"与"自己的家"、在"政治上的疲劳倦怠"与"休息"、在"开会或写文章的麻烦"与"空余时读所爱的书的逍遥"、在"理智"与"情感"等一系列二元对立的叙述是建立在政治与文学的冲突之上。

---

① 瞿秋白：《饿乡纪程、赤都心史、乱弹、多余的话》，岳麓书社，2000 年版，第 326 页。
② 同上，第 326 页。
③ 同上，第 18 页。

第三节 "活的现实"与文学的失效

瞿秋白为什么无法"克服自己的绅士意识"而"成为无产阶级战士"呢?他的解释是"书生对于宇宙间的一切现象,都不会有亲切的了解,往往会把自己变成一大堆抽象名词的化身。一切都有一个'名词',但是没有实感"①,正因为没有实感,所以对于"劳动者的生活、剥削、斗争精神、土地革命、政权"等名词"感到模糊",瞿秋白把这种书生、文人的认识观说成是"雾里看花",但是这种"雾里看花"的感觉在他以前的文章中是读不到,比如他1931年和1932年写的文艺评论,就始终自信地站在"不肖的下等人"或者说"无产阶级"的立场上来进行文化论战。这样一种借用马克思主义的词汇所"穿透"的世界为什么"突然"变得模糊、不清晰,或者说不那么"透明"了呢?也就是说为什么这个时候瞿秋白无法自信地把自己放置在无产阶级的位置上来穿透历史的迷雾了呢?

瞿秋白在文章中说,他最近读了一些文学名著,"觉得有些新的印象",这种"新的印象"是"从这些著作中间,可以相当亲切地了解人生和社会,了解各种不同的个性,而不是笼统的'好人''坏人',或是'官僚''平民''工人''富农'等等。摆在你面前的是有血有肉有个性的人,虽则这

---

① 瞿秋白:《饿乡纪程、赤都心史、乱弹、多余的话》,岳麓书社,2000年版,第338页。

些人都在一定的生产关系、一定的阶级之中"①，显然，在这时的瞿秋白看来，这种"有血有肉有个性的人"并不能被还原到或者说简化为"一定的生产关系、一定的阶级之中"，也就是说，在瞿秋白看来，通过"文学名著"更能把握"人生和社会"，而"马克思主义的无产阶级人生观"（政治）却只能进行"笼统"的描述。这种把文学作为"有血有肉"而把政治作为一种"笼统"的表述的看法，在瞿秋白早期的文章中也有体现，比如他1922年在俄国写《赤都心史》（"四十八新的现实"一节）中说，他反对使用平等、自由、社会、专制等这些符号、抽象名词来描述中国，他认为"中国向来没有社会，因此也就没有现代的社会科学"②（中国不是西方意义上的社会），所以青年人要先看看现实，然后再看看能不能用这些抽象名词来作为尺度，因为"现实是活的，一切主义都是生活中流出的，不是先（确）立一（个）理想的'主义'"③。而在《多余的话》中，瞿秋白也开始怀疑"马克思主义"无法描述中国的现实了，显然，他曾经相信过借助马克思主义可以穿透历史的迷雾，但是现在，他也有点"雾里看花"了。

这就不得不带出写作《多余的话》的现实语境，在"盲动主义的'李立三路线'"这部分，瞿秋白认为"武汉分共之后"所采取的以大城市暴动为主体的革命模式的失败，是自己没有认清革命形势造成的，"在1928年初，广州暴动失败之后，仍然认为革命形势一般的存在，而且继续高

---

① 瞿秋白：《饿乡纪程、赤都心史、乱弹、多余的话》，岳麓书社，2000年版，第339页。
② 同上，第172页。
③ 同上，第173页。

涨,这就是盲动主义的路线了"①,这种以"李立三路线"为代表的盲动主义很大程度上是对建立在以工人阶级为主体的十月革命的复制之上,正是这种失败,使瞿秋白陷入了对"马克思主义"与中国现实错位的矛盾,尽管"我很小的时候,就不知怎么有一个古怪的想头:为什么每一个读书人都要去'治国平天下'呢?各人找一种学问或是文艺研究一下不好吗?"②而认为自己"枉费了一生心力在我所不感兴味的政治上"③,但是,这种选择文学而拒绝政治的立场,恰恰是因为文学比政治更"现实"。而瞿秋白所留下的忠告是"要磨炼自己,要有非常巨大的毅力,去克服一切种种'异己的'意识以至最微细的'异己的'情感,然后才能从'异己的'阶级里完全跳出来,而在无产阶级的革命队伍里站稳自己的脚步"④,也就是说瞿秋白把这种"危机"归结为阶级意识的问题。

第四节 病人的隐喻

在这篇文章中,瞿秋白不断地提到自己一生受病魔的折磨,把自己作为一个"病人"。如果联系到他 1921 年在苏联时期写作的《中国之"多余的人"》这篇文章("多余人"也是俄国文学传统中的经典形象,是脆弱的小资产阶级知识青年的代表),把自己说成"多余的人"恰恰也是他生病

---

① 瞿秋白:《饿乡纪程、赤都心史、乱弹、多余的话》,岳麓书社,2000年版,第332页。
② 同上,第328页。
③ 同上,第430页。
④ 同上,第342页。

住在疗养院的时候,在这篇文章中,瞿秋白把自己放置在心与智、浪漫派与现实派、个性与社会的二元矛盾之中,而他的焦虑则是无法把握"现实",所以,他说"我要'心'!我要感觉!我要哭,要恸哭……一次痛痛快快的亲切感受我的现实生活"。十二年之后,在这篇"多余的人"留下的《多余的话》中,瞿秋白又一次把自己作为"病人",从而颠覆了"医生与病人"的唤醒与被唤醒者、启蒙与被启蒙者的关系,这种倒置恰恰发生在瞿秋白认为政治出现了危机的时刻,在这个意义上,瞿秋白把自己的"躯壳"捐献给解剖室,与其说是为了找到自己多年肺结核的病症,不如说是渴望为现实的危机寻找答案。在这个意义上,瞿秋白所说的"病"即马克思主义的政治危机。

如果联系到同时期在西欧的德国共产党领导人卢森堡和意大利共产党领袖葛兰西所面临的问题,瞿秋白在这里所说的"病"也就是当时各国共产党所普遍面对的马克思主义的危机,也就是说,十月革命式的以城市无产阶级为主体的革命为什么在欧洲会失败,工人阶级的意识如何获得。在后马克思主义者拉克劳和墨菲的叙述中,这种马克思主义的危机,被看作是阶级同一性带来的,展开了对于阶级本质主义和阶级还原论的批判,从而动摇了以工人阶级为主体的历史目的论的叙述,但是,瞿秋白的后来者毛泽东却通过把"农民"构建一个"想像的阶级共同体"的方式实现了革命的成功,从而在某种程度上克服了以工人阶级为主体的革命道路所带来的困境。瞿秋白在《多余的话》中,认为"文学"比马克思主义的政治更能把握现实,这种对"文学"的理解并不是说文学相比政治更"自由",而是马克思主义的"政治"出现了危机,因此,瞿秋白的"病"也不仅仅是身体上疾患,而是对于现实政治环境的一种回应,这或许是瞿秋白以及《多余的话》留给我们的政治遗产吧。

因此,《多余的话》呈现了上世纪 30 年代左翼大众化在都市实践中的失败或困境,这种困境在于马克思主义的无产阶级政治或苏联式的城市工人阶级革命无法再现中国的现实,在政治的"雾里看花"与文学的"有血有肉"的参照中,文学被赋予了批判、消解这种阶级还原论的功能,更被赋予一种重建这种"活的现实"的政治可能性。作为革命者、先驱者的瞿秋白深深地意识到自己是一个病人,或者说在这种为下等人"代言"的机制出现政治危机的情况下,文学在"再现"现实方面及其文学家的想像成为解决左翼政治困境的可能路径。

针对当下对于"纯文学"的反思,不能仅仅以文学为中心来讨论上世纪 80 年代确立的"纯文学"的观念,或者通过揭示文学的政治性,并不能面对"纯文学"所带来的"去政治化"的逻辑。正如瞿秋白在《多余的话》中,认为"文学"比马克思主义的政治更能把握现实,这种对"文学"的理解并不是说文学相比政治更"自由",而是马克思主义/政治出现了危机,所以,这里的文学不过是在"政治/文学"的常识结构中凸显政治困境的他者,或者说文学比政治更"政治"。

一方面"政治与文学"的二元结构有其自身复杂的话语谱系,是特定历史和话语建构的结果;另一方面,把文学问题与政治问题如此密切地勾连起来,本身是作为"短暂的 20 世纪"遗产的一部分,更是左翼文艺实践的结果。在这个意义上,如果从政治的角度来理解文学,把文学政治化,或者把文学引入政治斗争,就不仅仅是一个利用与被利用的关系,而且包含着对于文学与政治功能的双重界定,之所以会带来文学工具化的后果,恰恰是因为文学已经被"去政治化"了,从这个角度可以说,上世纪 50 年代到 70 年代的文学体制化和上世纪 80 年代的"纯文学"都是"去政治化"的有效组成部分。尽管上世纪 80 年代"文学脱离政治"是一种高度政治化的行为，但其效果却使"文学"与"政治"分道扬镳了，从而也就遮蔽了"文学/政治"纠结在一起的历史合理性。而在对"纯文学"的反思中，虽然凸显了"文学自主性"的意识形态性以及文学文本自身的政治性，但这并不能给我们思考文学/政治的关系带来更多的帮助。

第十一章　文学想象与文化转型

近些年，随着中国经济实力的增强，如何理解和阐释这30年来中国经验或中国道路，成为文化思想界热议的话题。一般来说，新时期以来改革开放的历史往往放置在1911年现代中国或1840年代近代中国的历史演变中来重新认识，被作为中国遭遇现代化并走向复兴之路的重要阶段，甚至把这种中国崛起、西方衰落看成是"地理大发现"以来改变以西方为主导的现代世界史的重要标识。这些论述有着清晰的现实指向，就是中国成为金融危机时代全球经济最有活力和潜力的地区。在这些宏大叙述和改写世界史的野心中反而不太关注上世纪80年代以来中国究竟发生了什么样的变化，上世纪八九十年代和新世纪的中国又有何不同？这样三个时代就像历史的台阶，既有拾级而上（下）的延续性和相仿的主旋律，如现代化、社会转型、发展市场经济等，又在各自平台上言说着截然不同的主题，三个时代都有属于自己的话语方式和思考问题的框架。本章仅选三个作家，把其放在三个时代背景中来探究时代变迁的层级和文化想象的界限。

第一节　作家、时代与社会变迁

这三个作家分别是王朔、王小波和郭敬明，他们对应着新时期以来的上世纪八九十年代和新世纪十年。把这样三个作家放置在一起看似有些奇怪，因为他们的文学风格各异，也没有任何师承关系，但他们却是每一个历史台阶中最有文化影响力的作家，他们之间的断裂和差异就像这样三个异彩纷呈的时代一样。如果说王朔是上世纪80年代少有的不依靠作协制度和文学思潮在文化市场中占有一席之地的作家，那么王小波则以自由知识分子的身份成为90年代的文化英雄，而郭敬明更进一步，不仅是文学市场最大的宠儿，更是打造青春文学市场的出版人。尽管三个作家一开始不被主流文学秩序所接受，但其共同点在于都是各自时代最受市场这一新体制欢迎的作家，这也说明他们的创作以及人们对于他们的接受高度应和了不同时代的文化需求。他们不仅是与三个时代最为合拍的作家，而且也以自己的方式回应着时代的核心命题，这正是他们作为时代标识的意义所在。

相对上世纪80年代以来的纯文学秩序，他们显得有些边缘和游离。王朔并不被放在上世纪80年代主要的文学思潮中讨论，他与伤痕文学、寻根文学、先锋文学都不一样，反而在上世纪90年代城市文学视野中被作为京味文学的传承人。与城南、胡同、天桥艺人所勾画的老北京图景不同，王朔以军队大院子弟的身份彰显的是新中国成立后进城解放军对红色北京的文化记忆。作为上世纪80年代最早下海的作家，1988年有四部作品同时改编为电影,该年也被称为"王朔电影年",1992年《王朔文集》出版并热卖,成为文革后首次版税付酬制的作家。王小波也是如此,他的创作很难划到上世纪90年代以来新写实、新历史、断裂作家等纯文学序列中,其"时代三部曲"既有表现文革的知青故事(《黄金时代》),也有书写未来故事(《白银时代》)和"故事新编"式的唐代传奇(《青铜时代》),作品多处理后现代的戏谑和个人命运荒诞等存在主义主题。除了小说家的身份,王小波凭借自由撰稿人的角色被作为上世纪90年代特立独行的知识分子代表。

与王朔、王小波通过文学期刊或获奖来引起关注不同,以韩寒、郭敬明为代表的80后作家通过"新概念作文大赛"出道,这是由《萌芽》杂志针对高中语文教育应试化而面向中学生举办的"新思维、新表达、真体验"的作文大赛,就像"超男快女"的音乐选秀一样,大赛发掘了一批80后青少年作家。这种更加市场化的文学生产方式改变了作家依靠文学体制(各级作协及文学期刊)成名的模式,因此,韩寒、郭敬明从一开始就是体制外的离经叛道者。相比高中退学成为职业赛车手的韩寒对文坛以及社会现象保持着王小波式的独立知识分子的批判态度,同样在上海发展的郭敬明则深谙文学市场的秘密。在连续获得两届"新概念作文大赛"一等奖之后,郭敬明于2002年出版了第一部作品《爱与痛的边缘》,2003年出版玄幻小说《幻城》销量过百万,获得更高知名度。此时,郭敬明看到了文学市场的潜质,开始与出版社建立了长期合作关系,成立工作室、文化传播公司不光出版自己的作品,还策划、编辑文学杂志,发掘、包装新作家,就像《小时代》中集时尚与资本于一体的杂志帝国《M.E》一样,郭敬明已经成为占领"上海滩"的文化传媒大亨。自2006年设立中国作家富豪榜以来郭敬明多次排名首位并始终名列前茅,在其"青春不老"的面庞下面有一颗成熟老练的心灵。

先看王朔与上世纪80年代的关系。王朔登上文坛是1984年在《当代》杂志发表处女作《空中小姐》，直到1992年发表《你不是一个俗人》、《过把瘾就死》等小说，此后王朔更多地投身于影视剧制作，虽然也发表文学作品，但其文学成就和风格基本集中在上世纪80年代中后期，这也正是王朔的上世纪80年代。王朔所创作的最经典的文学形象，就是喋喋不休和洋洋得意的"顽主"。其喋喋不休是为了嘲讽、解构一套又一套的革命话语，把庄严、正襟危坐的革命叙事变成假正经和蝇营狗苟，与此同时，顽主又是洋洋得意的精神贵族，这来自于其纯正的革命之子的身份（文革后期成长的比红卫兵、造反派更为年轻的红小兵），这些革命"接班人"自认为有藐视知识分子、社会权贵的资本。顽主的这样两重面向被上世纪90年代王朔的两位精神传人冯小刚和姜文发扬光大，前者是葛优所扮演的浑不懔、油嘴滑舌的北京痞子，后者是《阳光灿烂的日子》中戏仿父辈革命事业的青春男孩以及《让子弹飞》中带领弟兄智斗土豪的孤胆英雄。这就使得顽主一方面是"一点正经没有"的玩世不恭者，另一方面又是不甘流俗、平庸的青春不羁者。

顽主之所以能够出现，与上世纪80年代社会主义体制尚未瓦解有关。也就是说顽主对于革命叙事的嬉笑怒骂，在于上世纪80年代人们（尤其是城市居民）依然生活在顽主所不屑的社会主义单位制之中。就像上世纪90年代初期情景喜剧《我爱我家》里满口革命话语的老爷子，虽然被嘲弄，但依然在家中有权威，不过是退休而已。上世纪80年代的改革开放更多的是一种体制内部的调整，即便保守派与改革派的对立也来自于体制内部的争论。比如国企工厂改革也多采用承包制、奖金制等方式，这与上世纪90年代让大部分国企破产重组不同。就连在农村大力发展乡镇企业也是一种在地现代化的思路,这种"离土不离乡"的现代化路线,使得"在希望的田野上"不是怀念远方的故乡,而是把脚下的故乡变成"四个现代化"的乐土,这与上世纪 90 年代走向对外加工贸易为主的发展路径有着重要的区别,农民不得不离开故乡涌向遥远的沿海城市打工。在这里,尽管被顽主所解构的革命叙事变成空洞的话语,但是公有制、集体制的社会结构没有发生大的改变,这就使得顽主的喋喋不休并非无的放矢。上世纪 90 年代中期随着市场经济重组社会秩序之后,顽主也就丧失了其言说的社会基础。在这种背景下,王小波式的体制外英雄登上了上世纪 90 年代的文化舞台。

王小波开始创作于 1989 年,被人们知晓是 1991 年《黄金时代》获第 13 届台湾《联合报》文学奖中篇小说大奖,然后国内开始出版其作品。王小波真正产生巨大影响则是 1997 年意外英年早逝,直到 2002 年逝世五周年,各大媒体上对王小波的悼念达到高潮。王小波不仅构造了独特的文学世界,而且在上世纪 90 年代中期成为给《三联生活周刊》等刚刚创刊的都市文化杂志写稿的专栏作家,结集出版过影响巨大的《我的精神家园》和《沉默的大多数》等杂文集。如果说王朔的文学形象是顽主,王小波则书写了一个体制外的"特立独行的猪",连同王小波本人也被媒体塑造为自由知识分子的代言人。尤其去世后,媒体最经常称呼王小波的是体制外的自由主义分子、民间知识分子和独立知识分子。这些命名方式是上世纪 90 年代最为核心的文化想象,即体制内与体制外、官方与民间、体制与独立,还有地上与地下,比如把第六代导演的体制外制作(借助民营资本,而不是国营电影制片厂)指认为独立制片以及没有厂标的地下电影。与此相关的思想社会议题,就是上世纪 90 年代中后期借助海外汉学以及哈贝马斯成名作《公共领域的结构转型》而展开的对民间社会、公民社会、公共领域的争论。

这种对两种体制和社会空间的想象是上世纪 80 年代不曾出现、新世纪以来也很少使用的话语言说方式。也就是说，这是上世纪 90 年代特有的双重体制，中国正处在从计划经济向市场经济转型的双轨制时期，这与 1992 年南巡讲话后所开启的市场化改革有着密切关系。上世纪 80 年代以来，人们把计划经济指认为一种"旧体制"，一种落后的、没有效率的社会主义大锅饭和单位制，而上世纪 90 年代的市场化改革一边格式化旧体制、一边开始确立市场经济的新体制。王小波笔下的"一只特立独行的猪"的真实含义就是要勇于打破大锅饭、离开旧体制到市场经济中做一只自由、独立的小猪，这些在上世纪 90 年代反复使用的民间、自由、独立、体制外等话语方式是对市场经济体制转型的高度认可。这种离开旧体制的自由形象成为新世纪之交在都市消费文化中浮现出来的小资主体的理想镜像，不过，在这幅主动从旧体制走向新制度的图画中遮蔽或消隐不见的是上世纪 90 年代被动走向市场的两类群体，一类是离开土地进城打工的农民工，一类是国企工厂"强制"破产后的下岗工人，他们虽然也过着市场化的、体制外的"独立"生活，但显然不是"特立独行的猪"、不是体制外的自由人，他们在 2002 年政府工作报告中被命名为市场经济中需要被救助的"弱势群体"。

从这里可以看出，如果说上世纪 80 年代的顽主依然生活在社会主义旧体制的松动之中，那么上世纪 90 年代"特立独行的猪"则成为市场经济新体制的弄潮儿。上世纪 90 年代的两种体制或制度的想象，来自于 80 年代对社会主义计划体制的自我批判。在这样两种制度的争辩背后依然是冷战时期社会主义制度和资本主义制度的区别，也就是说上世纪 50 年代到 70 年代两条道路的路线斗争。在这个意义上，上世纪 80 年代和 90 年代依然处在冷战历史的延长线上，直到新世纪以来，这种双重体制的想像彻底消失，中国进入一个全新的时代。

最后是郭敬明与新世纪以来中国的关系。2013年郭敬明把自己的作品《小时代》搬上大银幕，引发激烈争议，也掀起对大时代和小时代的讨论。《小时代》发表于2007年，2008年以来已经出版了三部曲，是郭敬明近期的代表作。这部作品非常敏锐地把上世纪90年代以来尤其是新世纪中国经济崛起的时代命名为"小时代"，一个大历史、大政治终结的时代。从上世纪80年代以来那种个人与时代命运相连的"大时代"就已经逐渐成为过去，不管是上世纪80年代的人性论、"大写的人"，还是上世纪90年代的"特立独行的猪"，都把个人、个人主义放置在社会文化舞台的中心，这与市场经济中个人作为理性人、自由人的主体想像是一致的。而《小时代》的意义在于呈现了新世纪以来个人从"我的地盘我做主"变成了一种"微茫的存在"。在小说开头段落，郭敬明这样描述"小时代"所处的空间载体——上海，"这是一个以光速往前发展的城市。旋转的物欲和蓬勃的生机，把城市变成地下迷宫般错综复杂。这是一个匕首般锋利的冷漠时代。人们的心脏被挖出一个又一个洞，然后再被埋进滴答滴答的炸弹。财富迅速地两极分化，活生生把人的灵魂撕成了两半。我们躺在自己小小的被窝里，我们微茫得几乎什么都不是"。《小时代》被描述为一种悖论的状态，几个年轻人（富二代及其朋友）一方面把上海浦东陆家嘴变成他们的"儿童主题公园"，他们在这个中国经济崛起的核心地带如履平地、一马平川，另一方面他们却又如此强烈地感受到自己是"无边黑暗的小小星辰"，甚至是"最最渺小微茫的一个部分"。

与这种"小小星辰"相对应的就是《小时代》关于社会的想像。在小说和电影中有一段很著名的话，是青春靓丽的作家周崇光的致辞："我们活在浩瀚的宇宙里,漫天飘浮的宇宙尘埃和星河光尘,我们是比这些还要渺小的存在。你并不知道生活在什么时候突然改变方向,陷入墨水一般浓稠的黑暗里去。你被失望拖进深渊,你被疾病拉进坟墓,你被挫折践踏的体无完肤,你被嘲笑、被讽刺、被讨厌、被怨恨、被放弃。但是我们却总在内心里保留着不甘放弃跳动的心。我们依然在大大的绝望里小小的努力着。这种不想放弃的心情,它们变成无边黑暗的小小星辰。我们都是小小的星辰。"这段话使用了《小时代》中经常出现的把社会、时代描述为"浩瀚的宇宙"的修辞方式。这种个人之"小"与宇宙、社会之"大"的强烈对比不仅是郭敬明式的"长不大"的少年情结,更是一种新的个人与社会关系的想象。社会中的个人变成了"陷入墨水一般浓稠的黑暗里去",也就是说,"我"(个人)被淹没在一望无垠、无边无际的宇宙沙漠里。

这种支配性的、如同如来佛手掌心般的空间秩序,恰好就是新世纪以来中国在从上世纪90年代以对外出口加工业为主的实体经济向以房地产为中介的金融经济转型的过程中出现的。2001年中国加入WTO,市场经济制度基本确定,对于21世纪的中国社会来说不再有体制内与体制外的区别,也没有官方与民间的对抗,地上与地下的界限也失效了,正如第六代、地下电影所采取的体制外制片方式在新世纪以来对民营资本放开的电影产业化改革中完全合法。借用2008年北京奥运会的口号,中国变成了"同一个世界,同一个梦想",这种上世纪八九十年代以来的双重体制演变成了单一的社会制度和空间秩序。在这里,社会、时代对于个人来说成了一种笼罩性的、充满了无边黑暗的"铁屋子"。与鲁迅的"铁屋子"不同,鲁迅可以走进、走出"铁屋子",他纠结于要不要去唤醒熟睡的人们,因为他没有十足的把握打碎"铁屋子",而郭敬明的"无边黑暗"却是看不到边界、走不到尽头的宇宙,只能"被失望拖进深渊",这才是真正的"大大的绝望"。

这种"同一个世界，同一个梦想"就是上世纪90年代冷战终结之后全球一体化的时代，也是新自由主义市场逻辑席卷世界的时代，正如撒切尔的名言"除了通往全球化资本主义外，没有任何其他的选择"。从这里可以看出个人置身于全球化的"无边的黑暗"里的境遇和困窘，寻找新的、其他的社会、文化空间显得尤为急迫，如何从"小时代"的浩瀚宇宙中"金蝉脱壳"是获得新的梦想、新的世界的开始。

第二节 文艺评论的现代功能

近些年来，文艺评论这种已经小众化、专业化的表达方式又成为文化艺术界关注的热点话题。实际上，文艺评论在20世纪中国革命历史实践中发挥着重要作用，远的不说50年代到70年代异常激烈的思想斗争很多时候是以文艺评论的方式展开的，也从来没有一个时代把小说、电影等文艺形态放在如此特殊的位置上，就是上世纪80年代文艺评论也是一把利剑，在反思文革、开辟改革开放新事业的过程中起到不可估量的作用，正如上世纪80年代站在风口浪尖上的人物依然是文学家、文艺批评家。上世纪90年代以来，文艺创作逐渐从公共领域退回到专业化的小圈子，文艺批评也与社会、公共话题很难建立有效联系。在媒体中发言的公共知识分子大多是经济学家、法学家，这和去政治化的、市场化的时代主旋律是相吻合的，似乎不再需要文艺批评来"聒舌"和"捣乱"。在这种背景下，时代又走到历史转折时期，文艺批评也许能够再度发挥一种社会性的和政治性的功能，这就需要我们重新反思当下文艺批评的现状。

什么是评论？这确实是一个很难回答的问题，评论最初的形态应该是一种议论和读后感，是一种面对面的交流，后来随着报纸等近代大众媒体的兴起，文学评论、艺术评论被作为一种公共交流和意识形态斗争的特定文体，再后来学院中出现了专业的、理论的评论。评论究竟是什么呢？现在很多人都玩微信，在微信下面只有两个标识，一个是"赞"，一个是"评论"。阅读一篇微信，如果不感兴趣，可能就不评论它，如果觉得还可以，就会礼貌性地点一个赞，如果"点赞"不足以表达对这篇微信的感受，就可能要写几句评论了。也就是说，评论显然不是点赞，不是说好话，评论是"点赞"之外还想表达的一些感受，我觉得这是对评论最直观的定义。从微信中评论所使用的媒介来看，评论主要是一种文字工作，这就涉及到语言的修辞、比喻和文风问题。此外，评论要面对一个对象，是对一篇小说、绘画、音乐、电影作品的回应、对话或者批判。

上世纪80年代的文艺批评虽然是反思左翼文艺的批评，但批评方式还是一种政治批评和社会批评。这种政治批评有三个特点：第一，就是批评背后有一套政治理念和社会诉求，文艺批评活动本身是文化意识形态斗争的方式。上世纪80年代的批评家从来不会把自己看作批评家，他们从事文艺批评是为了争辩中国社会的改革、中国向何处去等大问题，这不是因为上世纪80年代批评家都有济世救人的情怀，而是上世纪80年代批评在中国社会中的位置依然延续上世纪50年代到70年代，直到1984年开启城市经济体制改革，尤其是1992年南行讲话之后，这种文艺批评的方式才随着社会经济基础的变化而瓦解。第二，是批评与创作是密切结合在一起的，甚至批评中会提到一些非常的具体的人物塑造、情节设置等，认为这些细节都隐含着巨大的政治隐喻。这种批评的权威性来自于批评背后有一套政治、革命理念支撑，批评家承担着区分什么是革命的、什么是反动的"政治"职责,而创作者很在意批评家的意见,不仅是因为批评家掌握着舆论主导权,更重要的是,作者、艺术家认为批评家有理论武器,而自己也对作品的写作负有政治责任。

第三,批评家也是革命家、政治家,批评家的身份不像现在基本上是学院知识分子或媒体人,在上世纪50年代到70年代和80年代很多批评家本身就是党的干部,这和那个时代的政治实践依靠文艺斗争来展开有关,往往一部小说、戏剧和电影会带有充裕的政治信息,政治借文艺来实现、文艺取代了政治,这与意识形态影响生产关系,生产关系反作用于生产力的政治理念有关。当然,批评家也可能是老百姓,人民群众可以用一套政治理念来批评文艺作品,在这个意义上,"批评"和"创作"都是一种人民享受人民民主的权利。这种文艺与政治的"隐喻"关系现在基本上不存在了,这种特殊的文化政治也是理解社会主义革命的重要面向。有趣的是,虽然作为文艺创作和批评的体制性力量如各级作协、文联并没有像其他社会主义单位那样解体,但文艺创作和批评的政治性和活力却迅速被削弱,这恐怕与上世纪90年代整个社会的巨大转型密切相关。

第三节 文艺评论的形态演变

上世纪90年代以来,我认为存在着三种主要的文艺评论方式,分别是学院批评、媒体批评和体制内批评。

首先,学院批评就是存在于大学、研究机构的专业性学术批评。学院批评有时候不叫批评,而叫阐释或解读,有阐释的焦虑、过度阐释、反对阐释等说法。这种批评方式有三个特点:第一,这种批评所使用的语言是高度理论化，批评是一种理论阐释。这里的"理论"当然不再是经典的马列理论，而是上世纪80年代从西方传过来的20世纪西方哲学、文化理论，如精神分析、形式主义、新批评、存在主义、结构主义、后解构主义、后现代主义、女性主义、文化研究、西方马克思主义等，这些理论在《文学理论》的教材中会逐章介绍，每个理论背后都有一套不同的理论脉络，有些文学理论是高度哲学化，这也是二战后法国理论的特征。这些理论都很"高大上"，不懂西方哲学、不懂法国传统、德国传统很难搞懂，因此，需要下功夫进行专业化的学习。这些理论的洞见在于像手电筒一样，能够打开文本的一个侧面，其限度在于理论本身是高度预设性的，可能在批评之前就知道批评的结论和方向了。对于中国学者来说，如何用这些西方的手电筒来理解中国的文艺作品是需要反思的。

第二，学院批评与创作基本上没有关系，"作者已经死亡"是这些批评理论的前提，因此理论批评本身也是一种创作，与作者具有相同的位置。有些作家可能会有误解，认为学者写了一篇小说的理论评论是对作品的褒奖，其实，对于理论家来说，作品被文本化了，文本只是理论阐释和理论生产的材料，也就是借鸡生蛋、借壳上市的意思。这也就造成很多理论批评有时候不太关注经典作品，反而经常从文学史、艺术史的经典序列之外发现具有理论价值的文本，就像拉康对《失窃的信》的解读、福柯对《这不是一只烟斗》的阐释。

第三，学院批评的收益如何？学院批评的收益基本为零，有时候发这种文章不仅不挣钱，可能还要交合作费，这种形而下的问题并非无关紧要，这关系到这种理论文章在我们这个时代的"价值"。之所以没有收益，是因为这种在学术期刊刊登的批评文章基本上不具有任何交换价值，有可能阅读的读者就是同行和同专业的学生。

尽管学院批评、理论阐释经常是一种新的阅读方法，是一种把旧文本阐释出新含义的"炼金术"，但是其自身却处在无法被阅读的状态。这也是上世纪90年代的新现象，上世纪80年代不是这样，我们都知道，上世纪80年代哲学热、美学热都是很理论化的，就像西方60年代德里达、福柯、阿尔都塞也是很畅销的作者。不管大众能否读懂这些艰深的语言，但起码人们觉得这些理论有价值，最不济也是"不明觉厉"。可是消费主义时代的主流意识之一就是反理论和反智，当然，也与包括批判、左派理论在内的学院话语越来越晦涩有关。虽然学院批评不再具有公共性，我依然认为好的学院批评是一种独立的、有反思性的思考，是认识和理解当下现实的高精尖武器。

第二种批评方式是媒体批评，这也是上世纪90年代随着市场化和大众媒体的兴起之后出现的。对于文学批评来说基本上没有媒体批评，因为文学不再具有公共性，除了文学的书评很难在大众媒体中看见文学的讨论，除非像莫言获得诺贝尔文学奖这种一闪而过的新闻事件。相比文学，电影好一些，主要是电影产业化之后，电影批评很大一块转变为媒体批评，这起码说明电影评论还具有某种公共性。媒体批评也有三个特点：第一，市场化媒体承担着营造公共空间的功能，这种公共性与城市市场化改革相关，也只局限在城市尤其是大城市的范围内。第二，媒体批评使用语言是一种相对技术化和中性化的语言，就是媒体人不太讨论意识形态和政治的问题，比如评论一部电影，如果票房好会分析好的原因，票房不好会分析不好的原因，而不会追问为何要用票房好坏来评价一部电影，就像新世纪以来从产业角度研究电影成为主流，如果中国电影发展的好是因为产业化，发展的不好就是产业化的不彻底，反而很少有人会追问中国电影产业化的前提是国营电影制片厂的衰落。还有一种常见的媒体批评是个人化的、赏析式的。文化在媒体的版图中都放在政治、经济、社会的后面，被作为大餐之后的调味料和消遣品。文化也只具有两种功能，一是娱乐和八卦，二是作为一种品位的象征。第三，媒体批评是一种职业化批评，这种职业化的意思是批评家可以通过批评的方式来养活自己，是一种依靠媒体来谋生吃饭的职业。这也给媒体批评带来一个问题，就是独立性很难保证，容易受到经济利益的左右，像电影媒体批评就有水军、花钱买好影评的现象，因为电影上映之初的口碑已经成为电影营销中的重要环节。另外，据说上世纪90年代的知名作家王小波先生英年早逝与他离开体制成为自由撰稿人有关，因为这种在市场中获得独立和自由的撰稿人压力也是很大，需要不断地写稿才能获得收益。

第三种批评是体制内的文学批评，具体说就是发表在文联、作协系统或者其他党政报刊上的文艺批评，从这些体制内媒体中可以看出文艺批评还是很繁荣的。其实，媒体批评也在体制内，因为中国没有民营媒体，所有的媒体都是公有的、官方的，但是大众媒体更加市场化一些，而体制内媒体主要依靠行政资源来发行。当然，体制内媒体也并非没有一点市场化，从人事制度、经济管理上来说，体制内媒体也是高度市场化逻辑的。就像中央电视台既是党和国家的宣传喉舌，也是市场化的传媒集团。与2001年以来电影产业化改革实行彻底市场化不同，像电视、广播、报纸等媒体行业的分布依然沿用中央、省、市、县等四级行政区划，彼此之间不能跨区域、跨行政兼并，相比其他国家，中国媒体资源的分布是相对广泛和均衡的，没有形成少数寡头传媒集团垄断的现象。

体制内媒体与市场化媒体有什么区别，笔者举一个和自己专业有关的例子。我主要从事影视研究，就自己花钱订阅了一份《中国电影报》，这份报纸是广电总局下属的电影的机关报。这份一周出版一期的报纸，最前面的几个版面主要是主旋律电影和广电总局的活动，中间的主体版面是关于电影产业、商业电影的部分，最后的两个版是县域电影和农村电影市场，相比影院主要分布在大城市，2011年广电总局开始推动县域的数字院线建设，而农村电影也是2004年以后国家出资建设的数字电影的公益放映，这些都是被"资本"主导的电影产业无法覆盖和忽视的区域。这种版面的分布图显示了体制内媒体的特色，就是既要凸显主旋律和产业化电影，又要照顾到农村公益电影和县城电影的发展。而在市场化的媒体中，主旋律可能会象征性提一句，农村电影则完全不会关注，因为农村没有电影市场，电影产业还无法"恩泽"农村地区，这与上世纪八九十年代以来农村重新变成现代化的抛弃之地是一致的。我想这也正是体制内媒体的价值所在，它毕竟要呈现那些被市场所忽视的部分。

体制内批评也有三个特点：第一，大多数体制内媒体公共性比较弱，就连《人民日报》都很难在邮政的报刊亭中买到，更不用说其他党政机关报、行业报了，这就使得上世纪90年代市场化的媒体如都市报、周末报等占据公共舆论的中心位置。第二，体制内媒体所使用的批评语言也有鲜明的特色。与学院批评和媒体批评的语言不一样，除了官话、套话之外，基本上是用经典的中国式马列语汇加上上世纪80年代的人道主义，比如批评文艺作品会用"反映现实""贴近群众""关注人民""表达人性"等。第三，体制内文艺批评的稿费也比较低，所以给这些媒体写稿的人大多是在高校或科研机构任职的人，不需要通过写稿来养活自己，在这些媒体上发表文章可能对科研成果评定有帮助。稿费虽然是很物质的考量，但我觉得对理解批评生态是有帮助的，因为这决定着批评的动机。像上世纪30年代在国统区，左翼批评占领了各大报刊、副刊的领导权，其现实基础在于当时的稿费相比购买力来说是非常高的。从一些当时的电影中可以看到，写篇小说或文艺评论就可以在大城市租房子、满足一家人的生活，这在当下是不可想象的。因此，在这个时代从事文艺评论工作也是值得尊敬的。

上世纪90年代出现的这样三种批评方式也代表着三种社会力量，学院批评基本上代表知识分子、艺术家的声音，媒体批评经常代表市场和资本的利益，而体制内批评则是体制、国家、党的位置。知识、资本和国家也是我们这个时代清晰可见的三种支配性的社会力量，这样三种力量有时候是冲突的，但更多的时候是彼此合谋和互相倚重的状态，不是弱势者抱团取暖，而是强强联合、实现共赢。除了这三种主流的批评形态，应该还有一种批评，姑且称之为第四种批评。这种批评首先是一种政治性批评和社会性批评，是把文艺作品作为政治和社会隐喻的批评方式，当然，当下的文艺作品还具不具有这种隐喻性是这个时代的症候之一。其次，新的批评形态应该建立在新的历史视野的基础上，因为当下的中国和世界处在大变动的时期，既有的理论概念和文化参数发生了巨大的变化，如何描述新的现实和经验，是需要批评家思考的问题。最后，我认为，一种新的批评形态的出现，应该建立在对批评的公共性、西方理论的限度以及新的中国的理解上。

第一，反思批评的公共性。公共性、公共空间是上世纪90年代中国文化思想界经常讨论的概念，与德国哲学家哈贝马斯的书《公共领域的结构转型》有关。公共领域主要指18、19世纪西欧资本主义国家资产阶级处在历史上升阶段，出现的一种介于国家与社会之间的公民自由讨论公共事务、发表言论的空间，不受国家的干预，代表着自由、理性的公共精神。这种公共领域在中国的语境中被转化为一种对市场化的辩护，认为市场化有利于建立一种国家体制之外的公共讨论的社会空间，而市场化的媒体就被赋予自由、独立、理性辩论的平台。用公共空间来对抗国家，认为这有利于中国走向民主化。20多年过去了，这种理性的公共空间在中国并没有真正建立起来，原因主要有三个：一是中国社会始终没有培养出有公共精神的中产阶层，反而出现了很多自私自利的、很宅的中产阶层；二是作为公共空间的市场化媒体又受到国家和市场双重力量的影响，越来越难以具有公共性；第三也是最重要的，市场化改革确实催生出大量的中产阶级群体，但相比中国庞大的人口来说，又是比例很低的，无法成为社会主体。不过，借助网络空间如BBS论坛、QQ群、微博、微信等，这种中产阶级式的公共空间倒是蓬勃发展。

第二，反思西方理论与中国经验。之所以会提出西方理论与中国经验的问题，是人们越来越觉得西方理论无法阐释中国经验了。西方理论对西方经验的阐释力还是很强的，就像马克思等19世纪的理论家对西方资本主义社会认识得如此深刻，在这一点上确实不得不佩服西方理论家的敏锐和创造性。学习西方理论最重要的就是把西方理论放置在西方经验中，看看这些抽象的概念究竟在回应西方的什么问题。比如他者的概念，他者成为二战后西方哲学、理论界的核心概念，与西方社会对自身历史的自我反思有关。西方为何会陷入对西方中心主义的批判，又与上世纪五六十年代前殖民地、第三世界纷纷获得民族和国家独立有关，这使得西方近代以来所建立的殖民帝国瞬间瓦解，曾经不被看作"人"的土著也要分享与西方平等的权利，这对西方中心的价值观造成巨大的冲击，他者成为西方文化不得不重新反思的问题。当然，西方展开现代性的过程也是不断地遭遇、屠杀、驯服、制造他者的过程，黑人、女人、原住民等都是他者。而与他者相对的范畴就是自我，自我更是西方现代性最核心的理念。从这里可以看出，他者是深深地根植于西方殖民历史之中的，如果我们不加反思地用他者来描述中国的经验,就有可能削足适履。因此,我们应该重视中国的本土经验,提出符合中国经验的概念、认识和理论。

第三,新的中国和新的国际视野。新世纪以来中国资本、中国劳动力开始走出去,走向非洲、中东、拉美等地区。这十几年来如此大规模地走向海外是中国历史中少有的,就像2011年英国人推出纪录片《中国人要来了》所呈现的,很多当年的西方殖民者也没能进入的非洲腹地,中国人却做到了。但是,中国依然没有形成自己的海外视野和海外知识,当下的中国文化与中国社会的发展是高度不匹配的。这种不匹配一方面体现在经济崛起之后中国主流文化界没有充分意识到海外利益、海外市场的存在,另一方面即使对于中国社会内部经济发展的现状也缺乏充分的表述。出现这种现象主要有以下几个原因:一是从上世纪80年代到90年代,再到新世纪,中国社会的发展确实太快,是一种高速压缩式发展,这就造成文艺创作严重滞后和脱节于中国社会的发展,有时候从新闻中看到的东西比叙事性的文本带来更多的信息;二是中国文化生产机制在上世纪90年代,尤其是新世纪以来发生了巨大的转变,基本上以市场化、产业化为中心,这成为文化生产的市场基础,对于从业者来说需要适应新的生产机制;三是20世纪中国革命和现代化的历史经验使得中国经常处在落后者、第三世界、发展中国家的位置上,形成了一套落后就要挨打、赶超西方的心态,这种弱者的心态还没有完全转化为一种中国崛起带来的文化自信和自觉。当然,中国崛起也是有争议的,中国内部的发展不平衡以及阶级不平等,使得无法形成高度共识和稳定的价值认同。在这个意义上,这种新的海外经验对于这一两百年处于弱势的中国来说是新的经验,随着中国产业、企业和资本的输出,这些海外经验将形成新的中国主体,期望这是一种与西方近代资本主义不一样的主体。

第四节　当代文化的三重转型

1. 文化体制的转型

与其他领域相似，文艺、文化的市场化转型也是这30年文艺体制改革的主要方向，主要体现在两个方面。

第一，创作者身份的变化。在计划经济条件下，作家、艺术家是体制内的、党的文艺工作者，而在市场经济下，则变成了自谋出路的艺人、写手和明星。比如很多网络作家，都是网络写手，依靠点击率获得收入，是一种严格的资本主义制度下的写作，而计划经济体制下的作家则是国家干部，被体制所供养，这种体制性的依附关系在上世纪80年代被认为是一种束缚和压迫，但是在上世纪50年代，旧社会的艺人在新社会成为人民艺术家，是一种社会地位和名誉的提升。比如很多街头艺人，说相声的、唱戏的，都成为了领工资的国家干部。而2005年郭德纲的走红，意味侯宝林式的人民艺术家重新变成了街头艺人，这些体制外的艺人只能靠市场化的演出来挣钱、养活自己，观众成为这些表演者的衣食父母。这种市场化的文艺创作模式，好处在于创作者要完全迎合观众，也就是满足消费者的需求，会比较接地气。不好的地方是，容易被消费者所绑架，消费者喜欢什么就投其所好。比如当下电影产业的核心消费观众是20岁上下的年轻人，就导致主流电影生产只能围绕着年轻人转，农村题材、中老年题材很难被投资拍摄。

第二，文艺生产的出资人变了。计划经济体制下，文艺生产都是国家、政府、党出钱，文艺工作者的收入与票房好坏没有直接关系，只能拿固定工资。而市场经济体制下，文艺生产的出资人很大程度上变成了民营企业，尤其是2003年文化产业被作为国家支柱性产业之后，文艺生产的组织者基本上以民营企业为主，比如电影、电视剧、网络游戏等。反而那些不太容易市场化的高端演出市场还保留着国家体制，如国家话剧院、舞剧院、歌剧院等。在文艺产业化之后，国家和政府的角色也从昔日的出资人变成了管理者，所谓"市场主导，政府引导和调控，企业自主运营"。这也是市场经济下国家的基本角色。就像电影生产已经完全市场化、民营化，广电总局的"审查"只是负责最后能不能进影院。如果出现不好的、不良的创作趋向，管理部门可以禁映、禁播，对具体的生产不再进行干预。在这种状态下，文艺也从一种意识形态斗争的工具，变成了一种去政治化的文化消费品。

2. 大众文化的形成

随着文艺体制从计划经济体制转向市场经济体制，文艺形态也从工农兵文艺变成了大众文化。大众文化作为一种特殊的文艺形态是上世纪80年代以来出现的。先是港台文化、日本文化、美国文化进入中国，然后中国本土的大众文化工业也开始兴起，直到上世纪90年代市场化、新世纪以来文化产业化，大众文化已经成为当下中国最主要的文艺形态。从中国香港、中国台湾地区、日本、美国到内地的传播路径，可以看出大众文化是冷战年代敌对一方的文化形态，是一种与资本主义文化工业相适应的文化形态，强调商品性、个人消费和欲望化等。大众文化的兴起不仅使得与上世纪50年代到70年代社会政治经济体制相适应的工农兵文艺陷入瓦解，而且也宣告着工农兵文艺的终结和失败。

大众文化有几个鲜明的特色：一是商业文化、消费文化，是受利润和资本驱动的文化；二是个人主义文化，个人主义也是与市场经济下原子化的个人相匹配的文化，上世纪80年代的个人主义强调自由、解放，离开体制的束缚，而新世纪以来人们越来越感受到个人主义的沉重，因为买房、养老、养孩子、看病都需要个人来承担；三是城市文化，文化产业和消费群体主要集中在大城市；四是青春文化，青年人成为文化消费的主力军，因此网络游戏、电影等文化产品都带有青春色彩。从这里可以看出，大众文化有着清晰的边界，只有在市场经济内部的消费者、城里人、青年人才有可能成为文化的主流消费者，像已经市场化的电影、话剧等文艺活动，很少在农村出现，因为农村没有文化市场。

在大众文化之外，还存在着其他的文艺形态。这就是政府提供的公共文化服务和自发性的群众文艺。新世纪以来，国家在推动文化产业发展的同时，也加大对公共文化服务体系的建设，在城市实现博物馆、图书馆、艺术馆等公共文化资源的免费化，在农村地区则实行文化下乡活动和文化惠民工程，让市场之外的普通市民、群众也能均等化地享受到文艺的成果。比如2010年国家出资发展起来的农村电影公益放映活动可以保证每一个行政村每一个月放映一场电影，只是这些"下乡"的电影都是针对城市观众生产的。另外，还有一种非市场化的、群众自己参与的文艺活动，这就是以广场舞为代表的群众文艺。相比专业化、职业化的文艺活动，群众文艺的特点是业余性、去职业化的，尤其是群众不再只是文艺产品的消费者和观看者，而是文艺活动的创作主体和参与者。

3. 后工业社会的文化想像

与计划经济转向市场经济、工农兵文艺转向大众文化同时发生的是，主流文化的形态也从工业文化转变为后工业文化。相比消费主义作为后工业社会的主流文化以及消费者占据文化舞台的中心，上世纪50年代到70

年代的文化是一种典型的工业文化、生产文化，一种与工业化大生产相匹配的文化。在这个意义上，集体主义、组织化本身与工业化大生产是密不可分的意识形态。正如雷锋作为上世纪50年代到70年代最重要的文化偶像，雷锋精神之一就是甘心做一枚螺丝钉。这种螺丝钉的想象本身建立在把社会看成是一架自动化的机器，每个人就是这架偌大的社会机器运行之中的螺丝钉。这种个人与社会的比喻是现代社会、机械时代的典型想象，一方面可以引申出个人是社会机器中无差别的、永不停歇的零件，另一方面每一个螺丝钉又是不可或缺的部件。从这里也可以看出上世纪50年代到70年代充满了对现代社会、工业时代的浪漫化想象。

在这里有必要强调，也只有社会主义文化的底色是一种工业文化，资本主义社会的文化自诞生之时起就是一种抹杀工业文化、遮蔽工业文化的。正如18、19世纪，资本主义工业化的黄金时期，工业化大生产成为工业社会的基本组织形态，但是那个时代的主流文化并非工业、工人的文化，而是一种消费型的大众文化，甚至出现一种对于前现代的乡愁。特别是英国作为最早完成工业化的国家，通过残酷的"羊吃人"运动使得农民进城变成无产阶级，而其主流文化却推崇一种前工业时代的田园、乡土和乡绅的文化想像。

后工业社会是上世纪70年代提出来的概念。随着电子技术、信息革命的萌芽，一批美国学者认为资本主义进入到一个新的历史阶段，如美国战略学家布热津斯基的《两个时代之间——美国在电子技术时代的任务》（1970年）、社会学家丹尼尔·贝尔的《后工业社会的来临——社会预测的一项探索》（1973年）和未来学家阿尔文·托夫勒的《第三次浪潮》（1980年）等作品，都认为未来将出现建立在电子技术、信息技术基础的后工业社会，这是一个比工业社会更高级、更进步、更文明的社会形态。显然，这种冷战时期出现的后工业论述是针对以阶级斗争为核心的社会主义革命实践来说。如果说马克思通过对19世纪资本主义社会的分析勾画出的理想社会是共产主义，那么资本主义社会的预言家所展现的未来社会是一种后工业世界，一个超越工业时代的社会，一种以消费主义、非物质生产、符号消费为特征的社会。

从工业社会向后工业社会转型有两个基本的特征：一是，后工业社会被认为是一个无阶级的、去阶级化的社会。这体现在蓝领工人的消失，白领和中产阶级成为社会主流群体，曾经在19世纪作为资本主义工业社会基础的工人和资本家都转变为中产阶级和高级管理精英；二是，与去阶级化相关，后工业社会也被认为是一种去工业化的社会。以工业为主导的第二产业在国家经济规模中的地位下降，以服务业为主的第三产业成为支柱产业，如文化产业、旅游产业、金融产业、高新技术、绿色产业、有机农业等。这种去阶级化和去工业化的现象，某种程度上高度吻合于美国、欧洲等发达国家的现实。这主要因为从上世纪六七十年代开始发达国家向第三世界国家（主要是东亚地区）转移低端制造业，在此过程中，以美国为代表的发达国家迅速完成去工业化，而产业承接地则借此"千载难逢"之机完成工业化（如"亚洲四小龙"和中国大陆）。

这种后工业社会形态造成新的全球产业分工，使得西方发达国家既可以摆脱工业社会的环境压力及以阶级对抗为主的社会矛盾，又可以凭借着金融资本和军事实力享受来自于第三世界的廉价工业产品。这就是欧美世界经常呈现给人们的印象，一方面是高度发达的现代文明，另一方面又是郁郁葱葱、鸟语花香的美丽田园。后工业文化擅长讲述两类故事，一是工业时代已经消失的故事，二是把工业作为污染源，推崇乡土文化、有机农业，如近些年在中国热映的纪录片《舌尖上的中国》和《看见台湾》就典型地营造了后工业式的"文化田园"。而后工业社会的荒诞在于,并没有真正克服工业社会所带来的环境压力与社会弊端,只是把污染、异化的工业生产转移到别处,就"掩耳盗铃"地宣布人类进入了去工业化的"美丽新世界"。在这个意义上,许立志的诗恰好戳破了后工业社会的文化幻象,他如同"一枚铁做的月亮"让后工业社会如鲠在喉、难以下咽。

第十二章　打开理解 20 世纪中国的文化空间

2018 年是纪念改革开放四十周年，这四十年来，中国社会、经济、文化等发生了巨大的转变。曾经在上世纪 80 年代作为支撑改革开放论述的新启蒙思潮，也逐渐转变为大国崛起和中华民族伟大复兴，前者是朝向西方、追求现代化，后者以中国为主体、以中华文化为自信的来源。作为与 20 世纪中国历史密切相关的现当代文学研究也呼应着时代变化的潮流，仅以现当代文学研究为例，就能感受到社会变迁的支配力量，上世纪 80 年代现当代文学研究是人文思想讨论的显学，很多文化命题借现当代文学得以提出、阐发，到上世纪 90 年代现当代文学研究主动或被动退居到特定学术规范和学科专业中，再到新世纪以来现当代文学研究日益经典化、古典化，很大程度上丧失了与时代、社会对话的功能和可能性。

第一节　现当代文学研究的经典化与历史和解

现代文学、当代文学表面上看起来是一种现有学科体制中的两个相邻专业，实际上，上世纪 80 年代以来，现代文学、当代文学自身及二者的关系处于激烈变动之中。上世纪在 80 年代，现代文学研究成为文学领域的显学，这与回到五四、重新启蒙的文化思潮有关，也为改革开放提供了文化合法性。上世纪七八十年代之交，通过反思那种强调革命的、政治的文学史观，确立了五四新文学以来的现代文学的经典地位，主张回归到以文学为本体的文学史。这就把当代文学作为一种过度政治化的文学，把现代文学作为一种具有启蒙价值、审美价值的文学形态。比如作为显学中的显学"鲁迅研究"，就出现了研究思路从晚期鲁迅、左联时代的鲁迅向早期鲁迅、作为启蒙知识分子的鲁迅的转变。这种贬当代文学、褒现代文学的学术倾向，体现在上世纪 80 年代提出的两种文学史观念上：一是 20 世纪中国文学，由北京的黄子平、陈平原、钱理群提出，这种整体的文学观念把现代文学与当代文学整合在一起，实际上使当代文学归入现代文学的范畴，尤其是排除掉"十七年"和文革文学，实现现代文学与上世纪 80 年代文学的对接，使得上世纪 80 年代文学正本溯源为现代文学的传统，这就用五四新文化运动以来的启蒙文学作为统摄 20 世纪文学的主线；二是重写文学史，由上海的陈思和、王晓明等提出，"重写"本身也是一种文化上的拨乱反正，通过反思革命的、政治的文学史观，重新发掘那些被革命文学所遮蔽、压抑和边缘化的作家、作品，如张爱玲、沈从文等都是上世纪80年代文学研究的热点。可以说,这两种文学史观念取消了当代文学的"当代性",突显了现代文学的"现代性"。我想从现当代文学研究演变的角度来解读徐志伟联合刘复生、贺桂梅、李云雷、张永峰、刘卓、张春田等中青年学者主编的"中国现当代文学研究前沿问题读本丛书"的学术价值和意义。

1. 现代文学压抑当代文学

这套全面、系统梳理新世纪以来现当代文学领域最重要的研究成果的丛书,分为"晚清文学""左翼文学""延安文艺""上世纪50年代到70年代文学"和"底层文学"等不同主题,基本涵盖了从晚清到21世纪的近代、现代和当代中国的历史。这套丛书不只是对现有研究成果的学术盘点,更是一种对上世纪80年代以来现代文学研究思路的再反思,仅从书名采用"现当代文学研究"就可以看出,策划和主编者依然试图强调现代文学的现代性和当代文学的当代性。

上世纪90年代以来,在海外汉学的影响之下,作为现代起点的五四也受到重新反思,这体现在以王德威为代表的海外学者提出"没有晚清,何来五四"的说法,这种观点强调现代不是从五四开始的,晚清文学中就有多元的现代意识,这一方面质疑了中国现代文化发端于五四的意义,另一方面也动摇了五四新文化运动所确立的新文学秩序。在这种背景下,"现代"的概念被泛化,也为通俗文学、商业文学的研究打开了新的空间,那些作为五四时代启蒙理念的"个人""自由"等现代价值,不只是来自于鲁迅、胡适、陈独秀等所提倡的白话新文学,更与晚清以来的言情、武侠、侦探等通俗文艺相关。这也就是张春田所主编的《"晚清文学"研究读本》所展示的"晚清"热。

与晚清热相伴随的学术概念是现代性的流行。现代性是对英文

Modernity 的翻译，与现代强调一种文化价值、现代化偏重经济指标不同，现代性是对政治、经济、文化等一套现代价值理念的再反思，是一种更为多元的、多层次的现代概念，为打通晚清、民国和改革开放以来的文学提供了新的视野。借助现代性的概念，产生了两种现当代文学研究的思路，一是，打破了严肃文学与通俗文学、革命文学与商业文学、精英文化与大众文化的二元对立，为通俗文化、都市文化、消费文化的研究提供了合法性，这也导致晚清、老上海、民国成为研究热点，上世纪 30 年代的夜上海变成了消费、欲望的现代都市空间；二是，曾经在上世纪 80 年代被负面化的革命、左翼文艺，也被重新纳入现代性的框架，作为一种反现代的现代性，这突出体现在上世纪 90 年代初期由海外学者主导的"再解读"模式，以唐小兵主编的《再解读：大众文艺与意识形态》为代表，也成为了上世纪 90 年代中后期新左派对上世纪 50 年代到 70 年代的基本认知。

2. **当代文学的合法性**

新世纪以来现当代文学领域对上世纪 80 年代的"20 世纪中国文学"和"重写文学史"的思路进行了再反思，使得左翼文学、延安文学、上世纪 50 到 70 年代文学成为学术界的热点。这建立在上世纪 90 年代出现的两种新的学术思想转向，一种是上面提到的用西方文化批判理论所展开的"再解读"，打开了阅读革命文学、政治性文本的空间，这种文化批判理论改变了把文学与政治截然分开的观念，认为文学、文化本身是一种特殊的政治形态；二是上世纪 90 年代中后期在人文思想领域出现的新左派与新自由主义论争，这使得上世纪 80 年代形成的启蒙共识、改革共识破灭，面对 90 年代的市场化及其所带来的社会危机，不同立场的学者产生了严重分歧。在新左派的影响之下，革命文学、左翼文学被重新放在反殖民主义、反帝国主义、民族国家建构的框架下解读，突破了上世纪 80 年把政治与文学隔开的观念。这从徐志伟、张永峰主编的《"左翼文学"研究读本》中可以看出这种学术转向。

在当代文学研究内部，上世纪90年代中期以来，以洪子诚为代表的当代文学史家提出对"当代文学"概念本身的反思，把当代文学作为一种话语建构的过程，是与新中国确立自身的文化领导权有关，通过把五四新文学变成现代文学，把1949年以来的当代文学作为比现代文学更先进的、超越现代文学逻辑的社会主义文学，也就是说现代文学恰好是在确立当代文学合法性的过程中被反身建构出来的。这不仅为展开当代文学史研究打开了空间，而且也预示着当代文学研究的思路从当下文学批评转向文学史。洪子诚在自己撰写的《当代文学史》中把十七年和文革十年合并为上世纪50年代到70年代文学，认为这30年在文学生产机制和文学制度上具有一致性，这种从制度、文学生产的角度研究文学的方法，也突破了上世纪上世纪80年代作为自主性的文学观念。这些研究一方面显示对上世纪80年代蔚为大观的上海热、民国热的再批判，重新关注消费文化、通俗文化之外的左翼文学以及与国统区平行的延安文艺，另一方面这种对泛左翼的研究也回应了新世纪之交所出现的种种市场化带来的危机。

这些研究恢复了左翼文学的政治性和批判性，但与上世纪90年代"再解读"视角下的文化政治不同，新的研究更强调一种社会政治，把左翼文学、革命文学与社会、经济、政治实践结合起来，从而使得一些如劳动、动员、组织等政治性议题可以在文学场域展开讨论，这体现在蔡翔的著作《革命/叙述：中国社会主义文学－文化想象（1949-1966）》以及中国社会科学院文学所的"当代中国史读书会"所强调的"社会史视野下的中国现当代文学"研究，为解读革命实践下的左翼文学、人民文学等提供了新的可能性。刘卓主编的《"延安文艺"研究读本》、贺桂梅主编的《"50年代到70年代文学"研究读本》都对这些研究路径有充分的体现,这也反映了新世纪以来现当代文学研究领域的新热点是对左翼文学的重新关注和阐释。

与对上世纪50年代到70年代文学研究相平行的另外两种研究热点,一是对上世纪80年代文学的再反思,突出上世纪80年代文学如何参与到改革开放时代的主流意识形态建构的过程,从而阐释上世纪80年代文学与社会思潮、政治实践之间的密切互动,这体现在贺桂梅的著作《"新启蒙"知识档案:80年代中国文化研究》和程光炜主编的《重返80年代》等;二是对底层文学的研究,底层文学是新世纪以来新出现的文学现象,重新强调文学与社会、文学与现实的关系,突破了上世纪80年代所形成的纯文学理念,只是与左翼文学、现实主义文学不同,底层文学没有清晰的政治色彩,这些具有自我反思意识的作家让主流文化中看不见的底层得以浮现出来。对于这两个研究倾向,刘复生主编的《"80年代文学"的研究读本》和李云雷主编的《"底层文学"研究读本》都做了全面梳理,他们本人也是相关领域最有研究心得的学者。

3. 文学研究的经典化和文明史观

2008年以来,中国经验、中国道路成为经常被讨论的话题,这与新世纪以来中国经济崛起以及2010年前后中国成为全球第二大经济体有关,中国为什么能够发展起来?如何理解中国经验和中国道路?这成为学术思想界的核心关切。与上世纪80年代再启蒙、重新学习西方现代化经验不同,经过30多年的高速发展,人们更想从中国社会和历史内部解释中国经验,进而上升为中国道路。这种论述不言自明的前提是,中国经验是成功有效的,中国道路是区别于西方的"独特"之路。这是一种更具主体性、更辩证地理解中国的方式,使得古代中国和近现代中国的历史获得重新阐释的空间。在这种大的背景之下，中国现当代文学研究也发生了一些新的变化。

一是，现当代文学研究方法的经典化和古典化。如果说上世纪90年代现代文学已经开始经典化，体现在现代文学研究变成事无巨细的文化史，那么近些年当代文学研究也开始史料研究、版本研究，当代文学的学科合法性、学科危机不再是问题。这一方面说明当代文学研究的成熟和自信，另一方面也使得当代文学的"当代性"丧失。这体现为晚清文学取代近代文学、民国文学取代现代文学、共和国文学取代当代文学的观点，这也就改变了从近代（半封建、半殖民）到现代（三座大山，即帝国主义、封建主义、官僚资本主义），再到当代（新民主主义、社会主义）的历史进步关系，变成了一种更加中性的王朝更迭的历史叙述。这种朝代文学史，恰好是古典文学所采用的文学史叙述框架，也反映了现当代文学与古典文学的融合趋势。

二是，重新政治化的当代文学研究被有效组织到20世纪中国主体的论述中。上世纪与80年代的剔除掉上世纪50年代到70年代的20世纪中国文学不同，近些年所出现的把近代中国讲述为中华民族伟大复兴的论述，把近代以来不同历史时期都解释为一种走向现代化和民族复兴的阶段，包括上世纪50年代到70年代也是一种有中国主体的现代化尝试。这就使得20世纪中国与古典中国实现更内在的勾连，从而把近代以来中国完成现代化的历史使命也放置在上下五千年中国文明史的框架下来理解。相比上世纪80年代把传统中国变成负资产、把近现代中国变成蜿蜒曲折的过山车，如今的中国开始被讲述为绵延数千年、从未被中断的辉煌文明史以及近现代以来不断探索、逐渐走向中华民族伟大复兴的历史。这是另一种现当代文学研究古典化的体现。

这种现当代文学与古典文学的深度对接，进一步削弱了五四新文化的意义。从某种角度看，当下中国完成了近代以来民族救亡和现代化发展的基本任务，已经从传统中国变成了现代化、城市化和工业化的中国，这就使得近代以来中国渴望现代化的内在焦虑消失了，这导致传统与现代、革命与现代之间的冲突也消解了，这为打通古今、沟通传统与现代的文明史观提供了逻辑前提。在这个意义上，现当代文学所负载的中国经验是否还具有独特价值，是值得深思的问题。

第二节 非虚构写作与20世纪中国文化经验

近些年，非虚构写作成为一种有社会影响力的文体，不仅在文学领域出现了一批如梁鸿、黄灯、阎海军、王磊光等非虚构作家，而且在移动互联网平台上非虚构写作也成为新闻报道的主要形态。非虚构写作的文化价值有三个，一是平民性，把普通人、弱势者的日常生活、社会经验作为书写对象；二是社会性，把个人故事或新闻事件放在社会和时代的大背景之下；三是非专业化，让普通人也拥有写作的权利。因此，非虚构写作兼具文学性、新闻性和社会性，是一种把文学、新闻重新社会化的书写方式。这种带有纪实色彩和新媒体传播路径的文体并非移动互联网兴起之后才产生，而是在20世纪中国现当代历史中，出现了很多与非虚构相关的文体，如报告文学、纪实文学、深度报道、特稿写作等，甚至一些人类学田野笔记、社会学调查报告等也带有非虚构的因素，是非虚构可以借鉴的跨学科资源。2019年是新中国成立70周年，也是五四新文化运动一百周年。一百多年来，中国发生了翻天覆地、脱胎换骨的变化，本文主要借非虚构的视角反思 20 世纪中国历史，从中发现一些在主流文学、文艺景观中被忽视的文化经验，也借此打开非虚构写作的历史视野。

非虚构文学是对 Non-fiction 的直译，来自美国 60 年代，是一种深度调查式的社会写作，比如美国记者杜鲁门·卡波特的《冷血》(1966)、诺曼·梅勒的《夜幕下的大军》(1968)、《刽子手之歌》(1979) 等都是代表作。他们是记者，通过深入挖掘和调查采访，用新闻事件来呈现美国上世纪六七十年代的社会反思，从个体命运展示时代特征。这种深度调查式的新闻写作又叫新新闻主义，这些记者也借这些成功的非虚构作品获得作家的身份。2015 年白俄罗斯记者斯韦特兰娜·亚历山德罗夫娜·阿列克谢耶维奇获得诺贝尔奖，她也是一名记者，她写的非虚构作品都是大题材，比如关于前苏联切诺贝利核电站事故（《切尔诺贝利的回忆：核灾难口述史》）、阿富汗战争（《锌皮娃娃兵》）等，还有一本是《二手时间》写的是苏联解体对普通百姓的深远影响，采访了上百家普通家庭，看大历史在每个人、每个家庭身上打上的烙印。这是一种典型地用非虚构的方式来介入宏大历史。

在中国语境下，非虚构写作的流行与《人民文学》杂志 2010 年开设的"非虚构"专栏有关，梁鸿的《中国在梁庄》最早就在这个栏目发表。在中国，大致有两类人从事非虚构写作，一类是梁鸿、黄灯、阎海军、王磊光等非职业作家，他们用非虚构的方式来写当下的乡村故事，从外来者的视角描写乡村的衰败和被掏空的状态。比如黄灯的《大地上的亲人》写的是她的家人和她丈夫的家人，借这些亲属的故事还原当下中国农村的变迁，包括堂兄、堂弟在广州打工的故事，这可以说延续了现代以来把中国叙述为乡土中国的传统，用乡村来隐喻中国。还有一类非虚构作品就是媒体人、传媒人写的。因为新媒体基本没有新闻采编权，这并不意味着新媒体不能进行新闻报道,非虚构这种讲述新闻人物、新闻事件背后的故事的文体,成为制造移动互联网爆款的重要形态,比如咪蒙公号就依靠这种文体而成名,也因为一篇虚假报道而遭遇质疑。因此,非虚构写作具有两面性,一方面成为社会调查和新闻报道,另一方面也具有商业化、投机性和猎奇化。

从非虚构写作的基本理念,可以看出非虚构与既有的文体之间有着密切的渊源关系。

首先,非虚构与文学的关系,最直接相关的是报告文学。如果说非虚构来自于美国,那么报告文学的出现则与19世纪的巴黎公社等共产国际运动有关,第一篇报告文学就是关于巴黎公社的新闻报道,是一种把用文学的方式来介入政治。另外一部被公认的报告文学经典作品是美国进步记者约翰·里德写的《震撼世界的十天》,讲述的是苏联十月革命的故事,是对重大政治事件的深度报道,现在看来也是一篇出色的非虚构作品。还有另一位美国记者埃德加·斯诺写的《红星照耀中国》,也是一部深度报道,借斯诺的眼光向世界展示红军长征和中国共产党的故事。报告文学在上世纪二三十年代传入中国,被茅盾称为是"文学轻骑兵"。最早的报告文学参与到对日本侵略中国的新闻报道中,如1932年"一·二八"淞沪抗战后,阿英主编了《上海事变与报告文学》、郭沫若等编著的《上海抗战记》、范长江主编的《淞沪火线上》、胡风主编的《闸北七十三天》、曹聚仁的《东线血战记》等,都是当时的文学家、战地记者写的军事报道。报告文学在上世纪七八十年代之交扮演着重要的角色,如徐迟的《哥德巴赫猜想》用报告文学的方式参与到伤痕叙述和社会反思的潮流中。90年代文化游记、纪实文学、新写实小说等成为文化消费市场的热点,如余秋雨的《文化苦旅》把自然化的山水文化"化",成为最早的文化旅行"指南"。上世纪90年代中后期的右派口述史、知识分子回忆录也成为畅销书，这些个人化的、私人记忆成为重写20世纪当代史的载体，把个人作为历史的人质和受害者，从而让政治变成外在的、迫害性的力量。

  其次，非虚构写作与上世纪90年代以来新闻形态的变化有关，尤其是深度调查、深度报道的出现。上世纪90年代初期在媒体市场化改革的背景下，市场化的都市报兴起，出现了新闻专业主义理念下的调查记者和调查性写作，又被称为深度报道，这成为报纸提高发行量的重要手段，比如《中国青年报》的"冰点"周刊、《南方周末》《南方都市报》等针对重大新闻事件的深度报道，都在90年代和新世纪以来的公共舆论空间中发挥着重要作用。与传统新闻理念和记者的主体状态不同，新闻专业主义更强调客观性、中立色彩，带有深度揭秘和社会调查的色彩。从上世纪90年代一直在2010年移动互联网兴起之前，都是纸媒的黄金时代，也出现了非常多的名记者如李大同、卢跃刚等，建立了一种记者行业里边的"鄙视链"，能写深度报道的记者是一种业务能力、经验丰富的资深记者。1995年《中国青年报》"冰点"周刊发表第一篇深度报道《北京最后的粪桶》，讲述的是返城知青成为北京最后的掏粪工的故事，也开启了讲述普通人、老百姓故事的报道方式，在一种政治话语中作为人民、群众的主体变成了人道主义、人性论中的普通人和老百姓的人文传统，这与上世纪90年代中央电视台《东方时空》的纪录栏目《生活空间》所开始的"讲述老百姓自己的故事"在理念上是一致的。除了这种人文主义报道风格，另一种深度报道是对新闻事件的深度调查，如2003年南方都市报发表《被收容者孙志刚之死》，最终导致废除收容制度的政策改革。2010年移动互联网兴起之后，很多深度调查的记者转移到了移动互联网平台，出现了更多以非虚构写作的方式出现的深度报道，如《喊麦之王》《了不起的茅侃侃》《天才球员董方卓的残酷答案》《太平洋大逃杀亲历者自述》《少年杀母事件》等。与资深记者不同，这些文章是由更年轻的、更习惯网络写作的青年媒体人完成。

第三，非虚构写作与社会学、人类学也有密切的亲缘关系。如费孝通的《乡土中国》、列维·施特劳斯的《忧郁的热带》、项飙的《跨越边界的社区：北京"浙江村"的生活史》和《全球"猎身"：世界信息产业和印度的技术劳工》等都是社会学、人类学田野报告，也带有非虚构的色彩。和一般记者只是把现象做全景式描述不同，这些学者借助一些社会学方法，对陌生的群体、地域进行深入观察和调查研究，从中归纳、总结出一套认识世界和观察社会的理论概念和框架。这和非虚构的精神也是一致的，非虚构也不是客观性、中性的描述，而是一种高度介入式的思考，把研究者的态度和对某个事情的理解都写出来。比如社会学家吕途，近些年写了三本与"新工人"有关的著作，《中国新工人：迷失与崛起》《中国新工人：文化与命运》和《中国新工人：女工传记》，这三本书处理的都是进城农民工问题，进行了大量的采访和调研，三本书放在一起展示了改革开放以来3亿新工人的生存境遇和社会状况。尤其是第三本"女工传记"，更像非虚构作品，作者采访了50后、60后、70后、80后、90后等几代女工的个人生命史，给每一位女性写一篇小传，这些个人的生命故事合在一起就是一部新中国女工的文化史诗。

非虚构写作是一种关于他人、他者的写作，即便写自己的故事，也是把自己对象化、他者化。更不用说是那些自己之外的人、社会和历史，因此，非虚构写作的工作方法可以借鉴社会学和人类学的方法、理念，如口述史、民族志、田野调查等，这涉及如何理解他人的问题。首先，倾听是第一步，先听他人的、别人的讲述，理解他人的生活逻辑和社会逻辑；其次，是对话，用自己的视野和知识框架与他人展开对话和交流；第三，是理解，这种与他者的交流必然会反思自身的生活和知识限制，进而在辩证中认知和理解自己和他人。

在20世纪历史中，还有一种重要的非虚构写作方式，就是群众写作运动。与让普通人也学会写作的创意写作相似，非虚构写作也带有平民色彩，很多作品是由非职业、非专业作家完成。这些平民视角的非虚构作品，反映了主流文学叙事中不可见的群体、地域和记忆，带有一种民主性的群众文艺的面向。这种创意写作的理念也来自于美国，美国有着成熟的创意写作课程和社区写作推广方式，相当多的美国作家，他们谋生的手段是在大学或在社区里教创意写作，也有一些作家是靠上创意写作课来学会写作的，如美国最有名的华裔作家哈金，就接受过创意写作训练，成为知名作家后又从事创意写作教育。这种普通人学会写作的方式，与上世纪50年代到70年代培养工农兵作家有相似的地方，当然后者具有更大政治性，要让工农兵占领文化领导权，不要被作家所代表，而是自己写自己。其实，20世纪现代历史中也有一个群众写作运动的传统。

1936年上海生活书店的出版家邹韬奋看到苏联文学家高尔基正在发起一个"世界的一日"的征稿运动，就联合茅盾、陶行知等中国作家发起了"中国的一日"的征稿启事，号召人们写下1936年5月21日的"所见所闻，所作所感"，收到三千多篇、约600万字稿件，最终由茅盾主编汇集成了《中国的一日》，全景式地再现了各个地方、各种职业所感受到的中国，看到当时民族危亡下普通中国人生活的"横断面"。受此启发，1941年冀中抗日根据地的主要领导发起了"冀中一日"的征文活动，号召根据地的普通军民纪录1941年5月27日这一天发生的故事，约有10万人参加写作，征集到5万份稿件，当时冀中文艺界的作家孙犁、王林和李英儒等把稿件汇编成册，真实反映了当时根据地时期军事、生产、生活的方方面面，现在读起来也非常生动和立体。1987年改革开放时代，又发起了《新中国的一日》的写作活动，在电视上也播出了征稿启事，各路来稿最终汇编成册，不仅有文化人的书写，更有普通百姓的日常生活，反映上世纪80年代思想解放所带来的蓬勃生机。这种"一日体"在今日也有延续，在腾讯谷雨和快手上分别有文字版和短视频版的"中国人的一天"栏目，仍然接收着各种形式（文字、短视频）的来稿，记录着这个时代的点点滴滴。从这些"一日体"群众写作运动中可以看出，写作本身是一种普通群众可以掌握的文化权利，也是把个体生命故事转化为对不同时代中国社会变革的参与者、见证者的社会媒介。

总之，从20世纪中国历史的视角看，非虚构写作不只是一种当下移动互联网时代的时髦文体，而是文学创作介入宏大的历史与社会问题的重要方式。它与文学、新闻学、人类学、社会学等学科有着直接关系，是一种用平民视角和纪实精神来理解、感知社会巨变的方法，可以帮助我们看见更加丰富的20世纪中国乃至世界的时代图景。

第三节　国际友人视角下的20世纪中国经验

在20世纪中国历史中有一类非常特殊的非虚构作品，这就是国际友人写的中国报道，他们有的是外媒驻中国记者，也有的是参与中国革命、社会实践的技术专家。这些国际友人写的中国故事，大部分属于中国共产党对外传播的范围，而且是非常有效和成功的对外宣传。如1936年美国记者埃德加·斯诺发表的《红星照耀中国》、1944年到延安访问的中外记者团所写的延安报道等，成为对外讲述中国共产党的历史及其治理下的根据地秩序的重要方式，也为抗战时期的中国争取到了宝贵的国际支援。这些来到中国的外国记者，除了撰写大量新闻报道之外，还参与到中国教育、医疗、外交等事务中，甚至有的留在中国，成为中国人民的老朋友，如新闻领域的爱泼斯坦、著名医生马海德等。借助他们的目光，我们得以重返20世纪的历史现场，对20世纪中国经验进行再反思。近些年关于中国故事的讲述经常跳过20世纪历史，把当下与古代对接起来，这就使得五四以来的现当代中国历史变得非常暧昧，或者说现当代历史处在被遗忘当中。这一方面是因为中国实现了现代化，无须突显一种现代焦虑感，反而需要追溯传统中国和悠久历史来作为现代中国的源头；另一方面，在这一后革命的语境下，现代中国的现代性、当代中国的当代性都消失了，传统与现代、现代与当代不再是冲突关系，20世纪的革命也被解释为一种传统中国的延续和复活。在这个意义上，通过国际友人的视野重新回溯历史，是为了找到一种进入20世纪中国现当代历史的方式，重新获得一种现代感和当代感。下面我想简单地把20世纪中国的国际友人分成三类。

一类是斯诺、爱泼斯坦、史沫特莱、斯坦因等新闻记者，他们在根据地调查，对外写出了大量的关于延安、根据地、解放区的报道，如斯诺的《红星照耀中国》、史沫特莱的《中国红军在前进》等。比斯诺的《红星照耀中国》还要早的一本关于中国的报道是捷克新闻记者埃尔文·基希用德文写的，他是共产党员，也是最早把报告文学作为一种战斗性、介入性文体的记者。30年初期他受苏联委派来到中国，在北京、上海等城市进行大量的实地采访，1933年出版了一本《秘密的中国》，向西方世界展示了现代中国社会的方方面面，1936年作家周立波陆续把这本书翻译成中文，对中国报告文学的发展产生了很大影响。最著名的记者是埃德加·斯诺，斯诺在宋庆龄等人的安排下从国统区到陕北，进行了几个月的深度采访，上至毛泽东等共产党领导人，下至普通的红军战士，斯诺以独特敏锐的记者视角观察延安，描绘了大量的生活细节，使得《红星照耀中国》这部纪实文学具有较强的可读性。这部书作为一次成功的对外宣传，第一次讲述了红军的发展历史和毛泽东的故事，是一部在西方产生巨大影响的、了解当时中国真实状况的作品。其他如国际记者爱泼斯坦、史沫特莱、斯坦因等，他们也用英文写了很多中国报道。同时值得注意的是，除了作为记者以外，这些国际友人还亲身参与了中国的革命与建设，如史沫特莱参与了延安鲁迅艺术学院的外语工作，发起了节制生育运动、灭鼠运动等卫生运动。这类外国记者、作家的经历和作品在中国具有一定的知名度，但他们相互间的人际网络、信息网络如何组织和维系，与国际共产主义运动的关系具体是怎样，目前鲜有人研究和整理，这其实联系着一种被历史遗忘的国际视野。比如整合欧美左翼知识分子的英国援华会在国际援华运动中扮演了关键角色，英国援华会筹集的绝大部分资金流向了白求恩的国际和平医院，而其出版的刊物《中国报道》最早刊登了有关白求恩、斯诺和史沫特莱等的文章，其中《红星照耀中国》也是由援华会的左翼读书会出版发行。这些"中国故事"文本背后的人际网络、传播网络、权力网络甚至是资金网络，都是考察20世纪中国对外传播机制的关键，值得深入研究。

第二类是科技、技术专家，如写了《翻身：中国一个村庄的革命纪实》、《深翻：中国一个村庄的继续革命纪实》的韩丁以及韩丁的妹妹寒春和妹夫阳早。韩丁是一个农机专家，受《红星照耀中国》的影响来到中国，1945年参加联合国的项目，一开始给国民党服务，后来到北方大学担任英语老师，在这个过程中亲身参与了山西长治张庄的土地改革，他搜集了大量的资料。新中国成立之初他留在中国，培养了新中国第一批拖拉机手。1953年回到美国，受到麦卡锡主义的迫害，花十余年完成《翻身：中国一个村庄的革命纪实》，是一部用现实主义的手法完成的讲述中国土地革命和人民翻身运动的史诗作品，这本书的影响力在西方仅次于《红星照耀中国》。直到70年代中美建交之后，韩丁担任美中友好协会会长，多次回到中国，参与到上世纪80年代中国农村现代化和机械化的实践中。韩丁的妹妹寒春和同学阳早上世纪40年代末期来到延安，就没有离开中国，一直在中国从事农业、畜牧业方面的工作，对中国奶牛养殖和牛奶质量提升做出突出贡献。还有一位是燕京大学的电报专家林迈可，1941年太平洋战争爆发之后，林迈可和妻子逃到陕北，担任晋察冀根据地的通信技术顾问，创建新华社英文广播部，帮助根据地改造发报机和培养无线电技术人员，抗战后回到英国，他写了一本《抗战中的红色根据地》，写了他对根据地的观察，其中提到他认为当时根据地有两点做得非常好，一是后勤保障工作，根据地虽然在物资极度匮乏的情况下，但通过高效率税收和群众动员，让士兵打仗没有后顾之忧，二是情报工作也很出色，中共的高级密码很少被日军破获，而根据地的通信网络也非常畅通。这些都涉及到根据地的行政和社会治理经验。还比如英国人大卫·柯鲁克、伊莎白·柯鲁克夫妇，他们上世纪40年代末期被派到中国观察土地革命运动，后来完成了《十里店：中国一个村庄的革命》和《十里店：中国一个村庄的群众运动》等研究中国土改的社会著作。其中大卫·柯鲁克是英国共产党，参加过西班牙内战，也和白求恩认识，他们都受斯诺写的《红星照耀中国》的影响。他们完成土地革命调查之后，就一直留在中国，甘心为中国培养英语和外交人才，是新中国外语教育的创始人和重要参与者。从这些不同领域的外国专业技术人员在中国的工作、生活与革命实践，可以看到新中国的诞生、发展和建设与国际援华运动、国际共产主义运动之间更为深刻的联系。

第三类是从事摄影、电影等影像工作的艺术家，如伊文思、布列松、安东尼奥尼等。荷兰纪录片大师伊文思上世纪30年代来中国拍摄了《四万万人民》，把中国也作为世界反法西斯阵营的组成部分，并在武汉"偷偷"赠送给根据地一台摄影机，袁牧之、吴印咸等30年代从上海到延安的左翼电影人用这台摄影机拍摄了纪录片《延安与八路军》。上世纪70年代伊文思又到中国拍摄，这就是由12部独立纪录片《大庆油田》《上海第三医药商店》《北京杂技团练功》《对上海的印象》等组成的《愚公移山》，这部纪录片提供与常见的文革影像不同的那个年代的普通中国人的日常生活。还有一位法国摄影大师布列松在上世纪40年代末期到中国，是在上海解放前夕做最后一班飞机飞到上海，当时的布列松为美国《生活》杂志供稿，他正好见证了上海解放的全过程，于是，后来出版了《从一个中国到另一个中国》的摄影集，展示了旧中国向新中国的转变。上世纪50年代后期布列松又被邀请到中国来，这次拍摄的照片在西方发表后，国内展开了对布列松的批评，认为这些照片丑化了中国的大跃进运动。与此相似，上世纪70年代后期，意大利电影大师安东尼奥尼受邀到中国拍摄了记录电影《中国》，也遭遇了50年代的布列松相似的情景。这些艺术家在不同时代多次到中国拍摄作品，他们的关于中国的影像在当时和事后引起了极大争论，我们不仅要关注这种"看与被看"之间所引发的误读，更应该看到这些影像工作者与20世纪历史中更广阔的国际背景之间的关系，从上世纪30年代席卷全球的左翼运动到上世纪80年代末期冷战终结，中国也处在这种特殊的国际网络之中。

当然，还有许多曾经在中国扮演过重要角色的国际友人和组织，被历史有意无意遗忘或忽略，对他们的发现和梳理将是进入20世纪历史的重要方式。国际友人的经验和叙述为我们理解 20 世纪中国与世界的互动关系提供了新的视角,从而更深刻地理解 20 世纪独特的全球政治图景。国际友人的个体生命经验与 20 世纪全球左翼运动的思想与行动网络交织,与中国的革命与社会建设相互作用,呈现出一个复杂、动态的全球 20 世纪时代景观,也为我们审视与反思当下的国际关系和全球秩序提供了独特的视野。这种历史重返也需要避免用怀旧的、崇敬的心态将这些国际友人的中国故事浪漫化,借由国际友人重建我们与 20 世纪的对话关系,其落脚点仍在于更全面、公正地审视中国的历史、现在与未来。

第四节 文学的功能与未来想象

从五四新文化运动到 20 世纪 80 年代的思想解放运动,20 世纪中国文学一直扮演着重要的政治功能。新文学诞生于五四新文化运动,也形成了用文学来参与政治、社会改革的历史传统[1]。20 世纪 90 年代以来或者说"20 世纪终结"的标识之一就是文学与政治脱钩。也正是这个时候,文化产业、文化创意经济学开始兴起。曾经激烈对抗的传统文化与现代文化、中国文化与西方文化都可以"握手言和",非物质文化遗产、红色旅游、民间宗教仪式也可以并行不悖,就像一个多彩的文化拼盘。这种去政治化的文化带有后现代文化的特色,一方面后现代文化是一种具有包容性、差异性的多元主义文化,也是全球化时代的"政治正确";另一方面曾经布

---

[1] 汪晖:《文化与政治的变奏:一战和中国的"思想战"》,上海人民出版社,2014 年版。

满政治裂痕、历史污渍的异质、他者的文化符号被"培育"成了无公害的、绿色的精神食粮。在这个意义上,"文化"从来没有像今天这样重要过——"文化"无处不在,但也从来没有像今天这样无足轻重过——因为"文化"不再介入政治实践。在这个去政治化的时代,重新赋予文化一种政治的想象力显得格外重要。

按照日本思想家柄谷行人引述福柯的说法,现代文学的制度不过是19世纪西方历史的产物和"发明"①,用文学来是规训现代人的主体状态。简单地说,文学充当着双重功能:一是文学塑造了一种个人主义的想像,文学代表着具有丰富内心和反思意识的现代精神;二是文学参与现代民族国家的形成,美国思想家本尼迪克特·安德森就把小说作为建构"想像的共同体"的媒介②,近代思想家梁启超也认为"欲新一国之民,不可不先新一国民之小说"③。可以说,在中国从传统帝国变成现代民族国家的过程中,文学发挥着重要的作用。直到现在,文学依然具有两种"现代"职能:一是,文学书写是个人主义式的创作和表达形式;二是,文学是培养民族国家身份的中介,如作为基础教育的"语文"。

人们经常说20世纪30年代和80年代是文学创作和批评的黄金时代,因为这两个时代出现了一批现当代文学史上的经典作品,而且文学以某种方式参与到社会、政治实践中。上世纪30年代和80年代得以出现的历史前提是上世纪50年代到70年代文学与政治形成了一种特殊的辩证关系,

---

① [日]柄谷行人,赵京华译:《日本现代文学的起源》,北京生活·读书·新知三联书店,2006年版。

② [美]本尼迪克特·安德森,吴叡人译:《想象的共同体:民族主义的起源与散布的新描述》,上海人民出版社,2003年版。

③ 梁启超:《论小说与群治之关系》,《新小说》,1902年11月14日。

如果没有这种文学与政治的互动，上世纪30年代和80年代的文学形态也是不可能出现的。上世纪30年代在民族救亡和社会危机背景下成为一种新的时代开端和前奏，左翼文学、革命文学兴起之后，文学创作和文学批评成为现实政治斗争的一部分，文学家、批评家在社会舞台中发挥着文化领袖的象征作用，这也是第三世界人文知识分子在民族独立、反殖、反帝斗争中所形成的文化、政治传统。借助现代文学和文学批评，人们得以理解现代性的另一方面以及中国的半殖民、半封建状态。而80年代更像是一个时代结束的余晖和回光返照，一般把上世纪80年代以来文学的发展描述为文学离开政治、回归文学/语言/叙述等文学本体化的过程，也就是文学获得"自觉"的时期。随着80年代中后期商业化大潮来袭，文学作为一种表征时代的媒介丧失了参与社会实践的功能。这一方面与电视、电影等大众文化的兴起有关，另一方面也与文学逐渐精英化相关。在这种背景下，先锋文学登场，"纯文学"成为新的文学规范。文学，尤其是纯文学从文化/社会/意识形态斗争的中心变成了职业化、技术化写作，从而使得五四新文化运动以来的新文学完成去政治化或者说是"新文学的终结"[①]。新世纪以来，底层文学的浮现被认为是对80年代"纯文学"创作的反思，底层的形成与上世纪90年代以来激进化的市场化改革有关。在反思底层文学创作的同时，可以进一步思考如何把底层/他者的故事变成"我们"的故事以及重塑底层的政治等问题。

对于当下的中国文学来说，创作经常与社会、历史脱节，文艺批评也时常与创作错位，这是这个时代的文化症候。上世纪30年代和80年代的

---

① 李云雷：《"新文学的终结"及相关问题》，《南方文坛》2013年第5期，第5—9页。

文艺批评非常活跃，对社会、现实产生了重要的影响，之所以会如此，有一个重要的历史前提和条件，就是这两个时代都有着充分的对于未来世界的想象。上世纪30年代是革命文学刚刚起步，革命还未成功的阶段。上世纪80年代也如此，对于还没有实现的未来有着乐观和理想的想像，正因为对于现实不满、对未来有所期待，所以这两个时代的文学创作和文艺批评有着强大的活力，也很有文化自信。现在之所以文艺批评影响越来越小，除了文化生态的原因之外，也与我们没有一个清晰的未来想象有关。文学需要重新想象新的世界，也需要新的政治形式的出现。当下的文学，尤其是纯文学应该承担起重建一个清晰的未来想象的工作。

可以说，现在的文艺创作基本实现了上世纪80年代对于自由创作的渴望，现在的问题不是说"什么不能写"，而在于想写什么或能写什么。在这种背景下，尤为需要一种对于未来的想象力。这种想象力的缺乏可以从一些相对主流、商业文化中看出，比如说一些历史小说和国产大片，关于历史和社会的叙述，都是权力斗争的故事，都是一个圈套套着另一个圈套，主体/个人只是权力、秩序、游戏的一部分，而根本不可能打破游戏规则，只能在既定游戏的前提下"被游戏"。比如在金融危机的时代，可以看出无论好莱坞电影，还是中国的大众文化，关于成功者的故事不是通过奋斗获得，而是像中了彩票一样的幸运，是一种人生的偶然，关于失败者的故事则是宿命论、命定式的失败。也就是说主体面对社会秩序是无能为力的，主体不仅无法突破社会秩序，只能成为既有秩序的一部分。这显然与上世纪30年代和80年代的时代氛围不同，在那个时代，是理论与实践结合的时代，也是相信主体能够改变世界、改变现实的时代。

从另一个角度来说，借用马克思在《政治经济学批判》导言中的经典论述，马克思提出了关于"物质生产的发展例如同艺术生产的不平衡关系"的论断①,也就是说艺术生产与物质生产不完全同步。这并不意味着艺术发展与物质生产没有关系,相反马克思一方面强调了艺术生产与物质生产有着复杂的动态关系,任何艺术创作与对时代、历史的认识是分不开的,也是具体的历史实践的产物,文化唯物主义依然是当下重要的研究方法;另一方面不平衡也打开或解放了艺术生产、文化创作的能动性,使得文化生产、艺术创作可能具有某种超前性,也就是说具有一种可以超越于现实的、关于未来的想像。从这个角度来看,正因为在这样一个丧失了未来想象的时代,文化、文艺才显得尤为重要,这提供了一个重要的历史契机,能否想象一个更好的中国变得非常迫切,这也是文学创作、文艺批评大显身手的时代。

最后,引用鲁迅先生的那句经典的话"世界上本没有路,走的人多了,也便成了路"。鲁迅是对未来不抱有希望的,甚至认为未来比现在更糟糕,但是在鲁迅的作品中,有个重要的空间意向,就是一条没有方向和目标的"路",有一个坚持要永远地要走下去的"过客",一个"走异路,逃异地,去寻求别样的人们"②的过客,这就是鲁迅先生的文化精神,虽然没有确定的未来,但也不能停下来,要一直走下去。

---

① 马克思:《政治经济学批判》导言,选自《马克思恩格斯全集》(第12卷),人民出版社,1962年版,第760页。

② 鲁迅:《〈呐喊〉自序》,《鲁迅全集》第1卷,人民文学出版社,1981年版,第437页。

后记

这本书是对20世纪中国文学的一些思考,是我的第一本文学研究方面的专著,最早的文章写于2005年读博士期间。我的整个教育背景都在中文系,本科专业是文学、硕士专业是文艺学、博士专业是比较文学与世界文学,博士毕业之后在研究机构主要从事影视研究、文化批评,后来回到母校工作之后,又继续进行大众媒介、基层传播、新闻社会史、非虚构写作等方面的研究,可以说离纯粹的文学研究越来越远。但是,我始终认为,文学是我的学术出身和底色。

20世纪末期,我刚进入大学之时,受父亲影响,选择到中文系求学。那时候现当代文学研究比较热闹,是人文学科的"显学",很多理论话题、现实议题和学术前沿都由现当代文学出身的学者提出,这一方面与现代文学、当代文学密切参与到20世纪中国现代化进程有关,另一方面也与上世纪80年代以来文学创作、文学批评再次介入到改革开放的时代转型有关。文学研究最吸引我的地方在于,文学是一种公共媒介,文学研究不只是封闭在学科内部的知识生产,而是借"文学"来讨论社会、政治、现代性等议题，这也是五四新文化运动以来所确立的"新文学"的魅力和功能。

现在看来，文学研究对我产生了四种影响，一是学习文学和文化理论，20世纪西方人文社会学科进入"语言学转型"之后的理论时代，文学研究摆脱启蒙运动以来的人文主义、浪漫主义的方法，进入理论化、哲学化时期。上世纪80年代我们重新从西方大规模引进20世纪的人文社会科学理论，如果不懂福柯、德里达、拉康、詹姆逊等理论大师的著述，很难进行文本阐释和学术写作，这也是我读博期间跟着导师戴锦华教授学习最多的"技能"，可以说，20世纪西方人文社会理论是我从事影视研究、文化研究、大众媒介研究的基础；二是借助文学进入20世纪中国历史，现代文学开始于五四新文化运动，当代文学兴起于1949年，暂且不讨论现代文学与当代文学的学科谱系，这是两个与现代中国紧密相连的学科。上世纪90年代以来，现当代文学研究逐渐从文学向历史、文化史、社会史等领域延展，如现代文学从五四新文学转向晚清文学、通俗文化、民国报刊等更多元化的视角，当代文学则重新打开上世纪50年代到70年代的红色经典，从文化政治、意识形态批评的角度"再解读"这些过度政治化的文本。20世纪中国是理解当下中国的关键，正是在20世纪中国经历了最为剧烈的革命运动和社会改造，才使得中国一步步完成现代化转型。在这个过程中，五四新文化运动以来的新文学既是承载着现代价值的新文体，也是新的现代印刷媒介。现当代文学帮助我把握20世纪中国社会演变的脉络，这是我从事学术研究的历史和文化坐标；三是更深切地体认当下中国社会和思想的变迁，新世纪之交正是新左派与新自由主义争论的时期，上世纪90年代冷战终结、进入全球化时代，中国的市场化改革也带来一些社会问题，使得上世纪80年代积聚的改革共识陷入困境，这种思想论争打开了我对当代中国、上世纪80年代和上世纪90年代的理解，我也尝试学习历史唯物主义和马克思政治经济学的方法来分析大众文化现象,这种对当下议题的关注是我从事学术研究的动力;四是我的学术"朋友圈"多是从事文学研究的朋友,这些年现当代文学研究的新发展和演变,对我来说也是从事影视文化、大众文化和新闻社会史研究的学术参照系。在相当长的历史时期,文学参与到20世纪中国从传统到现代、从旧中国到新中国的历史转折中,因此,我把这本书起名为"以文学为媒介:20世纪中国的文化经验",是想凸显文学作为媒介的社会功能。

这本书涉及到四个我最关心的学术命题,分别是文学与政治、文学与主体、文学与乡土、文学与新工人文化。

首先,是文学与政治的关系。这本书中最早的一篇文章是《"纯文学"的反思与"政治的回归"》,这篇文章写于2005年前后,是回应当时学界关于"纯文学"的讨论。上世纪80年代以来基本在文学与政治的框架下来反思文学工具论和文学被政治化的问题,我认为文学与政治都是一种现代发明,文学介入政治既是一种现代社会的普遍状态,也是中国作为第三世界、半殖民地国家在民族解放过程中形成的特殊经验。文学与政治互动应该放在不同历史时期来理解,这不仅需要把政治理解为一种更宽泛的文化政治,也需要追问政治究竟指的是哪种政治,是阶级政治、政党政治,还是技术化政治等。我认为20世纪文学与政治有三种关系,一是文学的政治化,文学被政治所征用成为20世纪历史的常态,直到上世纪80年代文学才逐渐变成纯文学,不是什么时代文学都能参与政治运动,比如当下文学就很难介入政治讨论,因为政治也不需要文艺介入;二是政治的文学化,即政治理念需要借助文学形式来表达,让政治入心入耳、改变每一个人的主体状态,文学是实现政治革命的中介;三是,20世纪中国政治的核心之一是"人民/群众/大众/普通人"的生成,也就是将非现代的群众社会化、主体化，使其成为理性的、现代的主体，文学是实现政治动员、社会教育和思想启蒙的重要媒介和方法。

其次，是文学与主体的问题。视觉呈现与主体位置是我的博士论文的核心议题，主要讨论了从晚清到民初、到上世纪三四十年代，视觉性遭遇与知识分子主体之间的辩证关系，晚清画报、鲁迅、瞿秋白、丁玲等是研究的重要案例。尤其是借助鲁迅的"幻灯片事件"总结出20世纪中国的三种主体位置，启蒙者、看客与被砍头者，这三种位置在启蒙、革命叙述中反复出现、相互转化，形塑着不同时代的中国主体状态。新世纪以来，随着中国经济崛起，出现了一种新的中国主体，这就是现代中国，改变了愚昧的看客和被砍头者的他者位置，变成了更加自信的中国主体。

第三，是文学与乡土的关系。近些年我也有意识地参与了一些乡村调研工作，对从乡村视角理解20世纪中国有了更多感性认识。2018年7月初，我跟随"在乡村发现中国"调研团，在山西东南、河南西部和陕西咸阳、延安等地区的农村进行了十余天的调研工作，大概参访了十个村庄。这是我第一次参加学术田野活动，之前做研究大多是在书斋中完成，这种集体调研的经历让我既兴奋又紧张，兴奋的是可以从理论、历史、文本中走出来，到实地探访、与真实的人交流，紧张的是我毕竟不是专门从事农村研究，只是对"三农"和乡村建设问题感兴趣。我们白天"边走、边看、边座谈"，晚上"边谈、边聊、边总结"，这种高强度的工作方式在体力和智力上都是很大的挑战，当然，收获也非常多，尤其是对于我来说，既看了共和国农村合作化历史上赫赫有名的山西平顺县西沟村，又看到近些年在农村合作化试验中很有代表性的山西永济市蒲韩社区，还看到依靠乡村旅游实现共同富裕的陕西礼县袁家村。从历史穿越到现实，短短的行程不仅展示了半个世纪以来中国农村的山乡巨变，而且也看到每个乡村都有特殊的历史和复杂性。

第四，是文学与新工人文化的关系。2014年，我开始在北京工友之家担任文学小组的志愿者，亲自见证新工人文学小组从无到有、延续至今的发展过程，认识了很多喜欢文学的工友。这种文化志愿活动帮助我走出文本和历史的视野，更深刻地理解新工人以文学为媒介的社会功能。工友之家在北京东五环外的皮村，给工友提供图书室、打工文化艺术博物馆、戏剧小组、文学小组、大地民谣等文化服务，把租来的民房改造为新工人的文化活动空间。在这种"借来的空间"中，工友一方面分享到更多的文化艺术产品，另一方面也参与到戏剧演出、文学写作等文化创作活动里。新工人文学小组的形式来自于两种社会传统，一是韩国、台湾地区、香港地区等发达地区的另类社区的理念，二是在单位制中服务于职工的群众文艺的传统。这种新工人的文化实践是对摇滚音乐、音乐会、先锋戏剧、春节联欢晚会、现代主义文学等文艺形式的"借用"和改造，用"借来的空间""借来的文化"来创作一种有主体性的新文化，这有利于新工人文化以更加主体性的方式融入城市建设中。

近些年，我开始做非虚构写作和新闻社会史方面的研究，也使我意识到文学所具有的社会治理和文化宣传的功能。非虚构写作是一种带有实践性的文学书写，既可以是专业记者带有深度调查的社会报道，也可以是普通人用文学的方式讲述个人的、家族的故事。非虚构写作不仅打破了文学与政治、文学与现实的界限，而且在一些的政治实践中也被作为社会治理的手段，比如根据地时期群众写作运动是识字运动、政治教育、思想启蒙的重要方式，而在改革开放时期一些新兴城市用市民写作的方式来进行社区文化的营造，如深圳的"睦邻文学奖"（社区文学大赛）就是用文学来形塑新深圳人的文化认同。新闻社会史的研究主要是关于根据地时期的新闻传播实践，通过研究根据地，我才逐渐意识到文学早就参与到社会改造中，这一方面与五四时代用文学来改变、拯救中国人的精神的启蒙思想有关，另一方面又与根据地实践中文学参与到群众动员的社会改革有关。文学以及文学工作者是革命动员、宣传的重要主体，正是这种与农村、与群众的结合，使得中国革命深入基层。从这个角度也可以反身理解文学的政治性，以文学为媒介不是简单地把文学工具化、政治化，而是文学成为把群众变成政治主体、社会主体的中介。我用"基层传播"的概念来研究媒体与基层社会的关系，之所以不用社区传统，是想强调基层这一概念来自于20世纪中国的社会改革和文化建设的历史，文学创作、群众写作也是基层传播的有效媒介。

基层传播在基层治理中扮演着重要角色，这体现在两个方面，一是新中国成立之后，中国的新闻媒体是高度基层化的，从报纸、电影、广播、电视等，每个县、每个省、市都有基础性的新闻传媒机构，这种媒体的覆盖性和共享性，既是国家主权的延伸，也是社会主义对信息平等的诉求。在基层还存在着很多更"原始"的媒介形态，如黑板报、宣传栏、标语等，网络时代则与论坛BBS、微信群等网络社群相关；二是基层传播的特征不仅依赖于基层化的媒体，更依靠基层工作者以及各种读书会、俱乐部、文艺活动等，也就是国家、政党的力量介入基层治理，介入不是管理和包办，而是培育、引导和赋权，把基层变成组织化的、合作化的空间。基层治理的好，底层社会有可能变成良性的社区，基层治理的不好，基层就会变成第三世界现代化过程中常见的"贫民窟"。从这里可以看出，与都市社区所对应的理性化的、现代化的中产阶层不同，基层处理的恰好是欠发达的、乡村的、非都市的主体。这种基层传播的经验与20世纪20年代到40年代的根据地历史有着密切关系，或者说根据地时期的"危机"状态形成了这种从基层出发的社会改造模式。

"没有根据地,何来新中国",新中国成立之后的很多做法都和根据地有关,根据地时期的社会、政治实践形塑了一种特殊的政党品格和治理制度。根据地是一个缺少技术和资本的空间,是那些中心城市、铁路网络、工业化之外的非现代、非都市的区域。简单地说,根据地所开创的是一种空间的游击战和流动中的社会建设,用流动的空间回应城市、铁路等现代性(殖民性)的压迫,在流动中积累力量、完成自我发展,这就需要充分地动员乡村,把妇女、老人等弱势群体变成生产和革命的主体。这种流动的空间又带来了流动的艺术和流动的媒介,如文学、木刻、戏剧等,都是高度流动性的,媒体也是一样,比如把报纸如何发到农村,不是靠市场的方式,而是靠邮递员的邮发合一制度。流动的媒介又塑造了流动的主体,这也就是20世纪中国历史中出现了一种特殊的逆向流动的知识分子主体,如下乡干部、下乡文艺工作者、知识青年、邮递员、电影放映员、送法下乡的法律工作者等等,这些流动的主体使得信息、文化、技术与底层群众产生密切的互动。这种流动的主体又形成另一种主体状态,就是培育扎根基层的知识分子,也就是赤脚医生、代课老师、基层通讯员、技术员等来自于基层、服务基层的科技、医疗、文化工作者。这些都是中国在现代化发展中形成、并延续至今的社会制度。

新世纪已经过去了20年,当下的世界面临许多问题和挑战,有些问题是19世纪的老问题,因为20世纪终结的效果之一就是回到19世纪,与此同时,也出现一些新问题,比如新技术、新媒体获得支配性地位。我作为80后,人生已过不惑之年,困惑不仅没有减少,反而越来越多。相比二三十岁紧张而充实的日子,我希望以后能够把工作和生活的节奏慢下来,在研究上多做一些实地调研,把经验带入学术思考中。我也希望自己的思考和研究能够与当下的时代命题保持一定的呼应和互动关系，帮助更年轻的朋友们理解中国与世界的变化。最后引用一句诗词作为自勉："雄关漫道真如铁，而今迈步从头越。"

2021 年 3 月 24 日

写于燕园南门

参考书目

1. 〔美〕潘诺夫斯基，傅志强译：《视觉艺术的含义》，辽宁人民出版社 1987 年版；

2. 〔美〕王德威：《想象中国的方法：历史·小说·叙事》，生活·读书·新知三联书店 1998 年版；

3. 〔美〕安敏成，姜涛译：《现实主义的限制：革命时代的中国小说》，江苏人民出版社 2001 年版；

4. 〔美〕何伟亚，邓常春译：《怀柔远人：马嘎尔尼使华的中英礼仪冲突》，社会科学文献出版社 2002 年版；

5. 〔美〕柯文，林同奇译：《在中国发现历史——中国中心观在美国的兴起》，中华书局，2002 年版；

6. 〔美〕刘禾，宋伟杰译：《跨语际实践——文学、民族文化与被译介的现代性》（1900—1937），生活·读书·新知三联书店 2002 年版；

7. 〔美〕彭慕兰，史建云译：《大分流——欧洲、中国及现代世界经济的发展》，江苏人民出版社 2003 年版；

8.〔美〕本尼迪克特·安德森,吴叡人译:《想象的共同体——民族主义的起源与散布》,上海世纪出版集团,2003年版;

9.〔美〕阿里夫·德里克,翁贺凯译:《革命与历史——中国马克思主义历史学的起源,1919—1937》,江苏人民出版社2005年版;

10.〔美〕米歇尔,陈永国、胡文征译:《图像理论》,北京大学出版社2006年版;

11.〔美〕米尔斯,周晓虹译:《白领,美国的中产阶层》,南京大学出版社2006年版;

12.〔美〕大卫·哈维,胡大平译:《希望的空间》,南京大学出版社2006年版;

13.〔美〕周蕾,蔡青松译:《妇女与中国现代性——西方与东方之间的阅读政治》,上海三联书店2008年版;

14.〔法〕佩雷非特,王国卿译:《停滞的帝国——两个世界的撞击》,生活·读书·新知三联书店1993年版;

15.〔法〕米歇尔·福柯,莫伟民译:《词与物——人文科学考古学》,2001年版;

16.〔英〕齐格蒙·鲍曼,杨渝东、史建华译:《现代性与大屠杀》,译林出版社2002年版;

17.〔英〕达瑞安·里德,黄然译:《拉康》,文化艺术出版社2003年版;

18.〔英〕C.P·斯诺,纪树立译:《两种文化》,上海科学技术出版社2003年版;

19.〔法〕法农,万冰译:《黑皮肤,白面具》,译林出版社2005年版;

20.〔法〕法农,万冰译:《全世界受苦的人》,译林出版社2005年版;

21. 〔英〕瓦莱里·肯尼迪,李自修译:《萨义德》,凤凰出版传媒集团、江苏人民出版社 2006 年版;

22. 〔英〕劳拉·穆尔维,钟仁译:《恋物与好奇》,上海人民出版社 2007 年版;

23. 〔英〕乔治·奥威尔,董乐山译:《一九八四》,上海译文出版社 2009 年版;

24. 〔德〕马克思、恩格斯,中共中央马克思恩格斯列宁斯大林著作编译局编译:《马克思恩格斯选集》,人民出版社 1972 年版;

25. 〔德〕贡德·弗兰克,刘北成译:《白银资本——重视经济全球化中的东方》,中央编译出版社 2001 年版;

26. 〔意〕利玛窦,何高济等译:《利玛窦中国札记》,中华书局 1983 年版;

27. 〔意〕詹尼·索弗里,李阳译:《甘地与印度》,生活·读书·新知三联书店 2006 年版;

28. 〔日〕沟口雄三,李甦平译:《日本人视野中的中国学》,中国人民大学出版社 1996 年版;

29. 〔日〕藤井省三,董炳月译:《鲁迅<故乡>阅读史——近代中国的文学空间》,新世界出版社 2002 年版;

30. 〔日〕柄谷行人,赵京华译:《日本现代文学的起源》,生活·读书·新知三联书店 2003 年版;

31. 〔日〕子安宣邦,赵京华译:《东亚论——日本现代思想批判》,吉林人民出版社 2004 年版;

32. 〔日〕竹内好,李冬木、赵京华、孙歌译:《近代的超克》,生活·读书·新知三联书店 2005 年版;

33.〔日〕柄谷行人,赵京华译:《日本现代文学的起源》,生活·读书·新知三联 2006 年版;

34.〔印〕帕尔塔·查特吉,范慕尤、杨曦译:《民族主义思想与殖民地世界——一种衍生的话语?》,凤凰出版传媒集团、译林出版社 2007 年版;

35.〔澳〕费约翰,李恭忠、李雪风等译,《唤醒中国——国民革命中的政治、文化与阶级》,生活·读书·新知三联书店 2004 年版;

36.鲍晶编:《鲁迅"国民性思想"讨论集》,天津人民出版社 1982 年版;

37.陈建华:《"革命"的现代性——中国革命话语考论》,上海古籍出版社 2000 年版;

38.蔡翔:《革命/叙述——中国社会主义文学-文化想象(1949-1966)》,北京大学出版社 2010 年;

39.陈平原:《看图说书:小说绣像阅读札记》,生活·读书·新知三联书店 2003 年版;

40.陈永怡:《近代书画市场与风格迁变——以上海为中心(1843—1948)》,光明日报出版社 2007 年版;

41.丁玲:《丁玲文萃》,文化艺术出版社 2002 年版;

42.戴锦华:《涉渡之舟——新时期中国女性写作与女性文化》,陕西人民教育出版社 2002 年版;

43.戴锦华:《隐形书写——90 年代中国文化研究》,江苏人民出版社 1999 年版;

44.贺桂梅:《转折的时代——40—50 年版代作家研究》,山东教育出版社 2003 年版;

45. 贺桂梅:《人文学的想象力——当代中国文化与文学问题》,河南大学出版社 2005 年版;

46. 贺桂梅:《"新启蒙"知识档案——80 年版代中国文化研究》,北京大学出版社 2010 年版;

47. 黄子平:《"灰阑"中的叙述》,上海文艺出版社 2001 年版;

48. 金观涛、刘青峰:《兴盛与危机 论中国封建社会的超稳定结构》,湖南人民出版社 1984 年版;

49. 鲁迅:《鲁迅全集》,人民文学出版社 2005 年版;

50. 罗岗、顾铮主编:《视觉文化读本》,广西师范大学出版社 2003 年版;

51. 罗钢、刘象愚主编:《后殖民主义文化理论》,中国社会科学出版社 1999 年版;

52. 路遥:《人生》,北京出版集团公司、北京十月文艺出版社 2013 年版;

53. 李零:《鸟儿歌唱:20 世纪猛回头》,北京大学出版社 2014 年版;

54. 彭小苓、韩蔼丽编选:《阿 Q70 年版》,北京十月文艺出版社 1993 年版;

55. 钱理群、温儒敏、吴福辉:《中国现代文学三十年版》(修订本),北京大学出版社 1998 年版;

56. 瞿秋白:《饿乡纪程、赤都心史、乱弹、多余的话》,岳麓书社,2000 年版;

57. 孙歌:《主体弥散的空间——亚洲论述之两难》,江西教育出版社 2002 年版;

58. 唐小兵:《英雄与凡人的时代:解读 20 世纪》,上海文艺出版社

2001年版；

59.许宝强、罗永生主编：《解殖与民族主义》，中央编译出版社2004年版；

60.岳黛云编：《国外鲁迅研究论集》(1960-1981)，北京大学出版社1981年版；

61.严家炎、孙玉石、温儒敏主编：《中国现代文学作品精选》，北京大学出版社2001年版；

62.汪晖：《死火重温》，人民文学出版社2000年版；

63.汪晖：《反抗绝望——鲁迅及其文学世界》，河北教育出版社2000年版；

64.汪晖：《现代中国思想的兴起》，生活·读书·新知三联书店2004年版；

65.宗白华：《美学与意境》，人民出版社1987年版；

66.庄汉新、邵明波：《中国20世纪乡土小说论评》(修订版)，学苑出版社2001年版；